中国失独家庭调查

韩生学 著

群众出版社

图书在版编目（CIP）数据

中国失独家庭调查/韩生学著.—北京：群众出版社，2017.3
ISBN 978－7－5014－5647－5

Ⅰ.①中… Ⅱ.①韩… Ⅲ.①纪实文学—中国—当代 Ⅳ.①I25

中国版本图书馆CIP数据核字（2017）第044165号

中国失独家庭调查
韩生学 著

出版发行：	群众出版社
地　　址：	北京市丰台区方庄芳星园三区15号楼
邮政编码：	100078
经　　销：	新华书店
印　　刷：	三河市荣展印务有限公司
版　　次：	2017年4月第1版
印　　次：	2019年1月第3次
印　　张：	11.625
开　　本：	880毫米×1230毫米　1/32
字　　数：	260千字
书　　号：	ISBN 978－7－5014－5647－5
定　　价：	45.00元
网　　址：	www.qzcbs.com
电子邮箱：	qzcbs@sohu.com

营销中心电话：010－83903254
读者服务部电话（门市）：010－83903257
警官读者俱乐部电话（网购、邮购）：010－83903253
啄木鸟杂志社发行部电话：010－83901941

本社图书出现印装质量问题，由本社负责退换
版权所有　侵权必究

序一

描写民生　反映民声

李朝全

韩生学是湖南省怀化市的一名计生干部，并非专业作家。以前我们素不相识。2015年，他在《啄木鸟》杂志上发表报告文学《中国失独家庭调查》一文，令人眼前一亮。这篇作品迅速引起众多传媒和社会公众的关注，产生了较大反响，《新华文摘》在第一时间转载，《中国青年报》《中国新闻周刊》等媒体对作者进行了专访。在北京大学举行的"人口与未来研讨会"还专门邀请韩生学参加并作主题发言。区区一篇报告文学能够给作者带来这么多的荣誉和声名，这大概是关注现实人生的报告文学独特之魅力使然，亦是作者所始料未及的。

在杂志刊发作品的基础上，生学又进行了内容充实，增加了关于计划生育国策出台前后历史的叙事，深化了对"失独"这一社会问题的思考等，将《中国失独家庭调查》扩展成了长篇报告文学，由群众出版社出版。我认为这是一件非常有意义的事情。

报告文学是食人间烟火的文学。正因为对国计民生的高度关注，对现实生活的积极介入，对民情民意的真实反映，对民声民心的热切回应，报告文学获得了与民众及社会的血肉关联，接上了地气，所以有了热气、底气和人气，必然会赢得人心，受到读者大众的欢迎。《中国失独家庭调查》正是这样一部成功的作品。它描写的是一项实施了30余年的基本国策给亿万家庭和中国社会带来的巨大影响，特别是造就了绝无仅有的"独一代"。独生子女家庭或许将是古今中外历史上无与伦比的一道景观。而其中，少数独生子女家庭因为各种原因而丧独、失独，导致白发人送黑发人、父母祭子女的惨剧，造成数以百万计的失独家庭。这

是一个庞大的人群。韩生学所聚焦关注的正是这一独特的群体。优秀的报告文学往往都更多地去关心和关注群体的命运遭际,而很少止步于一己悲欢杯水微澜。30多年的改革开放,急剧变动和转型的社会,给亿万人的生活及命运带来了革命性的变化。历史的快速前行必然会把许多人甩下时代的高速列车,让人遍体鳞伤。大变革的时代,也是大调整、大碰撞的时期,各种社会矛盾和问题也会接连涌现。随着城乡差距、地区差距的凸显,亿万青壮年劳动力拥进城市,带来农村大地的凋敝与萧条,产生数以亿计的农村留守儿童、老人和妇女,出现大量的空巢家庭,空心家庭、空心村几乎遍及大江南北。我们的有担当、有胆魄和责任感的作家应该主动去关心他们,走进他们的心灵深处,揭示他们的生存境况,描写他们的疾苦与疼痛,表达他们的心声和愿望。

韩生学正是这样做的。他在自己严于执法的本职工作过程中,了解到众多失独者的生存困境,迫使他开始冷静观察和思考自己的工作,思考国家的计划生育政策,也思考这些失独者的去向和未来。他关心的是百万家庭的处境,是一个重大的民生课题,并试图将其记录下来。为了真实而生动地写出有代表性的失独者的境遇,韩生学进行了大量切实而深入的采访。他走访了全国许许多多失独家庭,并同许多失独者联盟或自救互助团体建立了密切的联系。通过这样扎实的采访,他掌握了丰富的写作素材,也经受了无数次的心灵冲击与震撼。于是,他将自己的所见所闻、所思所感尽量如实地记录下来,用打动自己的人物及故事来打动读者。

在《中国失独家庭调查》中,他写出了失独者各自不同的疼痛与悲伤。这些独生子女或死于病患,或死于天灾,或死于车祸、凶杀、火灾,还有的死于自杀、亚健康和过劳。无论是哪一样的夭亡,这些独生子女的英年早逝都带来了一个破碎的家庭和父母无法再弥补的残缺的心灵。失独的父母,往往遭遇重创,有的一蹶不振苟延残喘,祭传人,度残年;有的活在幻想里;有的甚至疯掉。他们害怕过年过节,害怕回忆回去,害怕儿媳再嫁。更多的家庭负担着沉重的债务,断了子嗣的家庭更加贫困艰难,百事皆哀。于是乎，许许多多的失独者开始了英勇而惨烈的自救。或者通过试管婴儿再生育，然而再生养却是一个两难的选择，需要承担沉重责任及高昂成本；或者组织各种失独者的爱心、关爱联盟，通过微信朋友圈或众筹平台等自助互助，抱团取暖；或者勇敢地投身各种社会公益事业，转移心灵上的巨创与疼痛，替孩子顽强地活着。曾因失独而患上精神病的朱耀先走出了人生的低谷，满身焕发出正能量；因为失独几乎垮掉的易解放在沙漠里植树造林数百万棵；曾为女儿的丧亡心碎的崔崴远赴非洲推广青蒿素抗疟疾，拯救更多人的生命；失去儿子的毛爱珍倾其所有建立公益基金，关爱人们的精神健康……这些生命在转移丧独之痛的过程中闪耀出了炫目的大爱和人性光彩，令人感动不已。

随着时间的推移，失独者的生存保障及养老等社会问题日益突出。于是，他们开启了自救和呼救之旅。他们六上北京，寻找制度的温暖；他们数千人联名向全国人大、国务院、民政部等反映情况，呼吁国家关怀和救助，呼吁政府关心他们的生存和养老，更呼吁国家要适应新的历史条件对实施了数十年的计划生育政策进行修订。他们通过各种途径和方式互帮互助，理性而迫切地表达自己的诉求和愿望。在成千上万家庭和无数人们的共同推动下，那块看似一成不变的坚冰终于融化。即便是写进宪法的国策也开始了根本性的调整。国家适应历史发展需要和人民群众迫切的呼声，正式修法，相继出台"单独二孩"和"全面二孩"政策，终于让独生子女的时代谢幕，并用制度之手撑起失独者之余生。这是党和政府顺应时代需求作出的及时而英明的调整，也是百万家庭用自己的伤与痛为代价换来的国家的一大进步。在这个推动历史前行的过程中，失独家庭作出了惨烈的牺牲。他们的牺牲理应被这个国家的历史所铭记。韩生学的这部报告文学实际上也是为这种铭记做了一件有价值的工作。

独生子女时代已经成为历史，成了过眼烟云。然而，对于独生子女政策的得与失、是与非，一直众说纷纭。早在2007年，作家杨晓升便出版了长篇报告文学《只有一个孩子》，揭示失独家

庭的悲惨处境。2014年，杨晓升对这部作品进行了修订，出版了《失独：中国家庭之痛》。2010年，莫言创作了长篇小说《蛙》，对独生子女政策进行委婉的批评和反思。作家要做时代的先行者、先觉者和先倡者。可以说，在对待独生子女政策上，杨晓升和莫言已然走在时代的前列，前瞻性地看到问题和危机，提出了发人深省的社会问题。韩生学的这部新作站在了前人的肩膀上，继续开掘并作出自己独特的贡献。他不再局限于采访自己熟悉的亲友和身边的人物，而将目光投向大江南北和中国广袤的城乡大地。他将失独之痛不再简单地视为家庭之伤，而是家国之殇，是大国之痛。他的表达和反思没有止步于愤激的发泄或无助的抱怨，而是尽量发之于客观、公正、全面、准确。作为一名长年从事计生工作的干部，他显然对计生这一国策进行了反复的深入的思考，因此能以历史的唯物辩证的观点，冷静评价计划生育政策的是非得失，既充分肯定其在中国人口急剧增长历史阶段所发挥的重要作用，为我国现代化建设创造了无与伦比的价值，又反思了在新的历史时期它所带来的"银发潮"、老龄化社会、养老重负等严峻的社会问题，亟须作出调整和变革。

历史功过任人评说。随着时间的推移，失独家庭亦将成为历史，隐入历史深处。独生子女现象也将一去不复返。韩生学及时地抓住了这个独特的人群、独特的题材，进行了深入的挖掘和认真的思考，写下了一部具有社会学、历史学和文学价值的作品。

（作者系中国作家协会创作研究部副主任，中国报告文学学会副会长）

序二

一个计生干部的失独调查

符 遥

12月的第一天,因为雾霾太重,飞机无法降落,本该中午就到北京的韩生学直到晚上9点多才抵达。

在他之前,来自全国各地的700多名失独者已经陆续赶到了北京。坏天气没有影响他们聚集在国家卫计委门口,头戴统一的白帽子,手拿申诉材料,等待着"国家的人"能出来跟大家谈谈。

作为湖南省怀化市卫计委的办公室主任,韩生学到北京后,才听说怀化也来了4个人,他们想跟他见上一面,递话过来:"放心,我们不是来提怀化的意见的。"

韩生学也挺直率:"我也不是来劝你们回去的。"

这一次,他是受北京大学中国社会与发展研究中心之邀,来参加在12月3日举行的"人口与未来"研讨会。他将和各界专家、学者一起,讨论《人口与计划生育法》的修订和下一步人口政策的方向。

之所以受邀,不仅因为他是来自基层的计生干部,更因为在不久前他发表的一篇报告文学:《中国失独家庭调查》。

"这下我玩大了!都是国内最顶尖的专家,就我一个农民、草根。"这话韩生学从怀化一路念叨到了北京。

当初觉得"控制人口"的主张很有道理

"你目前最大的困难是什么?"已经十几年没来过北京了,可这几天韩生学除了研讨会哪里都没去。研讨会开幕的前一天晚上,他还在宾馆房间里接待来访的失独者,为继续撰写的失独调查积累素材。

这是他的习惯：每次出差到一个新的地方，都要利用业余时间去采访几个当地的失独家庭或是与之相关的专家、志愿者。

自从2015年11月他在《啄木鸟》杂志上发表了《中国失独家庭调查》，来自全国各地许多素昧平生的失独者都找上门来。这天晚上，来自陕西的"青儿"是其中之一。

"我们现在根本不能想养老的事，想的都是怎么把这个孩子养大。"青儿今年62岁。1995年，她唯一的女儿因病去世。四年后，她历经千辛万苦，又以46岁的高龄生下了小女儿。这让她对生活重新燃起了希望，也多了几分说不出的苦涩——自三年前丈夫去世，如今的她要一个人靠着退休金抚养还未成年的孩子。

尽管2013年，国家卫计委曾联合五部委发布通知，为失独家庭划出了特别扶助金的标准，但现行的《人口与计划生育法》规定："独生子女发生意外伤残、死亡，其父母不再生育和收养子女的，地方人民政府应当给予必要的帮助。"一句话，就把她排除在了帮助对象之外。

"我们也面临着老无所依，老无所医啊。"她对韩生学说。

"你说的有一定道理。"韩生学捧着厚厚的本子，一边听一边埋着头不停地记，很快就密密麻麻地写满了好几页纸，"我会尽我的能力把你们的想法传达到会上去，不一定有效果，但总要有人做，做总比不做好。"

同样是失去了独生子女的父母，年龄、地域、是否再生育和收养都是划分他们的界线。各地有各地的规定，地方政府应当给予的"必要的帮助"也是个模糊的概念。做了23年的计生干部，韩生学见过各种各样的失独父母，他坦言，那些场面上的安慰话"都会说"。但如今更多的时候，他都会选择以"报告文学作家"的身份面对他们。

韩生学今年53岁，1985年从师范毕业后，他先是在县里的学校当老师，1992年又从教育局调进了计生系统。这让他很满意，毕竟从教师变成了公务员，"在社会上还是有一些地位的"。

那正是计划生育抓得最严的年代。哪里有超生的情况出现，哪里的干部就要被"一票否决"——不能评优，不能提干，甚至还要降职、免职。为此，对于基层干部，计生工作变成了"暴风骤雨"般的总动员：上环、结扎、引产、罚款……发动一切力量杜绝超生，不听劝的人家，该牵牛的把牛牵走，该扒房的要把房子扒掉。

在计生委，韩生学算是坐办公室的人，平日的工作主要是撰写公文，或者陪领导到基层检查验收。几年下来，虽然没直接参与过这些轰轰烈烈的执法行动，身上的压力却一点儿都不小。他深知这背后的政策有多硬、形势有多严峻，也更明白这工作在老百姓的眼里意味着什么：因为矛盾尖锐，人们常常会到计生干部家的地里搞破坏。就在他家所在的溆浦县，出于对执法的报复，一位计生干部还在上初中的儿子遭当地村民杀害。

但他从没怀疑过这工作的合理性。还在学校当老师时，他就读过英国经济学家马尔萨斯的《人口论》，看到村里老一辈人每家动辄五六个孩子，日子过得很苦，他觉得这"控制人口"的主张很有道理。更何况，"计划生育"是国家反复研究后作出的决定，总不可能有问题，"存在即合理"。

韩生学有一个独生女儿，他很知足。他觉得"把自己这日子过好就挺好"，所谓的"传宗接代"并不是多么不得了的事。他忠实地执行国家"只生一个好"的政策，也打心眼儿里不能理解老百姓要生那么多孩子做什么。

那时候的他还想不到，多年后的自己竟然理解了那些人。而且，作为一个当年政策的执行者，他还得到了失独父母们这样的评价："你真写出了我们的心声。你是我们这些失独家庭的知心朋友。"

为"计划生育"的一代人写史

20多年前，韩生学还是个浪漫的文艺青年。他在学校办文学社，写诗歌、小说和散文；他崇拜沈从文，曾经一个人跑到沈从文的墓前祭奠，并默默地献上一束花。

但这风格很快就被改变了。有一年，怀化某县有位老太太的女儿被人杀害，案件迟迟无法侦破。老人四处告状无果，历尽坎

坷却始终锲而不舍。听说了这件事,他觉得是个好故事,韩生学马上挎着小卡片机,骑上自行车就到村里挨家挨户地打听。找到老人后,他将她的经历如实地写了下来,寄给了省里的《今日女报》。他没想到,《今日女报》在周末特刊头版的位置刊登了这篇文章,一下就引发了舆论热潮。也是那个时候,老人等到了北京传来的批示,当地重新成立了专案组,很快就抓获了凶手。这让韩生学很受触动:原来媒体的力量这么大,纪实的东西"能帮弱势群体做一些事"。

从此,韩生学走上了报告文学的创作之路。除了定期给《知音》杂志投稿,他也利用自己在计生系统掌握的一手材料,开始撰写一些与人口、生育相关的题材。2004年,在为自己的第一部长篇作品——以国内出生性别比悬殊为主题,反映女孩生存状态的《女孩,你别哭》做调研时,他第一次意识到,"男多女少"的现象之外,"失独"可能也是计划生育的这一代人面临的一个重要问题。

那时候,已经有一些失去独生子女的父母开始到计生委上访。起初只有零星的几个人,由于当时并没有政策的支持,韩生学也只能简单地劝解一下。慢慢地,来计生委的失独父母越来越多,每每听到他们的哭诉,他的心里都特别不是滋味。

"如果当初允许他们生两个孩子,现在可能就不是这个情况了!"他忽然觉得,自己应该收集这些素材,把这群人的遭遇和处境写下来。

到了2014年,这最初的创作冲动已经累积成了"必须写出来"的决心,韩生学向湖南省作协申报了这个选题,还被选为了2015年度"重点扶持作品"。

但作为一个还在任的计生干部,这样的选题多少有些敏感。刚开始做调研时,他瞒着单位的领导同事,更瞒着自己的采访对象——他只说自己是个作家,还拿着作协的会员证给人看。

他先从身边和本地的失独家庭问起,再一个介绍一个地找过去;他还加入了全国各地几十个由失独者组成的QQ群,从中寻找典型的采访对象。访谈做得多了,身份自然瞒不住,他索性就照实说，没想到每次解释完自己的意图，对方都挺理解。

韩生学甚至和不少失独父母成了朋友。有时候怀化的一些失独家庭聚在公园里搞活动，一个电话打来他就过去，跟大家一起烧烤还抢着付钱。大家觉得他"人挺好，不高高在上"，也都愿意跟他讲讲自己的故事。

从开始酝酿至今，他直接采访过的失独者已有100多人。

"他们是有过惊讶的。在他们眼里，搞计划生育的人就会让人结扎上环，但这个人怎么还帮我们说话？"提到这些，韩生学总会露出几分得意的神情。

不过，他想做的并不只是"帮失独者们说话"。他还想写史——写计划生育政策的历史，也写这政策背后，这一代贡献者与牺牲者的历史。

作为一个计生干部，以报告文学作家的身份将这段特殊的历史留存下来，这是一个失独父亲给他的建议。而对于这个话题，他有太多的话想说了。所以当《啄木鸟》杂志的编辑找到他，希望他先撰写一个适合杂志长度、稍短一些的版本时，他一口气就写了9万字。

上了年纪后更有代入感

直到现在，每回面对着这些失去孩子的父母，韩生学的心情还是很复杂："我没有直接去伤害过他们任何一个人，心理上我没有任何愧疚。"但他总忘不掉那样的眼神——"他们的每一个眼神都是一个悲惨的世界，每一滴泪水都是一片苦海。"

"以前，知道他们苦，想到他们需要经济和养老上的帮助"，韩生学觉得自己对失独群体多少有些了解，但真正走进这些失独父母的生活，他才发现，他们面对的困难比自己想象的要复杂得多，而自己曾经的那些"了解"实在是微不足道。

2015年7月，他曾到长沙的一个失独家庭探访。那对夫妇告诉他，自儿子去世后，他们抱来了一只小狗毛毛，把它认作是自己的儿子，"一家三口"相依为命。

晚餐时间，他和夫妇二人一起到楼下的小餐馆吃饭，毛毛也

跟在后面。一进门,韩生学就招呼服务员拿三副碗筷。"妈妈"听到后没说话,却马上从旁边又挪来一把椅子和一副碗筷,毛毛一下就跳了上来。

"哎呀,我犯错误了!"韩生学这才意识到,明明早就介绍过是"三口之家",自己偏把他们最重要的"儿子"给漏掉了。

之后每上一个菜,"妈妈"总会先夹一些在水杯里涮涮,洗掉辣椒,试试温度,然后喂给"儿子"。等它吃得差不多了,自己才吃上一点儿。

吃完饭回到家,"妈妈"又打来一盆水,就像给小孩子擦洗那样,仔仔细细地为"儿子"洗脸、洗脚。看着她的神情是那么自然,和"儿子"的配合那么默契,韩生学觉得震撼又心酸。

他也采访过自己的一位老同事贺德(化名)。贺德是怀化一个镇上的计生办主任。做了大半辈子计划生育工作,经他落实的节育手术至少有1000多例。由于工作成绩突出,他曾多次被评为"先进工作者",受到省里和市里的表彰。然而,当独生女在一次意外中丧生后,他也加入了到北京向国家卫计委提诉求的队伍里。

"当年自己做计划生育工作时,讲得最多的一句话就是'计划生育,利国利民利家',写得最多的一条标语就是'只生一个好,政府来养老'。可如今,我却没有了底气。"他对韩生学说,自己是"有痛也说不出"。

听着这样的自白,韩生学不知道该怎样才能安慰他。

"唯一的孩子没有了,放在谁身上都是灭顶之灾。没有亲身经历过那种苦,是永远没办法真正体会的。"韩生学见证也记录了一个又一个像这样在绝望中苦苦挣扎的人。上了年纪,他开始对这些父母的失去有了更真切的代入感,也越来越理解了孩子对他们的意义。再遇到来反映问题的失独父母,他既不干涉也不劝阻。有时候说到情绪激动处,对方讲起话来难免偏激,他也只是听着,要么轻轻地说一句:"我知道咱们都是最守法的人,当年那些个不守法的,偷偷生了不也就生了。"

不仅如此,无论是出去开会、讲课,还是到基层检查工作,一有机会他就给大家讲失独，讲这些灰暗痛楚的真实故事，希望能引起更多人的关注。

他把这归结于责任感。在他看来，虽然"计划生育"的政策是国家定的，自己只是无数的执行者之一，但现在这些失独家庭遇到了困难，"计生部门就是他们的娘家。我们是一起的，利益是共同的。作为一个计划生育工作者，我有这个责任为他们鼓与呼。"他对《中国新闻周刊》的记者说。

据推算，截至2012年，我国约有100万个失独家庭，且这个数字还在以每年7.6万的速度持续增加……

希望为政策设计者提供参考

尽管前一天晚上11点才送走最后一批来访者，为了多准备一下发言，第二天凌晨4点韩生学就起床了。

从严重失调的性别比例到失独父母的艰难处境，从被瞒报的超生数字到基层计生干部面临的种种难题……在会上，他朴实又坦诚的讲述吸引了所有人的目光，本来每个人10分钟的发言时间，他足足讲了22分钟。

"今天是要研讨问题，北京大学这么神圣的殿堂，我不能讲一些虚假的东西。我相信他们（专家）也想听我们的真话。"这一刻，韩生学又回到了一个基层计生干部的角色。

2015年10月29日，中共中央十八届五中全会宣布了全面实施普遍二胎政策的决定。可以预见的是，韩生学们的工作内容也将逐渐发生变化。"以前是用行政手段（干预），以后就要转向服务了！"他笑着对《中国新闻周刊》的记者说。

如今，他也时常会回想起当初那个强硬的年代。每次访问失独父母，说起当年的种种无奈，他总会一脸认真地"检讨"："当时在基层，有些做法确确实实是过了一点儿。"但有时候，他又觉得这也能理解：对于那些村干部来说，各种各样的指标、各种各样的考核，每一级都在加码，执行不到位的就要降薪降职，"政策压下来，他们也委屈"。

"如果当时我在那个位置上……可能也会那么做，只是在

'度'的把握上可能会稍微有点儿不一样吧。"韩生学对《中国新闻周刊》的记者坦承。

这些天,因为自己的作品被相关媒体报道和转载,韩生学也成了一个小小的名人。有网友留言说:"计划生育工作者来关注失独家庭,这真是一个大笑话。"他把所有跟帖都看了一遍,认认真真地逐一回复:"这不是笑话,这是现实存在的。真真实实就是有个人在关注他们。"

韩生学说,目前他的失独调查已经完成了15万字,已经发表出来的部分只是节选。而他还要继续写下去。原来,他总担心这个题材写出来没人会看,还琢磨着就算是自费也要出版。而现在这些超乎想象的关注又让他有了新的压力,他担心万一自己写不出那些失独家庭的心声,会辜负大家的期望。

"我这个作品不仅仅是要揭示社会的痛,呈现失独者的伤,更多的是要给他们引路,告诉他们要怎样靠自己从痛苦中走出来。第二个目的是要给社会指路,告诉大家怎么去关爱这一群体。另外,我还收集了各地的举措和案例,希望能为政府人口政策的顶层设计提供一些参考。"

(作者系《中国新闻周刊》记者)

目 录
CONTENTS

引 子 他们的痛期望你懂／1

第一章 独生子女：一个时代的符号／7
 邓颖超来信说孕事……………………………… 8
 在领袖忧虑里呼之而出………………………… 11
 走向"一胎化"………………………………… 14
 生命中那本红色的"证"……………………… 17
 贡献，立于天地………………………………… 23

第二章 生命无常，多少幸福在泪水中塌陷／26
 病魔，让美丽生命悄然止步…………………… 26
 天灾，生命的另一场杀戮……………………… 37
 自杀，不能承受的生命之重…………………… 42
 过劳死，脆弱生命的又一道咒符……………… 50
 凶杀，伸向无辜生命的罪恶…………………… 54
 车祸，碾向天堂的残忍………………………… 56
 火场，吞噬生命的无妄之灾…………………… 60

第三章 猝然失独，怎一个痛字了得 / 67

寄往天堂的信 …………………………………… 67
靠两个QQ，活在"母子"的世界里 …………… 75
代亡儿发短信三年 ……………………………… 81
"爸爸"、"妈妈"和"狗儿子" ………………… 90
半个馒头的"诉说" …………………………… 100
大年夜，她踯躅在无人的街头 ………………… 103
在失去孩子的痛里疯掉 ………………………… 108
一声"妈奶"，叫人泪流满面 ………………… 116
再生养，难以承受的责任之重 ………………… 124

第四章 家之痛，国之殇 / 130

子嗣链条轰然断裂 ……………………………… 130
无处安放的余生 ………………………………… 136
孩子走了，病来了 ……………………………… 141
送走了孩子，送不走的债务 …………………… 144
好想有个家 ……………………………………… 147
人才的损失 ……………………………………… 152
该如何为他们养老埋单 ………………………… 155
人口安全又添新愁 ……………………………… 157
摇摇晃晃的文化传承 …………………………… 164

第五章　忍痛自救，人性的光辉如此美丽 / 167

试管婴儿，用老去的身体弥补遗憾 …………… 167
妈妈，流着泪向前走 …………………………… 171
失独协会施放人间第一爱 ……………………… 175
"江城好妈妈"缔"连心家园"慰失独 ………… 181
捂着丧子之痛去为他人疗伤 …………………… 186
"儿子留下的，就是我的事业" ………………… 192
"总有生命替你活着" …………………………… 198
与青蒿素有个约会 ……………………………… 209
换一种方式，替孩子活在人间 ………………… 216
他"做"成了今天的"太阳" …………………… 221

第六章　表达诉求，只为一份理解和尊重 / 233

寻找制度的温暖 ………………………………… 234
六上北京 ………………………………………… 238
7758人的共同呼吁 ……………………………… 248
失独群体中不一样的声音 ……………………… 251
她只想"美美地做女人" ………………………… 255

第七章　以爱之名，总让人感动 / 262

失独天空里那一抹最暖心的"霞" …………… 262
用理性的灵光为失独问题导航 ………………… 266

飘飞在失独群里的美丽天使·················· 274

恒爱家园,我温暖的家····················· 284

活在父亲的生命里,爱永不止息················ 294

她们和亲闺女一样亲······················ 299

"暖心年夜饭"温暖23座城市················· 302

关怀从四面八方走来······················ 309

第八章 国家担当,用阳光抹去阴霾 / 313

呼声从人民大会堂传出····················· 313

"全面两孩",让一个时代谢幕················ 325

修法,全社会瞩目北京····················· 328

用制度手杖撑起失独余生··················· 334

但愿"全面两孩"的美丽世界不留遗憾············ 342

后 记 为什么我的眼里常含泪水 / 346

引子　他们的痛期望你懂

2015年10月29日,党的十八届五中全会决定,全面实施一对夫妇可生育两个孩子政策。

消息传出,数千万家庭举杯相庆。然而,有一个特殊群体,五味杂陈。他们就是过去严格遵守计划生育政策只生一个孩子、如今这个孩子意外死亡的失独家庭。

失独,出现在本世纪初的中国大地。随着时间的推移,日益增多。卫生部《2010中国卫生统计年鉴》、中国社会科学院《中国老龄事业发展报告(2013)》及其他有关资料做过统计,目前,我国至少有失独家庭100万个,且以每年7.6万的数量持续增加。

这些失去独生子女的家庭,面临生活照料、大病医治、养老保障、精神慰藉、后嗣传承、丧葬善后等各种困难。"全面两孩"政策一公布,对他们产生了极大的心理冲击。他们对未来更担心,对养老更恐惧,对关怀更渴求……

于是,他们找到我,不无忧虑地对我说:"我们只希望'全面两孩'政策实施后,我们的痛有人能懂……"

痛有人能懂!体味着他们的话,我突然想起了印象非常深刻的几段关于痛的故事。

2015年12月5日,我在北京刚参加完一场失独老人的聚会,便收到这样一条短信:"又一个苦命人——'大胖'(网名)走了……"

随短信发来的还有一段复制的聊天记录：

想找个宾馆喝药，真的不想再活下去了。

千万不要啊。

能请教你一个问题吗？

你说。

有点儿愚昧的问题。

能一起聊愚蠢问题的朋友，很难得的。

在家里选择死亡还是在外面宾馆？

都不行。

啊？

反正你欠我一顿酒，以后有机会喝完酒再告诉你。

怕是没机会了。

读完短信，我心里如刺痛般难受。脑海里顿时呈现聚会时的情景。他们中谁是大胖？仿佛每个人都是，又仿佛每个人都不是。

发短信的朋友告诉我，大胖是一个要强、自信的女强人，因为有点儿偏胖，她就给自己取了这个网名。她在北京的生意做得很好，赚了不少钱，日子过得也幸福。然而，2013年6月，一场疾病夺去了她唯一的孩子，从此她一蹶不振。

不久，她主动与丈夫离婚，让他去与别的女人结婚生子。而她自己，停止了一切生意，把剩下的货物廉价转卖，把房子低价出让，共得现款607万元。然后，一分不剩地分给各位亲朋好友，多的分到上百万，少的也有十几万。

当她将这一信息在群里透露时，当时就有人给她留言："你这钱分配得有点儿早。"

她却说："孩子没了，一切都破灭了，活着还有什么意思？"

因为 QQ 群里的失独者时常会说这种绝望的话，所以大家只是相互劝慰，没太当回事。

2015 年 12 月 4 日晚上 9 点左右，群里的兄弟姐妹们突然发现大胖退群了，感觉不是个好兆头。他们给她发短信，没有收到回复；随后打电话过去，也无人接听。

第二天早上，群里传来消息：大胖自杀离世了。

一个生活富裕、有房有车、有巨额财产的成功女商人，就这样从这个世界里消失了。

生活在广州市越秀区东湖西路湖滨小区的文姨和刘叔又是另一番情景。

1999 年夏天，一场意外夺去了他们唯一的儿子。文姨在屋里哭了很多天，亲戚朋友劝导她，她哭得更伤心："再也不会有人叫我一声'妈妈'了。"刘叔也说："没有孩子的家庭是不完整的。"为了这声"妈妈"和这个"完整的家"，他们决定尝试试管婴儿。在处理完儿子的后事后，47 岁、已经绝经的文姨和 52 岁的刘叔走进了广东省妇幼保健院的遗传与不育诊疗中心。

功夫不负苦心人。2002 年年初，文姨成功怀上了一对龙凤胎。10 月 8 日，一对健康的宝贝呱呱落地。此时文姨 50 岁，刘叔 55 岁。五旬老人诞下龙凤胎，整个羊城都为他们兴奋。

夫妻俩虽然为做试管婴儿用去了全部积蓄，家里一度陷入赤贫状态，但两口子还是十分满足，高兴地说："一点儿也不后悔当初的选择。"

随着孩子的渐渐长大，一家人生活变得更加清苦，夫妻俩开始为生计焦虑。文姨还越来越担心自己不会做饭了，因为孩子们总是嫌她做的饭不好吃。刘叔则说，自从两个孩子上了三年级，功课越来越难，自己又没办法给他们辅导，导致孩子成绩越来

越差。

这个时候,他们开始懊恼:"很后悔生了这对孩子,其实自己是在害他们。"

沉重的生活压力和深深的愧疚,压得他们喘不过气来。2010年,亲戚们忽然发现文姨精神有点儿不正常了,于是将她送到精神病医院进行治疗。两个月后,文姨病情刚有好转,又轮到刘叔身体出了问题。2011年前后,夫妻俩的病情时常反复并有所加重。那段时间,他们好想将孩子送人。

2012年2月7日,文姨再次向朋友咨询:"我没能力养这对孩子了,找人收养有没有可能?"也就是这一天,她爬上了小区最高一栋楼的楼顶,准备跳楼自杀,多亏保安及时发现,将她拖回。对此,刘叔竟没有太大的反应,只是说"她成天都是这样子"。因为文姨平时在家经常用头撞墙,"死了算了"的话也总不离口。

2012年2月10日凌晨5时许,文姨又一个人跑到楼顶,企图跳楼,再次被刘叔和邻居劝下。回到家后,为防止文姨再次出走,刘叔干脆睡在客厅守着大门。

不料,第二天早上6时许,文姨趁刘叔不注意冲出家门。刘叔见情况不对,连外衣都没来得及穿就追了出去,但已经迟了。当他追到楼顶时,妻子已经纵身跳下。

他伸出的手,僵在了空中。

此时,悲痛万分的他,觉得活着没有什么意义,一气之下,也忍不住纵身一跳……

出事后,人们议论纷纷,说他们失去了孩子后又有了孩子,而且是一对双胞胎,按说,他们不会这么轻易放弃生命。

可是,最终他们还是放弃了。

家住浙江金华的"心死奶奶"（网名），在别人看来，她比一般失独者幸运，因为儿子离世时给她留下个活泼可爱的孙子。

可是，她的痛又有谁能懂？她不但要忍受失去儿子的痛苦，承受抚育孙辈的压力，更要遭受同命人的排斥，还有小孙子天真但总让她心里滴血的一次又一次盘问。

那年春节，社区组织失独老人聚会，她带了孙子一同前往。看见孩子，有人直接质问："你是不是成心带一个小孩来刺激大家！"

她也知道，失去孩子的老人们见不得小孩。可自己是孩子的奶奶，孩子的爸爸死了，妈妈改嫁了，自己不带谁带？

最后集体合影时，有人看见她抱着孩子站在队伍中间，竟大声尖叫："请孩子离开——"

泪水顿时像断线的珠子哗哗滚落，她不得不拖着孩子躲到一边，忍不住失声痛哭。

但最痛的还是渐渐懂事的孩子总在她面前问一些令她伤心的问题：为什么别人都有爸爸，而我没有？为什么爸爸不回来看我？为什么爸爸不给我买糖来吃？

这年清明，她带孙子去为儿子扫墓。磕过头后，孙子突然问："奶奶，这里面睡着谁啊？"

"睡着你爸爸。"

孙子马上抱住奶奶，大哭："奶奶，你给我打开看，我要带爸爸回家。"

闻听此言，她再也克制不住，扑倒在儿子的坟头，号啕大哭。

我之所以要列举这些悲痛的事例，是因为我只想告诉大家，要懂得痛，必须先了解痛。失独之痛并不只有一种。大胖痛在对未来的恐惧，文姨、刘叔痛在来自抚养的压力，"心死奶奶"痛

在各种痛的交织里……

北京一位叫辛欣的公益人士曾对我说:"我自担任关爱失独暖心行动的项目专员后,听了不少老人的故事,看了不少老人的眼泪,我以为我懂了。但是当我又一次被某个老人抱住痛哭时,我才知道我们永远不可能通过想象了解失独之痛。"

是的,我们永远也不可能通过想象去了解失独者的痛。每一个失独者守望的都是一个痛不欲生的生命,每一个失独者怀揣的都是一部痛苦不堪的历史,每一个失独者承载的都是很多个痛心疾首的故事。我们只有走近他们,走入他们的内心和灵魂,才能感知那不为人知的一切。

在过去的几年里,我辗转大江南北,一次又一次走近这一群体,一次又一次走入一个个家庭,一次又一次走向一位位老人,与他们面对面,心交心……结果,我触摸到了很多很多。

如今,我只是希望,在"全面两孩"实施的岁月里,大家能与我一道走近这个群体,走入这些家庭,走向这些老人,去共同探求那欲说还痛的失独之因,体味那侵入灵魂的失独之痛,触摸那殃及家国的失独之殇,感知那动人心魄的自救之路,理解那百折不挠的诉求之举,领略那爱潮涌动的关怀之美,守望那冉冉升起的政策之光。

第一章 独生子女:一个时代的符号

不知是得益于五千年独特文化的滋润,还是因为占有了适合人类繁衍生息的这片丰厚土地,栖住在喜马拉雅山背面、沐浴着儒家文化的伟大民族,其繁衍速度为世界任何一个民族所无法比拟。即使在战乱频繁、社会动荡的年代,其人口的净增速度依然位居世界前列。

据古籍记载,早在公元2年,全国就有人口近6000万;13世纪初,全国人口超过了1.2亿;到17世纪初,突破了2亿大关;清道光三十年(即1850年),全国人口达4.3亿。至1949年新中国成立前夕,中国总人口为5.41亿。

1949年10月1日,一代伟人毛泽东步上天安门城楼,以一声"中华人民共和国中央人民政府今天成立了"的庄严宣示,唤起了华夏儿女的无限激情。

从此,战乱结束,社会稳定,经济发展,人民生活水平日益提高,医疗卫生条件逐步改善,我国人口呈现高出生、低死亡、高增长的新特征。据人口普查数据显示,1954年全国总人口为6.02亿,1964年达7.23亿,1982年迅速飙升到10.32亿。

人口过快增长,引起了专家、学者们的共同关注,更引发了共和国领袖们的无限忧虑。因为此时,全国人民还在为解决温饱而不懈奋斗,人多耕地少,生活质量差,如果人口增长按此速度不加节制任其自由发展,必将造成国穷民弱、人口质量不断下

降,那既是对那一代人的不负责任,也是对子孙后代的不负责任;既是对中国的不负责任,也是对世界的不负责任。

于是,学界、政界的有关人士发出了一致的声音:必须控制人口。

计划生育,一个崭新的名词就此出现在国人的词典里。

独生子女,一个时代的符号亦出现在中国大地上。

邓颖超来信说孕事

1954年5月28日,全国妇联副主席邓颖超的一封亲笔信被送到了中共中央秘书长、政务院副总理邓小平手里。

小平同志:

我收到了铁道部国际运输局易惟敬和中央电影局魏韵森二同志的信,提到关于已婚女同志生孩子太多的困难以及避孕的问题。这个问题有许多机关女干部也曾经反映过,确是带普遍性的。据我所知,有不少已婚男女干部为了避孕,由于得不到指导及适宜的药物工具等而被迫自行盲目解决,采用了一些有损身体健康的办法或引起疾病,以致造成不良的后果。倘主管及有关方面不及时注意,采取主动的方针和适宜可行的步骤,任其自流,则会使许多干部因缺乏避孕的医药卫生常识而造成不良的后果,将影响干部的身体健康,也影响其家庭幸福及女干部的工作和学习。因此,我们认为有必要提请主管机关及有关方面予以考虑,采取措施才好。

按照目前我国人口出生数相当高,首先在机关中的多子女母亲或已婚干部的自愿节制生育实行避孕者中,推行有指导的避孕,是可行而又必需的,也不致有何不良影响。国家卫生机关应主动拟订办法,帮助干部解决避孕问题。此事曾得你面许同意,特请批示交有关机关着手进行,是所切盼!另附易、魏二同志来信及苏联避孕药发单抄件一份,以供参考。专此。

即致敬礼!

邓颖超

读过信后,小平同志欣慰地点了点头。

这是一封文字简洁、语言朴实、态度中肯、说理充分的短信。邓大姐以妇女"娘家人"的身份,为深受生儿育女之苦的妇女提出了一个严肃的问题——节育与避孕。

刚刚迎来解放、投身于社会主义建设热潮中的妇女们,越来越感受到怀孕生子之苦。据有关方面统计,当时的总和生育率(某一时期全部年龄别生育率相加之和)达6.06,其中约有94%的妇女生育3个以上孩子,有近半数的妇女生育6个孩子。许多妇女为生育所累,他们不想再做生儿育女的机器,强烈要求节制生育和避孕。

而在这之前,国家是禁止这一行为的。1950年4月20日,中央人民政府卫生部和中央军委卫生部联合制定了《机关部队妇女干部打胎限制的办法》。1952年,卫生部又出台了《限制节育及人工流产暂行办法》,规定"已婚妇女年逾三十五岁,有亲生子女六人以上,其中至少有一人年逾十岁,如再生育将严重影响其健康以至危害其生命者"经过批准后方可绝育,否则"凡违反本办法自行实施绝育手术或人工流产者,以非法堕胎论罪,被手术者及施行手术者均由人民法院依法处理"。1953年1月12日,

卫生部因一些地方从国外进口避孕药具又通知海关,"查避孕药和用具与国家政策不符,应禁止进口"。

小平同志对这些规定,早就有些异议。1953年8月,他感觉到节育对经济与社会发展具有重大意义,特别是针对当时部分人有自行节育的需求,他要求有关部门"应立即纠正禁止避孕药和用具进口的做法",并敦促抓紧下发《避孕及人工流产办法》。

正值此时,邓颖超大姐的信来了。他迅即在信上批示:

仲勋同志,我认为避孕是完全必要的和有益的。卫生部对此似乎是不很积极的。请文委(当时的政务院文化教育委员会)同卫生部讨论一下,问问他们对此问题的意见,如他们同意,就应采取一些有效的措施。如何处理,请你酌定。

习仲勋同志时任政务院秘书长兼政务院文化教育委员会副主任,接到批示后,高度重视,组织文委会和卫生部等部门进行研究。一个多月后,经习仲勋批复以卫生部名义下达了《避孕及人工流产办法》。11月10日,卫生部又下达了《关于改进避孕及人工流产问题的通报》。

又过了两个多月,中央人民政府副主席、全国人民代表大会常务委员会委员长刘少奇于12月27日主持召开了关于节制生育问题的座谈会,在广泛听取各方面意见的基础上,他代表党中央明确指出:"关于节育问题,我们党、我们的卫生机关和宣传机关,是提倡还是反对?现在我们要肯定一点,党是赞成节育的。"据考证,这次讲话,是中央对节育问题最早、最明确的表态。

为了落实少奇同志的讲话精神,1955年2月,卫生部向中央递交《中央卫生部党组关于节制生育问题向党中央的报告》,报告称:"根据党中央指示的精神,我们认为在中国今天的历史条件下,是应当适当地节制生育的;在将来,也不应反对人民群众自愿节育的行为。"

3月1日，中共中央批转了卫生部党组的报告，并发出《关于控制人口问题的批示》：

> 节制生育是关系广大人民生活的一项重大政策性的问题。在当前的历史条件下，为了国家、家庭和新生一代的利益，我们党是赞成适当地节制生育的。各地党委应在干部和人民群众中（少数民族地区除外）适当地宣传党的这项政策，使人民群众对节制生育问题有一个正确的认识。

大多人口学家认为，这是一个划时代的批示，它不仅标志着中共中央思想认识上的根本转变，即从反对节制生育到赞成节制生育的飞跃，而且第一次把节制生育上升到党的重大政策的高度。

因此，可以说，这是中国计划生育政策的最初萌芽。

在领袖忧虑里呼之而出

翻开共和国的历史典籍，不难发现，领袖们中最先对人口问题提出忧虑的应该是政务院总理周恩来。

1953年9月29日，周恩来在《第一个五年建设计划的基本任务》中说："我们大致算了一下，我国人口大概每年平均要增加一千万，那么十年就是一万万。人多，这是我们的一个优点。但是，优点也带来了困难，这样多的人口，要满足他们的需要，就是一个很大的负担。"

紧接着，著名的人文学者、教育家、政治家、外交家、有"和平老人"之称的邵力子在1953年冬天召开的政务院会议上，提出了节制生育的观点。1954年9月17日，他又在第一届全国

人大第一次会议上呼吁:"在经济还没有发展起来的困难很多的环境里,人口应该得到控制,不控制人口,后患无穷。"

事隔两年,1956年10月12日,中共中央最高领导人毛泽东在接见南斯拉夫妇女代表团时对人口问题作出了首次回应:"过去有些人批评我们提倡节育,但是现在赞成的人多起来了。夫妇之间应该订出一个家庭计划,规定一辈子生多少孩子。这种计划应该同国家的五年计划配合起来。目前,中国的人口每年净增1200万到1500万,社会的生产已经计划化了,而人类本身的生产还是处在一种无政府和无计划的状态中。我们为什么不可以对人类本身的生产也实行计划化呢?我想是可以的。"

"对人类本身的生产也实行计划",计划生育的概念,就这样首次被共和国主席提了出来。

也许因为有毛泽东主席的表态,1957年2月27日,在最高国务会议第十一次(扩大)会议上,著名经济学家、人口学家、北京大学校长马寅初抛出了通过三年调查研究而写成的《新人口论》,他说:"我们的社会主义是计划经济,如果不把人口列入计划之内,不能控制人口,不能实行计划生育,那就不成其为计划经济。"此后的6月,马寅初将这篇文章作为一项提案,提交一届人大四次会议,7月5日在《人民日报》全文发表。

对马寅初的发言,毛泽东表示赞赏。他说:"人口控制在六亿,一个也不多啦?这是一种假设。现在每年增长一千多万。你要它不增长,很难,因为现在是无政府主义状态,必然王国还没有变成自由王国。在这方面,人类还完全不自觉,没有想出办法来。我们可以研究也应该研究这个问题。政府应该设立一个部门或一个委员会,人民团体可以广泛地研究这个问题,是可以想出办法来的。总而言之,人类要自己控制自己,有时候使它能够增加一点，有时候能够使它停顿一下，有时候减少一点，波浪式前进，实现有计划的生育。这一条马老讲得很好，我跟他是同志。从前他的意见没有放出来，有人反对，今天算是畅所欲言了。这个问题很值得研究，政府应该设机关，还要有一些办法。人民有没有这个要求？农民要求节育，人口太多的家庭要求节育，城市、农村都有这个要求，说没有要求是不适当的。"他还说："要提倡节育，要有计划地生育。我看人类是最不会管理自己了。工厂生产布匹、桌椅板凳、钢铁有计划，而人类对于生产人类自己就没有计划了，这是无政府主义，无组织无纪律。这样下去，我看人类是要提前毁掉的。中国六亿人口，增加十倍是多少？六十亿，那时候就快要接近灭亡了……关于这个问题，政府可能要设一个部门，或者设一个节育委员会，作为政府的机关。人民团体也可以组织一个。因为要解决技术问题，设一个部门，要有经费，要想办法，要宣传。"

1957年10月9日，毛泽东在中共中央八届三次全会（扩大）上再次说："计划生育，也来个十年规划。少数民族地区不要去推广，人少的地方也不要去推广。就是在人口多的地方，也要进行试点，逐步推广，逐步达到普遍计划生育。计划生育，要公开作教育，无非也是来个大鸣大放、大辩论。人类在生育上头完全是无政府状态，自己不能控制自己。将来要做到完全有计划的生育，没有一个社会力量，不是大家同意，不是大家一起来做，那是不行的。"

也就在此时，中共中央、国务院发布了《1956年到1967年全国农业发展纲要（修正草案）》，其中规定："除了少数民族的地区以外，在一些人口稠密的地方，宣传和推广节制生育，提倡有计划地生育子女。"1962年12月，中共中央和国务院又联合发

布了《关于认真提倡计划生育的指示》："在城市和人口稠密的农村提倡节制生育,适当控制人口自然增长率,使生育问题由毫无计划的状态逐渐走向有计划的状态,这是我国社会主义建设中既定的政策。"

计划生育概念就此成型,并作为一项"既定的政策"正式写进党和国家的文件中。

1974年12月29日,耄耋之年的毛泽东在国家计委《关于一九七五年国民经济计划的报告》上作出"人口非控制不可"的批示,这一批示对全国计划生育工作是个很大的促进,产生了深远影响。紧接着,中共中央作出指示:"计划生育是毛主席提倡的,人口非控制不行。"要求各级党委把这项工作列入议事日程,指定一位负责同志专门抓这项工作。国务院也提出要求:实行计划生育,是一场深刻的破旧立新、移风易俗的思想革命。健全计划生育办事机构,做到各级有人抓,层层有人管。

1978年3月,"国家提倡和推行计划生育"被写入《宪法》,从而确立了它的法律地位。7月9日,《人民日报》发表《书记挂帅全党动手进一步搞好计划生育工作》的社论,从而把计划生育工作提高到一把手"亲自抓,负总责"的崭新高度。

走向"一胎化"

在国家层面,最早提出"只生一个孩子"说法的,应该是时任国务院副总理兼计划生育领导小组组长陈慕华。

1979年1月27日,全国计划生育办公室主任会议在北京召开。会上,陈慕华代表国务院和计划生育领导小组作重要讲话,她说:"要心中有数,要做工作,要把多胎控制住,鼓励生一胎,把人口降下来。"

在这之前，党中央、国务院提出的每对夫妇生育孩子的个数为：1971年提出"一个不少，两个正好，三个多了"；1973年提出"晚、稀、少"，即晚婚晚育，间隔四年以上，最多生两个；1978年提出"每对夫妇生育子女数最好一个，最多两个，间隔三年以上"。

陈慕华就是在1978年提出的"最好一个"的基础上提出"鼓励生一胎"的。她的"生一胎"主张，很快获得了当时中央领导的全面支持。

时任中共中央副主席、国务院副总理李先念，在1979年4月5日召开的中央工作会议上代表党中央国务院讲话时说："我们一定要认真做好思想教育工作，订出切实有效的办法，包括法律的和经济的办法，鼓励一对夫妇最好只生一个孩子。"

时任中共中央副主席、中纪委第一书记陈云在1979年6月1日与上海市负责人谈话时说："先念同志对我说，实行'最好一个，最多两个'。我说再强硬些，明确规定'只准一个'，准备人家骂断子绝孙。不这样，将来不得了。"

时任中共中央主席、国务院总理华国锋在1979年6月18日召开的五届人大二次会议上所作的报告中指出："要订出切实可行的办法，奖励只生一个孩子的夫妇。"

本次人大会议尚未结束，6月27日，陈慕华在中央党校给学员讲计划生育课时，将"一对夫妇只生一个孩子"转化为"一胎化"。她说："只要我们下大力气，花大功夫，做好工作，一胎化的比例是可以越来越高的。"7月6日，《人民日报》报道这次讲课时，用了一个十分醒目的黑体标题《把工作重点放在"最好生一个"上来》。而后，她又在相关的会议上提出："只有逐步做到

城市95%、农村90%的育龄夫妇只生一个孩子,到本世纪末,我国总人口才能够控制在12亿左右。"这95%和90%的比例指标,实际上是对"一胎化"的具体阐述。

陈慕华提出的"一胎化"政策,也得到了邓小平的支持。1979年10月15日,邓小平在会见英国客人时说:"人口问题是一个重要问题。现在,我们正在把计划生育、降低人口增长率作为一个战略任务,我们提倡一对夫妇生一个孩子。凡是保证只生一个孩子的,我们给予物质奖励。"

有了如此众多的领导支持和政策铺垫,陈慕华在1979年12月15日至20日召开的全国计划生育办公室主任会议上明确指出:"过去我们说'最好一个,最多两个',现在提出来'最好一个',后面那个'最多两个'没有了。"

在实际工作中,国务院计划生育领导小组早就将"一胎化"推向了全国,各地根据国务院计划生育领导小组的要求,纷纷实施。据《中国人口与计划生育大事要览》记载,1978年至1979年间,河北、辽宁、上海、北京、天津、江苏、吉林、山西等省、市先后作出有关计划生育的规定,并提出"一对夫妇只生育一个孩子"的要求。1978年年底,中共四川省什邡县委率先制订出"鼓励一对夫妇只生一个孩子"的措施;从1979年9月1日起,上海市开始实施独生子女政策,并发放《独生子女证》,凭证享受奖励待遇;1979年年底,中共辽宁省委宣传部等五部门联合发文,要求"以发展和巩固一对夫妇只生育一个孩子为中心",做好1980年元旦、春节期间的计划生育宣传活动……

任何一项重大决策的出台,都应该经反复调研和论证,计划生育政策也是如此。1980年春,中央书记处委托中央办公厅召开座谈会,邀请中央和国务院相关部门的部长、副部长以及自然科学专家、社会科学专家等各类代表参加讨论。谁知,这样的座谈会一开就是两个多月,会议地点也由中南海到人民大会堂再到中南海。经过反复讨论得出结论性的意见后,形成报告上报中央书记处。

1980年6月26日,中央书记处召开会议进行研究,时任中共中央总书记胡耀邦在会上提出,以《公开信》的形式向全体共产党员、共青团员发出"只生一个"的号召。

就这样,一份在中国计划生育史上具有划时代意义的纲领性文件——《关于控制我国人口增长问题致全体共产党员、共青团员的公开信》出台,并由中共中央于1980年9月25日发出。第二天,《人民日报》以《党中央号召党团员带头只生一个孩子》为标题,全文刊登。

随后的10月6日,共青团中央向全国各级团组织发出《关于积极响应党中央号召坚决实行计划生育的通知》;10月11日,中华全国妇女联合会向全国各级妇联发出《关于积极响应党中央和国务院提倡一对夫妇只生一个孩子的号召的通知》;10月14日,全国总工会向全国各级工会发出《关于坚决响应党中央号召积极认真抓好职工计划生育工作的通知》。

于是,"只生一个孩子"的计划生育政策在中国大地全面实施。从此,独生子女,一个富有鲜明时代特色的人群出现在中华大地上。

生命中那本红色的"证"

1980年10月的一天,石家庄某国企厂办主任剑融(化名)来到医院接受人工流产手术,忍痛将怀了两个多月的孩子流掉。

她清楚地记得,那年儿子5岁,她怀上了第二胎。随着妊娠反应的加剧,一家人沉浸在无比的喜悦里。按照当时"一个不少,两个正好"的政策,她顺利地拿到了"准生"指标。

然而,肚子还没隆起,新号召却来了:"一对夫妇只生一个好。"她当时正担任厂办主任,传达到厂里来的所有新政策、新精神都先在她这里"中转"。

听到这一号召,她有些急了,怎么会这样?但转念一想,好不容易一个新生命来到她的肚子里,而且通过了组织上的批准,拿到了准生证,合理又合法。于是,她决定生下这个孩子。

可没过多久,厂领导来到她家,开门见山地说:"剑融啊,现在全国人口增长太快,党中央号召我们只生一个,作为党员干部,你是不是带个头呢?"

她无言。一家人更无言。

"你们一家人商量商量吧,剑融还年轻,又很有能力,前途远大,我不希望因此受到影响。"领导将这么一句意味深长的话撂下后,走了。

看着领导离去的背影,一家人陷入了长久的沉默之中。

经过十分激烈的思想斗争,剑融开始动摇了,想打掉这个孩子。婆婆知道后,跑来求她,怎么样也得将这个孩子生下,谁家不是三五成群?就多我家这一个?官可以不当,孩子不能不生。丈夫虽没这么强硬,但也想说服妻子把孩子生下来。可剑融考虑自己是党员又是干部,而且领导还上门来做工作了,如果强行生下,日后群众工作不好开展。

见劝说无果,婆婆一急,心脏病突发,住进了医院。丈夫则躲在大门外偷偷落泪。

在经过了长时间的纠结后,剑融最终还是决定放弃腹中的胎儿。为此，她不得不强忍着痛苦去说服老人和丈夫："我们现在的生活都是党和国家给的，如今国家要求我们为之分忧，我们应当理解、感恩和回报。"

那是一个阴雨霏霏的初秋早晨，迎着有些寒意的风，剑融独自跨上自行车向医院骑去。车子沉，腿也沉，每前行一步，都在挣扎。那一刻她好想变成小说里的孙猴子，顷刻间遁到海天云外去，找一个没人的地方将孩子生下来。

到了医院，在排队挂号时，她也总是希望队伍越长越好，希望永远也轮不到她。但，那一刻还是来了。

当时的医疗技术水平还不高，麻醉也不好，更没有无痛流产设备。当冰冷的手术器械伸进自己身体时，她痛得数度呕吐……

休养一周后，她便返回工作岗位。回到单位，厂里给她颁发了大红本的"独生子女光荣证"。发证那天，厂里召开职工大会，领导对着喇叭，情绪高昂地说："今天，我们十分高兴地把我厂第一份'独生子女光荣证'颁发给光荣的剑融家庭。他们想国家之所想，急国家之所急，主动落实节育手术，只要一个孩子。我们全厂干部职工都要向她学习。"

在她的带动下，这一年，全厂258个育龄妇女，有58人领取了"独生子女光荣证"。

可谁知，在此后的几年间，她总是噩梦不断。梦里，一个小姑娘哭着拉住她的手，反复问她："娘啊，你为啥不要我？"

每一回，她都在自责的梦呓中醒来。

家住美丽的海滨城市宁波的李平、古梅（均为化名）夫妇至今都珍藏着30多年前的独生子女证，他们说，那是儿子李显来到这个世界上的第一份证明。泛黄的纸页上字迹已开始模糊，黑白证件照也已退色，只留下斑驳的痕迹，但依然可以清晰地看

到,发证日期是 1978 年 10 月。"

从上世纪 70 年代末开始,凭着这个小本子,李显才能喝上牛奶,而李平夫妻俩每个月还能拿到 20 多元的补贴。

"有没有钱都得领这个证,"李平说,"那个时候,计划生育刚刚实施,控制得很严格,根本没有商量的余地。我当年就有个同事,因为偷偷生二胎被单位开除,好好的工作没了。"

夫妻俩不是没有再生一个的机会,儿子 4 岁那年,因为病毒感染患上腿疾,去上海做了手术,出院后有轻微残疾,符合生育二胎的政策。他们也曾想过再生一个健康的孩子,并搜集了各项证明,准备到街道去办手续。

可工作人员却做他的工作,说:"你孩子虽然腿不方便,但脑子挺聪明的,将来一定有出息,没必要再生一个。你们是吃国家饭的,应该带头响应政策。"

最终,夫妻俩拿着材料回来了。一进家门,儿子见他们回来,便一瘸一拐地从屋里走出来迎接他们。看着摇摇摆摆的孩子,夫妻俩还是想再生一个。

一年后,妻子古梅怀孕了。夫妇俩商量来商量去,最终还是决定不要这个孩子。

"一来,为了响应政策,那会儿都只生一个,有条件生两个的也只生一个,觉得那是一种光荣;二来,也是为了更好地照顾儿子李显,想把所有的爱都给他。"古梅说。

就这样,他们去医院拿掉了孩子,领回了独生子女证。

当年,为了响应党和国家的号召,多少共产党员、共青团员、国家干部、企事业单位职工都积极行动了起来,自觉加入到"只生一个"的行列之中。

据有关方面统计,1979 年,全国只有一个子女的夫妇为

1535.4万人,其中已经领取"独生子女证"的夫妇达610.1万,领证率达到39.7%。也就是说,开始实行独生子女政策的当年,就有近40%的育龄夫妇领取了独生子女证。

各地更是涌现出一大批"只生一胎"的先进地区、先进县、先进乡、先进村。位于湖南省东北部、洞庭湖畔的常德地区,在全省率先实行严格的"一对夫妇只生一个孩子"政策,独生子女家庭达到88.2万户,占已婚育龄家庭的67.8%,其中常德县蔡家岗乡,独生子女户达到了84.13%。湖南省委、省政府在常德召开全省计划生育工作经验交流会,推广常德"最好一个"的经验,常德地区及当时的10个县(市)的人口计生工作全部进入了省里的先进行列,赢得了"十面红旗飘洞庭"的美誉。

著名人口学家梁中堂先生对此进行过统计,他在《试论"公开信"在"一胎化"向现行生育政策转变过程中的作用和地位》一文中说:"仅仅从《人民日报》上来检索,1979年5月至6月间,就刊发了多篇'只生一个'的报道。如5月19日,有'在抓好思想教育的同时采取必要的经济措施奖励终身生一个孩子的夫妇'的报道;5月21日,有'提高群众计划生育的自觉性,大邑县龙凤公社积极宣传只生一个孩子的好处'的报道;6月9日,有'什邡、江津两县从今年2月以来,分别有3300对和8800多对已生一胎的夫妇响应不再生第二胎的号召,从而使这些地区人口自然增长率不断下降,计划生育工作取得显著成绩'的报道;6月22日,有'合肥市和天津和平区为只生一个孩子的育龄夫妇颁发独生子女证'和'上海县虹桥公社159对育龄夫妇提出倡议:实行计划生育只生一个孩子'等报道。"

另外,一些思想进步的群众更是纷纷发出"只生一个孩子"的申请和倡议。

1979年3月，山东省烟台地区荣成县农民鞠洪洋、鞠荣芬等136对夫妇发出《为革命只生一个孩子》的倡议书："我们这136对夫妻，通过学习党中央的指示，决定听党的话，只生一个孩子，不再生二胎。我们少生一个孩子，就是为'四化'多作一份贡献。"在他们的影响和带动下，1979年底，全县领取"独生子女优待证"的夫妇达16891对，占一孩夫妇总数的93%。

1979年9月，在山西省召开的全省计划生育先进集体、先进个人代表会上，245名只生一个孩子后做了绝育手术的代表向全省育龄夫妇发出倡议：争做只生一个孩子的带头人。至1979年年底，全省有一万多育龄夫妇只生育一个孩子，晋东南地区的阳城县、屯留县、高平县的一些公社只生育一个孩子的比例达到90%以上。

还有北京市宣武区的几十名育龄妇女和天津医学院44位职员也联名发出了一对夫妇只生一个孩子的倡议。

就是这些模范遵守独生子女政策的先进人物，垒起了中国计划生育工作的巍峨大厦，独生子女占出生人口比重节节攀高。

根据2005年1%人口抽样调查，1975年至1979年出生人口中独生子女占15.6%；1980年至1989年独生子女比例稳定在19.3%左右。2010年人口普查显示独生子女比例不断提高：1995年是35.1%、2000年是49.5%、2005年达到64%。

北京大学人口学者郭志刚、复旦大学人口学者王丰、美国北卡罗来纳州大学人口学者蔡泳在合著的《中国的低生育率与人口可持续发展》中判断，2005年全国30岁以下人口中终身独生子女数量为1.5亿人。中国社科院人口与劳动经济研究所人口预测专家王广州运用人口抽查数据和计算机仿真模型估计，2010年全国独生子女的总量在1.45亿。美国威斯康星大学学者、人口学专家、《大国空巢》作者易富贤，根据2005年1%人口抽样调查和2010年第六次人口普查资料推算，1975年至2010年共产生了2.18亿个独生子女家庭。

2.18亿个家庭，多么庞大的人群！如果不考虑其他因素，平均按照3个人一个家庭来计算，生活在中国独生子女家庭的人口就有6.54亿之多，几乎占全国人口总数的一半。

世界为之震撼。人类为之喟叹。

贡献，立于天地

2014年7月10日，在国家卫计委召开的新闻发布会上，有关同志介绍说："我国全面推行计划生育政策以来，取得了举世瞩目的巨大成就。少生了4亿多人，创造了较长一段'人口红利期'，为经济长期快速增长奠定了坚实基础。人类发展指数从改革开放初期的0.53上升到2012年的0.699，是全世界进步最快的国家之一。"

世界银行（WBG）组织测算出，人口红利的结构性优势对中国经济增长的贡献度达到了30%以上。中国专家的研究结论亦认为，计划生育对国家经济增长的贡献度为27%左右。

有专家试图以"人口红利"对经济增长的贡献度作为计算标准，以历年国家统计局发布的国内生产总值数据为依据，计算出贡献度为30%的情况下计生家庭为国家作出的经济贡献值。

以2000年至2012年为例：2000年国内生产总值99214.6亿元，按30%贡献度计算，贡献了29764.38亿元；2001年国内生产总值109655.2亿元，贡献了32896.56亿元；2002年国内生产总值120332.7亿元，贡献了36099.81亿元……2011年国内生产

总值471564亿元,贡献了141469.2亿元;2012年国内生产总值519322亿元,贡献了155796.6亿元。

从2000年至2012年,13年中,计生家庭共为国家贡献了上百万亿元。因此,专家不得不承认,中国选择"人口红利"转型作为推进经济结构调整的突破口,实现了战略性转移。过去30年,中国经济保持高速增长,计生家庭作出了不可磨灭的贡献。

实际上,早在2007年1月,由全国人大副委员长蒋正华任组长,包括十多位两院院士在内的300多名专家学者组成的"国家人口发展战略研究课题组"的研究结果就表明,中国的计划生育作出了举世瞩目的贡献——

实现了人口再生产类型的历史性转变。在不到30年的时间内,人口再生产类型由"高出生、低死亡、高增长"转向"低出生、低死亡、低增长"。总和生育率从20世纪70年代初的5.8下降到目前的1.8,低于更替水平,比其他发展中的人口大国提前半个多世纪跨入低生育水平国家行列。少生了4亿人,拆除了"人口爆炸"的引信,使世界60亿人口日推迟4年。

有效缓解了人口增长对经济社会资源环境的压力。少生4亿人,意味着少消耗粮食1710亿公斤,少消耗水资源1867.5亿立方米,少占用耕地播种面积5.7亿公顷,人居、生态环境恶化程度减轻20%以上。

人口素质状况明显改善。15岁以上国民人均受教育水平从20世纪80年代初的4.5年提高到目前的8.5年左右;总人口中,小学以下文化程度的比例显著下降,初中以上文化程度的比例明显上升,大学以上毕业生由1982年的610万跃升到2005年的7000万人左右。贫困人口大幅度减少,妇女地位显著提高。

生育率下降导致人口抚养比下降1/3,为经济增长创造了40

年左右的"人口红利"期。

为世界人口与发展作出了重要贡献,也为世界各国尤其是发展中国家控制人口过快增长提供了宝贵经验。

2009年12月,在哥本哈根召开的联合国气候变化大会上,国家人口计生委相关同志在接受记者专访时指出:"中国在过去30年里少出生了4亿人口,按照目前人均二氧化碳排放量4.57吨计算,中国如今每年减少18.3亿吨二氧化碳排放。中国计划生育为世界环境保护作出了不可磨灭的贡献。"

面对中国的伟大成就,过去曾对中国计划生育政策有所非议的西方人士,也不得不竖起钦佩的拇指说:"中国人口政策功在千秋!"

著名的英国《独立报》更是称中国的计划生育政策"是世界上迄今为止在社会工程领域里最大胆的试验"。

总部设在英国伦敦的国际计划生育联合会执行主任吉尔·格里尔在接受新华社记者专访时说:"30多年来,中国取得了非凡的经济和社会发展成就,而中国的人口政策无疑为此作出了贡献。"确实,计划生育降低了人口增长率,缓解了人口过快增长可能导致的问题,有利于医疗、教育和经济等方方面面的发展。

联合国人口司司长哈妮娅·兹罗特尼认为,中国实行计划生育政策,不仅为控制中国乃至世界的人口增长作出了重要贡献,而且也为其他国家树立了榜样。

印度孟买大学副校长、人口问题专家萨万特就指出,全世界都在享受中国人口政策带来的发展利益,中国人口数量的控制和素质的提高将进一步促进整个世界的繁荣。

贡献,立于天地。

第二章　生命无常，多少幸福在泪水中塌陷

贡献与风险同在。这些独生子女家庭在为国家"只生一个"的同时，也为自己埋下了诸多风险。

人口学界研究数据显示，我国每 1000 个出生婴儿大约有 5.4% 的人在 25 岁之前死亡，12.1% 的人在 55 岁之前死亡。由于死亡概率的变化十分缓慢，所以 5.4% 和 12.1% 的家庭经历孩子夭折的风险，几乎难以规避。

就在这一"难以规避"的自然法则里，独生子女家庭成为了世界上问题最大的"风险家庭"。

疾病、灾害、车祸、自杀、过劳死……任何一种意外或灾难的来袭，都将使其风雨飘摇甚或完全倾覆。

病魔，让美丽生命悄然止步

1985 年 3 月 19 日，一个再平常不过的日子。

家住上海的菲菲妈妈的幸福时光，就在这天让一声稚嫩的啼哭激活。婚后四年才怀上的女儿在这一天来到人间，向她报到。

从此，母女血脉相连，亲密无间。菲菲妈妈虽然不会唱温柔的摇篮曲，但像所有的母亲一样，全力地关心、呵护着女儿。从小到大，菲菲几乎没买过一件成衣，不论是春装、夏裙、秋衣、冬袄，还是袜子、手套……都是妈妈一针针，一线线，慢慢缝，细细织。从牙牙学语，到每晚陪读；从蹒跚学步，到涉世之初，菲菲妈妈对女儿倾注了所有的爱。渐渐地，女儿懂事了，有一天，她轻轻地附在妈妈耳边："妈妈，我长大后一定会对你好的！"一句纯情的话语，听得菲菲妈妈心里好甜蜜好欣慰。

可是，天有不测风云，人有旦夕祸福。1998年9月15日，不到14岁的菲菲突然病了，一张急性白血病的诊断书，犹如天塌地陷般的灾祸，降临到一家人身上。

女儿的人生就此由教室移到了医院。住院，打针，吃药，化疗。为了生存，女儿以顽强的毅力配合治疗，得到了医生护士的共同赞许。同时，她那纯真的天性和热情的性格，也得到了所有和她接触过的病人及病人家属的喜爱。

她人虽小，却有一副热心肠。每当有新病友入院，她都会像个小大人似的去关照人家，告诉他们得了这种病生活饮食上应该注意些什么、用药期间又要注意些什么、出院回家还要注意些什么，等等……她还给他们讲《格林童话》《西游记》《还珠格格》和《包青天》的故事，当然，她更爱听他们讲《红楼梦》《水浒》，讲《简·爱》《钢铁是怎样炼成的》……

目睹着病房里的白血病患者一个个被病魔夺去了宝贵的生命，听着那些失去孩子的父母撕心裂肺的痛哭声，菲菲妈妈的心在战栗！为那些过早凋谢的生命感到伤心，更为自己的女儿担心！她和女儿本来不信佛，此时却渴望有一股强大的超自然的力量来帮助她们，多少次她哭跪在菩萨面前，极虔诚地祈求上苍保佑女儿平安无事，保佑女儿早日康复。可是，纵然她跪破了膝盖也无济于事，一年后，菲菲的病还是复发了。

一次次化疗，一次次痛苦反应，菲菲咬牙忍受着，病情也得到了一定缓解。但就在两次巩固化疗后，她们准备再作最后一次

努力时，医院通过骨穿化验得到结果：孩子对所有化疗药物都耐药，已无药可用了！

这残酷无情的宣判，使菲菲妈妈的心刹那间被扔进了冰窖，全身的血都凝住了。看着孩子充满求生欲的目光，她万箭穿心，肝肠寸断！她不能看着孩子坐以待毙，只要有一线希望，她就要去争取。于是，她和医生商量，用最贵的进口药，找最好的老中医，总之，要竭力挽救女儿的生命。

菲菲也以惊人的毅力，咬牙忍受着进口化疗药物的痛苦反应，噙泪吞饮着比黄连还苦的汤药。这一切让菲菲妈妈肝肠寸断。多少次，她忍不住心痛，疾步走出病房，躲在角落里放声痛哭，哭上苍无情，哭自己不能替代女儿承受这所有的一切。

最后一次化疗导致菲菲肺部严重感染，体温高达41.5度，胸腔积水。可怜的菲菲不得不一天24小时靠吸氧维持呼吸。尽管通宵达旦地坐在床上挂盐水，用各种各样的抗生素，但菲菲的病情还是一天天加重。由于化疗药物对血管的破坏损伤，使得菲菲全身水肿；而严重的胸部积水，也只能靠一次又一次的胸穿抽水来减轻因呼吸困难带来的痛苦。站在病房外的菲菲妈妈看着女儿艰难地忍受着这一切，心像被一大群野兽争抢撕咬般绞痛，泪水流出了眼眶，流过脸颊，又流进了嘴里……这凄惨的一幕，似刀刻火烙般留在她的记忆里！

紧接着，更严重的药物反应直逼女儿，她的口腔和喉咙里发生了严重溃疡，不能进食，说话都觉得困难。心脏和下腹部也都有积水了，造成严重的心率衰竭。因长时间笔直坐着，菲菲屁股两边的皮肤都磨破了，再加上贫血，一度造成耳鸣。她想吃，不能吃；想睡，不能睡；不能坐，又必须坐；忍受着常人难以想象的痛苦。

雪上加霜的是，由于长期接受鼻腔吸氧，鼻黏膜受到严重损伤，菲菲的鼻子又出血了。鼻子出血对一般病人来说无足轻重，但对一个血小板极低、凝血功能极差的白血病人来说，这可是致命伤啊！鼻子出血需要用药棉、纱布条塞进鼻腔止血，但她的呼吸又离不开氧气，只能任由鲜血不停地由鼻孔往外流……怎么办？就在妈妈着急痛苦不知所措时，菲菲用最大力气举起氧气管往嘴里一塞，就像电影里的吸毒者那样，一口接一口地吸吮着。周围的人都被她这一举动震撼了。

大家的眼睛湿润了，菲菲妈妈的眼前一片模糊，泪水再也忍不住地大颗、大颗地往下滚落……

她紧紧地拥吻着女儿的背脊，又一次为不能替代女儿承受痛苦而撕心裂肺。

菲菲的病情日渐加重，她是多么渴望生存啊！为了生存，她以常人难以想象的惊人毅力，与病魔抗争着！但她毕竟还是个孩子，看着其他病友一批批地出院回家，她也想呀。"妈妈，我也要回家，我真的好想家……"听了孩子的话，菲菲妈妈心如刀绞，手脚一下子变得冰凉，真想抱着女儿放声痛哭一场。然而，她只能痛苦地闭上含泪的双眼，咬着牙在女儿的额头上深深地、一遍又一遍地亲吻……好一会儿，她才轻轻地对女儿说："宝贝，很快地，很快地，等病情稍稍好转些，不用吸氧了就可以回家了。"听了妈妈的话，菲菲慢慢地安静了下来。是的，她明白，她是离不开氧气的啊！此后，虽然菲菲再也没有提起回家的事，但妈妈知道，她是多么希望能早点儿回到自己的家里。可是，女儿回家的愿望最终没有实现。

难道她真的年幼无知，不明白疾病的严重性吗？不是。当病房里又一个病友离开人世，菲菲会整个上午都不说一句话，只是

两眼茫然地望着窗外,直到中午。病房没人的时候,她把爸爸妈妈叫到身边,伸出她那颤抖、苍白而冰凉的小手,抚摸着他们的脸颊,声泪俱下地说:"妈妈,爸爸——我不想离开你们啊!"这句话犹如万把利刃直刺夫妻俩的心窝!这短短的一句话喊出了她幼小心灵的全部恐惧!长这么大,她还从来没有离开过父母半步啊!夫妻俩听后,第一次在病房里当着女儿的面,抱着她失声痛哭。然而,当看到爸妈都哭了时,她倒平静下来,递给他们一人一张纸巾,说:"哎呀,我说着玩的嘛,好了,好了。"

天啊!这是说着玩的吗?多么天真善良的孩子!看着她嘴角故意露出的令人痛心的微笑,夫妻俩哭得更伤心了……

打那以后,她真的没再哭过,但说了许多让夫妻俩今生今世都无法忘却、什么时候想起都会痛彻心扉的话语。有一天赶上病房里消毒,女儿因病重不能出去,病房里只留下他们一家三口。菲菲又一次说:"爸爸,妈妈,看来我没有机会再回家了,我不能像别的孩子一样尽子女的孝道了,我要让你们白发人送黑发人了……"痛心的菲菲妈妈忙说:"孩子,你怎么这样说,你不要我们了,你不管我们了吗?"听了妈妈的话,女儿用更痛苦的声音说道:"妈妈,我也不想这样啊,我也想照顾你们到老啊!"由于呼吸困难,菲菲停了一会儿,继续说道:"妈妈,爸爸,我只有3000元压岁钱,放在家里的抽屉里,留给你们买点儿东西吃吃,只是太少了,太少了……如果我真的走了,妈妈爸爸,你们还要好好地正常过日子啊!"

一个才15岁的孩子,她对这个世界有着那么多难以割舍的爱,她憧憬过许许多多的未来,她渴望生活,对生命有着强烈的欲望……然而,她得了不治之症。知道自己就要离开这个世界,她不想,不敢,不愿,又不得不服从;面对死神,她竟能这么镇定、坚强！好心痛啊！她还是个孩子呀，所有有同情心的人都不难想象，一颗幼小稚嫩的心要承受怎样痛苦的精神折磨啊！

2000年8月8日晚上，菲菲看完了生命中的最后一次电视。当天夜里，每分钟180跳的心率，使她又痛苦煎熬了一整夜。黎明前，懂事的菲菲平静地对妈妈说："妈妈，今天我大概要走了……"听着亲生骨肉的临终告白，妈妈的心难受到了极点，恨不能先她而去，嘴里不停地说着："不会的，不会的，有妈妈在这里，不用怕，不会有事的。"这句话，从小到大，她对女儿不知说过多少次，每次碰到困难，只要妈妈说这句话，那就总会没事的，妈妈在女儿的心目中一直都是最安全的港湾！但是，今天这句话她说得多么地苍白无力啊，她感觉自己快要崩溃了，歇斯底里地喊着医生和护士："救救我的孩子吧——"但一切都无济于事，唯一的骨肉在她面前咽下了最后一口气。

这样痛苦的场景，远在非洲的崔崴也经历过。虽然女儿已经离开32年了，但她依然不能忘怀当年疾病夺走女儿生命的情景。

那是1984年5月，刚经历了家庭变故的她，独自一人带着三岁的女儿生活。

一天，女儿突然头痛并伴随呕吐，她抱起女儿就往医院跑。市里大小医院都跑了个遍，能找到的名医都拜了个遍，能做的检查全查了个遍，可是，在一次次的会诊和一次次的检验后，得出的仍是她最不愿接受的结果：脑瘤。

她不甘心，更不相信女儿这么小就得了如此恶疾。她啃着面包、含着泪水，用了整整十天时间翻完了市图书馆全部有关脑瘤的藏书。但知识掌握得越多，资料收集得越广，检查的结果越精确，她的心也就越冷，精神几近绝望。在经历了一天天、一分分、一秒秒的"求证"后，她被彻底逼上了绝境——事实告诉

她，女儿患的不是一般的脑瘤，而是在当时一点儿治疗办法也没有、恶性程度极高的"小脑蚓部髓母细胞瘤"。

当最后的检验结果出来时，医生用手捂着报告单对她说："叫孩子的爸爸进来吧！"她双膝发软，眼前一片混沌，好不容易摸索到一张凳子，慢慢坐下来，一字一句地说："我是她妈妈，也是她爸爸，就我一个人来的，您对我说吧。"

面对女儿的重病，没有丈夫的肩膀可以依靠，妈妈和弟弟也远在郊县，还要瞒着年迈病重的老父亲，此时的她，不知道与谁去说。那一刻，满腔的委屈不敢张口，嗓子眼儿就像卡着一团铁蒺藜，一张嘴就会破裂流血。

为了让女儿少受病痛折磨，崔崴来到她曾经工作过的大连海港医院，找了一位曾经当过自己多年领导、待自己如父如兄的外科主任，哭诉着说："告诉我哪个方法不痛苦，让她静静地睡过去吧，求求您啦！"

面对着哽咽得说不出话的崔崴，面对着如困兽般压抑哀号的崔崴，面对着哗哗流泪的崔崴，不多一会儿，主任闷闷地抽了整整一盒烟。他将手中的空烟盒捏了又捏，紧了又紧，最后，沉重地摇摇头说："保守治疗维持现状吧。"

"保守治疗维持现状"。可这现状又如何维持得了？这种每天看着孩子受苦受难而又没有解决办法的"现状"，真的让她备受煎熬！孩子能吃下一点儿东西，她才有心思吃饭。有时一天两餐，有时两天一餐，经常是把饭送到孩子嘴边儿，含着眼泪哀求着、命令着，她才吃一两口。孩子哭叫呕吐，她就流着泪陪着她挨饿，摸着她的小手，亲着她的额头，一坐就是整整一夜。

这时，她才真正体会到，危难的时候，"爱"甚于"护"，"拥"甚于"抱"，"亲"甚于"吻"……

孩子的病情一日日加重，看着被病痛折磨得不成人样的孩子，她做不到不流泪。

女儿虽然只有3岁，且身患重症，却是个懂事、乖巧的孩子！

记得那是个秋日的早晨，她抱着女儿趔趄着走下了通勤火车。才3岁的女儿没有忘记对车上给自己让座的哥哥致谢："再见，川生哥哥！""你行吗？""行！"崔崴装作没看见川生因感动而发红的眼圈，将孩子横在胸前抱紧，毅然走向公共汽车站。刚出站台，一阵强光袭来，女儿下意识地将小脸使劲拱入妈妈的胸膛。

风将她蓬松的长发刮得像面黑色的旗帜，她歪着头用这旗帜为女儿遮挡强光——她想，除此之外她还能给她些什么？女儿在怀里露出一双星星般亮晶晶的眼睛，甜甜地笑着说："现在妈妈抱我，等病好了我抱妈妈。"崔崴吻着女儿的小手，眼泪像潺潺的小溪。那一刻，她告诉女儿："妈妈要带你去一个很远的地方，那里房子很小，你先住进去，妈妈找一些小朋友来陪你一起唱歌。""那你去哪儿？""妈妈去找一个大房子啊，只是大房子的钥匙要做很多很多好事和善事才能取到，到时候妈妈就和你永远不分开了。"女儿说："行。只要和妈妈在一起。"

她抱着女儿在大街上边走边哭，引来路人惊诧的目光。

……

这天终于来了。在住院部的大走廊里，主任背靠着窗户，崔崴站在他对面。她知道那是为了让她避开身后那一排敞着门的病房，以及那些怜悯的、猜测的、友善的、怪异的、关注的眼神。主任轻轻地对她说："小崔呀，上激素吧，尽量减少些痛苦。"

……

孩子还是走了。看着吊瓶里的液体越滴越慢，时钟在 1984 年 11 月 5 日晚上 11 点永远地停住了。再过一个小时，就是崔崴 30 周岁的生日，可女儿就是等不到那一刻。

痛苦着、号叫着的崔崴，用脸紧紧贴住女儿渐渐冷去的小脸儿，陡然间，她感觉自己的心被生生地掏走了……

2011 年 5 月 14 日，是贾爸一辈子都不会忘记的日子。

卧床两年多的女儿丹丹，此时已经无法开口说话。丹丹示意贾爸把手递给她，在他手掌上吃力地写下了几个字：

"可以了。"

这是丹丹留给这个世界最后的"声音"，同时也是贾爸和女儿的最后一次"交谈"。在煎熬了 700 多个日日夜夜之后，贾爸和贾妈不得不接受，女儿与他们终将一别。

凌晨 2 时 32 分，丹丹的时间停在了这一刻。这一年她 29 岁。

丹丹出生于 1982 年，是新中国成立以来第一代独生子女，在她出生前两年，中国开始施行"一对夫妇只生育一胎"的计划生育政策。

2009 年春天，正在上班的丹丹突然觉得自己身体有点儿不对劲，起初也并没当回事，只是去厦门鼓浪屿休息了一个星期。回来之后，还是感觉很累。

"爸爸，最近我感觉身体不太好，您什么时候陪我去检查一下？"从小到大很少让贾爸操心的丹丹忧心地对父亲说。

在贾爸的陪同下，丹丹去杭州邵逸夫医院作了检查，一开始医院检测丹丹心脏不太好，但不确定病因，于是让她住院继续检查。

清明长假过后，检查一直持续了十多天，最后才判定是肺腺癌，而且是晚期，不能做手术。

这无疑是一个晴天霹雳，给这个原本幸福的家庭蒙上了一层阴影。

一开始，贾爸本想瞒着女儿。检查完出院后，丹丹就找贾爸谈话了。贾爸还没想好怎么跟女儿说她的病情，女儿就主动向他"施压"了。

"爸爸，我给了你好几次机会，你怎么不跟我讲实话？我已经知道自己得了病，只是不知道有多重。现在我跟你讲，既然得了这个病，那就想办法治。不过有一条，治疗方案我必须全部清楚。"丹丹表现得十分坦然，她的懂事让贾爸觉得更加心痛。

在治疗的两年多时间里，医生都是直接跟丹丹交流。每隔二十来天，她就到邵逸夫医院住院，做化疗。有一次做胸穿抽液，贾妈看着年轻医生生疏笨拙的动作忍不住出声阻止，而丹丹却说："人都有个进步的过程，我就当一次小白鼠吧。"

治疗的过程是一种折磨，折磨着丹丹，也折磨着贾爸和贾妈，但是丹丹还是一直在坚持，"主要是为了你们。"她说。

虽然医院的诊断是无法手术，但贾爸仍然没有放弃希望。2009年年底，他找到了有浙江省第一人民医院"一把刀"之称的专家。可专家说："你要我开刀可以，但是很有可能手术以后的生活质量还不如手术之前。"专家依旧建议不要做手术。

"可以说，把能用的药都用了。"两年多的时间里，贾爸找遍了全国的医院，"上海胸科医院，北京301医院，我都去问过。最好的治疗方案也无外乎这些，即使是外国进口药都给她用过。"

女儿的生命即将走向终点，邵逸夫医院也无能为力了。

最后，他们只能辗转住进了杭州市肿瘤医院。在这之前，丹丹知道自己时日不多，对自己的后事作了缜密的安排。

丹丹最放心不下的就是贾爸贾妈，"我要把钱都转到你们账

上,省得将来麻烦。这笔钱留给你们,你们可以用它去旅游。"热爱旅游的丹丹觉得,让父母出去游玩,或许可以调整他们的心情。

"给我买块墓地,跟爷爷奶奶葬在一起。"这是丹丹的第二个安排。"我想在墓碑上刻上'我轻轻地走了,正如我轻轻地来,我轻轻地招手,作别西天的云彩'。"贾爸知道,这是丹丹最喜欢的一首诗。

丹丹作出的最后一个安排是捐献眼角膜,为此她征求了贾爸的意见。"你已经这个样子了,再弄的话,我不忍心。"贾爸断然拒绝。

当一切都安排好后,丹丹觉得自己该走了,于是写下了与这个世界的诀别告白:"可以了。"

一朵又一朵灿烂的花儿,就这样泯灭在无情的恶疾里。

首都医科大学附属朝阳医院呼吸与危重症医学科主任、国家杰出青年科学基金获得者施焕中教授通过剖析1983年至2011年的《中国卫生统计年鉴》相关数据,得出结论:

中国城市和农村居民的主要死亡原因为恶性肿瘤、脑血管疾病、心脏疾病、呼吸系统疾病、损伤和中毒。在过去29年中,上述五个主要死亡原因每年占所有死亡的比例超过85%。其中恶性肿瘤占28.2%,心脏疾病占22.3%,脑血管疾病占21.6%,呼吸系统疾病占11.8%。且恶性肿瘤、脑血管疾病、心脏疾病、呼吸系统疾病等呈现总体增加趋势,城区由405.8人/10万人增加至485.6人/10万人,农村由443.1人/10万人增加至489.4人/10万人。

2015年1月19日,世界卫生组织发布的《2014年全球非传染性疾病现状报告》显示,超过300万中国人每年"过早死"。

世卫组织的官员感叹道,太多中国人在 70 岁之前死于心脏病、肺病、脑卒中、癌症和糖尿病等慢性非传染性疾病。报告称,自二十世纪 80 年代起,中国 13 亿人口的卫生条件已大大提高,但是随着中国经济的增长,中国面临着严重的健康问题,中国每年过早死亡的 300 万人口中,有 45% 的人死于心脏病,23% 的人死于癌症。

这其中有一部分就是独生子女。

是病魔,让一个个年轻生命,在风华正茂时,英年早逝;让一位位幸福母亲,在生命陪伴中,肝肠寸断。

天灾,生命的另一场杀戮

"吱——吱——"强烈的停车制动声,仿佛大地的一声哀号。

从云贵高原奔袭而来的 K112 次列车,缓缓地停靠在了上海火车南站 7 号站台上。

车门开启,一对身材瘦弱、面容憔悴的夫妻,跟跟跄跄走下列车。丈夫怀抱红布包裹,妻子手捧黑绸相框。

夫妻俩看到站台上的父老乡亲,看到乡亲们打出的"小亭,家乡父老接你回家"的横幅,顿时双脚一软,跪到地上,号啕痛哭:"女儿,我们回家了……"

这一幕发生在 2010 年 7 月 28 日。

双膝跪地的夫妇就是江苏省如皋市如城镇邵庄村 25 组的赵松高、陈建华夫妇。2010 年 7 月 21 日,他们正在武汉大学读大三的 20 岁独生女儿赵小亭,在贵州省黔南布依族苗族自治州贵定县马场河乡中心小学开展暑期义务支教时,被突然滚落的山石击中,不幸当场遇难,献出了年轻而宝贵的生命。

2010年7月，刚放暑假的女儿赵小亭打电话对他们说，自己想去贵州支教。想念女儿更担心女儿安危的赵松高、陈建华夫妇劝她先回家，并给她找理由，说也不必要年年去，因为去年她才去了湖南的新邵县。但最终还是没有说服她。

7月11日，赵小亭给她的老师发了一条"我想去贵州山区支教，那里很穷。知识是改变孩子们命运的唯一希望，我想去帮帮他们"的短信后，就和支教队其他18名队员一起，从武昌出发，前往她的支教地——马场河小学。

马场河小学，位于距县城几十公里之遥的大山中，学生多半是当地的留守儿童。学校条件相当艰苦，既不通自来水，也没有食堂和宿舍。队员们自己动手将课桌拼起当床，将教室改装成"简易宿舍"，用水管把山上流下的溪水接下来建起"临时澡堂"，吃饭则走上十多分钟山路，到一户农家搭伙……

"虽然这里苦一点儿，但这里有大城市看不到的秀美风景、呼吸不到的新鲜空气，加油！"为了给同学们鼓劲，乐观的赵小亭经常提醒同学们享受这里的"生态美"。

尽管是暑假，但山区孩子对知识充满着强烈渴望，自愿前来学习的学生很多。善良、富有爱心的赵小亭乐观大方，浅浅的酒窝，圆圆的脸，阳光般温暖的微笑，很快就得到了山区孩子们的认同。

赵小亭负责给孩子们上英语课、音乐课和安全教育课。在赵小亭的课堂上，学生们听讲格外专注；下课后她又和学生们打成一片，一起玩耍嬉笑。每到傍晚放学时，很多学生经常迟迟不愿离开，非要和赵小亭老师多待一会儿不可。

7月21日下午，支教的同学完成教学计划后，打算去乡里的小电厂参观。这群学电气工程的同学意气风发，很想去调研一下山区发电厂运行的情况。

去电厂要走一段山路,那里是马场河风景最漂亮的一段。可就在大家陆续过河时,灾难突然降临。一块从山上滚落的石块,砸中了赵小亭的头部。来不及说上最后一句话,这位深受山里孩子爱戴的赵老师就永远闭上了眼睛……

7月21日晚,赵松高夫妇接到武汉大学有关领导的电话,得知女儿出事了,并"正在抢救中",夫妻俩担心得一夜没合眼,次日凌晨就从江苏如皋的家中赶到贵阳,再辗转来到贵定,这时,他们才知道,女儿已经不在了。

自春节开学后,他们没见过女儿一面。只在5月28日,女儿小亭给爸爸发来短信:"想爸爸……想妈妈……想奶奶……想家……"5月30日又发来短信:"爱爸爸,爱妈妈,爱奶奶……"

谁知,这"一想"、"一爱"成了女儿此生留给爸爸、妈妈和奶奶的最后念想。

中国是一个自然灾害频发的国家,地震、台风、山火、冰雹、洪涝、旱灾、滑坡和泥石流……数以万计的生命被这些灾害吞噬。在国家民政部和国家减灾办发布的有关数据中,我找到了这样一些记载:

2008年,各类自然灾害共造成约4.7亿人(次)受灾,死亡和失踪88928人,紧急转移安置2682.2万人(次);

2009年,各类自然灾害共造成约4.8亿人(次)受灾,死亡和失踪1528人,紧急转移安置709.9万人(次);因灾直接经济损失2523.7亿元。

2010年,全国共发生地质灾害30670起,其中滑坡22329起、崩塌5575起、泥石流1988起、地面塌陷499起、地裂缝238起、地面沉降41起;造成人员伤亡的地质灾害382起,其中

奶奶管着我吃的，少吃几口就唠叨个没完。我连一点儿自由时间和空间都没有了，活着还有什么乐趣？"他对老师说。

为了发泄，李河经常在家里用拳头砸墙壁，有时手背被砸破皮鲜血直流，父母看了心痛不已。一次，他听同学说男人的烦恼都是"命根子"惹的祸，于是产生了自宫的念头，幸亏被父亲发现及时制止了。但父亲仍然没有意识到事态的严重性，只是狠狠地骂了他一顿，这让李河更加灰心丧气。

他一次次想到死，当这个念头最强烈的时候，他作出了结束生命的决定。

2005年4月22日下午4点20分，北京大学逸夫苑理科2号楼的同学正在上课。突然，"砰"的一声闷响，打破了校园内的宁静。

"有人跳楼了，有人跳楼了……"喊声从楼内传出，焦急而惊慌。同学们冲出教室，只见一名身穿牛仔服、运动鞋的女孩，一动不动地仰面躺在2号楼天井的水泥地面上。

之前，曾有同学看到一名长发披肩的女子面无表情地站在9楼天台上，因平时常有人到天台欣赏风景，所以这位同学也没在意。谁知，当他从9楼乘电梯到1楼，刚一出电梯门就看到这名女子横躺在地上。

她就是北京大学2003级中文系女学生刘丽（化名）。

刘丽死后，同学们这才在校园BBS上看到一封她留下的类似"遗书"的帖子。帖子是这样写的：

我列出一张单子，左边写着活下去的理由，右边写着离开世界的理由。我在右边写了很多很多，却发现左边基本上没有什么可以写的。

回想二十多年的生活，真正快乐的时刻屈指可数。记不清楚上一次发自心底的微笑是什么时候，记不清楚上一次从内心深处感觉到归宿感是什么时候。也许是我自己的错吧，毕竟习惯决定了性格，性格决定了命运。

我并不是不愿意珍惜生命。如果某一时刻你发现活下去，二十年，三十年……活着，然而却没有快乐，没有希望……不愿去想象，还要这样几十年下去，去接受命运既定的苦难，看着心爱的人远去、越来越不堪忍受的环境、揪心的孤独感、年轻不再……多年以后，只是一个孤苦伶仃的可怜老人，没有亲人，没有朋友，苟延残喘地活在回忆的灰烬里，那又为什么不在此时便终结生命？

……

如果人死的时候可以许一个必定会实现的愿望，我会许下让所有人更加快乐的夙愿。

生何欢，死何惧！

从帖子内容推断，她早就有了极强的自杀念头。

诸多看到帖子的热心同学还是以回帖的方式极力劝阻，他们希望她能回心转意，不要做傻事，坚强起来渡过难关。

当跳楼事件发生后，更多的回帖者对她的离世深表痛惜。其中一同学回帖说：

不知道你是不是那已经飘落到地面的花朵，我想说，生活的美好还在于自己的创造。学会顶住各种压力，保持内心的正直，努力追求美好的事物并为之奋斗，也许更好。我说的美好的事物，不一定是爱情。现在，你看着心爱的人离你而去，有一天，也许你会发觉，其实最美好的，并不是他或者她，而是你对理想的执著。我也曾经认真地、

反复地思考过生活的意义,但没有答案。思而不学则殆,直到有一天,我走进了物理学中格林函数的世界,我突然发现,它,就是我生活的最大意义。今天,在我看来,生活的意义,其实就是对生活本身的兴趣。这种兴趣,可能是某个人,也可能是某种事业。前提是,它足够美丽,能激起人类永远的追求。

然而,再真切的理想,再真挚的情感,再真诚的劝导,都无法唤回刘丽已逝的生命。

近年来,发生在校园里的自杀事件层出不穷。有人仅对部分年间在相关媒体上报道过的学生自杀事件作不完全统计,其结果就让人不寒而栗。

2001年:3月19日,深圳职业技术学院建工系赵同学因失恋跳楼身亡;6月15日,广东省交通学院邓同学因遭受自己认为无法承受的打击跳楼身亡;7月10日,广州大学建筑与城市规划学院建筑系黎同学在家中自杀身亡;9月17日,仲恺农业技术学院环境工程系大一新生黄同学跳楼身亡;10月9日,华南师范大学化学系石同学在海印桥跳江自杀;12月31日,华南理工大学电力系二年级研究生贺同学坠楼自杀……

2004年:4月16日,北京师范大学一名研究生跳楼自杀;5月18日,中国政法大学某男生半夜跳楼自杀;7月1日,北京中医药大学医学管理系一研二女生坠楼身亡;7月15日,北京大学医学部一名能歌善舞的大二女生从宿舍楼九层一跃而下;7月20日,东北林业大学工程技术学院一男生跳楼自杀;8月30日,北京师范大学地理楼前一女研究生坠楼身亡;9月15日,北京理工大学经管学院某新生从教学楼跳楼自杀;9月22日,北京大学某女博士从13楼坠下身亡;11月7日,北京林业大学18岁女大学生先割腕后跳楼自杀；11月11日，北京师范大学一毕业生不堪就业压力自杀；12月19日，中国矿业大学一名21岁的女生在科技楼坠楼身亡……

2005年：1月11日，河北工业大学一女生跳楼自尽；2月12日，年仅20岁的小彭喊了一句"死亡也是很快乐的事"便纵身跳下中国农业大学西校区的科研楼；2月18日，中国传媒大学一女研究生在家中跳楼身亡；3月9日，浙江大学一学生从某学院楼顶跳楼自杀；4月7日，江苏大学一大一男生跳楼自杀；4月23日，北京大学中文系一大二女生自理科2号楼9层跳下，经抢救无效身亡；5月7日，北京大学数学系一博士跳楼身亡；5月13日，北京大学医学部大三学生张金金在成都双流机场跳天桥自杀；5月20日，北京林业大学人文学院一18岁学生先割腕，然后从11号楼的10层跳下；5月23日，南昌大学一学生跳楼自杀；6月21日，北京理工大学机电工程学院三年级某学生从学校中心教学楼13层的厕所窗户处跳楼自杀；7月3日，鞍山师范学院一美术系大二学生从第一学生宿舍楼跃下身亡；7月12日，北京某重点大学一女生因考试时递答案给同学被老师当场"揪"出而悬梁自尽；7月25日，北京大学心理学系某男生从五楼宿舍的阳台跳楼身亡；8月20日下午4时多，中科院上海有机化学研究所一26岁博士生从研究所教学楼7楼纵身跳下；8月26日早上5时许，中国地质大学一大三女生从知春路锦秋花园小区23楼坠亡；9月9日，广州某大学一名入学仅一周的新生从学校的7楼纵身跳下，当场殒命；9月10日下午6时左右，还没来得及报到注册的某大一新生在留下一封遗书后，从重庆南方翻译学院的教学楼前跃下，毅然结束了自己的生命；9月19日晚8时许，北京广安门手帕口桥北的铁路道口，中央音乐学院管弦系某三年级女

研究生撞列车自杀未遂；9月19日，北京交通大学机电学院一男研究生从宿舍楼7层窗口跳楼身亡；10月20日上午，一罗姓女生从中国人民大学公共教学3层3409教室的窗台跳下；10月23日，北京邮电大学博士生秦某从学校第三教学楼7层楼顶坠下；10月24日，华中科技大学武昌分校北区19栋有学生跳楼死亡；10月30日晚，北京大学信息科技学院研究生成某将自己吊死在中关村76号楼305室；11月25日下午，华南理工大学一女生从男生宿舍楼7楼跳楼身亡；12月5日晚8时许，中山大学北校区一女研究生在寒风中爬上高楼，纵身跃下，轻易放弃了自己年轻的生命；12月16日傍晚，西安东郊某学院一男生从宿舍楼6层跳下，当场死亡……

2006年：2月28日，成都电子科技大学一名大四男生因为英语四级未过从5楼跳下；2月20日、22日、27日和3月1日，华南农业大学先后有四名学生自杀；3月18日晚上8点左右，江苏高邮临泽镇一名22岁的女大学生在家中自杀身亡；4月28日，成都某高校一位医学博士自杀；5月16日上午9点30分，北京理工大学机械与车辆工程学院的大二学生小武从校内招待所5层跳下，当场身亡；6月27日上午7时许，海南省某大学一名女大学生跳海自杀；11月13日，上海复旦大学一女研究生跳楼身亡……

2007年：4月16日，四川遂宁某中学一高中男生跳楼身亡；5月10日，内蒙古赤峰市林西县地税局家属院内，一初中生从自家跳楼身亡；5月14日，清华大学34号楼一建筑系大三女生跳楼身亡……

时间推移到今天，学生自杀事件的阴影仍然像一个散不去的黑色幽灵，飘荡在校园的上空。

据媒体报道，2014年6月至2015年5月，中国人民大学品园学生宿舍在短短一年内就有三名大学生跳楼自杀；2014年3月7日至4月2日，不到一个月时间，厦门南洋学院先后有两名学生坠楼身亡；2014年4月16日，广东中山大学一名毕业在即的硕士研究生在宿舍内自尽……

自杀，就这样沉重地且不间断地发生在了学生们身上。

北京大学儿童青少年卫生研究所公布了一项全国性的调查结果：中学生五个人中就有一个人曾经考虑过自杀，占样本总数的20.4%，而为自杀做过计划的占6.5%，2.9%的学生曾采取了与自杀有关的措施。2014年教育蓝皮书《中国教育发展报告（2014）》也指出，中小学生自杀已经成为一个越来越严重的社会现象。

北京师范大学纪宏教授在1378名大学新生中做过的一份调查结果也显示，偶尔有自杀想法的学生占调查总人数的25%，经常有此想法的占7%。华中科技大学社会学系陈志霞等人运用"自杀态度调查问卷"，采取分层抽样方式，对1010名大学生的自杀意念与自杀态度进行调查，结果发现有过轻生念头的学生占10.7%。中国社会调查所（SSIC）对北京、上海、广州、南京、武汉、大连、沈阳、哈尔滨等地高校1000名大学生进行问卷调查，在是否有过自杀念头这个问题上，被访大学生中的26.5%偶尔有自杀念头，2.1%的大学生经常有自杀念头。重庆交通大学大学生生命教育创新模式构建课题组在对重庆十余所高校的近千名大学生进行调查时，发现有17.39%的大学生有过自杀行为。

有人说，自杀缘于压力过大，但这只是原因之一。北京市一份有关大学生心理状况的调查报告显示，目前60%的大学生都存在着不同程度的心理问题，而且这一比例还在不断上升。

这些年轻人为什么会如此想不开呢?一些专家提到了目前流行于大学生中的"郁闷"一词。他们认为,隐藏在这个词背后的深层原因则是:独生子女。

独生子女在幼年时代享受着父母亲友的百般宠爱,很少吃苦受累,因此在步入纷繁复杂的成年世界之后,他们往往会显得不知所措。

于是,动辄自杀!

自杀,带给自杀者自己的,是永远的解脱;但带给父母们的,却是一世的灾难!

过劳死,脆弱生命的又一道咒符

乔康毅生于1976年9月27日,就职于重庆某报业集团网络报社,任编辑。

乔康毅从小聪颖,五岁的他就能看懂《唐诗三百首》《十万个为什么》等文字书籍;上大学后他对电脑产生了浓厚兴趣,自学三维动画、网页设计和相关知识,在网上与来自全国各地的电脑爱好者探讨交流,不断提高自己的能力与水平。

然而,2004年7月20日傍晚,乔康毅的父母突然接到儿子同事的电话:"乔康毅没有了呼吸,请你们快来。"

夫妻俩匆匆赶到儿子单位,一看现场,顿时天旋地转:儿子四肢僵硬,一动不动地躺在床上。经法医鉴定:乔康毅是过度劳累死亡。

夫妻俩这才回想起,儿子是7月4日离家的,离家后连续两周周末都在加班,只是闲暇时给他们打个电话,说手头的事太多,一天工作24小时也做不完,有时回到宿舍还要工作。当时,他们只是在电话中劝儿子一定注意身体，注意休息。儿子也在电话那头连连答应，要他们放心，他们也就没放在心上。想不到偏偏就这样，他们失去了唯一的、年仅28岁的儿子。

2006年5月31日，著名网络论坛"天涯杂谈"上，一篇《用生命加班，哀悼同事胡新宇》的帖子甫一现身，不到一天，点击率就过万，回帖近千。十几天后，点击率达到25万之多，回帖2300多条，引发了网友们对"过劳死"的热议狂潮。

帖子里说的是深圳某科技公司白领胡新宇，他因工作任务紧迫持续加班近一个月，导致过度劳累，全身多个器官衰竭，于2006年5月28日晚在广州中山医科大学第三附属医院病逝，年仅25岁。

2005年，胡新宇从成都电子科技大学毕业后到深圳某公司从事研发工作。他的日常作息习惯从此改变：晚上10点，坐上公司班车，颠簸到家已过11点，第二天早上7点准时起床上班。

2006年4月初，他所在部门封闭研发新项目。项目启动后，他几乎天天在公司过夜，长期蹲点实验室打地铺。不管加班到多晚，早上依旧按时上班。

4月28日，胡新宇因身体不适住进医院，一个月后，静静地离开人世。

他本是一个阳光健康的男孩，运动细胞发达，精通多种球类。大学时还是班级乒乓球冠军和足球队主力，连续踢五六个小时足球不在话下。胡新宇的一个同学在网上留言说："如果不是过度劳累，新宇不会变成这样。长期超负荷的工作削弱了他的免疫系统，让他的生命变得如此脆弱。"

2015年3月24日一早，深圳36岁的张斌被发现猝死在公司租住的酒店里，当日凌晨他还发出了最后一封工作邮件。

张斌，清华大学计算机专业硕士毕业后加入闻泰公司，10月份被公司指派到南山科技园参与某项目的封闭研发工作。由于项目进度紧、难度大，作为该项目的软件负责人，张斌经常连续加班到第二天早晨，短暂休息后又开始投入工作。

3月24日凌晨，还在加班的他对同事说："我感觉有点儿不舒服，想回去休息一下。"

同事看他脸色苍白，说："你走吧。"

回到酒店后，张斌又发出了一封工作邮件，发送时间为3月24日0点56分，标题为"重要紧急———B133版本没有通过验收"。

此后，在他身上到底发生了什么，无从知晓。直到24日上午8点40分左右，酒店工作人员在清理房间时，发现他趴在马桶上，已无呼吸。

父母、妻子等亲属听到他出事的消息，已经是24日上午10点多。闻泰公司的工作人员打来电话，告知张斌出事了，尸体已经被送到了殡仪馆。一家人顿觉天都要塌了，整栋楼都听到了他们的惊叫声和哭泣声。

2014年10月，张斌将年逾70岁的父母接到深圳生活，本想好好地让二老安享晚年，在身边多陪他们一会儿。但他哪有时间，一般周末回家一次，拿走一周的换洗衣服就又去公司了。

张斌妈妈还记得儿子走前的那个周末还跟她说："我太累了。"可是自己当时并没有太在意。周一一早，她为儿子收拾好一周的换洗衣服后送他进了电梯。未料，这一送竟成永别。

倒在工作岗位上的何止他们几个？

2010年5月31日，甘肃省兰州市七里河区动物检疫站站长张国荣，带病连续工作八个昼夜，回到办公室后，晕倒在地。同事们赶忙叫来"120"急救车，但抢救无效，于当日18时10分去世，献出了他48岁的宝贵生命。

2011年5月21日，湖北省宜昌市夷陵区劳动就业管理局失业保险股股长周正义，为帮2983名困难工人领取国家政策补助，他一天盖了5966个章，手都给磨破了。终于，身体敌不住劳累，倒在了他深爱的工作岗位上。

2012年8月27日，中央电视台著名足球评论员陶伟在山东济南倪氏海泰大酒店猝死，年仅46岁。陶伟20世纪80年代效力于北京足球队，后赴塔西提岛踢球。1994年职业联赛开始后，他正式转会四川全兴队，于1996年在全兴退役。死时为央视体育频道的足球解说嘉宾。

2013年4月1日，云南省昆明市官渡区检察院检察官邹建华，在加班过程中突发疾病，不幸辞世。在13年的时间里，邹建华共办理了1846件铁案，年平均办案量达142件。

2014年7月1日，党的生日那天，广东省梅州市大埔县大东镇进滩村村干部郭振锋，累倒在工作岗位上，再也没有起来。

2015年2月12日，江西省共青城市公安局警务保障室主任余珍朗，连续带班巡逻15天，累倒在办公桌上，再也没有醒来。

……

一个又一个业界精英英年早逝的案例令人叹息。痛惜之余，我们不免要问：是谁动了他们健康的"奶酪"？

据中国医师协会、中国医院协会、北京市健康保障协会、慈铭体检集团联合发布的2010年《中国城市白领健康白皮书》显示：中国内地城市白领中有76%处于亚健康状态，接近60%处于过劳状态，真正意义上的"健康人"比例不到3%。长期疲劳工作已成为企业精英、城市白领死亡数目不断攀升的主要原因。

《中国企业家》杂志对国内企业家所作的一次有关工作、健

康与快乐状况的调查表明，90.6%的企业家处于"过劳"状态。另一项调查显示：企业高层管理者每周工作时间超过60小时，相当于一周只休息一天；每天工作10个小时以上，超出国家规定的37.5小时的周工作时间的60%。更有不少企业高层管理者常常全周无休，每天工作12小时甚至16小时，严重睡眠不足。

在上海社会科学院亚健康研究中心举办的"过劳死"问题学术研讨会上，专家们公布的研究结果显示：新闻、信息技术、文化演艺、科教界等行业成为中国人"过劳死"的高发区。上海社科院社会学所助理研究员刘漪在对92个案例进行分析后得出结论："过劳死"时的平均年龄为44岁，而科教界、信息技术和新闻行业"过劳死"人群的平均年龄在44岁之下，尤以信息技术行业"过劳死"年龄最低，平均只有37.9岁。

是过劳，动了你健康的"奶酪"。

首都医科大学心血管疾病研究所所长杨新春教授在研究中得出结论：据估算，目前中国每年大约有60万人发生猝死。杨新春教授所提及的这个攻关项目，名为"ICD（埋藏式心律转复除颤器）的临床应用及心脏性猝死预防研究"，监测总人数达67.8万。

中国每年大约有60万人发生猝死。触目惊心！

过劳死，美丽生命的又一道咒符、又一个陷阱。

凶杀，伸向无辜生命的罪恶

一位年近半百、悲痛欲绝的母亲，怀抱一英俊帅气男孩的照片昏厥在地。路人见状，迅速伸出救援之手，掐人中、扶后背、喂开水……大家手忙脚乱忙成一团，终于将昏厥的母亲救醒。

这位悲痛欲绝的母亲名叫"天心"（网名），是河南省驻马店市平舆县古槐街道居民。

她为何会昏厥？在她身上到底发生了什么？

2010年4月22日下午3时30分，她突然接到朋友打来的电话。电话里，朋友泣不成声地说："你儿子……被人杀死在网吧里。"她怎么也不敢相信，儿子几小时前还活蹦乱跳地在她身边转悠，怎么突然间就……

她飞一般奔到出事地点，眼前的一切，让她顷刻间崩溃，那个聪明帅气的、活泼懂事的儿子，已经一动不动地躺在血泊里。

原来，这一天，她的儿子在平舆县城的一家网吧上网，与同在此上网的马某发生口角。马某用尖刀将她的儿子当场刺死，并逃离现场。

亲友们将她儿子的遗体送往殡仪馆，她在殡仪馆里不吃不喝陪了儿子一个星期。那段时间里，她想得最多的就是如何和儿子一起走，可是无奈家人寸步不离地看着她。此时的她才感觉到，想死而不能死也是件痛苦的事。

"天心"的丈夫本来就是个老实人，在遭受失子打击后，变得精神失常。一个三口之家，瞬间家破人亡。

中国相对于美国、法国、英国等一些西方国家，凶杀案比例较低，但中国是一个拥有13亿人口的大国，其绝对值仍然比较惊人。2014年，在大连召开的全国社会治安防控体系建设工作会议上，相关数据显示，2014年我国每10万人杀人案件数为0.7起。按此推算，2014年共发生杀人案件9370余起。

近几年来，发生在大学校园里的多起凶杀案被炒得沸沸扬扬，使圣洁的象牙塔蒙上了一层难以抹去的阴影。这些凶杀案的主角大多是独生子女，比较典型的案件有：

　　2004年2月23日,云南大学2000级生物系学生马加爵将四名同学残忍杀害;4月30日,福建省三明市第二技校2002级电焊班学生于某为报复同学林某平时对自己的所作所为,用水果刀将其刺死;5月16日,江西医学院2000级临床专业学生薛某在1小时内持刀砍杀7人,造成2人死亡5人重伤;11月29日,北京理工大学在读博士殷兆辉将女友杀害抛尸。

　　2009年11月14日凌晨3时,吉林农业大学学生郭力维用事先准备好的尖刀扎死同寝室友赵研。

　　2010年10月20日深夜,西安音乐学院大三学生药家鑫,在驾车撞人后又将伤者刺了八刀致其死亡。

　　2013年4月1日,复旦大学医学院2010级硕士研究生林森浩向饮水机里投毒,致同学黄洋于16日死亡。

　　2014年10月11日凌晨1点40分,北京首钢工学院三名即将毕业的学生因为琐事在宿舍里起冲突,其中一名男生一怒之下持刀将另外两名同学扎死。

　　不需要再举出更多的案例,单从这些案例中我们不难看出,大学校园已不再是一片净土。

车祸,碾向天堂的残忍

　　"痛见爱子魂西去,肝肠寸断欲相伴。慈母泣血啼娇儿,一缕残魂唤不现……"

　　这是四川省成都市某设计工作室负责人爽爽爸爸在儿子爽爽遭遇车祸后,痛哭流涕写下的诗句。

　　2009年5月11日深夜,准备上床休息的爽爽爸妈,突然接到了"儿子出事"的电话。当他们火急火燎地赶到出事地点时,他们含辛茹苦培养的儿子已经一动不动地躺在血泊中。

那是一个不堪回首的黑色时刻，他们的儿子爽爽在从公司回家的路上，被违规行驶的肇事车撞出十几米。身体在空中飞旋，最后如枯叶般飘落在地，鲜血染红了身下的土地，没来得及最后看一眼，没来得及发出最后一声呼喊，就永远地离开了他深爱的这个世界……

爽爽自幼聪颖可爱、成绩优异。2005年8月毕业于四川西华大学计算机科学与技术系，获学士学位。毕业后再次获得Adobe平面设计师和Adobe网络设计师认证。自工作以来，爽爽先后就职于多个文化传播公司，历任平面设计师、插画师、网络交互设计师。工作期间，他潜心研究图像语言的表达方式，努力发挥自己的艺术特长，创作了大量用户喜爱的作品，并出版了图书《Illustrator插画设计教程》。与此同时，工作认真、爱岗敬业的爽爽，在生活中也是一个阳光向上、乐善好施的人，深受亲戚朋友们喜欢。

2008年，爽爽在公司领导的不舍中离开了原来的公司，创立了自己的工作室。经营业务涉及教育、旅游、餐饮、金融等行业。他为人善良、谦逊，推崇素食主义，深谙佛家和道家文化。他孝顺父母，珍爱亲友，并善待身边的每一个人。

就是这么一个优秀的儿子，却因一场车祸舍他们而去。

2014年11月21日，午后的阳光透过窗户静静地洒落在昆明理工大学某学生宿舍的地板上，整个屋子浸润在透亮、温暖的氛围之中。

下午1时40分，19岁的大一女学生徐莉（化名）从午睡的梦呓中醒来，她一边揉着睡意蒙眬的眼睛，一边看手机的时间："哇，要迟到了，下午学校开运动会，我还要去操场帮忙呢。"

她翻身而起，匆匆穿上衣服，在镜前照照，就风风火火往门外赶，边走边不忘对舍友说："我在电脑上下了个游戏，晚上回来一起玩，等着我哦！"

徐莉来自云南昭通，以高出一本线几十分的成绩被昆明理工大学录取。在亲戚们眼中，徐莉虽然是独生女，却非常听话、懂事。疼爱她的舅舅常常问她要不要零花钱，她总是说："家里给的钱够花了。"

徐莉是一个开朗的女孩子，不但见识多，待人接物方面也很优秀。入学后不久，她就被选为校学生会干部，每次学生会活动，她都随叫随到。她和同学们相处得很好，特别是她的勤劳、善良、细心让每一位与她朝夕相处的舍友深深喜欢。

宿舍里安的是上下两层的架子床，睡上铺的同学，每天要爬上爬下好几趟。冬天来了，为了让上铺的舍友们上床更方便、更舒服，她专门买来软垫铺在梯子上。她说："有了这些垫子，上铺的同学脚不会弄疼，也不会冷了……"

此后，几个女孩情同姐妹。大家在搞好学习的同时，把自己的寝室装扮得异常别致和整洁：米白色的窗帘，点缀着可爱的花朵。书桌上整整齐齐地摆放着书本，桌角处活泼可爱的卡通工艺品为整个房间平添几分生趣。

徐莉觉得这还不够。"双11"这天，当她浏览着电商网页，脑海里突然迸发出了装修宿舍的想法。她立刻与大家分享自己的想法："我想买些粘胶材料，将我们每一天的生活都通过照片记录下来，把它们贴在墙上，让大家都不要忘记彼此。"不久，快递公司真的送来了装饰材料，她们很快便投入到了美化寝室的工作之中。

这个午后，她告别室友，和另外一名同学各自骑上一辆自行车,准备去云南民族大学玩。可就在她通过云南民族大学6号门外的月华街与云岭路"T"型交叉路口时,一辆飞驰的银灰色轿车向她冲来。

她,被撞飞出去,如风中的一片叶子,在空中打着转,然后重重地摔在地上,血流如注。

同学也被刮倒,但伤得不重。她扑向徐莉,哭泣、呼喊,可再大的声音,也无法把她唤醒……

一位优秀的、美好人生才刚刚掀开小小一角的美丽女大学生,一个倾注了父母全部心血抚养成才的独生女儿,就这样被飞驰的车轮无情带走。

真可谓车祸猛如虎!

车祸,真的是中国人口死亡的又一大杀手。据世界卫生组织2013年全球道路安全状况报告显示,中国2010年道路事故的死亡人数近27.6万人,连续数年排世界第一。而青年人和学生又是车祸的最大受害者,世卫组织驻华代表施贺德在《中国日报》发文称,"在中国,每年有超过一万名15岁以下的青少年因为道路事故受伤而死,受重伤的人数更多。"

从有关部门的资料中,我找到了近几年校车事故的令人震惊的数据:

2011年11月16日,甘肃省庆阳市正宁县榆林子小博士幼儿园一运送幼儿的校车与一重型自卸货车正面相撞,造成19名幼儿当场死亡。12月12日,江苏省丰县首羡镇中心小学校车在送学生回家途中,因操作不当,侧翻入路西边水沟内,造成车内23名学生伤亡。

2012年12月24日,江西贵溪滨江乡洪塘村合盘石童家村小组发生一起幼儿园班车侧翻坠入水塘事故,事故导致11名儿童

死亡。

2014年7月10日，湖南湘潭市雨湖区响塘乡金桥村乐乐旺幼儿园校车，在长沙市岳麓区干子村翻入水库，车上11人全部遇难。四个月后的11月19日，山东蓬莱市潮水镇一辆自卸大货车与一小型面包车相撞，造成11名学生死亡。

2015年5月22日，广西桂平大湾镇安担村一幼儿园校车翻进水塘，车载有23名幼儿，其中两名幼儿死亡，其他多名幼儿受伤。

……

死在校车上的这些孩子，大多是独生子女。一个个稚嫩的生命，就这样湮灭在滚滚车流中；一对对幸福的父母，就这样成了可怜的失独者。

火场，吞噬生命的无妄之灾

"在吗，兄弟？"

"在，咋了？"

"我电话打不出，刚子走了，牺牲了。"

……

"那你明天回来给我电话，一定。"

"我回补（不）来了，我爸就是你爸。记得给我妈上坟。"

"好，你爸就是我爸。你小心。"

2015年8月12日深夜，我突然收到微信朋友圈里转发的这段对话。读之，心头一热，眼圈一红，忍不住泪水涌流。

马上打开电脑，才知道，这天22时50分许，天津滨海新区东疆保税港区瑞海国际物流有限公司危化品堆场发生火灾。天津消防总队接警后，即派出35辆消防车和港务局码头的三个消防专职队赶赴现场。

这条短信是一位消防员在出发时匆匆发给战友的"最后告别"。短信发出，很快在网上疯转。短时间内，转发达数百万次。一路转发，一路感动，一路泪奔。亿万颗心，在这条短信里消融；亿万份牵挂，随这条短信传达。

事后查明，这是一起严重的责任事故。火灾发生后，又接连发生了多次爆炸。第一次爆炸发生在23时34分6秒，近震震级ML约2.3级，相当于三吨TNT（三硝基甲苯，一种炸药）。第二次爆炸发生在30秒钟后，近震震级ML约2.9级，相当于21吨TNT。事故共造成165人遇难（其中参与救援处置的公安消防人员110人，事故企业、周边企业员工和周边居民55人）、8人失踪（其中天津港消防人员五人，周边企业员工、天津港消防人员家属三人）、798人受伤（伤情重及较重的伤员58人、轻伤员740人）。为国捐躯和失踪的115名公安、消防人员中，消防人员104位，公安民警和其他人员11人。

其中一部分就是独生子女。

据当时参与报道的《重庆青年报》记者查阅多方资料统计，在能够了解到信息的29名捐躯消防员中，有六人是家中独子，占到了统计数据的21%。六名独子消防员中，最小的宁宇仅19岁，最年长的尹艳荣、宋天意也只有25岁，还有20岁的高洪森、21岁的乔鹏和24岁的庞题。

年龄最小的宁宇，来自四川省德阳市旌阳区黄许镇江林村，2014年9月入伍，列兵警衔，牺牲前是天津市公安消防总队保税支队天保大道中队战士。8月12日晚，火灾发生后，宁宇与其他15名战友被派去增援，就在大家准备灭火时，现场突发剧烈

爆炸。

宁宇的生命瞬间定格在了青春的 19 岁。

而在他的家乡，习惯看新闻的父亲宁绍友 13 日一大早就打开了电视，当看到天津爆炸事故的报道后，他在心里犯着嘀咕："这不正是儿子小宇服役的地方吗？儿子小宇估计也去救援了。"当时，他并没往坏处想，也没给儿子打电话。后在亲友催促下，才拨了儿子的手机，未通。他觉得也正常，按规定孩子出勤时不许带手机。

13 日下午 5 点半左右，一个自天津打来的电话让他和妻子蒋明琼顿时有了不祥的预感。电话是打给妻子的，说宁宇可能受伤了，让他们赶快到天津去看看。妻子不愿多听，把手机给了丈夫，忍不住放声大哭。

外甥帮他们订了第二天一早的航班。抵达天津后，他们并没有看到受伤的宁宇，于是他们把希望寄托于医院，开始在各个病房间寻找，但始终没有找到儿子的踪影。

"不是说受伤吗，怎么就找不到人呢？"宁宇的妈妈焦急地哭泣着说。部队领导安慰着夫妻俩，并表示正全力寻找宁宇的下落。

8 月 15 日早上 7 点 40 分，爆炸现场，宁宇的遗体被发现。他们不得不接受残酷现实：唯一的儿子没了。

同样是独子的宋天意，来自吉林省通榆县，2015 年 6 月才到消防队，服役仅两个多月。8 月 12 日晚 8 点多，大姨邵丽芳在下班途中听到警报声，并看到很多消防车正往着火地点赶。直觉告诉她要出事，就给宋天意打电话。宋天意很快接了电话，告诉她自己很好，也很安全，让她不要担心。当晚 11 点多，她再次听到爆炸声，这让她更加担心宋天意的安全，连着给宋天意打了几次电话都无法接通。第二天清晨,当她从新闻中得知爆炸事故,还看到有人伤亡,就再也坐不住了,才 6 点多就去了医院,随后又去了事故现场和宋天意的单位,都没有找到。后来,噩耗传来,宋天意出事了。

同样是独子的尹艳荣,来自哈尔滨市方正县大罗密镇兴隆村。18 天前,他才回到家乡与恋爱五年的女友结婚。婚礼一结束,他便马上回了部队,这一别就天人永隔。

……

灾难又何止这一次?

1993 年 8 月 5 日下午,广东深圳市清水河仓库区安贸危险品储运公司仓库爆炸起火,事故造成 15 人死亡、100 多人受伤。

2000 年 6 月 30 日 8 时 5 分,广东江门市某烟花厂发生特大爆炸事故,死亡 37 人,重伤 12 人。

2005 年 11 月 27 日 21 时 40 分,黑龙江省龙煤集团七台河分公司东风煤矿皮带井发生爆炸事故,致使井下 169 名矿工遇难、地面机房 2 名工人死亡。

2006 年 6 月 16 日 15 时 09 分,位于马鞍山市当涂县城关附近白纻山下的安徽省盾安化工集团有限公司粉状乳化车间发生爆炸,事故造成 10 人死亡、30 人受伤;7 月 7 日清晨,山西宁武县东寨村一民宅起火,后因私藏炸药发生爆炸,致灭火的 49 人死亡;7 月 28 日,江苏省射阳县临海化工厂发生爆炸,造成 22 人死亡。

2009 年 6 月 21 日 3 时 17 分,安徽凤阳县晶鑫矿业有限公司厂区,因企业法人代表在办公楼内私藏炸药致发生爆炸,造成 16 人死亡、43 人受伤;7 月 15 日凌晨 2 时左右,河南洛阳偃师市洛染股份有限公司约 10 吨氯苯发生爆炸,致 8 人死亡、上百人被震

碎的玻璃划伤；9月2日下午，山东临沂金兰物流城F3区发生一起由装载化学物品的货车在卸车过程中引发的意外爆燃事故，造成7人当场死亡、11人经抢救无效死亡。

2010年1月7日17时25分左右，位于兰州市西固区的中石油兰州石化公司303厂发生重大爆炸事故，造成6人死亡、1人重伤，另有5人轻伤；7月28日，南京栖霞区一废弃塑料化工厂发生爆炸，造成22人死亡、120人受伤；8月16日，黑龙江伊春市振兴烟花厂发生爆炸，直接造成30人死亡、3人失踪，关联死亡3人，153人受伤住院；12月30日，昆明全新生物制药有限公司片剂车间发生爆燃事故，造成5人死亡、12人受伤。

2013年11月22日，山东青岛中石化输油管道发生原油泄漏，爆炸造成62人死亡、136人受伤，直接经济损失7.5亿元。

2014年8月2日，江苏昆山中荣金属制品有限公司因车间除尘系统长时间未按规定清理，造成铝粉尘集聚后遇明火爆炸，致75人死亡、185人受伤。

……

一个又一个生命就在这样一次又一次的灾难中消逝。

就在这些逝去的生命里，一些身为消防战士的独生子女表现出了令人想不到的大义凛然。虽然他们也知道自己是父母的唯一，可在灾难面前，在人民群众生命财产遭受威胁的时候，他们忘记了一切。他们唯一能做的，就是抢救出更多的生命和更多的财产。

有记者朋友对我说起让她永世难忘的一幕。在一次火灾救援现场，她亲眼目睹一位公安消防战士跪地大哭："求求你们让我再去救一个孩子。"后来，她才知道，这位战士自己就是一位独生子。

这位记者说,她当时在一个火灾救援现场。滚滚浓烟,一片火海,眼前的一切,只能用四个字来形容:世界末日。消防队员们在滚滚浓烟里东奔西突,救出了一个个惊魂未定的生命,俨然忘记了自己的安危。

然而,就在救援进行到最关键的时候,火场突然发生了巨大的爆炸,有人猜想可能是液化气罐爆炸。显然,再进入火场无异于送死,现场的消防指挥员当机立断:"所有火场里的人,马上撤出来。"可就在这时,浓烟里传来孩子的哭喊,刚救出孩子的战士听见喊叫,不管三七二十一,扭头又要往里钻。轰——轰——巨大的爆炸声带出一朵蘑菇云腾空而起,那几个往里钻的战士被其他人死死拖住,其中一位跪倒在地,大哭,对拖住他的人说:"你们让我再去救一个,求求你们,让我再去救一个!我还能再救一个!"

看到这个情形,所有人都哭了。

后来,记者找到这位战士,对他进行采访。他含泪倾诉,自己也是个独生子,更懂得父母的心,他只想多救一个……

记录了如此众多的独生子女死亡案例,我突然想到了某位哲人说过的一句话:"死亡犹如唯一的真理在那里存在。"

确实,死亡是生命的自然过程,是每一个生命体都不可能绕开的真理。但是,一切不自然的、意外的、有悖于真理的死亡,都是不人道和不应该的,更是让亲人们无法接受的。

荣获全美年度最佳读物奖的《生命的脸——外科医生手记》的作者、美国著名外科医生舍温·努兰一生行医,在他面前死去的病人不计其数,但对于一切意外的、悖于常理的、过早的死亡,他也表示很不应该。他说:"过早地离开人世,是不道义的选择。"

生命不必精彩,活着就是奇迹。

每年有那么多人没能活过本该活过的年龄。他们过早离去的原因有千种万种,他们留给这个世界的遗憾、无奈、悲悯、心伤、痛苦和绝望无以复加。

第三章 猝然失独，怎一个痛字了得

一位失独母亲曾这样对我说："医学上把痛分为10个级别，生孩子的痛是最高一级，就是10级。我忍受10级的疼痛，把儿子带到了这个世界，而最终他还是先我而去。把他带到这个世界的痛我能忍得住，可是他离开这个世界的痛我真的忍不住了。这证明痛不止只有10级之分，还有比10级更高、更让人忍受不了的级别，只是医学上分出10级痛的人没有经历过这种痛。"

无独有偶。一位失独父亲在他的日记里这样写道："想你一次，心痛一次；心痛一次，想你一次。心痛是你留给我的唯一，想你却是我拥有你的全部。心痛的时候，用手紧紧抓住胸口，想要把心揪住；心痛的时候，将胸抵在膝头，任泪水肆意横流；心痛的时候，是那样孤独而又无助，好想找一间远离尘世的森林小屋，在没人听见的地方放声大哭……"

痛，是肌体的喧嚣；痛，更是灵魂的痉挛。

痛，成了他们生活的全部；痛，也成了他们生命的毒药。

为了排遣这些痛，他们苟活在痛的缝隙里，用另一种痛麻醉这痛的时光。

寄往天堂的信

夜，已经很深了，沉寂而厚重的黑将白天的喧嚣覆盖。

天空飘起了雨,三两滴雨水打在窗户玻璃上,自上而下缓缓滑过,让无以安眠的夜一阵惊悸。

她,被思念和悲伤苦苦煎熬。拉上窗帘,关闭所有灯光,匍匐于桌前,一字一泪地写道:

儿子,你知道吗?你已经离开我们九年零五天了。

现在又过了凌晨,妈妈不记得每天是几月几日,只记得每天是我的儿子永远地离开家多少天了,一天一天地数,一天一天地数……只要每天过了零点,你离开我们又多了一天……

这位寂静黑夜里痛苦地给儿子写信的老人叫徐志文,家住辽宁省营口市某小区,是海军航空兵某部歼击机优秀飞行员、正连职中尉军官任宁川的母亲。

1980年出生的儿子任宁川,在1998年高考招飞时如愿考入中国人民解放军空军飞行学院。从那时开始,他就把"终生为国飞天"作为自己的人生理想,把"练就一代神飞"立为自己的奋斗目标,把"凡事心中无我"视为自己的奉献准则!在飞行学院,他勤奋努力,刻苦钻研,成绩优秀,1999年加入中国共产党,连年担任学员队班长,并多次获奖。2002年4月大学毕业后获本科双学历学士学位。共飞行1559架次、502小时25分,担负各种战斗值班38次,是师团闻名的优秀飞行员。

2006年4月4日下午2时许,任宁川在万米高空执行飞行训练任务中因战机突发机械性故障,壮烈牺牲,年仅26岁。

他的牺牲给父亲任祥美、母亲徐志文以致命打击。用二老的话说,他们呕心沥血养大的唯一儿子没有了,他们耗尽心力培养的唯一精品粉碎了,他们寄予厚望托付后半生的唯一依靠失去了。"万念俱灰,万箭穿心,生不如死……此后的年年、月月、日日、时时、分分、秒秒都将在痛苦中度过……"

当痛苦无法排解时，夫妻俩就给儿子写信。

短短几年时间，到底写了多少，已无法统计。光是他们发往互联网上"网同纪念馆——任宁川烈士纪念馆"中的信就达300多封。用鼠标轻轻点开这些饱含热泪的信，马上就能感受作为失独父母难以言说的伤痛、绝望与挣扎。

儿子：

从你牺牲到今日，我和你爸每天都在痛苦的挣扎中活着，真是活得好艰难，好艰难……我们每天不敢见人，我和你爸每天去上班，全都是晚走或者绕道走，就是怕路上遇到熟人。偶尔遇到了就尽量地回避，简直有一种"做贼"的感觉；一旦躲不过，妈妈回来后就得痛哭一场；妈妈平时经常去的菜市场，从你牺牲后至今没敢进去过，因为那里认识妈妈的人实在太多了……

乖儿子：

好多天没有与你说话了，由于长期处于悲痛之中，可以说没有一天不流泪的。妈妈右眼底因此大面积出血，现在看东西很费劲，尽管这样妈妈也觉得无所谓了。没有了你，妈妈觉得这一生真是白来这世间一回，有一天妈妈不在人世了也绝对不会瞑目的……所以眼睛好与坏也无所谓了……

儿子：

今天是你离开我们整整第1000个日夜，自早晨起床到现在，爸爸和妈妈的眼泪就一直在流。儿子啊，你为什么这样

心狠,这么早离开我们呀?为什么啊?你好像还在跟我们说:"爸、妈,我也想跳伞,我也想逃生,但是我不能啊,因为下面是文昌市区,是百姓的民房,是无数个生命啊!我必须将飞机飞到无人区再跳,可是一切已经太迟……"

儿子:

在一天天难熬的日子里,我们又等到了你的祭日。又是一个悲痛的清明节,你离开我们整整七年,共计2558天……

前天,我和你爸爸从南方治病回来后,立马就到你的墓地,给你送去了零食和鲜花,还给你送去了饺子、鱼、烧鸡等你爱吃的。希望你在地下会喜欢……

儿子:

现在是2014年4月4日23时了,妈妈还是想坐下来与你说说话,希望你能听到妈妈的声音……儿子,八年了,你离开妈妈八年了。你知道吗,整整八年,我们阴阳永隔,你永远地离开了我们,妈妈肝肠寸断,好想早点儿去那边找你啊……

今天上午妈妈又去墓地看你。妈妈重新买了花瓶,把碑文的字重新描了下,又给你买了你爱吃的,有烧鸡、鱼、饺子、香肠、大虾,还买了最新鲜的水果,那个海南西瓜该是你的最爱,还有三罐青岛啤酒,很丰盛的。

今天妈妈早晨起来就腰腿疼,上烈士陵园的台阶歇了好几次,累得直喘气。看来妈妈真的是老了,不过你放心,只要妈妈爬得动，一定会再去看你的。

……

一字字，一句句，一段段，一篇篇，无不是催泪泣血之作。

这些信件中，更有父亲任祥美写下的《思儿曲》74篇、《哀儿曲》5篇。其访问人数至2015年11月17日凌晨我写作此段文字时，达到了1204247人次，并还在以每天数十人的速度增加。

在失独父母中，像任祥美、徐志文这样坚持为孩子写信的人不在少数。尽管他们也知道，他们写的信天堂里的孩子肯定读不到。但他们总觉得，这是与孩子沟通、交流甚至联系的最好渠道。因此，他们总是那么执著，那么虔诚，那么一丝不苟。

2005年10月17日，谭菲妈妈在网上为其病逝的女儿谭菲建立了"花样年华——纪念谭菲"馆，此后，她把一切的痛苦、思念和对女儿的疼爱、关怀，以信的形式，不间断"寄"给女儿。她在信里这样写道：

六年了，女儿啊，曾几何时，想过有一天我会这样永远地失去你啊！你可知没有了你，妈妈已不再是原来的样子了！每天晚上睡觉前，我总要吻着你的照片才能入眠，尽管隔着一层玻璃，但我仍能感觉到你那细嫩肌肤的饱满和弹性！那一刻，我会得到极大的安慰……

七年了，女儿，你离开我们已经整整七个年头了！七年来，我们无时无刻不在想念着你啊。七年里无数个清晨与黄昏，当我走在你每天放学回家的那条路上，望着那路旁绿了又枯、枯了又绿的树叶，我会轻轻地呼唤着你的名字！我抛开周遭嘈杂，沉浸在痛苦的回忆中。怎奈咫尺天涯两相隔，花有重开时，儿无重归日，女儿，你永远地走了……

十年了,我的女儿,每一天每一刻我们都在想念你,每一天都躲不过的触景生情啊!忘不了,那一日在超市遇见你小学同学詹慧母亲的一幕。当她指着身旁一个正在玩耍的小男孩告诉我说"这是詹慧的儿子"时,我的生理时钟一下就给卡住了,而她还让孩子叫我外婆。刹那间,我的心像被一把利刃猛刺了一下,哪经得起这般猛烈的撞击啊!顿时,大颗大颗的泪哗啦啦地从我的眼里滚落下来……

十三年了,女儿,我仍然无法习惯没有你的日子,但我已习惯了每月至少去福寿园(安葬女儿的陵园)看望你一次的生活。每次我只是静静地坐在你的"小屋"前,静静地想着,静静地怀念着,静静地回忆着,静静地对你诉说我的思念与牵挂,以及一个月来我身边发生的点点滴滴、林林总总……我从来也没有想过要从中走出来。我知道这苦痛将伴随我余下生命的每一天,虽然痛,虽然苦,可既然无法改变了,那就这样痛着、熬着吧!我甚至在努力地要延续这种痛苦与煎熬,那是因为只要想到有痛苦、有煎熬,就知道你还在我的心里,我还是你母亲。女儿,你知道吗?我因为过马路不小心,左脚崴成了粉碎性骨折。当医生告诉我骨折的时候,我脑子里跳出的第一个反应就是:怎么办?再有一周就是你的生日,我要去看你呀。六天后,我从医院里逃了出来,坐在外婆曾经坐过的轮椅上,拎着蛋糕,捧着鲜花。是你爸爸推着我出门的,可是,面对大巴车高高的台阶我们却束手无策了。无论如何我是无法通过你爸爸的帮助搭上这趟去福寿园的班车的呀。就在周围的人想帮又不知怎么帮的时候,我拒绝了所有人的帮助,以故作轻松的表情,用膝盖跪着,一级一级地爬了上去……我微笑着,轻轻地说着"没关系的,没关系的"……可那一刻,血在我的身体内涌流着……眼前的一切都模糊了。我强忍着,不让泪流出来。执著的爱,让我们无怨无悔!只要心中有爱,有女儿,我们依然会在深深的绝望里,努力地坚强着……

十五年了,女儿,我还在原地等待着你,我执著于自己的守望与期待,尝尽了思念的痛苦与折磨,可我无怨无悔!其实我一直努力地想克制自己不再用伤心的文字想你,想换一种方式写,换一个方式活,可又能怎样呢?铭心的痛苦,心痛的思念!想遗忘却做不到!我只有尽量转移自己的注意力,整天与电脑、电视、手机为伴。只要人在家,电视就永远开着,别人都是关了电视再睡觉,我却是万万不能够的,不管多倦多累只要电视一关,整个人的思维马上清醒,满脑子全是女儿你……每天我只能在电视声的陪伴中慢慢地睡着。我的孩子,天堂里的你一定要快乐,对你的思念我会一如既往,你在哪儿,我的思念就在哪儿,我心中的家就在哪儿。宝贝,等着妈妈与你团聚的那一天!等着我们的天堂相聚……

谭菲妈妈十五年如一日,如此执著而坚定地爱着自己离世的女儿。短短几年时间,"花样年华——纪念谭菲"馆的访问量达到387700多人次。

到底还有多少失独父母在为天堂里的孩子写信,写了多少?谁也无从考证。

借助现代传媒,我在互联网上搜索到了这样一组数据:搜索"写给天堂儿子的信",其结果为643万封;搜索"写给天堂女儿

的信",其结果为572万封,合计为1215万封。而通过"中国清明网""中国思念网""天堂在线"等各类网上纪念地代为转发的信件更是多达3200万封。

在上海,由失独父母们自发建立起来的首个专为祭奠孩子的网同纪念馆,短短几年时间,由全国各地的失独父母上传给天堂孩子的信件就达18580余封。如:上海张磊父母及亲友上传给张磊的信达725封,天津张睿父母及亲友上传给孩子的信达400余封,重庆乔乔父母上传给儿子的信达375封,江西南昌涂乐父母上传给女儿的信达307封,江苏无锡华峥嵘父母上传给女儿的信有200封……

更有数以万计的失独父母通过其他各种途径将信件发至天国。

新疆逗逗妈妈这样写道:"女儿啊,其实我更愿意让自己迷失在虚幻的梦境里,只因缥缈中可以超越生死距离,能够摇落悲喜,不会相隔迢迢天涯……渐渐地,如此的虚妄安慰竟成了生活的一部分,成为必不可少的寄托,变得难以割舍。"

天津毅儿妈妈写道:"毅儿,妈妈知道你没有走远,你在陪伴着妈妈,护佑着妈妈,我们彼此心灵的感应永在,总有一天你会陪着我们一起畅游大海。"

福建子惟妈妈说:"你是妈妈的月亮,永远挂在妈妈的天上,永远照在妈妈的心上。"

四川爽儿妈妈写道:"我心爱的儿子,对整个世界而言,你只是一粒尘埃;而对我而言,你却是我的整个世界。"

北京失独母亲范玺,在女儿萌萌去世后,从1999年11月到2006年5月,执著地给远在天国的女儿写了无数的书信。其间,她以"人间母亲"的名字在网上挂出寥寥数封,引来海内外众多网民的关注。后来,她接受友人建议,精选其中200余封汇集成

《你曾来过》一书出版。

新疆的"秋影"（网名）在女儿离开之后的六年里，建立了以女儿为主题的博客，为女儿写了100多万字的信，并将其中一部分摘录出版，书名叫《灵魂的家园》。其中一节这样写道：

当曾经的幸福变成痛苦的回忆时，当往日的欢聚变成了揪心的思念时，当一个个节日也变成一道道难以逾越的鸿沟时，当思念的痛苦让人撕心裂肺时，当所有孩子生前喜欢的食品变成祭品时，有谁能够真正承受，有谁能够真正背负起这个沉重的十字架啊！

现实又一次宣告了它的无情，妈妈想要和你见面，比到天上摘星星还要难。妈妈被囚禁在一场永远醒不来的噩梦中，无论妈妈怎样挣扎，无论妈妈怎样呐喊，无论妈妈怎样反抗，妈妈都无法挣脱套在心里的枷锁。

秋影说："我在浑浑噩噩中度日，我在行尸走肉里写信。通过写信来宣泄我的情感，通过写信来缓解我的压力，通过写信来记录我的心绪，通过写信来寻找我的女儿。我把生活中的点点滴滴，用书信的方式告诉女儿，我相信女儿在天有灵，相信女儿的心和我相通。"

是啊，每一个给天堂里孩子写信的父母，都坚信天堂里的孩子仍然与自己心灵相通。

可现实是：越是这样，内心越痛。

靠两个QQ，活在"母子"的世界里

凌晨4点，天还没有亮。

整个世界还沉醉在天亮前的寂寥里。家住河北秦皇岛的老人

韩玉（化名）缓缓地从床上爬起，打开电脑，开始了她周而复始的生活。

电脑开机，世界重启。韩玉挪动鼠标，主窗口随即弹出。输入密码，藏在电脑屏幕下方的两个QQ头像立马闪亮起来。一边代表儿子，另一边代表母亲。

"儿子，妈来了！"右边的母亲说。

"妈妈，我想死你了。"左边的儿子回话。

"我想死你了"，本是自己在虚拟世界里代儿子说的一句话，却令韩玉痛苦难抑，号啕大哭。哭声划破夜的宁静，在空旷的小区里回荡。

儿子是2010年9月4日走的。单位组织集体出游，因一场意外事故，儿子再也没有回来。那一年儿子27岁。

儿子出事后，儿媳将儿子的QQ密码告诉了韩玉。

过去从没有摸过电脑、认为上网聊天只属于年轻人的她自从知道儿子的QQ密码后，天天勤学苦练，终于掌握了如何上网，如何聊天。

她用儿子的QQ登录，为自己也申请了QQ号码。两个QQ排在一起，让她顿觉母子俩又"团圆"了。

打开自己的QQ头像，在里面输入想对儿子说的话，儿子的QQ头像顿时一闪一闪地跳动起来。"他"似乎在告诉自己，妈妈说的这些话，儿子都听到了。

她好兴奋，自己终于又有了"儿子"的陪伴。

从此，她把对儿子的思念全表达在QQ里。"儿子"一句，"妈妈"一句，一聊就是一整天。

韩玉说："现在电脑就是我的命，每天一觉醒来，第一件事就是打开电脑。每当点亮儿子的QQ头像，就仿佛点亮了我活下去的微光。我每天至少有 20 个小时与儿子待在一起。"即便偶尔不在家,她也要交代群友:受累,帮我儿子把"菜"收了。

儿子的 QQ 里偶尔也会有他过去的朋友光顾,或问候,或留言。她总是以儿子的口气给予回复。

"现在只要看到有人进我儿子的空间,哪怕什么都不说,我也特别开心,我觉得儿子还没被人忘掉,还有人想着他。"

儿子的一个朋友前阵子来他的 QQ 空间里留言,说:"兄弟,我快结婚了,可惜你不能到现场随份子,太不够意思了。"

她看到后,心如刀绞般痛,顿时涕泪横流。"是啊,儿子,你的朋友接二连三地结婚生子了,可你……"

痛过哭过之后,她替儿子回复:"放心,他的祝福准到。"

婚礼那天,她带了 1000 块钱红包准备给儿子朋友送去。可到了人家门口,又觉得自己是一个死了儿子的人,不吉利,就没进去,而是将礼金往儿子朋友手里一塞,扭脸就走。但还是禁不住触景生情,泪水直流。

事后,朋友在儿子的 QQ 里留言:"看着妈抽泣着离开的背影,我的心撕碎了般疼痛。"

"咱妈受的苦没人会懂。"

是的,妈妈受的苦只有她自己懂。

打开浙江杭州一位网名叫"欣馨妈"的聊天记录,我被彻底震撼了。多达上千页的聊天记录里,说的虽然都是一些家长里短、吃饭穿衣的琐事,呈现的却是一位母亲无以复加的失子之痛,是一颗撕裂了口子、正淌着猩红鲜血的心……

【2005-8-1 20:08:00】欣馨,妈妈的小宝贝,妈妈不知道囡囡在的天国是不是也有四季,囡囡最怕热了,没有妈妈的照顾,囡囡要自己照顾好自己哦……

【2005-8-1 20:16:00】欣馨,妈妈心爱的女儿,你走了这么久,让妈妈每天都在思念中度过,你知道妈妈的心有多痛吗?妈妈有多想你吗?欣馨,你知道吗?妈妈失去了你就失去了整个世界,既没有未来与希望,也没有欢笑与快乐,有的只是无尽的思念与悲伤!妈妈想你,妈妈想你呀,我的宝贝!欣馨,缺什么东西告诉妈妈哦。欣馨,妈妈好想看看你的小模样,妈妈好想听听你的声音,妈妈好想亲亲你的小手……

【2005-8-1 21:03:00】欣馨,囡囡还没吃过草莓吧?囡囡现在吃吧!欣馨,你是妈妈永远的宝贝,永远的女儿,无论今生还是来世,你都是妈妈的好孩子,是妈妈永远最爱最爱的宝贝!

【2005-8-1 22:45:00】欣馨,妈妈给囡囡买的这件衣服囡囡还穿得下吗?囡囡去年夏天穿的时候还好大好大的,不知道我的宝贝是不是长胖了长大了?

【2005-8-1 00:22:00】欣馨,明天早晨起来吃蛋糕哦!囡囡喜欢吃哪一种呀?告诉妈妈哦!

【2005-8-2 01:10:00】欣馨,妈妈的小宝贝,妈妈不知道什么时候流星出现,可是妈妈会等。在流星划过天际时,妈妈会许愿,别人都说这时的愿望一定会实现的,宝贝,妈妈的小宝贝,是这样的吗?

【2005-8-2 01:50:00】欣馨,妈妈送囡囡的百合、丁香花,囡囡喜欢吗?欣馨,妈妈的小宝贝,睡觉觉了;小欣馨,妈妈陪囡囡睡觉觉了!!!

……

从以上聊天记录的时间不难看出,这位孤独的母亲在电脑前一坐就是五个多小时,而且怀揣一颗淌血的心。这种痛苦的煎熬只有亲历者才能体会到。

在失独群里,像欣馨妈那样靠一台电脑、两个 QQ 来熬过光阴的人,又岂止一个两个?

2015 年 11 月 12 日凌晨 2 时 39 分 26 秒,来自辽宁的"大连 - 眼镜"(网名)仍端坐于电脑前不肯离去。只因她白天去了儿子的墓地,痛苦的心仍不能平复,只得寄托于网络。她在群里留言:

浩瀚的山林,遍地都是凄凉的秋叶。风刮的树林就像哀乐一般在头上盘旋。这就是我儿子长眠的墓地。我每次去都趴在地上对埋着我儿子的这片土地声声哀号着——儿子,回来吧!我满身泥土,向(像)鬼一样甚至向(像)精神(病)患者,被家人强行拉到了车上。

接着,她把周冰倩的那首《真的好想你》挂在网上,一边流泪,一边倾听:"真的好想你/我在夜里呼唤黎明/追月的彩云哟/也知道我的心……我心中只有你/千山万水怎么能隔阻/我对你的爱/月亮下面轻轻地飘着/我的一片情……"

同命人"龙飞"(网名)在群里问:"还有没睡的?"

大连 - 眼镜回答说:"嗯。思念。"

马上,多位同命人——"河北 - 卷珠帘"(网名)、"大连秀儿"(网名)、"湖南 - 兔乖乖"(网名)等,一齐上来安慰:"别老这样,想开点儿吧,没用了。"

大连 - 眼镜:"每天都在痛。抑郁症加重。"

大连秀儿:"快点儿休息一会儿吧,白天头会疼的。"

大连 - 眼镜:"睡不着,天天吃药也没用,我药量加大了。"

河北-卷珠帘:"药不能吃多了。"

大连-眼镜:"不吃不行。胡思乱想。"

大连秀儿:"看你性格多好呀,咋就走不出阴影呢?"

大连-眼镜:"刺激的。钻牛角尖。老想残酷的事。"

大连秀儿:"想开点儿吧。别看我在这儿劝你,其实我也是天天以泪洗面。"

大连-眼镜:"姐,你也要注意身体。"她反过来又开始安慰她。

大连秀儿:"嗯。谢谢你。多保重。"

大连-眼镜:"姐,谢谢你,心疼我。"

大连秀儿随即发了一个"哭"的图标。

大连-眼镜:"姐,不哭。"

湖南-兔乖乖:"嗯。我们的孩子在天堂看着……"

聊到此处,电脑自然生成的时间是"2015/11/12/03:03:29"。

又一个以泪相随、以网相伴的不眠之夜。

据统计,城市中有85%的失独老人学会了使用电脑,且熟练掌握QQ聊天。他们还建立了同命人QQ群,经常在一起相互倾诉,相互安慰,抱团取暖。

搜索全国范围内的失独QQ群,共有2,810,000条结果。其中影响力较大的有:中国失独者网站事务交流群、中国失独者网站联动交流群、星星苑失独群、中国失独者家园、圆梦温馨失独群等"总群"。在总群的基础上,又按地区划分为:华北地区失独群、东北地区失独群、华东地区失独群、华中地区失独群、西北地区失独群、西南地区失独群、港澳台及国外华人华侨失独群;还有按省级划分的各省级失独群,按志愿者地区划分的志愿者群,另有市级、县级以及其他各式各样的群,不一而足。

寄情于网络，这是失独父母们的首选。

他们说，他们已无法安然地生活在现实的世界里，他们选择逃离，逃离到一个没有人认识他们的地方，虚拟的网络刚好可以满足他们的愿望。

正如家住上海的"彬彬妈妈"（网名）所说："妈妈在键盘上敲出文字的时候，时间随着文字一点点地流逝……妈妈一直在疑惑，上网是为了什么？上网得到了什么？你让我明白，我每天那么急切地触摸电脑，就是为了让你那熟悉的名字在我的眼前闪亮。看见你，听见你，我才恍然大悟，原来，冥冥之中让我接近网络，就是为了安排你来到我的身边，让我通过网络这座桥梁，紧紧地握住你的手……我深深地感动着！我能说什么呢？你的深情、你的忧伤、你的快乐、你的……就这样毫无遮拦地展露在我的面前。即使你什么也不说，我也明白那里面的含义……"

代亡儿发短信三年

"嘀嘀……嘀嘀……"

躺在病床上的郑静峡，突然听到了手机短信提示的声音，她有气无力地打开一看，是儿子的电话号码。

她迫不及待地打开，儿子在短信里说："妈妈，儿子在天津一切安好……您安心养病，等儿子忙完这边的事，就马上回来看您。"

她仿佛一下子忘记了自己的病痛，兴奋无比，用轻缓的声音呼唤病房外的丈夫："老原，你去哪儿了？快来看，儿子来短信了。"

听到妻子的叫声，丈夫马上跑了进来："你说什么？"

妻子说："儿子来短信了。"

"真的?"

"不信,你看。"

丈夫接过妻子的手机:"真的啊。"接着又嗔怪道,"这孩子,这个时候才来短信,难道不知道自己的妈妈躺在医院里?"

妻子马上说:"他还是个孩子,别怪他。也许他在路上手机一时打不通哩。"

"也是,也是。"丈夫连声附和道。

看短信的这对夫妻,男的名叫原学军,是中国科学院武汉物理与数学研究所的高级工程师;女的名叫郑静峡,是武汉体育学院的资深中医。

2007年春天,时年54岁、一直忙于工作的郑静峡突然感到身体不适,但她并没有太在意,认为是自己年龄大了、工作太累了造成的,想着等工作忙完后休息几天肯定会好些。谁知,身体每况愈下,不得不住进医院。一检查,确诊报告让全家人惊愕:胃癌中晚期,且癌细胞已经扩散,必须尽快实施手术。

2007年3月15日,郑静峡进行了第一次手术。手术还算成功。

一直忙于事业的原学军逐步放下手头的事务,全心照顾妻子。而此时,即将研究生毕业的26岁的儿子原野,因为要准备毕业论文和求职,也回到家里给他当个帮手。

然而,这一切,在2007年3月26日傍晚戛然而止。

那天,像往常一样,原学军在医院照顾病妻,儿子在家里做饭、煲汤。傍晚时分,当原学军回家为妻子取晚饭时,屋里的一幕让他呆若木鸡:中午还好端端的儿子身体直愣愣地悬挂在客厅的吊扇上……

他不知道发生了什么事，仿佛被人当头一棒，失去了知觉，好一阵才缓过神来。

他向儿子扑去："儿子啊——你这是怎么了……"他想救下儿子，但一切为时已晚，眼前的事实告诉他，儿子已自缢身亡。

他顷刻崩溃，呼天抢地："儿子啊，为什么要这样？你怎么能这样对待深爱你的父母啊！"

儿子中午还在为住院的妈妈熬排骨汤，那汤既鲜又香，妻子特别爱喝，边喝还边夸："儿子能干。"

可是，转瞬间，儿子怎么会……

实际上，一直忙于照料妻子的原学军并不知道，即将毕业的儿子一直不顺，毕业论文开题未通过，求职又处处碰壁，这让原本性格就内向的儿子愈发沉默，终日在家一言不发，偶尔外出也很少与人交流，加上母亲得了绝症，更使他精神压力倍增，患上了重度抑郁症……

儿子的突然离去，对于他，对于这个家，都是灭顶之灾。

他与妻子1980年结婚，婚后一年便生下儿子。为了响应国家号召，他们选择了节育，把全部的精力投入到各自的工作和抚育独生儿子身上。特别是妻子，一直对儿子疼爱有加，从小精心呵护，一路陪伴。儿子也很优秀，不但学习成绩好，而且体贴父母，从小就是个人见人爱的孩子。高中毕业后，儿子以优异的成绩考上了重点大学，大学毕业后又接着读研。可以说，儿子是妻子最大的精神寄托和支柱。如今，突然间，儿子没了。

身患绝症的妻子还躺在医院的病床上，生命垂危，如果她知道了这一噩耗，一定会彻底崩溃，不论是谁都经受不起如此打击，更别说是一位重症病人。

心如刀绞的原学军在含痛处理儿子后事的同时，一直在想，

要不要把这事告诉妻子。再三思量后,他还是决定对妻子隐瞒儿子的噩耗,并嘱托所有亲属保守秘密。

他擦干泪水,强忍着伤痛,两头奔波,一边处理儿子的后事,一边抽时间照顾妻子,并尽量做到像往常一样,让妻子发现不了有什么不同。

就这样,瞒着病中的妻子,原学军在亲友们的协助下,悄悄处理完了儿子的后事。

一切都办完后,这个坚强的男人来到病床前对妻子说:"原野回天津了。"

妻子疑惑地问:"什么时候走的?"

丈夫马上回答:"刚走。学校催得急,要他回去搞毕业论文答辩,还听他说有什么求职的事。"

妻子嗔怪道:"这孩子,也不来跟妈说一声。"

丈夫说:"你又不是不知道你儿子的性格。再说,一个大男人,心怎么会那么细?他前几天不是天天来看你了?还为你做饭熬汤,你还夸他孝顺哩。你就安心养你的病吧。"

妻子听丈夫这么一说,脸上露出了难得的笑容,连连点头道:"是,是。"

看到妻子脸上闪现出生病以来未有的笑容,原学军本应高兴,可是,这笑容是因他的谎言而呈现的,他再也无法忍住泪水,匆匆逃出病房,到僻静处痛快地大哭了一场。"静峡啊,原谅我的谎言吧。结婚几十年我从没有对你说过谎,这是唯一一次,你就原谅我吧。儿子,你也原谅爸爸吧,爸爸没有将你的死讯告诉妈妈,爸爸也是没有办法啊。爸爸心很痛,你妈那身体,哪经受得起半点儿打击?爸爸不想在失去你后,又失去一个亲人!"

他怕妻子给儿子打电话，回到病房后又反复叮嘱妻子："儿子这段时间压力很大，咱不要过多干扰，儿子有空儿会发信息回来的。"

妻子说："知道了。我不会去打扰他的。有事，他会发短信来的，我就等他的短信吧。"

听到这里，原学军放心了。

多年来，原学军和妻子对儿子一直管教严格。尽管家庭条件不错，但总教育孩子要节约，能发信息说清楚的事情，就尽量不要打电话，所以他们平日里大部分的交流都是通过短信实现的。

在处理儿子后事的时候，他将儿子使用过的手机悄悄地保留了下来。过了不久，他便跑到病房外面，向妻子发出了第一条短信："妈妈，我在学校一切安好……"

这便有了文章开头的那一幕。

就是从这时起，原学军一直生活在谎言和欺骗之中。每隔一两天他就替儿子给妻子发一条短信，或汇报思想，或报告动态，或遥祝平安。妻子也随时给予回复，总是说自己在他的精心照顾下渐渐康复，要儿子放心。并劝儿子把心放宽些，学习也好，工作也罢，不要有那么大的压力，快乐就好。

此后，他将儿子的手机作为最重要的东西一直带在身上。为了不被妻子发现，他将手机铃音调成静音模式，并把它放在最隐蔽的地方，不论上班还是出差，都随身携带，好随时以儿子的口吻与妻子保持联系。

尽管妻子一直对自己充满信任，但原学军仍然不敢掉以轻心。儿子走后不久，他便托天津的亲戚将儿子的物品从学校打包寄回，向妻子谎称儿子毕业了，在天津商业大学找到了一份不错的工作。

妻子很高兴，马上发短信过去问儿子，"儿子"很快回复："妈妈，是的，我终于找到理想的工作了。"短信里，流露出难以掩饰的喜悦。

就这样，日子一天天过去。原学军根据时间的推移、四季的变化，一步步地构思着短信的内容。通过这些短信，郑静峡了解到：儿子上班了，转正了，加工资了，还准备出国攻读博士……

但是，让原学军担心的事情还是发生了。一天，因抑制不住对儿子的思念，妻子不停地拨打着儿子的手机。可"儿子"就是不接，令她焦急万分。原学军随即代替儿子回短信进行解释："妈，你有什么事吗？我正在上课呢。"

"妈想你了，好久没听到你的声音了，想和你说说话。"

"妈，别闹了，我不方便说啊。"

就这样，总算是敷衍了过去。

2008年春节，是儿子走后的第一个春节。往年，儿子都会回家陪他们过的，今年怎么办？原学军心想，一定要编一个十分周全的理由，好让妻子相信。他想了很久，最后编了一条短信发到妻子的手机里："妈妈，你们还好吗？马上要过年了，本来我是打算回家过年的，但我想攻读博士，想利用宝贵的寒假时间温习一下功课，所以今年就不回家了，希望你们理解。"

儿子要攻读博士，这是天大的好事，理应全力支持。妻子马上回复："妈妈理解。你就安心学习吧，要注意身体。"

生活在继续，谎言也在不断编织。但妻子也渐露不满，说儿子总是不接自己的电话。原学军劝慰道："儿子不愿意通电话，可能有自己的考虑和心事，现在年轻人压力都很大，他总有一天会理解父母，会走出阴影的，你安心治病就好。"

妻子觉得丈夫的话也不无道理。她了解自己的儿子，性格有些内向，不愿与人多说话，不接电话也在情理之中。她甚至认为，对于性格内向的儿子而言，用短信交流，也是一个不错的沟通渠道。

就这样，一过又是一年。妻子左等右盼的2009年春节马上就要来了。她想，已经有将近两年时间没有看到儿子了，今年过年儿子一定会回来的。于是，她试探性地给儿子发去短信，要求他回家过年，说自己好想他。这回"儿子"没有马上回复，而是过了一天后，才回短信：

"妈妈，告诉你一个好消息，我找女朋友了，是我的同事，姓李，父亲是公务员，人很好，长得也算漂亮。今年她邀请我去她家过年。这样，可能就又不能回家陪你和爸爸了……"

从"儿子"发来的难掩兴奋之情的短信里可以看出，"儿子"对这段"爱情"十分满意。妻子读着短信，欣喜万分，当即回复："儿子，去吧，妈妈祝福你。"

看到妻子的回复，在另一头读着短信的原学军却哭了。

他怎么也没有想到，自己与妻子结婚几十年，从未向妻子撒过一次谎，现在却如此残忍，如此无情……

想到这儿，他几乎要崩溃了。但，不骗又能怎样？

他在心里说，静峡，原谅我，我所做的这一切，都是为了你。

儿子去世后，原学军把所有的精力都放在工作和照顾妻子身上。看到她化疗太痛苦，便托朋友从沈阳买来特效中药，每天在家熬成膏药，一张张给妻子贴上，再一遍遍按摩。每天帮妻子洗澡以及洗衣、买菜、做饭，这些过去他从没碰过的家务全都一个人承担下来。他就像陀螺一样转个不停，不能也不敢停下。因为一旦静了下来，丧子的痛楚和渺茫的希望以及一切的不如意就会

从心底冒出来,将他折磨到崩溃。

因此,在照顾的间隙,妻子一旦有所好转,他就立即全身心地投入到工作中去,用工作来麻痹自己,好忘记生活中的痛苦。他说,只要能坚守住心中的那个秘密,只要妻子能一日日好转,他宁愿承担这一切。

尽管如此,"不能说的秘密"还是很快在同事和朋友中传开了。不少人都认为他太残忍。

妻子的一位多年好友一直知道她孩子的事,有一次前往家中探望,言谈中听她得意地讲着儿子工作的事,不禁泪水模糊了双眼。此后,这位好友再也不敢登他们家的门,因为她不敢面对,只是常在电话中问候。

谎言也有险些穿帮的时候,有一天,妻子突然收到一条短信:"大家都知道你儿子死了,为什么就瞒着你一个人?"也许是太过紧张,她不小心将信息删除了。对此,原学军反复解释多日,以看花了眼、思念太深等各种理由搪塞。原学军自始至终都不知道,究竟是谁给妻子发了这样一条短信。

人生是坚强的,但生命是脆弱的。坚强的妻子坚持了近三年的保守治疗,依然未能摆脱病魔的侵扰。2010年元旦,与病魔抗争了1000多个日夜的妻子,病情急转直下。10日,妻子再度入院接受治疗。

入院前的1月9日晚,原学军趁着妻子依然清醒,便告诉她:"你一定要坚持,儿子目前正忙着出国留学的事情,如果成功,春节就能回来看你!"

原学军还鼓足勇气顺带问了妻子一个问题:"这么多年,你后悔嫁给我吗?"妻子流着泪说:"从没后悔过。"

入院后,妻子的情况越来越糟,但依然乐观。不知情的病友和医生不禁埋怨:"都病这么重了,儿子也不回来看一看,这个儿子白养了!"

这时,虚弱的妻子总是忙着解释:"儿子很忙,忙着出国呢,不怪他!"

在妻子生命的最后几天里,她时而昏迷,时而清醒,但总是不停地流泪。

2010年1月19日晚11时40分,原学军眼看着妻子的监护器屏幕上出现了一条直线。他抚摸着妻子的脸庞,喃喃自语:"你们都走了,就剩我一个人了……"

妻子去世后,悲痛万分的原学军含泪来到武昌殡仪馆,将三年前存放于此的儿子的骨灰取了出来,在武汉九峰一处公墓买了两个相邻的墓位,将妻子和儿子一同葬下。

"静峡、原野,你们母子俩终于团聚了。"原学军用洁白的手套一遍遍地擦拭着墓碑,直到上面一尘不染。然后,他小心翼翼地在碑前摆上龙眼、柑橘等水果,又撒下一片片黄白色的菊花瓣。"静峡、原野,希望你们母子俩能理解我的苦心。这三年来,想着儿子,看着爱人,我没有一天不是过着心如刀绞的生活……"说着,原学军早已是涕泪横流。

斯人已去,空留余悲!原学军总是难以忘怀妻子和儿子带给他的幸福点滴,他说:"留在心底的无数回忆难以割舍,偌大的家里只有自己孤单的脚步声,现在想起,能够再听到妻子病中的呻吟,都是一种难得的奢望。"

妻子生前的好友王女士被他们的故事深深感动着,她实在忍不住,于是拨通了《楚天都市报》的热线。电话里王女士泣不成声,向记者讲述了发生在她好友郑静峡身上的悲情故事。报社迅速派出记者前去采访报道。

原学军对记者说:"我选择冒充儿子,用短信编织谎言,支撑病重的妻子,是我至死也不悔的选择。毕竟,我又陪伴了她三年,这世上有什么比生命、比活着更大的事情呢?做这一切,是因为我对妻子的爱,是因为我对她一生的承诺。她在病中的日子,我也希望有一天能有奇迹发生,她能痊愈,她的身体可以承受这个噩耗。这样,我就可以告诉她真相,再让我陪她度过悲伤,去走完漫漫人生长路……"

"爸爸"、"妈妈"和"狗儿子"

美丽的星城长沙,劳动东路一个新建的小区里,我见到了这样一个特殊的"三口"之家。

说他们特殊,是因为这个家由"爸爸"、"妈妈"和一只漂亮的小狗组成。这只漂亮的小狗就是他们的"儿子"。

"爸爸"叫郭义(化名),"妈妈"叫夏红(化名),"儿子"叫毛毛。

2015年7月的一天,我经朋友介绍,去采访远在长沙的失独家庭郭义、夏红夫妇。在他们居住的小区门口,我们见面了。身材高大但有些清瘦的老郭携了妻子向我走来,旁边跟着一只毛色亮丽的小狗,一蹦三跳,很是得意。起初,我对这狗并不在意,然而,老郭在介绍完自己和妻子后,特意指着那条狗说:"它,我们的儿子,叫毛毛。"

"啊?"

老郭注意到我的诧异,马上说:"自从儿子去世后,我们就与它相依为命。它早成了我们家庭中的一员,我们把它当儿子来养,我们自然成了它的'爸爸'和'妈妈'。"

停顿了下,他又说:"我们这些人,除了泪水,没什么可写的。你要写,就写这条狗吧。"

我不得不重新审视这只叫毛毛的小狗。

浓密如绒的金色卷毛,茸毛密布的长耳,再加上一双闪动灵光的机警小眼,散发出令人难以抗拒的吸引力。

寒暄过后,眼看时间不早,我提议找家小店,请他们一家吃个便饭,好边吃边聊。

他们应允后我们一齐走进小区旁某饭店内。坐定后,服务员问几个人,我不假思索地回答:"三位。"服务员按我的意思摆了三张凳子,三副碗筷。

"妈妈"夏红见状,马上从旁边的餐桌边拖了一张凳子放在自己身旁。小狗立时跳上去,后腿蹲在凳子上,前脚托着个毛茸茸的头靠在桌沿边,眼睛骨碌碌地看着大家,俨然一个等饭吃的孩子。我顿时觉出了自己的失误。他们早介绍说,他们是一个完整的"三口"之家,而我在吩咐服务员摆凳子和碗筷时把这个"儿子"给漏了。

吃饭时,"妈妈"夏红不忙自己吃,而是先喂"儿子"。她挑了它喜欢吃的,用汤洗掉辣味,试试温度,再送到"儿子"嘴里。"儿子"幸福地咀嚼着,一双眼睛骨碌碌地看看"妈妈"又看看"爸爸",那副可爱样,直叫人心生爱怜。

一边吃饭,老郭一边向我讲起了他们家的故事。

他告诉我,小狗毛毛的名字来源于他们已故儿子郭弘成的小名"毛陀"。毛陀刚出生时胖乎乎的,是个漂亮的小宝贝,也是全家人朝思暮想的男孩。对他的出生,一家人寄予了莫大的期望。弘成这个名字,就是寓意为"大作为、大成功"。毛陀从小聪慧过人,三岁就能识字,背诵唐诗。小学时成绩一直是班上的

前几名,初中考进了重点中学重点班,是同学中少数几个不上课外辅导班成绩却一直优秀的好学生。高考虽出现一些失误,仍以高出录取分数线几十分的好成绩考入湖南大学计算机系。大学毕业那年,个头儿一米八二的他,很快就被一家大型国企相中,成为单位里最年轻的业务骨干之一,深得领导器重和同事喜欢。生活中,他不抽烟、不喝酒、不说粗话,待人真诚,风趣有礼貌,是个有涵养、有素质、招人喜爱的好男孩。

然而,就是这么一个优秀的儿子,于2012年9月24日晚,走进浴室洗澡后就再也没有出来——猝死在浴室里。

远在广州的郭义在接到妻子打来的电话后,眼前一黑,瘫坐在地:"天啊,这怎么可能?!"

就在前几天,儿子还因他这次应邀到广州工作,被提拔为常务副老总而自豪。儿子一句"爸爸,我为你骄傲"成了他工作的最大动力。特别是国庆临近,懂事的儿子还为他订好了9月29日回家的高铁车票,而且是他从未坐过的一等座。每当一想起懂事的儿子,郭义心里就有说不出的兴奋。

然而,谁也想不到,不幸来得这么突然。

夜已深,又临近国庆,飞机、高铁都没了票。慌乱中,郭义什么也没带,直奔火车站,买了一张站票,赶往长沙。

车轮滚滚,仿佛在碾压着他的心。一路上,郭义忍不住号啕大哭,泪水倾盆,全然不顾车内旅客异样的眼神。那是他生命中最漫长、最黑暗、最悲惨的一个夜晚。

一头撞进家门,往昔温馨的家已不复存在,整个屋子笼罩在一片悲恸的气氛里。妻子悲戚痛哭,亲友们含泪默哀。儿子在床上静静地躺着,仿佛还在熟睡,脸上带着些许微笑。他扑过去,声嘶力竭地叫着:"毛陀,你怎么啦?我最最亲爱的崽啊,你怎么不起来和你没用的爸爸说说话啊！"

英俊的儿子就这么安静地睡在那里，任凭夫妇俩反复地摸他的脸、拉他的手，千般呼喊，万般哀求，仍旧一动不动。也许是爹妈体温的传导，也许是心灵的感应，儿子的身体始终是柔软的，有着余温，白白的脸上似乎还有些红晕。他们始终不相信儿子已经走了，始终幻想着儿子只是暂时昏睡。

在他再三哀求下，医生被再一次请来。他痛哭跪求："我们的儿子没有死，全身还温热着呢，求你们救救我的儿子。"

经医生再三检查，最终确认儿子已没有生命迹象。

直到这时，他们才确信，儿子是真的离开了他们。

天塌了！地崩了！一切全毁了！

黑暗！荒芜！恐惧！绝望！

一切悲伤顿时化成撕心裂肺的哭喊："老天啊！你为什么这样残忍？你可以随时拿走我们的一切，却怎么忍心夺去我们的宝贝儿子？你要知道，他是一个多么英俊、富有才华、积极向上的孩子啊！"

"回来吧，最最亲爱的儿子！爸爸妈妈在你曾经待过的每一个地方等你回来。见不到你，金钱没有意义，装修好的新房没有意义，生活没有意义，一切一切都没有意义了啊。崽崽啊，没有你，你亲爱的爸爸妈妈怎么活？怎么活得下去啊！"

然而一切已成定局。2012年9月26日下午3点，在长沙市阳明山殡仪馆，郭义夫妇悲痛地送了儿子最后一程。其间，也许是剧痛过后带来的神经麻痹，无比伤痛的郭义居然那样镇定，虽然心撕裂着、身子颤抖着，但思维清晰，没掉一滴眼泪。

儿子生前很追求生活品质，从不乱花钱，但买东西一定是高档的。于是，他和妻子特意给儿子选购了和田碧玉的"新居"，

上面雕饰着腾飞的龙。

郭义小心翼翼地捧着装有儿子骨灰的盒子,如同当年抱着出生后不久的他从医院出来时一样,走向了回家的路。

回到家里,细细思考、反复商量后,夫妻俩都觉得:今已无后,余生了无生趣,将来更没人为儿子和自己祭奠扫墓,与其让他只身躺在那荒凉寂寞的野外,不如和自己同住一起,相依为命,共度此生。待将来一家人再聚之日,再拜托亲人,将全家人的骨灰一起洒向河流大海。就这样,夫妻俩统一了认识,暂时将儿子安放在他平日睡觉的床头。为了不使他们的悲痛打扰到儿子,他们则搬到新装修的准备给儿子结婚用的新房里去住。

隔三差五,逢四必行(儿子是24号离开的)。每逢带"4"的日子,郭义就带一些香烛纸钱,捧几朵鲜花,到旧居里看望儿子(妻子开始也和他一起,后来因身体不适,加上无法承受沉重的悲伤就不同往了)。当他推开房门,总忍不住泪水涌流:"毛陀,爸爸看你来啦!"声声呼喊在房内回荡,整个世界顿时变得冷清悲凉。

儿子的灵盒摆在床的东头,上面摆放着他单位发放的尚未穿的新衣,遗像的周围整齐地放着他生前用过的笔纸、键盘和生活用品。房中间有一小凳,凳上摆一香炉,香炉上密密麻麻地挤满了燃烧后的香棍,每次焚烧纸钱,望着那红红的灰烬,仿佛焚烧的是自己的肉体和灵魂。

他忍不住长叹:"儿子啊,真的不能没有你!新房里没有你,再多的东西,都是空的;再好的美味,都是苦的。打开龙头,流动的是我们思念的泪水。启动开关,亮起的是你深情的目光,响起的是你的声音,闻到的是你的气息。哪怕闭上眼睛,浮现的都是你,哪怕捂上耳朵,听到的还是你。"

哭，哭，哭。几个月过去，眼睛哭肿了，各种疾病也一股脑地袭来。就在儿子去世后第100天，郭义突发急性阑尾炎，亲戚朋友不得不将他抬进医院。那一刻，他恨不得自己就这样死去。术前例行谈话时，手术医生告诉他任何麻醉和手术都可能出现意外，他却异常坚定地想，有意外最好，这样就可以和儿子团聚了。他真的希望能快点儿结束自己的生命，好和儿子在一起。

妻子夏红更是每日茶饭不思，精神恍惚，一月瘦了25斤，过去快快乐乐、喜欢唱歌跳舞、晚上连梦都不做的漂亮妈妈，如今每天只能靠吃安眠药入睡，而且逐步加量才能睡上两三个小时。一个活跃、开朗的妈妈，只几个月时间便被摧残得不成人样。

安慰，劝导，陪她外出，都不管用。大家无不痛心，更是万分担忧。后来有亲友建议她领养一个小孩，以排遣眼前的痛苦。

她没有答应。她说，自己生的才是最好的。

经过反复思量，她大胆决定："再生一个。"

再生一个？谈何容易？她已经56岁，且绝经多年。但为了不打消她重新燃起的这一点点念想，亲友们都支持她。

她走进了医院。

医生被她的执著感动了，为她制定了详细的治疗方案。她也积极配合，经受了常人难以想象的苦痛。治疗一月有余，奇迹出现了：绝经多年的她竟然来了月经。虽然量很少，但那激动人心的一点儿"红"，复活了她的人生，照亮了全家人的心情。

一家人都在这意外的惊喜中期待美好的未来。

可是，令她意想不到的是，医院的另一纸诊断使全家人重燃的希望再一次熄灭。医院检查发现：她的子宫严重萎缩，即使来了月经，有了排卵，胚胎也无法着床。

瞬间,一家人从希望的山顶再次跌落到失望的谷底。哭泣、悲伤重又回到这个不幸的家庭。

怎么办?怎样才能把他俩从痛苦的深渊里解救出来?

情急和无奈之下,弟妹花重金买来了这只原产于西欧的贵宾犬。

说来奇怪,这狗与郭义、夏红仿佛天生有缘。从看到它的第一眼起,他们就接纳了它。它长着一身金色的卷毛,与儿子小时微卷的头发惊人相似。毛茸茸的小脑袋,乖巧可爱,特别是那双圆润的小眼睛里流露出的怯生生、怜兮兮的神情,与夫妻俩内心深处的痛楚交织在一起,马上有了共鸣。一下子,拉近了彼此的距离。

夏红爱怜地抱过来,像当年怀抱儿子一样轻轻地捂在怀里。小狗也将头紧紧地依偎在夏红的怀里,并不住地往里钻。顿时,一股暖流从夏红心头涌起,瞬间流遍全身。失去儿子的她猛然间有了一种母性回归、重拾亲情的感觉,她忍不住激动地说:"它就是我儿子,儿子回来了。"

就这样,夫妻俩喜欢上了这只小狗,并坚信它就是儿子派来陪伴他们的。于是,依照儿子的小名"毛陀"给它取了一个好听的名字:毛毛。

为了让毛毛有一个舒适的生活环境,两位老人除了给毛毛准备整洁的房间,购齐必备的生活用品,还给它特意买了一床电热毯取暖。夏红精心照料着它的吃喝拉撒,就像当年照顾毛陀一样。它的冷暖安危,时刻牵动着夫妻俩的神经。

为了方便称呼,夫妻俩也不再"老公"、"老婆"相称,而是以毛毛的口吻叫彼此为"爸爸"、"妈妈"。比如,夏红将饭做好后让丈夫来吃,会说:"爸爸,可以吃饭了。"当郭义要外出与妻子告别时,也总是说:"妈妈,我出去一会儿。"每当他们这样称呼对方时,毛毛也跟着"汪汪汪"大叫,以示回应,直叫得两人泪眼婆娑。

在这个家里,毛毛是快乐的。它很通人性,且活泼、聪明、灵巧。虽然平时不大出声,但当"妈妈"因思念儿子放声大哭时,它也总是蹲在一旁"汪汪汪"直叫,仿佛是一起同悲,又仿佛是轻声劝慰。也怪,毛毛叫时,"妈妈"通常会很快地止住哭泣,安静下来。毛毛来家还没几天,"妈妈"夏红哭泣的次数明显减少了。

毛毛就像一个调皮的孩子,特别好动。它最喜欢在专门为它铺设的一米见方的毛毯上做"自由体操":从这边翻到那边,从那个角滚到这个角。笨拙、滑稽、有趣,样子格外可爱。

有一次,它做的"自由体操"花样不断翻新,姿势尤其搞怪,让正在看它的"妈妈"夏红禁不住笑了起来。笑声从凄清的房间里传出,在屋内弥漫、萦绕。这可是儿子走后这个家里难得的笑声,弥足珍贵。

就这样,小小的毛毛给这个家带来了久违的温馨,不但打破了屋内窒息般的宁静,而且填补了夫妻俩失去独生子后的空虚生活,给他们注入了继续生活下去的勇气。他们常常想,毛毛是不是儿子派来的安慰天使,又或者就是儿子的化身?

越是这样想,郭义夫妇与毛毛之间的感情越是浓厚,以至一天 24 小时都离不开。夫妻俩走到哪儿,毛毛被带到哪儿;毛毛走到哪儿,夫妻俩就跟到哪儿。毛毛成了他们的心肝宝贝,他们也成了毛毛的守护天使。

我们就这样慢慢地吃着,慢慢地聊着,到了饭店打烊的时间,"妈妈"夏红和"儿子"毛毛吃完后向我们打了声招呼提前

走了,我们也不得不离开。郭义邀请我去他家坐坐。

走进他的家,迎接我们的是先回家的毛毛,它一阵欢跳,一阵喜叫,将我们"让进"屋里。郭义俯下身和它彼此亲热了一番。

郭义说,每次从外面回来,只要听到开门的声音,毛毛总是第一个跑出来迎接,扑进他怀里撒娇,让他感觉到一种久违的亲情。

坐在客厅里,郭义介绍,他们现在住的房子本是为儿子准备的婚房,儿子和女朋友谈了几年,准备过完年就结婚的。谁知房子刚装修完,儿子就……靠餐桌的那面墙原本是妻子为儿子专门设计的一面"靓影墙",各个时期、各种场景儿子的照片布满整个墙面,十分温馨。可儿子去世后,妻子每天看着这些照片悲泣,他不得不忍痛换掉。虽然照片已经换掉,但影子仍然存在,叫人无法回避。

说到这里,郭义眼里又噙满泪水。

郭义还告诉我,自从儿子去世后,本是"网盲"的他开始学习打字和上网,写下了一篇篇"心灵日记"。

打开这些日记,一段段哀伤凄美的文字,一串串撕心裂肺的思念,仿佛一条悲伤之河自字里行间倾泻而来:

当大地还在朦胧中,思念却先醒了。往事像电影般一幕幕地回放着,儿子的音容笑貌清晰地浮现在眼前。我伸手,却抓不着;我呼喊,没有回音。心收紧,一阵阵绞痛,泪水止不住地流下来。弘成,你在哪里?爸爸妈妈想你啊!回来吧!回到属于你的新房来!哪怕托个梦也行……

黎明,晨曦还没升起,妻子的哭泣声再次把我唤起。26 天了,思念的泪水,绝望的孤寂,我们在痛苦的深渊里挣扎不起。我们的哀号,轻得像微风,除了亲友,无人搭理。我不由仰天长叹……

病了,还没有倒下;活着,却无比痛苦。命运就这样无情地折磨,叫你生死两难。夜晚,独自漫步在外,遥望那黑暗的高空,我找不到可以诉说的那颗星。任凭低号恸哭,听任老泪横流……

喜、悲一瞬之间;家、冢一点之间。对于我们,儿子就是天大的那一点。有这一点,妈妈有了寄托,爸爸有了动力,家庭有了温馨,生活觉得幸福;缺这一点,心成了坟,家变为空,活着就是煎熬。成儿,你知道吗?你就是前面的那个"1",爸爸、妈妈和所有的一切,都是后面的"0000"啊!没有了你,所有的都是零啊……

在我含泪读完这些蘸血带泪的文字时,"妈妈"夏红已经开始照料起"儿子"来。只见她打来一盆水,为"儿子"洗脸、洗脚,"儿子"也十分听话,仰着脸、伸出脚让"妈妈"擦洗。所有的动作是那么娴熟、自然、得体,把人世间母与子的舐犊情怀演绎到了极致。我的视线和思绪全被眼前的景象吸引,并深深地震撼了。

看到妻子如此照料毛毛,郭义说:"'妈妈'照顾'儿子'尽心尽力,'儿子'对'妈妈'也情真意切,他们之间的感情无人可比,如果有谁辱骂或欺侮'妈妈',毛毛定会帮她出气或报复。"

为了证明给我看,郭义故意对着妻子说:"打妈妈。"

毛毛顿时跑过来,"旺旺旺"地对着郭义叫个不停,直到郭义说"好了,好了,不打妈妈",它才停住。

从他们与毛毛的相处中,可以看出,毛毛带给他们的不仅是

温馨和快乐,还有那份久违了的亲情。

像郭义、夏红夫妇这样靠饲养一些动物作为生活寄托的失独父母不在少数。

在南京市秦淮区光华路街道的一对老夫妻,为了纪念车祸中死去的儿子和儿媳,就在家中养了一公一母两只鸡。每天鸡起他们起,鸡睡他们睡。那年禽流感发生,街道开展清理与整顿行动,为了保住这两只鸡,老两口专门跑到街道办号啕大哭,说这两只鸡就是他们的儿子、儿媳,谁要是杀了它们就是杀了他们的儿子、儿媳,就要与谁拼命,让办事处的工作人员跟着动容。

昆明市嵩明县一对老人在儿子死后,专门买了一只鹦鹉,每天只干一件事,就是训练鹦鹉叫"爸爸"、"妈妈"。这只鹦鹉也真通人性,在不厌其烦的训练后,不但会叫,而且只要一看到他们就"爸爸"、"妈妈"叫得清甜,令他们高兴不已,仿佛儿子又回来了,生活重又有了起色。

一对对痛苦的父母,在失去了唯一的孩子后,终日以泪洗面。在近乎绝望时,一些小动物来到他们身边,把他们从痛苦的深渊里拯救出来。这到底是他们的幸运,还是不幸中的更不幸?我无从知道。

半个馒头的"诉说"

百年学府清华大学,77 岁的潘教授家。

白色的瓷盘里,半个吃剩的馒头,悲戚地被封存在保鲜膜里。

保鲜膜外,一张字迹已经退色的小纸条上赫然写着:"这是小宏 2007 年 2 月 13 日早晨吃剩下的最后一块馒头。"

小宏，名叫潘宏，是潘教授的独生儿子，1973年出生。2007年2月13日早晨，因心脏病突发离世。

这半块馒头是儿子去世前一刻吃剩下的，潘教授在整理儿子的遗物时发现了它，于是用保鲜膜小心翼翼地包了起来。

潘教授说："这半个馒头能呈现儿子生命最后的迹象，以后再也没有了，我要留着。"

被他留着的还有儿子死前发给妻子的一条短信，这是儿子有生之年的最后一声呼唤："妈妈，我心脏不舒服。"

2月13日早上7点儿子向妈妈发出的最后呼救被潘教授转发到了自己的手机上，他要永久地保存下来，终身相伴。

潘教授34岁结婚，35岁有了儿子小宏。之后，国家实行了"只生一个好"的计划生育政策，潘教授夫妇没有机会再生。1980年，他的爱人再次怀孕，但迫于政策压力，还是去医院做了流产。

可是，令他怎么也无法接受的是，儿子竟先他而去，让他白发人送黑发人，成为失独老人。

潘教授夫妻永远也不会忘记那个让他们彻底崩溃的早晨。当天早上8点多，妻子晨练回来，接到儿子打到座机上的求助电话："妈，我很不舒服，您能过来一趟吗？"放下电话，妻子立刻打车赶往儿子的住处。

出租车上，妻子这才发现自己手机关机了。因为潘教授的手机平时总是关着的，小宏和家里联系都是打她的电话，但儿子病发当天，潘教授却鬼使神差地把她的手机也关了。妻子迫不及待地开机，没过多久，儿子在早晨7点给她发的短信跳了出来："妈妈，我心脏不舒服。"

预感到问题的严重，妻子将电话回拨过去，儿子却没有接。待她赶到儿子在回龙观的家，却怎么敲门都没有回应。于是，妻

子找保安帮忙,可无论她怎么哀求,对方都表示,要出示身份证等有效证件才行。当潘教授接到妻子电话时,她的声音早已变得声嘶力竭:"你快来吧,门打不开,保安又不管,快来啊!"

等潘教授带着工具跟同事一起赶到,一切都已晚了。

小宏蜷缩着躺在卧室的地板上,虽然身体还是热的,但已经没有了呼吸和心跳。赶来的医生马上对他实施了抢救,可直到插进肺部的管子都出血了,也无济于事。

就这样,潘教授唯一的儿子,生命永远停止在了35岁。

在我采访的失独父母中,有90%的父母会用一种独特的方式试图"留住"自己的孩子——

来自黑龙江的网友"心碎"把女儿的照片放在天天佩戴的项链吊坠里,时刻挂在胸前。

江苏的网友"叶儿黄"在女儿房间的桌子上,时刻摆放着两瓶冰红茶。她说,女儿生前特别喜欢喝它。

重庆的网友"天堂"家里永远保存着一本2000年的台历,那是儿子生前用过的最后一本台历。

山东的正荣(化名)将孩子的照片贴满了整个房间,以此来回忆与儿子共同度过的美好时光,并整日躺在孩子睡过的床上,"闻着孩子留下的气味,心里会觉得好受点儿"。

济南的张月菊(化名)自从女儿死后,五年时间了,还坚持每天做各式各样的菜等女儿回来吃,并不断地给她买新衣服。在女儿的衣柜里,从夏天的裙子到冬天的羽绒服,一应俱全,很多还挂着标签。张月菊每天总要轻轻抚摸这些衣服,"和她说说一天的生活,让她知道妈妈过得很好"。

武汉的余伟(化名)是一名企业高管,白天的时候,他总是西装革履,勤奋地工作;可是晚上回到家里,他就变成了另外一个人。整夜抱着孩子的骨灰盒哭泣，口中呢喃："孩子，让爸爸抱抱你。"他经常哭着哭着就躺在客厅的地板上睡着了，这种生活一直持续了八年。

……

孩子们突然离去，他们难以释怀，与孩子有着某种关联的一切东西，在他们眼里，都不仅是一件件小物品，而是一个个鲜活的生命，能呼吸，会说话。看到它们，就像看到了自己的孩子；有它们陪伴，自己才不感到孤独；有他们陪伴，自己那颗痛苦的心才能得到些许的安慰。

因此，许多失独父母尤其看重一些物品，把它们视作珍宝，以此慰藉无法释怀的丧子之痛，陪伴他们度过余生。

大年夜，她踯躅在无人的街头

又到大年三十，又到万家团圆。

家住湖北武汉的王菲妈妈越是在这样的节日里，越感到凄楚、悲凉和孤独。

几年前，18岁的花季女儿王菲因患白血病不幸离世。从此，一天24小时，除了每晚饭后出门锻炼一小时以及外出采购一些生活必需品外，她都将自己深埋在女儿的小屋里，尽量不去看那街上的人来人往，不去看那路上扎着花带的婚车，不去看那橱窗里漂亮的嫁衣，不去与那推着童车的人擦肩而过……这些年来，她已慢慢地学会了在特定的时间、特定的场合选择逃避。

可是，今天是大年三十，又该怎么逃呢？

一大早，她就带着为女儿新购买的衣裤、鞋袜和精心准备的年夜饭来到女儿的"小屋"——墓地前。在没有任何顾忌地放声

大哭后,她默默地、细心地把刻有女儿名字的碑石擦洗了一遍,把装点的绢花重新插过。她边整理边喃喃地说:"女儿,别人过春节都是合家欢乐,而妈妈只能用这种方式与你在一起。别人过的是节,我过的是'劫'……"

女儿走后,她保留了女儿房间的一切摆设,而且按原样摆放。她每天都要去抚摸、拥吻女儿留下的所有物品,包括胎发、乳牙,女儿用过的桌椅、毛毯、衣服、书和玩具……

她将衣裤、鞋袜一字排开,将女儿最喜欢吃的菜一一夹进碗里,一边夹一边说:"女儿,妈做的都是你最喜欢吃的,味道怎么样?多吃点儿,吃完了,妈妈再为你做。"

这时,天空下起了小雪。

雪花落在她的眉毛上、脸蛋上,她很欣慰,轻轻地说:"女儿,我知道这是你显灵了,雪花落在我的眉毛上,是你的小手来为我擦眼泪呢;落在我脸上,是你在亲吻我呢。今天,妈妈算来着了。"

时间过得飞快,不知不觉,她在女儿墓地一待就是大半天。雪也越下越大,整个墓地很快被覆盖在一片白茫茫的朦胧之中。但她还不愿走,她甚至想,这里要有个招待所就好了,那样就可以在不受任何干扰的情况下陪伴"女儿"过完整个春节……

她到墓地管理处问值班人员,他们告诉她:"我们这里还没有这样的服务。"

她想,自己干脆就在女儿墓前歇两晚算了。可是,既没带被褥,甚至连一张垫地的薄膜也没有,又这么大的雪,这么寒冷的天,如果冻坏了,以后谁来陪女儿?

眼看天色将晚,自己再不下山,就看不见路了。她不得不起身,一步三回头地离开。

走到山下，她突然觉得自己没有了方向。她不知道该去哪儿。她不想回到那没有女儿的家中，更不愿去参加亲友们一起共聚的团圆夜。

去茶室咖啡馆？不行；去肯德基麦当劳？也不行。在这样的大年夜里，这些地方一定都少不了热闹……

去哪里呢？她无处落脚，只有孤独地行走在无人的街头，从这头走到那头，又从那头走到这头，一走就是无数个来回，直至深夜。

大年夜如此度过的何止一个王菲妈妈。

家住北京市平谷区的老杨，每当听到除夕夜此起彼伏的鞭炮声，他的心就备受煎熬。那一声声在空中炸响的爆竹，仿佛一颗颗重磅炸弹，炸在老杨的心上，生生作疼。他无法在屋里再待下去，只得捂着双耳，迎着浓重的夜雾，朝自家菜地里躲。

"一步，两步，三步……"

他边走边在口里念叨。每念叨一句便长叹一声，每长叹一声又念叨一句。声声句句，带着泪水，带着痛楚，带着哀怨。

他也记不清自己是第多少次用这样的方法丈量脚下这段路。他只知道，儿子死后，他每天至少要在这段路上来回丈量两次。每丈量一次，就伤心一次；每伤心一次，又免不了再丈量一次。

因为在这条路的那一端，"住"着他的儿子。

儿子杨鱼（化名），1986年出生，是老杨唯一的儿子。当年儿子出生时，全家老少皆喜出望外，老杨更是喜不自胜，反复念叨："我老杨家终于有后了！"

然而，天有不测风云，儿子因一场意外于2012年1月2日离他而去，年仅26岁。

虽然家在农村，又是农民，但按照当时的政策，就算在农

村,如果第一胎是男孩,也不能再生。于是他响应国家号召,只生了这一个。当时许多人劝他再生一个,无非罚点儿钱,又不怕开除工作,更不要去坐牢。但经与妻子商量后他们没有再生,心想将这一个养好了,养出息了,也一样。由此,他成了村里少有的独生子女光荣户。

杨鱼也不辜负老杨的期望,从小就乖巧懂事有礼貌,只是学习成绩总不理想。老杨想,读书有遗传,讲天赋,自己是个大老粗,儿子读书不行,也不奇怪。他认为,能读当然最好,实在读不了也不能强求。世上的路有百千条,读书只是其中一条,只要身体好,有力气,肯干活,就能生活下去。因此,杨鱼在15岁刚上初二时就辍学了。老杨是某建筑工地的包工头,儿子辍学后,就跟着他在工地上当起了学徒。

建筑队工作辛苦,不论数九严寒还是盛夏酷暑,都得爬上数十米高的脚手架作业,忙上忙下,异常辛苦。没多久,儿子手磨破了,脸晒黑了,人累瘦了。

老杨心疼不已,问儿子:"苦不苦?"

儿子挺了挺身板:"不苦。"

老杨高兴地说:"是我儿子!"

上工以来,杨鱼每天都是早起晚睡,像陀螺一样,围绕着钢筋水泥打转,但他从未抱怨过。有时工友们故意考验他,至一大担砖头让他挑,他毫无惧色,挑起就往脚手架上的踏板上走,虽颤颤巍巍,脊背躬曲,但他还是咬牙挑了上去。

看到儿子如此卖力,老杨很是自豪,常在熟人面前夸他:"跟他同龄的孩子,像这样吃得了苦的,少。"

然而,一切骄傲与自豪在2011年3月29日的晚间灰飞烟灭。当天晚上10时许,杨鱼从同村一户人家出来,路过村前一条水渠。

那水渠是水库管理处修的,有两米多深,主要用于灌溉和泄洪。过去因发生过冲走小孩和牲畜的事故,村里的人都不敢靠近。这晚,杨鱼路过时,由于天黑看不清路,一脚踩空摔倒在水渠里。村民们闻讯赶来,将他送进医院,检查结果为闭合性颅脑损伤。

住院治疗七个多月后,杨鱼身体渐渐恢复,一家人以为已经痊愈,便决定回家休养。

可是,令人意想不到的事情发生了。2012年1月2日深夜,杨鱼突然脑伤发作,痛得他就地打滚,还引发了癫痫,一阵抽搐后口吐白沫,双眼翻白,四肢一蹬便再没有醒来。当疾驶而来的"120"急救车赶到时,杨鱼已经没有了生命体征。老杨抓着急救医生的胳膊歇斯底里地恸哭:"医生,求求你们,救我儿子!一定要救我儿子!"

但怎么哀戚也无法改变儿子死去的事实,儿子的后事还等他处理。因为舍不得儿子,他在离家不远的菜地附近,为儿子选定了墓穴,很隆重地葬了下去。

葬礼那天,村里来了上百人,大家都说,杨鱼是个很不错的孩子,他的离开全村人都不舍。

儿子下葬后,他和老伴儿每天都要去看儿子,一天至少两次,早晨一次,晚上一次。有时在坟前站站,默默地抹抹泪;有时和儿子说说话,把心里的悲伤和憋屈说与儿子听。

通往儿子墓地的这块菜地本没有路,就因为夫妻俩每天的往返,生生地被踩出一条路来。后来,每次走在这条路上,老杨都习惯用自己的脚去丈量,边走边念叨,他想要用自己的脚丈量出他与天堂的距离到底有多远。

"一步,两步,三步……"走到儿子墓碑前,一共987步。含着眼泪,他轻轻地对坟堆里的儿子说:"孩子,不远,只有987

步,要认得回家的路,我和你妈等着你……"

每次从墓地回去,他总是有一种幻觉:儿子就在身边。

坐在儿子坐过的椅子上,他感觉到了儿子在为他捶背;拿起扫地用的扫帚,他感觉儿子在与他一起用力;进灶屋做饭,他感觉儿子在为他烧火;甚至看到拴狗的铁笼子,也觉得儿子就站在旁边,冲他憨憨地笑……

老杨说,有时白天在家待着,听到门外有脚步声,他就感觉是儿子回来了,赶紧跑过去开门,可什么也没有。晚上经常睡不着觉,困极了就歪在椅子上眯会儿,马上就梦到儿子。"我总是梦到孩子在帮我干活儿,我看他干得特别辛苦,想叫他别干了,却怎么也叫不出声。"说到这里,老杨又是一阵痛哭……

怕过节,是每一位失独父母的共识。节日,对于他们来说,真的无异于"劫日"。他们看不得别的家庭团圆的情景,听不得一家老小互致祝贺的声音。

正如一位失独父亲说的那样:"一个很小的动作,一句很清淡的话语,一首看似普通的歌曲,一件看着平常的礼物,都会让我们在某个瞬间落泪……"

"人家过节,我们躲节。哪里没有鞭炮声,我们就去哪里。"

每到节日,他们或闭门紧锁,把自己关在死寂的家里,以泪洗面;或单个出行,踯躅在冷寂的街头,排遣节日的孤独;或结伴相约,来到澡堂,麻木地把自己泡在热水里……

在失去孩子的痛里疯掉

2015 年 4 月的一天,我如约来到广铁(集团)公司某工务段职工许少可(化名)的家里,对他进行采访。

第三章 猝然失独，怎一个痛字了得

"我妻子算是彻底垮了。"见面的第一句话，许少可这样说。

妻子原本是一个贤惠善良的女人，能干，明理，识大体。虽然没有正式工作，但把家打理得井井有条，让在外工作的他很是顺心。

可一切在2009年7月12日的那个深夜发生了根本性转变。

那晚，他突然接到一个陌生电话，说女儿突发心脏病，正在湖南省娄底市某医院进行抢救。打电话的人正是该院的值班医生。

他来不及与妻子说一声，连夜包车，急忙往三百多公里外的娄底奔。赶到医院，才发现女儿已经住进了重症监护室。

此后，他带着女儿走上了历时半年的求医路。从娄底到长沙，从市属医院到国内知名医院。最后，还是没能留住女儿的生命。医院在治疗大半年仍没有效果后，提出让他将奄奄一息的女儿接回家里。回家后没几天，刚满20岁的女儿就被死神带走。这年，许少可46岁，妻子43岁。

女儿离去后，夫妻二人经常精神恍惚。妻子更是常常整夜流泪，吵嚷着要去墓地和女儿躺在一起；有时深更半夜从床上跃起，打开门就往外冲，许少可只得强忍着悲苦拖住妻子，苦言相劝。这一劝，反倒更激怒了她。她一边打，一边哭，一边骂，说丈夫不该将女儿接回来，就是丈夫害死了女儿。有时，睡到半夜妻子突然大叫："我要女儿……女儿回来了。"当清醒过来，并没有看到女儿后，又是一阵悲号。

许少可理解妻子的苦。自从生了女儿后，妻子把所有的爱都倾注在女儿身上，包揽了女儿的一切。上中学后，为了辅导女儿，只有初中文化的她，每天坚持先到外面向人请教，再回来教女儿。女儿成绩虽然不是特别好，但乖巧懂事，对自己的人生有

一定的规划。她先是考取了卫生学校,毕业后,在外打了一年的工,存了一些钱,正准备回家发展。不想,病魔突然袭来。

女儿的死,对于老许的打击也是巨大的。但看到妻子这样,他觉得自己不能倒下,有泪也总是一个人偷偷地流,不让妻子发现。多少次,为了强忍眼泪,他将嘴唇都咬破了。

越是这样,妻子越是难受。渐渐地,妻子的身体每况愈下。"已说不清自己患有多少种病",一天到晚坐立不安,从内到外浑身都疼,尤其是后背,她怀疑自己得了不治之症。

比这更糟糕的是,妻子的精神也出现了严重的问题。"一旦情绪失控我就像活在人间地狱了。"许少可说。他无法把握妻子的喜怒哀乐,她往往因一件琐事闹腾数日,硬要说他将女儿害死了。严重时还有暴力倾向,甚至限制他的自由。

有一次,他买回的几枝新鲜花椒没将叶子剔除,妻子看到了,用命令的口吻大喊道:"你给我将叶子摘掉。"许少可只有听妻子的,将叶子一一摘了,最后有一片很小的没摘干净,妻子检查时发现了,顿时暴跳如雷:"为什么不摘干净?为什么不听我的话?"

他想申辩,但他话还没说出口,就被妻子挡了回去:"你给我跪下。"男儿膝下有黄金,他怎么能跪呢?"不跪?那好,我就死给你看。"说着就要跳楼。

没有办法,他只得强忍着痛苦,双膝跪了下去。但这还没有完,妻子还要他抽自己的耳光,否则不肯罢休。他又只得照办,他一边狠狠地抽自己的耳光,一边痛苦地骂自己不是人。

一个铮铮男儿,一个流血不流泪的硬汉,就这样跪在了妻子面前,还不停地抽打自己耳光。如果换作另一个男人,会怎样想,会怎样做?那是怎样的屈辱?那是一个人的尊严啊。可是,为了妻子，他只能忍受。但是，他怎么也无法忍住涌流的泪水。

见他在哭，妻子更来火："还哭上了？是吗？"

说着，她跑到浴室，拿来铁皮脸盆，在他头顶上"当当当"猛敲，直敲得他眼冒金星，连脸盆都变形了。

事后，他的头痛了半个多月。

还有一次，因为一件小事，妻子与他纠缠不休，从腊月的二十五直吵到大年三十，他几乎没睡过一个好觉，他想，如果再吵下去会出大事，于是他想逃离，暂时躲避一下。但当他提出到外面走一走时，妻子说什么也不让，几次起身，都让妻子强行按住。

除夕晚上，他实在坚持不下去了，趁妻子上厕所的间隙，他打开房门冲了出去。

大年夜里，寒冷的北风夹裹着细雨打在身上，钻心地痛。他咬紧牙关挺住。因为出门时未穿外衣，他只好跑到一垃圾堆里捡了一床烂毛毯和一块薄膜披在身上，又扒拉出一双烂布鞋穿到脚上。就这样一身打扮，偷偷爬上火车奔波两百公里后回到了自己远在湘西永顺的老家。

迎接他的八十多岁的父亲，当看到儿子这副模样时，哭了。

父亲一哭，他更难受，曾经的自己因有了一份工作而风光无限。没想到工作了几十年后，竟落到这步田地，以这种方式回家。

可是，摊上这一切的自己又能怎样？

在老家住了几天，他还是放心不下妻子，又不得不回家。

"失去独女前并没有吃过多少苦，但现在，一天咽下去的苦，超过前半辈子了。"许少可说，"更痛苦的是，眼下的苦难仍看不到尽头。她情绪一爆发就要自杀，就要和女儿躺在一起。平时睡

觉的时候我都是闭一只眼睁一只眼,生怕她出事。"

同时,妻子忌医。他想拯救她,想拯救这个家,多次建议妻子去看一下精神科医生,但遭到妻子的强烈反对。有几次好不容易将她骗到了医院,最后还是让她跑掉了。

他只得通过朋友关系让精神科医生到普通门诊,他再以看其他病为名,带妻子过去。经过医生诊断,妻子患有严重的精神疾患,需要服药治疗,但妻子怎么会吃那些药?

没有办法,他只得将买来的治疗精神病的药换成其他普通药的瓶子装上,或是将标签撕下,让妻子在不知情的情况下服用。

可最后妻子还是知道了,将药全部倒进了便桶。

没有办法,他只得又托朋友从北京找来一名十分优秀的心理医生,佯装成普通朋友到家中与妻子交流,希望能对她的精神状况有所了解,从而进行心理疏导。刚开始还好,但过了一会儿妻子就进厨房拿了一把菜刀,直奔心理医生走去:"你还说吗?还说,我今天就杀了你。"

幸好许少可反应快,一把挡住了妻子的手腕,扬起的菜刀落地后将凳子削去了一大块。如果这一刀砍在人身上,那惨状可想而知。

这位心理医生吓出一身冷汗,赶忙逃脱。

垮掉的何止许少可一家。河北省石家庄市桥西区53岁的刘珍(化名)在儿子死后,整个人变了一个样,她再也不敢正眼看人,眼神总处在一种游离状态,说话也总是低着头,常常没说几句,泪水就哗哗地流。

刘珍21岁结婚,丈夫曾是水泵厂的工人,1983年生下儿子,一家人虽然日子不是太富裕,但因为儿子的成长,充满了希望与欢乐。2005年儿子22岁生日那天晚上,他出去和朋友吃饭,不幸发生意外，再也没有回来。噩耗传来，刘珍崩溃了，精神恍惚，乌黑的头发一晚上全白了……她吃不下饭，睡不着觉，半年时间体重下降了三十来斤。有一年多的时间，她不敢进自己的家门，因为回到家里哪里都是儿子的影子。

亲戚们看到她经受如此煎熬，心痛不已。他们决定把她儿子的衣物及所有东西全部烧掉，当熊熊火光燃起来时，她号叫着冲向火苗，口里不住地大喊："儿子，我的儿子，那是我的儿子啊……"

大家手忙脚乱地将她拉住。她冒着被灼伤的危险，在熊熊燃烧的大火里抢下了儿子的一张照片，口中不住地念叨："儿子，我的儿子，妈妈不离开你。"

此后，她把这张照片当成宝贝一样，拿在手上，揣在怀里，整天抚摸着照片哭。丈夫无奈，只得偷偷地把照片给藏起来，谁知她哭得更厉害了："儿子，你去哪儿了？妈妈又把你弄丢了。"并常常在半夜三更突然爬起："我要去找我儿子……"

原来爱说爱笑爱凑热闹的刘珍彻底变了，不但怕见人，而且时时无来由地恸哭。清醒的时候，总觉得低人一等，感觉自己变成了"灾星"；看电视时，看到小孩子和年轻人，看着看着就哇哇地哭起来。不清醒的时候，她就跑到街上，当看到年轻人的背影，她就认为是自己的儿子，骑着自行车拼命地追，有一次还撞在了别人的车上……

江苏省连云港市海州区的王恩利和尚太花夫妇，是一对普通的中年夫妻。王恩利上班挣钱，尚太花做着水果生意，独生儿子小浩在大学读书，一家三口的生活虽不算富裕，却其乐融融。

天有不测风云，这种幸福的日子永远停在了 2010 年 8 月 13 日这一天。

一大早,他们所在社区工作人员上门告知:"济南警方打来电话说,你的儿子小浩游泳时溺水身亡了。"听此噩耗,夫妻俩怎么也不敢相信这是真的。当天,他们就赶到了济南。当看到儿子冰冷的尸体时,夫妻俩彻底崩溃。

独生子走了,王恩利和尚太花没有了精神寄托,一度失去了活下去的勇气。面对整日以泪洗面的妻子,坚强的王恩利强忍悲痛,想尽各种办法让妻子释怀。可令人没想到的是,儿子去世半年后,尚太花逐渐从丧子的阴影里走了出来,而作为家庭顶梁柱的王恩利却倒下了。他时常会狂躁地大发脾气,胡乱地摔东西。经过专业医生诊断,王恩利患上了严重的精神分裂症。

丈夫生病后,尚太花只能待在家中照顾他,根本无法外出打工赚钱养家。2012年4月,社区为他们申请了低保和廉租房。2013年10月,王恩利夫妇俩搬进了60多平方米的廉租房,这让沉浸在痛苦中的尚太花露出了久违的笑容。当丈夫病情稍微好转一些后,她找了一份保洁员的工作,虽苦些累些,但总算能贴补家用。

可谁知,好景不长。2014年7月,王恩利的精神病再度发作,尚太花不得不辞掉保洁员的工作,将丈夫送进医院,终日照顾丈夫。住院期间,王恩利又发生意外,食物呛进肺部,生命垂危。在被紧急送医急救后,丈夫的命总算保住了,但十几天就花费了两万多元,这对于一个低保家庭来说,是笔沉重的经济负担。幸亏王恩利的大哥垫付了医疗费,但这让尚太花感觉到了从没有过的压力。

在"夫病"与"欠债"的双重压力下,身体本就羸弱的尚太花也开始变得精神恍惚起来。8月,把丈夫从医院接出来后,她又病倒了,一天到晚,嘴里不停地念叨着:"儿子去了,我找儿子。"9月中旬，王恩利的大哥不得不带她去医院检查，她也被诊断为精神病。

如今，王恩利经常到处乱跑，需要人看护。尚太花的病也在不断加重，就连吃没吃饭都说不清楚。

大家无不为这一家担心：一家两个精神病人，这日子该怎么过啊?!

与他们一样，在失独父母中还有很多因经受不住突来的打击而精神崩溃的。

2015年7月19日，家住杭州的老李夫妇，在女儿去世100天的祭日那天，双双追寻女儿而去。其中一个从12楼跳下，另一个在家中服毒自杀。

他们的独生女儿离开时仅20岁，在浙江丽水读大学，2013年被查出患上白血病，2015年5月含恨离世。女儿死后，夫妻俩均得了严重的抑郁症。丈夫经常一个人盘腿坐在小区花园里的石头上，也不说话，就一个人哭。妻子多少次在小区附近的河边散步时欲投河自尽，被路人拉住才没有跳成。

7月19日早上6点多，住在同一栋楼的翁先生晨练时发现满头白发的老李躺在地上没了气息。他于是赶紧去岗亭叫小区保安，保安过来确认情况后，立即报警。接着他俩一起上了12楼，想去通知老李的妻子。没想到，到了楼上，他们看见老李家的门没锁，进门后发现老李的妻子横躺在客厅里，也没了气息。

经警方确认，老李系坠楼死亡，其妻子系服毒自杀。一个幸福的三口之家，在短短的两个月时间，彻底土崩瓦解。

经多位专家研究发现，在失独家庭中，有60%以上的人患有不同程度的抑郁症，其中超过一半的人曾有过自杀倾向。

美丽的苏州古城，姑苏区苏锦街道，至2014年底，有失独家

庭8户,共12位失独老人,平均年龄为54岁。这些家庭失去子女后均陷入了精神和经济的双重困境,其中六人精神抑郁,一人得了精神分裂症,一人住进了精神病医院。

在这样的家庭里,不论是痛苦的病人,还是比病人更痛苦的家人,人格已完全分裂,做人的起码尊严也已不复存在。活在这个世界上完全只是一个躯壳。

这一切,都是失独之痛惹的祸。

北京师范大学教授于丹曾说:"失去父母的孩子可以长大,但失去孩子的父母是怎么都过不去的。"是的,失去父母的孩子可以通过社会救助或其他途径让他们重获温暖,可失去孩子的父母,谁也无法抚平他们心灵深处的伤痛。

正如一位心理医生对我说的那样,肌体的痛也许可以痊愈,但心里的痛有时真的无药可治。

失去孩子的父母们,痛的就是心和灵魂。

一声"妈奶",叫人泪流满面

"妈——奶"。第一次听到这么怪怪的称呼,是在河北失独老人楠妈(网名)家。

世上只有"妈妈"、"奶奶"或者"奶妈"的称谓,为什么她的孙子要称她为"妈奶"?楠妈为我细说了其中缘由。

"孙子才学会说话时,看到别人叫爸爸、妈妈,他也跟着学,叫我妈妈,我答应,叫我爸爸,我也答应!答应后,我的眼里满含泪水,那种酸楚,那种心痛,旁人难以体会。我不答应行吗?别人家的孩子都有爸爸妈妈,唯咱家的没有啊!但我仔细一想,我是孩子的奶奶啊,叫妈、叫爸怎么行呢?必须得改,可怎么改呢？思来想去，没得章法。我虽是孩子的奶奶，但担负的又全是孩子妈妈应该担负的责任，换句话说，我是一个妈妈般的奶奶。就此，我让孩子叫我'妈妈'，既有妈妈的亲切，又不离奶奶的身份。一直叫下来了，孩子叫顺了，我也听惯了，倒也觉得蛮好。"

楠妈生于1954年，在1980年12月生下儿子楠楠。楠楠出生后，刚好碰到"只生一个孩子"的《公开信》发布，楠妈夫妇响应国家号召，领取了独生子女证，成为第一代独生子女父母。

当时的日子过得还比较幸福，夫妻二人各有一份不错的工作，儿子学校毕业后，也顺利参加了工作，并找到了一位美丽的媳妇，不久又怀上了身孕。一家人其乐融融，只等待孙子出生那个幸福的时刻来临。

然而，天有不测风云。2008年4月28日，灾难在没有任何预兆的情况下降临她家。儿子猝死，初听到这一噩耗，她怎么也不敢相信。不相信，不可能，他怎么能说走就走呢？她记得当时自己哭诉着告诉弟弟妹妹这一消息时说："楠楠没了！"弟弟妹妹们都说："没了，赶紧找哇……"她说："找不到了……"说完这句话，她就傻了。当她清醒过来，明白到底是怎么一回事时，才突然觉得，天塌了，地陷了。

哭喊啼号，捶胸顿足，寻死觅活……一切已于事无补。

她不得不接受残酷的现实。处理完儿子的后事后，她擦干眼中的泪水，包扎起心里的伤口，坐到了年轻的儿媳面前。看着已经怀孕四个月的儿媳，她试探着问："孩子怎么办？"

儿媳不假思索地说："我要生下这个孩子。"

她顿时泪流满面，紧紧地抱住儿媳，不知说什么好。儿子死后的那段时间，她内心深处布满了纠结、茫然和痛苦，备受煎

熬。她说:"你还年轻,这会连累你。"儿媳说:"没关系。"

她被儿媳的话深深打动了。但一想到儿媳未来的路还很长,还要去重新开始她的新生活,如果拖着一个前夫的孩子,怎么也是一种羁绊。现在她却如此义无反顾,这令楠妈有些意外。因此,尽管自己一时无法从失儿的痛苦里走出来,但为了儿媳和未来的孙子,她强打精神,想着法子精心呵护,给儿媳做好吃的,逗儿媳开心……

2008年9月13日,孙子出生了。

楠妈十分庆幸孩子在妈妈承受了如此大的悲痛和打击下依然健康,在那一刻,她便下定决心,一定要让孩子健康长大。

为了让孩子不缺失父爱,不久,她就开始让亲戚朋友帮儿媳物色对象……没经历过的人是不会知道那份难受的,自己的亲生儿子没了,又要将儿媳嫁人,真的是有苦说不出。但为了孙子,楠妈只能委屈自己。

在大家的共同努力下,儿子走后不到一年,儿媳就结婚了。就在儿媳举行婚礼的前两天,她将自己关在屋里,放声大哭了一场。但光哭不解决问题,哭过后,她不得不擦干泪水,翻出儿子的照片,轻轻地说:"楠楠啊,我们不哭,我们应该为你媳妇高兴,为你儿子高兴,毕竟她为你儿子找到了'爸爸'。"

为了孙子的将来,她带着忧伤和纠结参加了儿媳的婚礼。好在儿媳找的丈夫通情达理,对孙子挺好,对她也很好。并当着大家的面,叫了她一声"妈妈"。尽管她很排斥,因为在她心里,儿子就一个,谁也不可替代,但她还是高兴地应了一声。

屋漏偏逢连夜雨,在一家人的日子刚刚恢复平静时,2010年2月9日,她和孙子遭遇了车祸。在车祸发生的一瞬间,坐在副驾驶座位上的她本能地把孙子抱紧,扭向左侧两座之间的空处,生怕孩子受到伤害。可强烈的撞击使她当场晕厥。

不知过了多久，楠妈醒了过来，一看孙子躺在自己怀里没有知觉，右侧耳部还有血迹，顿时，她心急如焚，不知如何是好，在心里不住地喊："儿子，妈妈对不起你！我把你的儿子弄没了。"

她赶紧找手机给亲戚和朋友打电话，大声地哭喊："快来救救我的孙子啊！求求你们！求求你们……"

到医院后，她隐约听见匆匆过往的人都叹息地说着同一句话："这孩子真可怜！"她彻底绝望了，只是反复念叨："我是罪人，我对不起天堂里的儿子，对不起活着的人！"

她受伤十分严重，髋关节脱臼、肋骨骨折、股骨头骨折……当夜被家人转到省城医院，孙子则留在当地继续治疗。她不敢问孙子的情况，既害怕又渴望知道，但就是不敢问。后来，她才得知，孩子在昏迷一天后醒过来了，但情况很不妙，半边身子不能动，连翻身都不能。

一个活蹦乱跳、才一岁多的孩子，突然变成这样，这如何是好？他将来怎么办？她忘记了自己的疼痛，反复嘱咐家人给他多按摩，并拜托他们照顾好这个不幸的孩子！因为自己不能动，没有办法，只有辛苦大家了……

结果是祖孙俩都算命大，她虽然在一年多时间里做了三次大手术，终究又站起来了；孙子经过治疗也没落下任何毛病。

经历了如此大的磨难，她想，定是上苍垂怜，因为她的任务没完成，还要替儿养儿……

此后，她愈加珍惜生命，愈加坚强。在经历了锥心刺骨的两次手术后，她看了一本叫《藏獒》的书，书中的藏獒深深感动了她：它受伤了，拖着一条前腿继续爬行……一只狗尚且如此，我怎么就不行呢？我要向它学习！因此，在做第三次手术时，她没

有请任何陪护,连签字都是自己。那个时候,她就想,任何人都不能长久地陪你,必须靠自己,只要能爬就不能趴下!同病房的人都感到诧异,这个人怎么这么坚强?她告诉他们:"因为我儿子不在了,我没有人啊!我得靠自己。眼泪不解决问题,也救不了我们!"

然而,很多事情往往事与愿违。在她期望儿媳能过上好日子的时候,儿媳离婚了,并另找了一个男人。儿媳这次找的丈夫经常因为一些小事骂她断子绝孙,她不能接受。要知道,这是失独老人最大的痛啊,对于他们,你骂什么都可以,唯有骂断子绝孙无法容忍!从此,她与儿媳也断绝了往来。孙子就跟着她,儿媳从不来看孩子,孩子也没去看过妈妈。孙子不知爸爸啥样,更不知道妈妈在哪里!每次问起,她只能告诉他,爸爸妈妈在外地打工呢,等你长大后他们就回来了!可孩子渴望啊!

记得孙子三岁多时,安装太阳能的工人看他们家没人,随口问了一句:"您儿子不在家啊?"她忙说在外地呢,孙子也急忙回答,我有爸爸,在山东呢!因为那时她带着他刚从山东回来。

她曾想带着孙子逃离这个熟悉的环境,找一个没有人知道的地方去住。可是她错了,不明真相的人经常问她孙子,跟奶奶好,还是跟爸爸妈妈好?跟奶奶在一起还想爸爸妈妈吗?

无奈,她又回到了原来的住处,只能面对!

在网上聊天过程中,楠妈发现像她这样的"有三代"(失去独生子女后还有孙子孙女需要抚养的老人)的同命朋友也很多,于是他们商量,建立一个专门供"有三代"的失独老人交流的群,取名叫"守望"。没多久,入群的朋友就达200多人。

黑龙江的一位朋友因为前女婿不让自己看外孙女心情不好,就找楠妈聊天,有时聊到深夜,有时半夜突然打电话来说:"姐姐，我想外孙女……我睡不着啊。"

楠妈告诉她："想女儿、想外孙女都正常，因为你是女儿的妈妈，是外孙女的姥姥，你不想就不正常了。但咱们现在没有任何主动权，说了不算啊，假如咱们再有一个孩子就可能不是这种结局了！"

楠妈看了她的照片，头发全白了，很让人担心。楠妈安慰她："只有你把身体养好了，健健康康的，你才是外孙女的姥姥，要不然你啥都不是，试想一个漂亮的小姑娘怎能喜欢一个又老又丑的傻老太婆呢？"

经楠妈多次劝说后，这位姥姥终于可以面对现实了。她说会听楠妈的话好好活着，看着她的外孙女长大。她说自己已经一年半没见过外孙女了，想看也只能让老师偷偷地给孩子照张照片看一看！

是啊，按照目前的法律规定，只要孩子父母一方还在，爷爷、奶奶、姥爷、姥姥就不是孩子的法定监护人，他们没有监护权。遇到通情达理的，还让你看一眼两眼；遇到不讲理的，干脆连看都不让你看。

四川省自贡市富顺县有一位叫"龙龙奶奶"（网名）的失独老人，儿子去世后，她和丈夫一直承担着孙女龙龙的养育任务。好不容易一把屎一把尿养到三岁，突然有一天，曾经的儿媳来到他们面前，说龙龙是她的，要抱走龙龙。龙龙被吓得哇哇大哭，老两口怎么求都没有用。她家住五楼，龙龙从五楼一直哭到一楼。

听到孩子渐渐远去的哭声，老人的心都碎了，想追出去，但年纪大了哪追得上？追上了又能怎样？龙龙奶奶只得瘫坐在地上流泪。

孙女被抱走后,龙龙奶奶的精神受到影响,好几天都不吃不喝,甚至找来绳子准备上吊自尽,好在老伴儿发现得快,夺下绳子。但她怎么也无法镇定,哭着喊着要孙女。最后,老伴儿只得灌她安眠药,一个上午接连灌了三次,这才使她暂时安静下来……

福建网友"麦妈"也是一位奶奶。儿子走后,之前本就有些大小姐脾气的儿媳妇性情大变,时常疯狂发飙,拿婆婆当发泄对象,能想到的骂人的话都骂了。后来,她干脆带着孩子搬回了娘家,且不让爷爷奶奶看孙子。

即使这样,她也不消停。有时故意打电话来,在电话中大声训斥孩子,可怜一岁不到的孩子被吓得哇哇大哭。当奶奶的自然听不得那哭声,只想一头撞死算了。

孙子周岁时,奶奶因十分想念便趁儿媳妇上班之际上她娘家去看了看。没想到,人还在火车上没回来媳妇的电话就打来了,骂得她狗血喷头。这还不解恨,又每天打来一两次电话,一骂就是半个小时,连续骂了整整 26 天才停歇。

自那以后,麦妈看孙子的机会几乎被全部剥夺。一年到头,要反复多次要求,才能得到两三次准许在某公共场所见上一面的机会。

每次去看孙子,他们都是天不亮就出发,直到傍晚六七点钟才回到家,来回舟车劳顿十几个小时,但与孙子待在一起的时间最多不超过 30 分钟。

麦妈感叹道:"这样的日子何时是个头啊?!"

黑龙江的一位失独姥姥,腰以下截瘫,大小便失禁,自己都是一个 24 小时需要有人照顾的人。独生女儿走后,她对女婿说:"女儿死了,外孙女就是我唯一的念想,我希望能够经常看看孩子。"可女婿说:"光看孩子不行。要不然就你带,我一分钱不出;要不然就我带,以后不让看孩子。"为了能看到孩子,这位苦命的姥姥只得答应这不公平的条件,拖着一副半瘫的身子,和老伴儿一起带外孙女生活。

更让人悲痛的是,西安一位网名叫"狗蛋奶奶"的老人,在孙子才四个月时,儿子因车祸身亡。可祸不单行,儿子"三七"未过,孙子就不见了。后经知情人透露,是亲家怕孙子影响自己女儿改嫁,把孙子有偿送人了。狗蛋奶奶得知情况后,苦于没有证据,只得听之任之。现在,每到夜晚,只要听见孩子啼哭,狗蛋奶奶就会在院子里遁声而去。直到发现哭声是邻家窗户里传出来的,才凄然地返回住处,之后便辗转反侧,彻夜难眠。

绝大多数有孙辈的失独老人,因为孩子尚小,不得不在被赡养的年龄里承担起抚养孙辈的义务和责任。

河南焦作山阳区一位网名叫"墨香奶奶"的失独老人说,30岁的儿子因患心脏病去世,犯病时进行了一个多月的抢救,最后,人财两空,留下一双四岁半的龙凤胎儿女。因家里一贫如洗,还欠下儿子治病时的巨债,儿媳在一个夜深人静的夜晚悄悄离家出走。两位六旬老人既要还债,还要抚养两个孩子,无奈之下,只得远赴新疆收棉花,用艰辛劳作换取还债款和孩子的抚养费。老人说,因失子之痛加劳累之苦,老两口身体一日不如一日,不知还能坚持多久。特别是孙子孙女还这么小,如果他们走了,他们该怎么办?想到这一切,心里就更加痛。

河北的"飘雪奶奶"(网名)说:"我们家儿媳妇早就不知音讯了,从孙女出生就一直是我养着,一切开销都是我担负,儿媳妇一点儿也没管。这把年纪带孩子累啊!带孩子累得什么都顾不上,身体每况愈下。孙女是 2011 年 2 月出生的,我 2012 年 4

月因动脉瘤手术在北京住了两个月院。我们一家三口在北京难啊。我自己在医院没人照顾,老伴儿在旅馆里带着孙女,孙女连路都还走不稳,每天上午和下午被抱着来医院看我。走到哪儿奶粉、奶瓶、小被子、衣服就带到哪儿,活像个逃荒的。"

这样的生活对孩子的伤害也很大。孩子小时什么也不懂,可他们一天天长大后,问题就出来了。他们总是问,为什么别人都有爸爸妈妈,而我没有。每当这时,爷爷奶奶们都不知道如何回答。

有一位老人,两年前女儿走了,留下一个11岁的外孙。老人虽然年逾六旬,但还有八十多岁的老母亲健在。在女儿去世两周年纪念日上,外孙哭得死去活来,说的话更让这位老人伤心:"姥姥命多好,六十多岁还有妈妈,宝贝命苦,才11岁妈妈就去天国了。"

这就是"有三代"失独老人过的日子。

在"有三代"的群里,大家都说,随着儿子女儿离世、儿媳和女婿再组家庭,孙辈们失去的不止是一个人,不止是一个爸爸或妈妈,很可能跟着失去爷爷奶奶或姥姥姥爷对他们的爱。

可在一般人眼里,他们是不幸中的幸运者,因为他们虽然同样遭遇了失子、失女之痛,但他们的儿子或女儿给他们留了个后,使他们的子嗣传承得以延续,让他们至少还有一份念想。

但是,又有谁能真正理解他们的苦楚呢?

再生养,难以承受的责任之重

在失独家庭中,还有这样一类人群:再生养者。也就是失去孩子的父母通过各种办法"再生"或"领养"一个孩子。

西安网友"青儿",她和丈夫都是独生子女,在失去唯一的女儿后,整个天都塌下来了。哭过、痛过后,她想用最后的努力拼一把,决定再生育一个,让绝望变成希望。

在走遍西安各大医院、举债十几万元、经过五年时间的人工调治后,青儿终于在46岁那年剖腹生下了一个胖乎乎的女儿。新生命的降临重新燃起了一家人生活的希望。

然而,生活的压力也随即出现。为了新生的女儿能和同龄孩子有一样的生活、学习条件,更为了支付高额的奶粉钱、保姆费以及日后的幼儿园、学校学费,青儿不得不提前办了"内退",创业挣钱。如今,已经63岁的她,对孩子以后的路无比担心,而自己年龄变大,身体变差,治病的开支越来越大,双重压力常常令她不知所措。

湖南怀化网友"大海"失独后通过试管婴儿技术生下一女孩,因做试管婴儿时花费40多万元,不得不将住的房子和家里一切值钱的东西全部变卖。小孩出生后,一家三口只得租住别人家,连买牛奶的钱都靠亲朋好友救济。已近50岁的两口子,在享受短暂的喜悦之后,陷入了深深的忧虑和恐惧之中。这孩子怎么养?他们还有多少能力让她过得更好?

2017年春节前夕,我来到他家。因正逢寒潮,屋外冰天雪地,寒风刺骨。推开他家门,一股冷气扑面而来。他租住的小屋家徒四壁,除了在一间房里铺了一张小床外,空空如也。如此寒冷的冬天没有空调、电暖器等设备,也不生火取暖。一家三口,冷了就窝在被褥里,靠彼此的体温取暖。

问他为何这样节省,他说:"能省一点儿是一点儿。为生这个孩子还有几十万元的外债没有还清,自己又下了岗,经济来源也断了。原盼望政府的失独扶助金,过去因为自己还没达到49

岁,不符合申领条件,如今年龄到了,计生办说我又生了孩子,已经不再属于失独家庭,因此一分钱也没有领到。今后的日子真的不知道怎么过,一想起就害怕。希望政府不要对我们视而不见,我们虽然又要了孩子,可我们是失独后再要的,而且为了要这个孩子付出了常人难以想象的代价。如果我们过去不是独生子女光荣家庭,如果我们不失独,我们会这样吗?"

59岁的失独母亲李辉(化名),2008年儿子出车祸去世后,她和丈夫躲到外地住了五年,不敢面对现实。婆婆在家里天天念叨孙子,以泪洗面。看到老人如此受罪,亲戚们就给她打电话,动员她抱养一个。她说,心里装不下别人的孩子。后来,亲戚们看到老人被想念孙子的情绪折腾得不行,为了救老人,就托人抱回了一个。

五年后她回到家里,小孩乖巧可爱,听说妈妈回来了便一头扑进她怀里。顿时,深藏在内心深处的强烈母爱突然间被唤醒,她紧紧抱住了这个孩子。

可是接下来的问题来了,孩子是私自抱养的,既没有出生证明,又没有办理领养手续,公安部门怎么也不给办上户手续。后通过开具各种证明才落实了正常上户,但上在谁的名下也成了问题。按理应该上在她的名下,儿子死亡,抱养一个,合理合法。但问题是,如果上在她名下,政府对失独家庭的"特别扶助金"就没有了,因为她抱养了孩子,就不再是失独母亲。如果上在婆婆名下,一切没有影响。思虑再三,她还是决定上在自己名下。接下来的艰难可想而知,政府没有一分钱的补助,夫妻俩又下岗多年,上有老,下有小,日子过得异常艰难。她流着泪对我说:"小孩还那么小,自己一年年老去,身体开始吃不消,养一个孩子的费用又那么高,老人也还要赡养,压力真的好大。有时想到这些,自己都不愿意活了……"

在我写作此段文字时,正逢西安的青儿转发来一封邮件,打开一看,是一位失独后再抱养母亲的"求救信"。

尊敬的领导:

您好!

我叫李桂琴,河南省郑州市金水区居民,今年59岁,40岁时我失去了唯一的儿子,后离异。失子之痛令我心怀绝望,多次自杀获救,苟且活着。为了给自己增加生的希望,43岁那年我独自抱养了一个弃婴。

为了养育正在成长的孩子,生活艰难且异常贫困的我,十年里没有吃过鸡蛋没有吃过肉,饿了啃个馍,渴了喝开水。长期不规律的生活及营养不足,身高1.63米的我,瘦得不到80斤。最后,我终于被疾病与生活的重担压垮,卧床三年,多次昏倒不省人事。朋友将我拉到医院,醒后因没有钱医治又回到家中。

我在家卧床期间,5岁的孩子给我做饭、熬汤……身体近似无法医治时,泪水时时浸泡着我的心。这种异常艰难的日子又让我得了忧郁症、焦虑症,每天不得不靠吃药控制。社区领导怕我自杀,时常派人来家看望,可我们母女俩仍然过着暗无天日、哭天天不应、叫地地不灵、在死亡线上挣扎的日子。

为了节约开支,孩子和我好多年没有买过新衣服,都是穿别人闲置不穿的旧衣服。一件别人送的红色运动服我从红色穿成了黑红色,裤子也已烂得几乎不能见人。女儿把它扔到垃圾箱,说妈妈再也不要穿它了!听了孩子的话,

无助的我放声大哭！朋友也陪我掉泪。

如今孩子长到了15岁，同学们都报了各种兴趣班，我的孩子因为没钱，从没有上过任何班。明年她就要上非义务制的高中了，教育费用会更高，在物价高涨的今天，我真不知道该怎么办。我已经快60岁了，身体差，再去挣钱也十分艰难，我不想因没有钱耽误孩子的前程。

各位领导，根据我目前的经历，我感觉，失独家庭再生养的路是十分艰难的。为此，我请求政府对于我们这群人，出台政策，给予帮扶。

申请人　李桂琴

青儿随信对我说："韩老师，为了帮助李桂琴，'悲壮前行群'（一个失独者QQ群）现在正在为她捐款以解燃眉之急。可长久呢，政府不予扶助，以后怎么生活，孩子如何长大？"

是啊，以后怎么生活？孩子如何长大？

调查中，我深深地感到，失独家庭在享受短暂的再生育（抱养）喜悦之后，面临的往往是生活的重压。他们除了透支渐渐老去的身体以换回支付养育小孩的经费外，还要承担能力培养、学习辅导、代际悬殊、外界舆论等各种压力，其抚养能力常常大打折扣。

在这些人群中，生下孩子没有能力抚养的大有人在。2013年3月，《台州商报》进行了一项统计，台州共有906个独生子女夭折的家庭，其中母亲年龄在49周岁以上、基本丧失再生育能力的有518个家庭，而在这518对失独父母中，40%已经丧失劳动能力。也就是说，即使通过一些辅助技术手段实现再生育梦想，他们也没有能力将再生育的孩子抚养成人。

在采访时，不止一位专家说：能否承担起抚养、教育的重任，需要仔细掂量，需要专业机构帮助风险评估，然后再进行是否再生育的理性选择。一般来说，女性过了45岁之后，已经不适宜再生育。随着孩子的长大，抚育成本上升，而自己的抚育能力又不断下降，极有可能无法承受抚育带来的压力，而且还有无法预见的诸多风险。

是的，有太多的失独父母，在这种压力和风险中挣扎。

关于失独之痛，有人这样说："世界上，无论什么样的灾难所造成的痛苦，都会随着时间的推移，在痛悔、弥补和改造中得以平复而成为历史，唯独只有痛失比自己生命更重要的孩子时，这样的痛才是透心彻髓、无法平复的！"

是啊，花谢了，还有春天；月缺了，还有中秋。

离去的孩子，却永无归期。无论什么时候想起，永远都是父母今天的痛！

第四章　家之痛，国之殇

之所以痛之切，是因为伤之深。

原为计生干部的贺德（化名）失独后说："失独，对于计生家庭来说，其伤害是无与伦比的。首先，我们失去了唯一的孩子，我们的子嗣传承至此就永远结束了，这对于在'传宗接代'这一传统文化氛围里生存的我们，其损失和伤害是任何东西都不能替代的。其次，唯一的孩子去了，我们的养老赡养人、生活照料人、精神慰藉人、生病送医人、死后送葬人都没有了，这损失该有多惨？其三，我们经受了'白发人送黑发人'的极端打击后，身体都垮了，这无疑又给我们悲剧的家庭雪上加霜……"

是的，失去孩子，对一个家庭、一个家族的损失都极其惨重。

子嗣链条轰然断裂

"清明山间路，坟头有泪痕，别人奠先祖，我却祭传人。"

这是已逝的浙江某大学英语学院 2013 级学生——景怡（化名）的父母在 2015 年 4 月 5 日清明节这一天写给女儿的《清明祭儿的痛》里最开头的句子。

2014 年 7 月 23 日凌晨，以全县文科第二名成绩如愿考上重点大学的景怡，因学校停电而实在忍受不了炎热天气，毅然搬离寝室，去到附近的宾馆睡觉。只是在炎热的天气里来回搬东西跑了几趟，竟然毫无预兆、未留下片言只语地死在了宾馆的床上。

一个活泼可爱、美丽善良的花季少女就这样告别尘世，走向天国！学校为了安抚她的父母，在打电话让他们来学校时，只说她昏迷了要送去医院抢救。夫妻俩从家里赶到学校需要五个小时车程，等他们赶到时，才得知女儿早已离他们而去，被送到了殡仪馆。

在殡仪馆里，工作人员把女儿从冰库里拉出来，那一刻，天崩地裂，夫妻俩抱着女儿冰冷僵硬的身体，用自己的热脸贴着女儿冰冷的脸，任凭哭天喊地，女儿再也不能睁开眼睛看他们一眼了。

女儿的离去让爸爸妈妈痛苦不堪。她的离去，带走了爸爸妈妈的一切希望和梦想。爸爸妈妈的人生从此没有了方向，没有了盼头。

2015年4月5日清明节时，爸爸妈妈来到了位于浙江省舟山市某陵园女儿的墓地，一边为女儿扫墓，一边念叨他们为女儿写的祭文：

"孩子呀！人家祭祖坟，我却祭传人。失独之痛，痛彻心扉；失独之殇，殇之千古。绿草青青，白雾茫茫，爹娘清明祭儿女。天苍苍，泪两行，今日祭儿爹娘在，它日爹娘谁来帮？世间万物皆有续，唯独爹娘剩空想……"

"人家祭祖坟，我却祭传人。"悲惨人生唯此为最。凡已过最佳生育年龄的失独者，留给他们的便是这种"后无传人"的现实。

黑龙江省齐齐哈尔市的万霞（化名），父母生她的那个年代还没有严格的计划生育政策，本想再生一个弟弟。但母亲生过她

后,就再也没有怀上过。好在万霞聪明、懂事很孝顺,并且有一份不错的工作,父母也慢慢地转过弯来——其实女孩也一样。

女儿到了谈婚论嫁的年龄,万霞爸爸怎么也要女儿找个上门女婿,并且生下的第一个孩子必须姓万。爸爸的想法很明确,他不能没有后。

一切都按老人的想法如期进行。万霞真的按照爸爸的意思找了个男朋友,结了婚,生了个男孩,并且姓万。

谁知,这有很多附加条件的婚姻生活并不幸福,小孩才一岁多,小两口就离了婚。那个男人说:"你们家不就要个接种的吗?把孩子给你。"说完就再也没有回来。从此,万霞过上了孤儿寡母的日子。

万霞是一个好强的女人,第一次婚姻的不幸在她心灵上造成了很大的阴影。她打算不再结婚,就这样带着儿子伴着两位老人过算了。但生活的压力和周围的舆论又让她不得不去考虑再婚。可是,因为她带着一个小孩,好难找。没结过婚的,她不愿意;结过婚的又大部分都要她再生孩子。可按当时政策,如果双方都有小孩,再婚后不能再生。

就这样,万霞的婚事被耽误下来。

后来,孩子慢慢大了,她也不想再组家庭的事,而是把全部的精力用在了培养儿子上。姥姥姥爷更是把孩子当成自己的命根子,有什么好吃的都留给外孙吃,有什么好穿的都留给外孙穿,真有点儿"捧在手里怕摔了,含在嘴里怕化了"的感觉。

孩子也十分优秀,读书、考试、升学,一路走来,最终考上了北京的重点大学。大学毕业后,又顺利地在本市找到了一份满意的工作,一家人其乐融融地生活在一起。

眼前的一切,让曾经为自己"无后"而苦恼的姥姥姥爷深感欣慰。多少次，老两口在暗地里议论：天不绝我万家，我们虽然只生了个女儿，但给我们送来了这么优秀的外孙，满足了。他们甚至规划好：一定要活到外孙结婚，见了曾孙的面才去死。

可是，谁也没有想到，就在一家老小尽享这甜蜜生活时，一场从天而降的车祸，夺去了万霞儿子的生命。

一位含辛茹苦的母亲失去了她的独生子，两位老人失去了他们的命根子。他们几乎用尽毕生精力培养的"后人"，就这样突然间没了。

两位老人从此一病不起。可怜的失独母亲万霞，还没来得及擦一下脸上的泪水，又要跑进医院去服侍两位老人。两位老人精神恍惚，口里念叨着："断了……彻底断了……断子绝孙了……"

悲痛的万霞听后，有如万箭穿心。

她跑到医院的走廊里号啕大哭："天啊，我们这一家遭的是什么罪啊！"

……

北京大学人口研究所教授穆光宗曾对辽宁省辽阳市自2007年1月至2008年12月的死亡人口数据进行过统计分析：在0至30岁的295名死亡人口中，0至10岁的死亡人口比重为16.27%，0至15岁的为26.44%，18至30岁的高达66.44%。当最后一种情形发生，即小孩在18至30岁时死亡，孩子的母亲通常也过了生育年龄，也就是说，至少有66.44%的人无法再生育。

广东省广州市针对失独家庭的一项调查显示，再生育率仅8%至10%，六成多失独夫妻年龄在50岁以上，已丧失生育能力。

19世纪德国著名哲学家黑格尔早就说过："重视生殖是东方文明的重要特征。"屹立于世界东方、沐浴着儒家文化的华夏民

族,在漫长的进化历程中,一直对自身"种的繁衍"非常看重。自上古时期的"生殖崇拜"到后来的"多子多福"、"传宗接代",无不体现了"子嗣繁衍"的思想。

儒家文化的创始人孔子说:"生,事之以礼;死,葬之以礼,祭之以礼。"翻译成现代汉语,就是:"父母活着的时候,儿女要孝敬;父母亡故后,要认真处理后事,并进行虔诚的祭祀。"其话外之音可这样理解,为人子者要做到孝,就必须生儿育女以延续宗嗣,没有子嗣,祖宗祭祀就会结束,香火就会断绝。

孔子之后的孟子,继承孔子的思想,将"传宗接代"作为"首孝"加以绝对化。他说了一句更加直接、更加通俗的话:"不孝有三,无后为大。"在孟子看来,绝育无后是比陷亲不义、不光宗耀祖更为不孝的事,把生育传嗣推上了"孝"的至高境界。

《礼记·昏义》上也说:"昏礼者,将合二姓之好。上以事宗庙,而下以继后世也,故君子重之。"它清楚地告诉人们,婚姻的实质就在于宗族的延续。

古代还有"七去"的规定。即:"不顺父母,去;无子,去;淫,去;妒,去;有恶疾,去;多言,去;盗窃,去。"去,就是休妻。也就是说,有七种情况可以休妻。其中第二条就是"无子",无子仅次于不孝敬父母,比淫、妒、恶疾、多言等都严重,甚至比盗窃还可恶。

由此,中国浩如烟海的古代文化典籍中,颂赞、褒扬、推崇"多子多福"的篇章比比皆是。

有人对高居"六经"之首的《易经》进行了粗略的统计,直接有关婚姻、家庭和生育的卦辞达 26 处之多。如殷商"卜辞"中就有这样的祝辞:"贞,有子";"不嘉,有女"。

前者的意思是"太好了,是个儿子",后者的意思是"大事不好,是个女婴"。因为儿子可以传宗接代,因此,有儿子,是一件值得祝贺的事。

我国第一部诗歌总集《诗经》之《国风·周南·螽斯》里就这样描述:"螽斯羽,诜诜兮,宜尔子孙,振振兮。螽斯羽,薨薨兮,宜尔子孙,绳绳兮。螽斯羽,揖揖兮,宜尔子孙,蛰蛰兮。"

诗以螽斯(蚱蜢)做比,赞颂子孙众多、和睦相处的美好生活。

被鲁迅先生颂为"其文汪洋辟阖,仪态万方,晚周诸子之作,莫能先也"的《庄子》,在其《外篇·天地篇》中也有这样的记载:"尧观乎华。华封人曰:嘻,圣人!请祝圣人,使圣人寿……使圣人富……使圣人多男子。"又说:"寿,富,多男子,人之所欲也。"

这就是被后世广泛应用在书、画、诗、文、曲等各领域,并产生深远影响的著名的"华封三祝",意即祝圣人长寿、富裕和多儿子。

许多统治者甚至制定专门的法规律条来鼓励百姓"早生多生"。如《国语·越语》载,越王勾践曾"令壮者无取老妻,令老者无取壮妻",并大力奖励生育,特别是奖励多胎生育:"生丈夫,二壶酒,一犬;生女子,二壶酒,一豚;生三人,公与之母;生二人,公与之饩。"这是说,一胎多子的,公家帮助抚养。

汉代统治者也实行严厉的奖惩生育的政策。汉高帝规定"民产子,复勿事二岁",意即百姓生子,可免徭役二年。惠帝六年(公元前189年),令"女子十五以上至三十不嫁五算(分五等罚钱)"。

……

那时,他们的儿子刚找到一份不错的工作,人生才翻开新的篇章。

看到不再醒来的儿子,黄霞当即晕了过去。

邹云则将自己的痛楚写进诗词里。儿子忌日的前一天,他在办公室里写道:"躲进小楼号一场,慰我思念慰游魂。"

他们在意识上想忘记孩子,可总也忘不掉。当别人问起孩子,他们就敷衍一句,孩子出国了。他们尝试着换个环境努力活下去,于是从原来住的地方搬到现在的住地。

可他们总是不自觉地去和别人比较,认为"自己和别人就是不一样",甚至一度觉得"低人一等"。直到他们在网上找到了同命人QQ群,加入到了有200多个同命人加入的群里,通过彼此鼓励和慰藉,才好受一些。

2008年,邹云退休后去了一家公司做顾问。他说:"这么做的目的,一是为充实自己的生活,找些事儿做。二来,也是想为以后和老伴儿住养老院、去医院看病多攒些钱。"他还对妻子说:"没人可以依靠了,要自己靠自己。"

而现实也让他明白,有些问题不是靠钱就能解决的。

这次母亲住院,他就彻底明白了。生病后不但要钱医治,更需要子女床前床后服侍、反复签各种各样的字、办各种各样的手续,还必须亲属陪在床前才能给药……

"等我们老了、病了,该怎么办?谁给我们签字?谁陪我们输液?"他一遍遍地问自己。

不仅如此,年逾花甲的他已经开始为自己和妻子的养老问题发愁了。原来,当他咨询了几家养老院后才知道,有一个必要条件他们满足不了——入住养老院时老人必须有自理能力,且需要监护人(多为子女)的签字。

前文提到的清华大学的潘教授，也遭遇了同样的际遇。

如何养老成了潘教授夫妇最大的心病。他们利用空闲时间咨询了多家养老院，但所有的养老院都将他们拒之门外。唯一的理由就是：养老院接收老年人时，需要子女签字。

但他们没有子女了。

潘教授的老伴儿想用出家的方式来度过自己的余生。一天，她来到离家较远的一座寺庙，先向方丈介绍了一番自己，然后提出要求出家。可方丈告诉她："我们只接受60岁以下的有缘人，您已经60多岁了，我们不便接受。"然后，一声"阿弥陀佛"，她只得告辞。

想死死不成，出家又不接受，哪里才是我的去处啊？最后，这位伤心欲绝的母亲只得选择了在家修行，皈依佛门。

还有死后的安葬问题，也让失独老人们十分揪心。

2007年，在安葬儿子的时候，潘教授给自己和老伴儿买好了墓地，就在儿子的旁边，他们希望去世后能够离儿子近一些。于是去问墓地的工作人员："我先买好墓地，等我们死了后，你们能帮我们将骨灰送进这墓地吗？"

工作人员觉得他提的问题很奇怪。愕然了好一阵后，才知道他是真的在咨询。可他们真不知道该怎么回答，因为他们从未听人提出过这方面的要求，也没有做过这方面的服务。他们只好如实回答："墓地管理处暂时没有这项业务。"

像被人从头到脚泼了一瓢冰水，他，顿时透心地凉。

"我们活着，还能为儿子扫扫墓；如果死了，给我们送进墓地的人都没有了……"潘教授孤苦无依地说，话语中透着凄凉与无奈。

不是吗？因无人照顾，死在家里很久不被人发觉的失独老人

死亡事件时有发生。

2014年11月21日，重庆北碚区石马河街道一位叫赵国华的老人，死了好些天无人知晓，直到邻居闻到了一股恶臭，才报了警。当民警们打开房门，老人的尸体已经腐烂。房间里的电视机仍开着，可看电视的老人却悄无声息地离开了人世。

同样是2014年11月，长沙市河西溁湾镇一位62岁的失独母亲，死在一出租房屋里，直到尸体发臭才被人发现。

没有孩子的我们，余生该怎么安放？失独老人们无时无刻不在问自己，问政府，问社会。

我突然想到一位网名叫"随心"的天津失独者于2015年7月18日晚上发在网上的一首《明天我该怎么办》的诗。诗是这样写的：

明天我老了，走不动了，我该怎么办？

不能去买菜了，取不了工资了，不会自己做饭了，自己洗不了衣服了，我该怎么办？

生病了，看不清药品说明书了，自己去不了医院了，住院需要陪伴了，我该怎么办？

年龄大了，记忆力差了，钱财不能自理了，做饭忘记关火关水了，我该怎么办？

我害怕明天，因为我越来越老了。饿了没人端碗饭，病了没人递杯水。陪伴的是孤独，等待的是绝望。明天我该怎么办呀？！

语言质朴，感情真挚。诗发出后，立即引来网友围观和疯狂转帖。正如许多网友所说，诗歌道出了失独者的共同心声，说出了失独者想说却没有说出来的话——

明天我该怎么办？

孩子走了,病来了

有一项调查统计显示:中国失独父母中,90%以上的失独老人都患有程度不一的各种疾病,其中,有50%的人患有高血压、心脏病等慢性疾病,15%的人罹患癌症、瘫痪等重大疾病。

失去孩子的父母,其身上承载的不幸和苦痛不只是一个简单的"悲"字所能容纳,突来的打击使原本幸福的家庭刹那间掉入万丈深渊。他们终日与泪水为伴,把痛苦压抑在心底,悲伤、憋屈、怨恨甚至愤怒无处发泄,久而久之,积怨成疾,一个个健康的身体就此变得面目全非。

从湘运客车厂退休的失独父亲刘庚(化名),自1997年12月8日17岁的女儿去世后,因经受不住失女的打击,几年时间,先后患上了高血压三级、脑萎缩、糖尿病、痛风等疾病,一年有四分之一的时间都在医院里,每月2000多元的退休金基本上都用来买药吃了。现在整个人被疾病折磨得有气无力,有时甚至神志不清。

2015年5月24日,他和妻子到附近的公园散步,妻子因有事先走了会儿,让他在后边慢慢来。可妻子走后,他再也找不到去公园的路,本来只有几里远,他却走了两个多小时,来来回回地,就是找不到公园。妻子急了,返回去找,又找不着人,最后,还是一位好心人引着他才走到公园。

要知道,他才65岁,不应该是连路都找不到的年龄。

58岁的郑萍(化名),在2002年3月3日失去了她28岁的儿子后,过去从未生过病的她,一下子,所有的病都向她袭来。而更为严重是,2013年5月,她被确诊患上了乳腺癌。在实施双

乳切除手术后,还借了20多万元用于化疗。

62岁的李安(化名),1996年5月,19岁的儿子意外死亡,她的人生从此走向灾难。糖尿病、心脏病、颈椎病、气管炎等疾病都一股脑儿地找上门来,折磨得她多少次想到自尽。

45岁的许少可(化名),正当壮年,按常理哪曾到"多病缠身"的年纪?可自从女儿去世后,经医院确诊的病就达八种之多,除了双肾结石、糖尿病等疾病外,心脏病最为严重。翻开他保存的相关就医资料,我惊愕地看到,"心脏功能"29项指标有15项异常,"血液状态"6项指标有5项异常,而且有些高出正常值许多倍。在2006年5月24日的诊断书上,专家用粗重的笔墨写下"入院治疗"的结论。

而更为悲惨的是,有的家庭孩子走后老伴儿也离去了,留下他(她)一个人艰难度日。一旦有个三长两短,连个报信的人都没有。

家住湖南怀化的张丽(化名)就是这种情况。孩子和丈夫相继离去,一度也想离开人世的她,自从加入了失独者QQ群,从此有了一些寄托。她每天大部分时间都待在群里,大家哭,她也哭;大家笑,她也笑。

渐渐混熟后,彼此就有了个照应。如果哪天谁没上线,群里的人都会关切地问一句:"有什么事去了?"或者留言:"上线后,请打声招呼。"他们知道,到了这样的年纪,都经受了人生的大悲,身体上都留下了各种恶疾,而身边又没有个人照应,只有靠大家相互扶助和关心了。

有一天,一位网名叫"山村雨水"的同命人,发现张丽已经有两天没上线了,就将这一情况告诉了群里其他人。大家顿时急了,会不会出什么事?张丽早就在网络上告诉过大家,失去儿子后,她又失去了丈夫,如今只有她一个人生活。

大家纷纷给她留言,要她上线后第一时间和大家打声招呼,好让大家放心。可是,大家不住地留言,却总不见回。

这可不行,群里的部分好友马上打她的电话,电话没人接听。一定是出事了。

"山村雨水"刚好与她住同一座城市,两家相隔不是很远。大家建议他马上去她家看看。

一路问询,一路查找,终于找到了张丽的家。按门铃,没反应;问邻居,说是有两天没看到她出门了。

一定是出事了,不能再等。"山村雨水"用力将房门撞开。眼前的一幕令他大吃一惊。

张丽侧身躺在门口的过道里,一只手向前伸着,显然是想去开门,但还没触到门锁,就倒下了。

"山村雨水"怎么叫她都没有反应,忙把她翻过身来,发现嘴里还出着微弱的气息。一定还有救,"山村雨水"抱起她就往医院跑。

医生马上对张丽实施了抢救。

原来,张丽患阑尾炎多日。医生在手术中发现其阑尾已全部化脓,腹腔积满脓液,如果再迟些时候,生命将不保。

看到如此情景,手术医生大骂送她去医院的"山村雨水":"你还是人不是人?病成这样子才送医院。"

原来医生把"山村雨水"当成她的丈夫了。

"山村雨水"哭了,说:"我不是她丈夫,她丈夫早死了,儿子也死了,我们只是失独群里的同命人。因为几天没看到她上网,就猜想她一定是出事了。想不到,跑到她家一看,果真如此。"

……

孩子走了，疾病来了。这是失独父母们最不愿面对的问题，但这又刚好是悲伤过度的他们无法回避的难题。

送走了孩子，送不走的债务

"我们熬了八年，现在快熬不动了，可是这债还没还完……"

说这话的是武汉市蔡甸区70岁老太太吴清（化名），她在见到笔者时，满脸是伤痛的泪水。

1986年，吴清18岁的独子朱方（化名）被查出患有白血病。病历单犹如晴天霹雳，将一家人的幸福击得粉碎。

那年，儿子从汉口打工回来后自觉身体不适，就去医院检查，几天后被诊断为白血病。这对一个贫寒农家来说无疑是灭顶之灾，"我们第一反应就是不治了，反正也治不好。"

但医生说，这是慢性病，治好的话可以再活一二十年。于是，吴清和丈夫朱耀（化名）决定尽力诊治。

儿子每年要住三次院，家里每次都要找亲戚乡邻们借钱。病情稍一稳定，懂事的儿子就到城里去打工挣钱。老两口在家里更是百般辛苦，朱耀会篾匠手艺，起早贪黑地做活儿；吴清则负责种地，收获的粮食、蔬菜从来舍不得吃，都挑到两公里外的街上去卖钱。每次卖得一点儿钱，就先计划着把谁家的钱还上。可每次还来不及归还，马上又是一次新的住院花销。19年来，为给儿子治病他们总共花了36万元，其中大部分是借的。

在家里，老两口连米饭都舍不得煮，而是"箍粉头"——将大米碾成粉，加入南瓜和菜叶子等，调成面疙瘩吃。即使这样，只要看到儿子的病情没有恶化，老两口就觉得一切都是值得的。

这种艰难的生活又持续了10年。37岁的儿子最后还是敌不过病魔,2005年3月28日,年轻的他含恨离世。儿子走后,留下了11万多元的欠债。

吴清说:"那时候我整个人都是傻的,不敢看儿子的相片,不敢听别人的孩子叫妈。我只能跑到地里,一边喊儿子的名字一边哭。"她说,自己许多次产生过随儿子同去的念头,但最终支持她活下来的力量,是那些好心的债主。他们对她说,把自己的日子过好,钱的事先不要考虑。

但老两口没这么想,儿子死了,债务不能死。他们没有账本,但每一笔账都记在心里。"别人借钱给我们,已经是帮助我们家了,怎么能不还?不还的话我们到死也不安心。"

老两口更加省吃俭用,每次手里攒到两三百元,就赶紧给债主送去,往往为了还一个人的债,来来回回跑上一二十次才行。

朱耀曾是篾匠社的员工,退休了每月能拿到1000多元的社保金,这是家里最重要的收入来源;吴清则仍然成天在地里忙活。两人身体都不好,朱耀有脑血栓,吴清有心脏病,两人每月光吃最廉价的药,也要100多元。老人每年省出约一万元用来还债,几年时间还了八九万元,到2013年笔者前去采访时,只剩两万多元没还了。

北京失独妈妈吴梅(化名),她这辈子最后悔的一件事就是让儿子出国留学。她说:"当时家里人都不同意,只有我一个人支持,我对儿子说,你想去哪里,我就支持你去哪里,好男儿志在四方。"

吴梅借钱送儿子进了澳洲墨尔本大学,为此她背了一身债。结果,毕业前夕,儿子在潜水的时候出了意外……

因为丈夫沉溺赌博,吴梅与他离了婚。虽然是单亲妈妈,但是吴梅独立、坚强、乐观,硬是一个人把孩子养大。

2012年8月,儿子23岁生日那天,从澳洲寄给她一封长信,信里说:"如果这是个拼爹的年代,我一定活得十分悲惨,还好我有妈妈,于是我一跃成为了世界上最幸福的人……"

似乎冥冥中自有天意,懂事的儿子在信中细细回忆了和妈妈在一起生活的点点滴滴。他说,明白妈妈花费了多少心血,才把他养成现在这样健壮的小伙子。他说,和妈妈之间没有代沟,无话不谈;妈妈一直年轻美丽,两人没有心理差距;他从来不曾想过他的"辣妈"有一天也会变老……

最后,他请吴梅12月去墨尔本参加他的毕业典礼,说"军功章上全是您的功劳"。可是12月还没有过完,2011年12月24日,这个年轻的生命就消失在异乡的大海里。

儿子离去后,吴梅的生活完全失去了重心,四处漂泊。

可是吴梅知道,她无法永远逃避下去,终将要面对现实。

在无人的夜晚,她总是黯然神伤。她说:"还是要回去上班,因为要还债。为了儿子的教育投资,我当初借了30多万元。还清债务后,还要给自己存养老的钱,我这辈子没依靠过别人,今后更是要全靠自己了。"

前文提到的许少可,为给女儿治病,辗转各大医院半年时间,花去近80万元。不仅将自己和父亲的房子卖了,还借了60多万元的外债。

女儿死后,他身体垮了,无法再上班。办了病退手续的他,每月只有区区几百元的生活费,妻子没有工作也需要看病吃药,每月都是入不敷出。而国家规定的对失独家庭的补助,他还没有资格领取,因为妻子的年龄尚未到有关文件规定的49岁。生活就靠东拼西凑,巨额外债根本无法偿还。

说起这些,他就满眼泪花:"不知道什么时候才是个头。"

如以上失独老人一般，失去独生子女又陷入外债困境的家庭不在少数。他们或为孩子的教育，或为孩子的疾病，都曾不惜代价，可最后，孩子走了，债务留下了。

我曾对湖南省怀化市1450个失独家庭进行过问卷调查，其结果令人心痛：85%的家庭面临严重的经济困难，月收入在1200元以下，其中42%的家庭靠低保生活，这其中又有15%的家庭背负一定的外债。

沉重的债务，无疑给痛苦的失独家庭雪上再加一层霜。

好想有个家

在我的采访中，有一个家庭，特别让我震撼。

一见面，这个家庭的女主人——一位白发苍苍的老母亲就将几大本特殊的"账本"递到我面前。

翻开本子，才发现这是一本本"讨米账"，里面记满了各地好心人给她的每一笔施舍，多的数十元、上百元，少的几元、几角。每个账目后都按上了鲜红的手印。她解释说，按上红手印，主要是存个恩典，尽管自己没办法报答，但这份恩情要永远铭记。

老人擦拭着已经哭干了泪水的眼睛，开始向我讲述她的故事——

她叫唐翠（化名），今年77岁，家住湘西南的一个偏远山村。2002年10月6日，才从师范毕业分配在邻村小学任教的爱女张花被人强奸后杀害在学校的宿舍里。然而，案件迟迟未能侦破，凶手一直逍遥法外。

为了给女儿伸冤，她劝说丈夫卖掉家里最值钱的一头牛、五

头猪和一家人生活用的口粮及油棉等物,终于凑齐了5000元。

就拿着这5000元,她跑遍了省、市、县三级所有该跑的部门。上上下下、来来回回地奔波,这里托关系,那里送人情,花了许多冤枉钱。没过多久,几乎倾其所有才凑来的5000元全打了水漂。

复又两手空空的唐翠,不得不一边乞讨,一边等消息,沿途走过了多个省的数十个县市,近千名群众为她捐款捐物。她永远记得,有一位盲人把家里仅存的几元钱塞给她,说:"途中饿了买个红薯吃也好。"当唐翠拿出本子想要他签字时,他说:"我是瞎子,不会写字,就给你按个指印吧。"从此,"讨米账"上有了一个个鲜红的指印。

就这样一路乞讨,她好不容易来到了北京。这时,她才知道什么叫举步维艰。走在车水马龙的大道上,既不识字又不会说普通话的她,真不知如何是好。

终于有一天,在车站盲目转悠的她,碰到了一个能听懂她话的好心人。在了解了她的遭遇后很是同情,便给她出主意,并帮忙将她要找的部门全写在纸条上,且一个部门一张纸条,嘱咐她每到一个地方就拿出来给别人看,要别人根据纸条为她指路。

就这样,她在北京待了近一个月。白天找部门,晚上歇路边。饿了就去讨个馒头,脏了就在厕所里的自来水龙头下洗洗。

皇天不负苦心人。最后,她拿到了有关部门"责成公安部门尽快破案"的批示。批示层层下达,当地公安局奉命成立专案组。

经过公安人员的日夜侦破,2004年11月18日,案发两年零一个月后,这个神秘的凶手终于浮出水面。他就是女儿学校的同事李某。

可是，案件的审理却一波三折。2006年2月，市中级人民法院对此案进行开庭审理，审判时，被告人当庭翻供，坚决否认自己杀人，并说公安机关侦破时自己供述的杀人事实是因精神紧张而乱编的。但一审还是作出了"判处死刑，剥夺政治权利终身"的判决。被告不服，提出上诉。省高院在二审时，认为"部分事实不清，尚需进一步查证"，发回重审。就这样，直到2011年5月，历时五年，先后经过中院、高院来来回回六次审判和裁定，最后作出终审裁决：判处李某无期徒刑，剥夺政治权力终身。

案件总算尘埃落定。

可是，当她带着一纸判决回到家里时，眼前的一切让她晕厥。

丈夫因经受不起失女的打击患上了精神病，在一个刮风的夜晚，一把火将居住多年的房子和家什烧得一干二净。

过去那个曾为她遮风挡雨几十年的"家"已经不复存在。

她再也坚持不住，"扑通"一声跪倒在地，仰天长哭："天啊，为什么会这样？！"

像唐翠这样孩子死后家不再像家的失独者不在少数。

位于长春市朝阳区幸福街新城雅苑的吉林省某学院退休教师孙维烈及妻子杜凤华的家，已经不像一个家了。宽敞的房间被弄得乱七八糟，床脚摆放着急救氧气瓶，墙边的桌子上摆满了各类药品。凌乱的床铺上、写字桌上散落着各种证据材料，床头放满了相关刑事法律书籍，房间角落处是一台旧电脑，电脑旁边摞着厚厚的《法制日报》。

老人说，过去他们也是个爱干净整洁的家庭，可自从女儿孙利非正常死亡后，就一心扑在为女儿申诉的事情上，家里的一切摆设都无所谓了。后来，妻子得了心脏病，一犯病就得马上急

救,吸氧。丈夫也由一个睿智、儒雅、谦和的教师变成了木讷、迟钝、情绪容易激动的老头儿。为了便于申诉案情,不会电脑的两位老人不仅自学了上网,而且注册了博客。他们经常带在身边的是看得比自己生命还重的三个大档案袋,里面装满了女儿死亡案的各种资料……

而更令人忧心的是,更多的失独妈妈在经历了丧子之痛后,又遭受了来自亲人的伤害和家庭的破裂。

北京妈妈晓禾(网名)就是这种情况。

"真是命运捉弄人,孩子出交通事故那天,我正好在医院做手术,因为子宫肌瘤做了子宫摘除。孩子走后 20 多天我才知道,家里人一直瞒着我。我要是知道,那天我绝对不会做这个手术,虽然我快 50 岁了,可是只要还有子宫,就还有生孩子的希望,可现在是一点儿希望都没有了。"

"孩子走后大约一年,老公就向我提出了离婚。"晓禾表示,她的婚姻可能和大多数人差不多,夫妻俩在一起过了 20 多年,不好也不坏。因为孩子,本想就这么凑合下去,到老了也算有个伴儿,可是忽然间就发现走不下去了。

"孩子是维系夫妻关系唯一的纽带,如今,这个纽带没了,偌大的房子里就剩下我们两人彼此唉声叹气,有时候一天也说不了一句话。"

晓禾的丈夫刚开始是整天不出门,后来是整天出去不回来,两个人的话越来越少,而且避免提到任何和孩子有关的话题。"有一天,他和我说,在这个家里住着实在受不了,到处都是孩子的东西、孩子的影子,他快活不下去了。"

就这样,丈夫离家出走了。两个月后,他向晓禾提出了离婚。

后来，晓禾才从亲戚朋友口中得知，前夫很快就再婚了，找了一个不到 40 岁的女人。

"其实他这么做我也能理解，毕竟他才 50 岁，还有希望再要一个孩子。"晓禾说。

"两个人绑一起也是死，抓住一点儿希望就能活下去。他想忘掉过去重新开始，也是人之常情。"晓禾平静地说。

我似乎被她的"宽宏大量"所感动。这种在外人看来十分绝情的做法，在她看来却是人之常情。

还有 45 岁的阳阳妈妈，自孩子走后，丈夫就很少回家，她虽然也觉察出有些不对，但失去孩子的悲伤耗尽了她所有的力气，不容她再有心思过问。直到有次深夜想起阳阳的时候，她给丈夫打电话，得到的回答是"儿子都走了，家已经没有了，我跟你也没什么关系了"。几天后，结婚 20 年的丈夫给她发来了离婚协议。

来自湖南衡阳市的失独妈妈付玲（化名），原本也有一个幸福的家庭。丈夫是公务员，有一份稳定的收入；儿子 20 岁，在江西南昌念大学。为了给儿子创造一个良好的学习环境，付玲辞掉衡阳的工作，专程来到南昌陪读。2010 年 9 月 26 日晚上 10 点，上完晚自习回家的儿子遭遇了车祸。丈夫得知后，赶到殡仪馆的第一刻，不是安慰她，而是举手甩了她一耳光，咆哮道："叫你过来陪读，怎么就把儿子给陪没了！"几个月后，丈夫将家中所有衣物全部打包，不辞而别。

……

一个个幸福的家庭就这样支离破碎，一对对曾经恩爱的亲人就这样分道扬镳。

据广州市一项统计数据显示，广州失独家庭离异率达 20%，

仅越秀区失独家庭就达460多户,这其中又有90多户走向离异。

中国人民大学教授葛晨虹认为,在人类历史发展中,家庭的存在主要依赖于"生育形成的血亲关系"、"两性结合形成的婚姻关系"以及"供养关系",这三种关系组成家庭核心结构。其中血亲关系和婚姻关系是决定家庭本质的基础和纽带。

如今,随着唯一孩子的离去,在家庭核心结构中起着基础和纽带作用的"血亲关系"没有了,家也跟着散了。

孟子说:"天下之本在国,国之本在家。"

家散了,国还能宁乎?

人才的损失

在我的采访本里,记下了这样一个个优秀的名字。他们都是独生子女,都是在某一领域已经取得骄人业绩的人才。然而,他们却过早地离开了这个世界,给家庭和国家带来了不小的损失。

杨宁,1978年3月出生于天津,1997年赴瑞士留学,1999年回国后进入一家美国企业担任总经理助理。2003年,他又成功跳槽,进入GE(通用电器)公司,其间,攻读美国南哥伦比亚大学MBA和上海复旦大学心理学硕士学位。在GE公司工作的三年里,他从一名职场新人成长为华东地区的销售状元,并且出色地完成了在很多人眼中不可能完成的任务——从招标公示上网到该预订单进入GE公司,仅用了一个星期的时间。而且,他在事业上的成功并不仅来自于这些数据,更多的是公司同事和客户对他的喜爱和认可。然而,2006年8月26日,突如其来的一场灾难结束了杨宁年轻而灿烂的28岁生命。

冯华君,以开发苹果操作系统中文输入法著称。他2004年毕业于华南理工大学工商管理学院,曾在苹果、百度等IT公司从事程序开发,是广州新点科技联合的创始人。2006年,基于个人兴趣,他开发了苹果Mac OS上的中文输入法"FIT"。2008年创立顺科软件公司,又开发了ios中文输入法"WEFT"。2010年公司更名为新点科技,此后开发了包括FIT写字板、FIT便签、FIT随享微博客户端、云笔记等在内的一系列产品。可惜,天妒英才,2012年,他因鼻咽癌病逝,终年31岁。

程骥,一位美丽的白衣天使。17岁就以优异成绩考入中山医科大学,七年后,她以优异成绩取得临床医学硕士学位,之后留在广州工作。2007年,她又以优异的成绩获取全额奖学金赴美国留学,继续攻读医学博士学位。她善良聪慧、勇于奉献、吃苦耐劳、乐观开朗且朴实谦逊,对理想、事业执著追求,对工作精益求精,对病人关怀备至。2008年3月,她在上学的路上遭遇车祸罹难。天使飞回了天堂,留下她纯洁美丽、优秀卓越的一生。

贾志栋,1983年2月在江苏无锡出生,成年后留学澳大利亚。2008年4月26日,奥运火炬在澳大利亚首都堪培拉传递时,他曾作为留学生代表参加这一盛事。他高举国旗,为了保护奥运圣火的传递,勇敢站在第一线,同破坏火炬传递的不法分子作坚决的斗争,为祖国赢得了尊严。2008年7月7日,他,怀着对人世间无尽的留恋悄然离世……

邵真,1984年2月5日出生。一如她的名字,冰清玉洁、纯真善良、聪慧可人,极富同情心与正义感。上小学和初中时,曾获第二届"九章杯"中国小学生数学竞赛三等奖、第七届"双龙杯"全国少年儿童书画大赛佳作奖、《初中生作文》杂志第三届作文大奖三等奖。在大学任系学生会宣传部部长,工作认真负责,受到老师和同学的好评。2006年11月2日夜晚,邵真在睡

梦中突发心脏病,面带微笑,安然离开深爱着她的亲人。

任宁川,1998年8月高考招飞考入空军飞行学院,2002年4月毕业,获大学本科双学历学士学位,同年6月,被分配进海军航空兵某部任歼击机飞行员。他的实飞训练技艺超群,是师团闻名的优秀飞行员,共飞行1559架次502小时25分,担负各种战斗值班38次。2006年4月4日下午2时许,任宁川在万米高空执行飞行训练任务时战机突发机械性故障,为了保障地面人民群众生命财产的安全,他毅然放弃跳伞,火速将战机转移到无人处。不料,战机在空中突然爆炸,年仅26岁的他献出了自己年轻的生命。

姚贝娜,因演唱电视剧《后宫甄嬛传》主题曲《红颜劫》而被大家熟知,后又参加《中国好声音》第二季再度走红,并于2007年、2010年和2014年三次登上央视春节联欢晚会。2015年1月16日下午,因乳腺癌复发,正值盛年的她病逝于北京大学深圳医院。

之所以不厌其烦地罗列这些名字,是因为他们个个十分优秀,都是所在领域敢于担当、奋发图强、有所作为的人,正当他们学有所成,准备为祖国、为人们、为父母反哺时,却英年早逝。

要知道,家庭和国家为将他们培养成才倾注了大量心血。早在2005年,著名社会学家徐安琪就在中国社科院社会学研究所刊物《青年研究》上发表调研报告称:在中国,把一个孩子抚养到大学毕业,父母除了精神上的付出外,直接经济支出高达48万元。另一份名为《孩子的经济成本:转型期的结构变化和优化》的调研报告也指出,从直接经济成本看,0至16岁孩子的抚养总成本将达到25万元左右;如估算到子女上高等院校的家庭支出,则高达48万元;而估算30岁前的未婚不在读子女的总成本,这一数字为49万元。

国家投入的教育成本更大。从小学到初中,实行义务教育,不但免收学费、课本费,而且给予一定生活补贴,有的地方还提供营养餐。

根据教育部、国家统计局、财政部联合发布的全国教育经费执行情况统计报告显示,2012年,国家财政性教育经费支出2.2万亿,占GDP比例达4.28%;2013年,达到2.45万亿,占GDP比例达4.30%。全国2.6亿各级各类学生中,三分之二享受免费教育政策。

国家花费如此之巨,为的就是培养更多建设祖国的有用人才。可如今,当他们风华正茂时,却突然折损了,这对家庭、国家都是重大的损失。

该如何为他们养老埋单

按照国际标准,60岁以上人口达到10%或65岁以上人口达到7%,这个国家或地区就进入了老龄社会。

中新社2001年3月29日发布的2000年《第五次全国人口普查主要数据公报》显示,我国60岁以上人口达1.3亿人,占总人口10.2%,其中65岁及以上的人口为8811万人,占总人口的6.96%。

两份报告证明,我国从2000年起就已经进入了老龄化社会。

人口老龄化是一个世界性的问题,是人类社会经济发展到一定阶段的必然产物。但与世界其他国家和地区不同的是,中国老龄化进程如此之快,令人惊诧。

据世界有关组织提供的数据显示,发达国家老龄化进程均长达几十年甚至上百年,如法国用了115年,瑞士用了85年,英国用了80年,美国用了60年,而中国只用了18年,且老龄化的速度还在加快。

进入新世纪后,我国的养老压力比任何时候都大。到2014年底,我国60岁以上老年人口达到2.12亿,占总人口的15.5%。比2000年刚刚进入老龄化阶段时,我国的老年人口数量增加了0.82亿人,在总人口中所占比例增加了5.3个百分点。据联合国估计,到2050年,中国60岁以上的老人将达到4.4亿。其增长速度可谓惊人。

而接纳这股飞速而来的"银发浪潮"的却是一个"未富先老"的国度。有研究表明,发达国家进入老龄化社会时人均国内生产总值一般都在5000美元以上,有的超过了10000美元。而中国进入老龄化社会时,人均国内生产总值仅为840美元,目前也不到4000美元。这无疑给中国养老带来诸多压力。

首先是医疗保障压力。老年群体是医疗卫生资源的重要消费对象。原国家卫生部曾作过统计,60岁以上老年人慢性病患病率是全部人口患病率的3倍,伤残率是全部人口伤残率的3.6倍,老年人消耗的卫生资源是全部人口平均消耗卫生资源的1倍。在我国卫生医疗事业发展较经济发展相对滞后的状况下,老年人看病难、看不起病的问题比较突出。

其次是养老服务市场供给缺口压力。全国几次较大规模调查的数据表明,我国老年人入住养老机构的需求正逐步提高,更有约3250万老年人需要不同形式的长期护理。但是目前专为老年人提供服务的设施严重不足,服务项目和服务内容不全,服务人员的素质参差不齐,老龄服务的数量和质量都远远不能满足市场需要。2015年6月5日，民政部发布的《2014年社会服务发展统计公报》显示，截至2014年底，全国各类养老服务机构和设施94110个，各类养老床位577.8万张，每千名老年人拥有养老床位仅27.2张，至2016年底也只达到30.3张，远远低于发达国家每千人50张至70张的水平。如果就按每千人50张的水平计算，还有482万张的缺口。同时，服务项目偏少，养老服务设施功能不完善、利用率不高，与百姓的需求还有很大差距。在很多地方，出现了"一床难求""十年等一床""排队求养老""床未等到人却西去"等尴尬局面。

就是在这样的大背景下，失独父母的养老问题不可回避地出现了。而且其人数之多、涉及面之广、工作任务之重、对象诉求之急切为任何一个群体所无法比拟。

按目前大部分省市区"每增加一张床位一次性补助1000元，每接受一位'三无'人员入住，每月补助生活费300元"标准计算，政府光为100万个失独家庭约200万个失独老人提供的一次性床位开支就要达200亿元，每年的生活开支更是高达720亿元。

而更让人担忧的是，他们又是一个不同于其他老人的特殊群体，他们经受了失子之痛，苦闷、孤独、抑郁、烦躁、多疑、极端等各种不良情绪突显。他们的养老除了吃饭、睡觉、就医等基本要求外，还有精神慰藉、痛楚表达、情感发泄等多方面的需求。

这无疑给政府的养老增加更多的难度。

人口安全又添新愁

2014年11月11日，一封由5000个"非独"（夫妻双方都不是独生子女）家庭联名上书的《非独家庭要求全面放开二胎的建

议信》,分别寄往国务院法制办、全国人大常委会及国家卫生计生委。信的主要内容如下:

双独放开了,单独放开了,可是我们非独家庭的生育需求怎么解决?70后非独生子女难道注定只能有一个孩子了?作为公民基本权利之一的生育权,为什么就不能人人平等……独生子女政策执行以来,我国涌现出老龄化、失独等种种社会问题,"4-2-1"人口结构遭到越来越多的专家、学者和有识之士们的质疑和反对。作为全面调整的计划生育政策,作为惠及全国的生育政策,缘何把非独单列出来,人为地划分出三六九等来?

我们不是独生子女,可这并不能成为我们生育独生子女的理由。2013年11月15日,对于每一位有生二胎意愿的、期盼计生政策的非独家庭来说无疑是种沉重的打击。

每一项政策的出台,都应该体现公平和公正。单单把非独挡在门外的单独政策,对于我们这个群体公平吗?难道我们非独,尤其是70后非独,就应该成为计划生育最后的牺牲品吗?每当看到失独的报道,每当看到老无所依的报道,我们的心都在揪着。后独生子女时代涌现的种种社会弊端,正拷问每一个有良知的中国人。不敢想象,未来的日子,我们要生活在一个老无所依的社会,更不想在失独的恐惧中度过今生。

作为祖国特殊的群体非独,我们期盼着能早点儿圆中国梦、二胎梦!如今,双独放开了,单独放开了,有乐观的人士预计,几年之后,非独肯定会放开。但是,非独群体里临近生育尾声的70后非独还能赶上这末班车吗?最小的70后已经35岁了,女人35岁后,基本上每大一年,怀孕的可能性就下降10%;女人45岁后,基本就不可能怀孕了。我们每天都在煎熬着、期盼着。面对孩子渴望手足的眼神,我们告诉他,不是爸妈不想生弟弟妹妹,而是国家不让。人之幼年,有什么物质财富和东西,是比手足之情更为重要的呢?我们不想年老时对唯一的、遥在远方的孩子望眼欲穿。人将老矣,又有什么事情是比"儿孙绕膝病床前,能喝儿女一杯水"更幸福的呢?我们更不愿去想,如果有一天,失独的结局发生在我们身上怎么办?皮之不存,毛将焉附?

故此,我们建议并呼吁:

中国全体公民,不分彼此,都拥有生育二胎的权利;全面开放二胎!

据参与起草这封信的来自广东的非独代表——广州涉外经贸学院经济学教师李润发介绍,这封信其实在2014年初单独二孩政策实施时就已经草拟好了,因为种种原因,拖到2014年11月11日单独二孩政策公布一周年才发出。

双独和单独二孩政策的先后实施,使得一部分非独家庭感受到了不能公平享有生育权的痛苦。2013年,就有非独代表致信国家领导人,希望能够考虑非独群体渴望获得公平生育权的呼声。

他们强烈要求生育第二个孩子,其中最主要的原因就是挥之不去的"养老压力"和"失独梦魇"。

而实际上,在非独家庭强烈要求放开生育二胎政策之前,学术界早已经展开了对放开二孩政策的研究,并向中央提出了一次又一次建议。

2001年,由中国人民大学人口发展与研究中心教授顾宝昌领

衔、18位人口学专家自发组成的"21世纪中国生育政策研究"课题研究组对中国人口的发展现状和前景展开了研究。经过多次基层调查和研讨，2004年4月，课题组完成了《关于调整我国生育政策的建议》的集体报告，强烈呼吁："现在是对实行二十多年的'一对夫妇只生一个孩子'的生育政策进行调整的时候了。"

但是，这份报告没有得到相关部门的明确回应。于是，学者们又对2000年第五次人口普查后的人口新变化再次进行研究。

第五次人口普查结果显示，当时中国的总和生育率只有1.22，远低于国际上公认的2.1的"更替水平"，并已接近国际上公认的1.3的"低生育陷阱"。

总和生育率，也称总生育率，是指一个国家或地区的妇女在育龄期间，每个妇女平均的生育子女数，它是衡量生育水平最常用的指标之一。国际上将总和生育率2.1认定为"更替水平"，即同一批妇女生育儿女的数量恰好能替代她们本身，达到此水平时，人口将停止增长，保持稳定状态。

国内26位顶尖级的人口学者通过对第五次人口普查的资料进行认真研究后，于2009年向中央有关部门递交了《关于调整我国生育政策的再建议》。他们认为，"在稳定低生育水平的基础上，将现行生育政策调整为允许一对夫妇生育两个孩子的时机已经成熟。在坚持计划生育基本国策、严格控制多胎的条件下，中国应有计划地逐步放开二胎生育。"

当然，人口普查这一结果没有被计生部门采纳，他们认为这一数据与实际有差距。可是，2010年第六次人口普查结果出来后，其反映出来的总和生育率更低。

据《中国2010年人口普查资料》长表数据显示，2010年全国总和生育率为1.18110，其中"城市"为0.88210，"镇"为

1.15340,"乡村"为1.43755。全国总和生育率倒数前五名分别是北京（0.70670）、上海（0.73665）、辽宁（0.74090）、黑龙江（0.75140）、吉林（0.76000）。生育率最高的前五名是广西（1.78975）、贵州（1.74785）、新疆（1.52885）、海南（1.51265）、安徽（1.48155）。而2010年的《世界人口数据表》显示：2010年全球平均每个妇女生2.5个孩子，发达国家为1.7个，欠发达国家为2.7个，最不发达国家为4.5个。中国的总和生育率不到世界平均水平的一半，而且比发达国家的平均水平还要低许多。

无论人口普查数据准确与否，中国进入低生育水平国家行列已毋庸置疑。国家发改委2015年7月31日发布的《人口和社会发展报告2014》中提出，"总和生育率已下降到更替水平以下，标志着中国的人口转变已初步完成，人口生育水平进入世界低生育率国家行列。"社科院发布的《经济蓝皮书：2015年中国经济形势分析与预测》也指出，中国目前的总和生育率为1.4。

总和生育率如此之低，必然给人口安全带来极大隐患。

人口安全与经济安全、政治安全和军事安全一样，是国家安全的重要组成部分。而构成人口安全的主要因素，包括人口数量、人口结构、人口素质、人口分布以及与之相适应的资源、环境、经济、社会问题等。适度的人口数量、合理的人口结构、较好的人口素质、均衡的人口分布是人口安全的重要保证。然而，我国长期的低生育率，还有偏高的出生人口性别比、连年的劳动人口减少、快速的人口老龄化、升高的出生缺陷发生率、无序的人口流动，等等，都对人口安全构成了极大威胁。

而失独，又如阴霾般笼罩在共和国的大地上，直接威胁着人口的安全，给本就危机四伏的人口问题带来更多的挑战。

它的发生，除了导致劳动人口减少、养老压力增加等直接后果外，还有失独父母因受到打击变得神经失常、表现极端危及社会稳定等间接后果。

一位失独父亲告诉我，他就有过"报复社会的准备"。女儿死后，他向有关部门反映问题，却总是得不到解决。这样一来，他就有了报复社会的打算。他说："我相信，只要我杀了人，政府就会管了。二战中，如果没有广岛原子弹的爆炸，战争就不会那么快结束。如果能用我的命换来政府对失独家庭的重视，我死了也值了。"为此，他制定了三套"方案"：一是投毒。他已经买好了毒药，准备投放到学校或者其他人多的地方。二是引爆。他用老办法自制了火药，存放在一个十分隐秘的地方，只待时机成熟，马上付诸实施。三是让火车脱轨。他是一名铁路巡道工，工作了这么多年，知道铁轨的"软肋"在哪儿——什么位置、什么办法最容易使火车脱轨。

对他所说的一切，我顿觉恐慌，马上说："你的任何一种方案的实施，都会殃及很多生命。那些生命都是无辜的啊，怎么可以这样？"

他却说："我什么盼头都没有了，大不了就是一个死，如今过的这日子比死还难受。我只想报复，而且要干得惊天动地。"

他说得慷慨激昂，我听得毛骨悚然。

我不得不终止采访，转而对他进行极尽所能的劝慰。后又及时与当地计生部门联系，派专人与他建立长期帮扶关系，积极想办法为他解决困难和问题，以消除他的心结，将恶果化解在未发生时。

从事这部报告文学的创作后，为了与更多的失独者建立联系，我加入了多个失独QQ群。

2015年7月5日清晨，我打开QQ，看到一位来自河北唐山的网友发在群里的留言。他说自己已到花甲之年，十几年前失去了独生子，如今，他已经心灰意冷，只想干一件惊天动地的事。最后，他竟然说："真心报复社会的，请联系我。"并留下了真实姓名和电话号码。

我按他留的号码打过去，通了。

他在电话那头火气很大，说自己敢做敢当，既然敢将电话号码留下来，敢将真实姓名留下来，就已经打算豁出去了。

我说："网络很虚拟，你这样披露个人信息，这样大胆宣泄不满，不怕被人利用？"

他说："我儿子都没有了，我还在乎什么？"

我在电话这头除了对他说些劝慰的话外，感觉没有一点儿办法。而这些劝慰，连我自己都觉得没有任何力量，更不用说去说服一个满腹怨愤、痛心疾首的失独老人了。

我为电话那头的老人担忧，更为我国的人口安全担忧。

当然，有关部门早在十几年前就关注到了这个问题。2003年6月12日，在中国人民大学人口发展研究中心举行的"人口、社会与SARS"研讨会上，率先提出"人口安全"的概念，并指出要进一步强化全社会的人口安全意识，建立人口安全警戒线。

中国政府也一直把人口安全问题摆在重要的位置。在工作部署上，强调在继续坚持计划生育基本国策的同时，着手生育政策的不断完善和调整，以促进人口长期均衡发展。比如党的十八届三中全会决定实施"单独二孩"政策后，党的十八届五中全会又作出了实施"全面二孩"政策的决定。

它们的实施，至少可以在调节生育率、缓解人口老龄化、促进出生性别比平衡、降低失独家庭风险等方面起到十分重要的作用。

这无疑为社会各界普遍关心的人口安全问题注射了一针"稳心剂"。

摇摇晃晃的文化传承

英国历史学家汤因比计算过,人类历史上一共出现过21种文明,其中14种已经绝迹,6种正在衰朽。只有黄河文明虽然受到多次侵袭,却始终没有陨落。

确实,尼罗河、底格里斯河、幼发拉底河、印度河、恒河等几条著名的东方江河,分别孕育了人类最古老的"古埃及文明"、"美索不达米亚文明"、"古印度文明"等几个东方文明。但是,随着时间的推移,这些曾经盛极一时、福泽人类的重大文明,都渐渐地退隐到了历史的洪流之中。唯有黄河文明仍在传播、发展,且经久不衰。

几千年前,一部古老而神秘的《易经》,开启了中华文明的先河。随后,诸子百家风起云涌,把中华文明推向了百花齐放、百家争鸣的鼎盛局面。特别是孔子编撰《诗》《书》《礼》《易》《乐》《春秋》,使华夏民族在文化上率先进入高度发达的文明阶段。秦的统一,汉的尊儒,唐的开放,宋的理学……又为中华文明的进一步发展添砖加瓦,奠定了坚实的根基。

中华文明就这样一路高歌猛进,最终,以海纳百川之胸怀,巍峨耸立于世界东方,且生生不息,历久弥新。

纵观中华历史,人口的发展永远是文化繁荣的重要载体和动力,中华文明史实际上就是一部人口与文化交织的发展史。

中华文明的发展从来不是一蹴而就的,它是先祖们在生存竞争中逐步学到许多经验后,伴随着人口的发展不断总结积累而流传下来的。远古时期,生活在黄河、长江两岸的先民们,在与自然的残酷斗争中,历经数度淘汰,从森林走向原野,从洞穴走向村落,从语言走向文字,从原始文化进入农业文明,人口繁衍发展,工具渐次创新,技能不断改进,最后繁衍出众多的民族与人口,创造出独树一帜的文化体系。

中国古代先贤早就注意到了人口对于文明延续和国家强盛的作用,纷纷著书立说,力推人口繁衍。

春秋时期的孔子,每当看到人口增多时,便情不自禁地赞叹说:"庶矣哉(人真多啊)。"冉有问孔子人多有什么好处?孔子回答说"富之","教之"。就是说人多才能富强,富强才能产生文明礼义。

春秋齐国名相管仲说,"夫争天下者,必先争人。明大数者,得人;审小计者,失人。得天下之众者王,得其半者霸";"地大国富,人众兵强,此霸王之本也";"夫霸王之所始也,以人为本。本理则国固,本乱则国危"。

墨翟说自己的政治理想是"国家之富,人民之众,刑政之治"。

唐太宗李世民认为,"凡事皆须务本,国以人为本。"

明太祖朱元璋也说过:"人者,国之本。"

因此,统治者一贯重视人口的数量。为了尽快增加人口,管子、商鞅等提出了"徕民(招徕他国之民)"政策;荀子提出"以德"、"以力"、"以富"三种方法来"兼人(兼并他国人民)"的政策。孔子认为,首先应推行仁政,爱护百姓,才能招徕其他诸侯国的人民臣服。即"上好礼,则民莫敢不敬;上好义,则民莫敢不服;上好信,则民莫敢不用情。夫如是,则四方之民,襁负其子而至矣"。

可如今,失独家庭的出现,人口的缺损,对文化的传承却有

一定的伤害。

中华文明的重要组成部分——婚嫁文化、生育文化、家庭文化、家族文化、子嗣文化、姓氏文化、孝悌文化、养老文化、祭祀文化等等，都随着失独问题的出现而受到极大的冲击，使本来稳如泰山的文化传承变得摇摇晃晃。

也难怪，人没有了，文化何以依托？

四川省社科院从事多年婚育文化研究的著名学者刘易平认为：在任何文化里，生儿育女不仅是单纯的生物生命的再生产，也是文化命脉继替的基础。婚育都务必在既定文化下进行，并且在此文化遗产的训教中，把一个嗷嗷待哺的"自然人"培育成一个通情达理的"文化人"，从而延续文化。

失独，就这样使文化的延续在一些家庭里戛然而止。

当然，失独对家和国的伤害与损失远不止这些。这里挂一漏万的列举，只是想说明一个难以否认的事实：失独带给这些家庭的损失是惨烈深重的，更是方方面面的；带给国家的伤害和损失也是不可小觑的。

第五章　忍痛自救，人性的光辉如此美丽

"横在失独者面前的是一道永远也迈不过去的坎，如果不想办法走出来，只有等死。"

"只要从那个家里走出来，一条命就算有救了。"

"早出来，早得救。"

许许多多的失独者不止一次这样说。

他们说的"走出来"，就是通过他们自身的努力，或再生、抱养弥补，或参加公益忘痛，或建立组织取暖，或开展其他活动慰藉，使自己逐渐从失独的阴影里走出来，以达到自救的目的。

试管婴儿，用老去的身体弥补遗憾

2013年12月24日，湖南省某建筑工程公司职工侯吉水（化名）永远失去了他的独生子侯谨（化名）。

侯谨，1992年4月出生，身高一米八，建筑工程专业毕业。小伙子不但人长得英俊，有着韩国影星李敏镐的外形和气质，而且有一份很不错的工作。因所学专业热门，一毕业就被某知名建筑公司聘用，月薪上万，令左邻右舍和亲戚朋友们羡慕不已。同时，他还是女孩们追逐的对象，刚工作不久就有了女朋友。父母们正张罗着他们的婚事，期盼早点儿抱上大胖孙子……

可是，一场突如其来的车祸把一切美好的愿景击得粉碎，儿

子侯谨在这场车祸中丧生。

侯吉水夫妇整天关在房间里不出门,痛不欲生。哭过痛过后,便你望着我我望着你,然后再哭。"从此,过上了根本不是人过的日子。"侯吉水说。

更让人揪心的是,年近80岁的爷爷奶奶并不知道他们的孙子走了。侯吉水父母共有三个孩子,两个女儿和侯吉水这么一个儿子。在老人的眼里,女儿迟早是别人家的媳妇,只有儿子才能给自己传宗接代。当侯吉水夫妇生下侯谨后,老人别提有多高兴了。他们对这个孙子看得格外重,捧在手里怕碎了,含在嘴里怕化了。有什么好吃的,哪怕自己不吃,也要留给孙子吃。二老交给夫妻俩唯一的任务,就是把这宝贝孙子给他们看好了,培养好了,不能有任何闪失。可如今……

他们不敢把侯谨遭遇车祸的事告诉二老,一是二老上了年纪体弱多病,受不了刺激,二是他们也不知道怎么向老人交代。

儿子死后,他们不敢回老人的家,虽然住在同一座城市,相隔也不过几公里,可就是不敢回,只偶尔打个电话报下平安。电话里,二老问他们为什么这么久不回家,为什么这么久看不到孙子。他们只好把早就想好的说辞复述了一遍,说自己在外地找了一份事做,不方便回来;孙子也出国深造了,等他一回来,就去看二位老人。说完这些,夫妻俩抱头痛哭。

侯吉水说:"不孝有三,无后为大。如今,我已经断后了,是最大的不孝,还有什么脸面去见二老?"

痛过、哭过后,他们决定重新开始,再生一个。

可是,再生一个,谈何容易?他们都到了知天命的年龄,妻子面临绝经,他也力不从心。但这是唯一的选择,必须坚持到底。不能自然怀孕,就做试管婴儿。

做试管婴儿的费用十分高,他们手头积蓄不多,只能将自己住的三居室贱卖,160平方米的房子只卖了40多万。

拿着这笔钱,他们走上了遥遥求子路。从2014年开始,他们用了近一年的时间,先后五次去湖南湘雅医院进行胚胎培养,都没有成功。后又去了广州中山医院,还是没有成功,再辗转山东、上海、北京等地。

就在他们四处求医之际,侯吉水的父亲突然瘫痪在床,在床边侍奉老人的妹妹打来电话,说:"哥,怎么办啊,爸爸瘫痪了,你快回来看一眼吧!把实情告诉爸爸,爸爸会原谅你的。"

接到电话的侯吉水瘫倒在地,强壮的汉子再也撑不住了,仰天痛哭起来。他知道,此时的父亲最需要儿孙的陪护,他又何尝不想回到父亲身边尽孝?可是,一想到死去了的儿子,一想到人生的"大不孝",一想到如何向父亲交代,他妥协了。他相信父亲会理解他的,更会认可他这样做的。如果他给父亲又生出一个孙子,那这"孝"比什么孝都更孝。

他在电话里哭着说:"妹子,只有辛苦你了。我也是为了这个大家,等生下孩子后,我立刻赶回来。"

妹妹最后认可了他的做法,任他继续在外漂泊,直到完成子嗣传承的重任。

广东佛山市南海区某镇居民刘永胜(化名)是一个彻彻底底的计划生育响应者。十几年前,妻子马琳(化名)生下儿子后马上就落实了上环手术。2011年12月,他们唯一的儿子死在了运动场上。

可是这个家不能没有儿子,但一检查,43岁的妻子因多年上环导致输卵管堵塞,要自然生养似乎不太可能了。

无奈,刘永胜只好搀扶着妻子,来到佛山市妇幼保健院做试

管婴儿。

2012年5月12日，第一次，失败。

2012年12月22日，第二次，又失败。

"为什么都不成功?"刘永胜问医生。医生用笔圈了圈病历本封面上的数字：44。那是马琳的年龄。

第二次做试管婴儿失败后，刘永胜反思自己是不是太着急了，得给妻子一段休息的时间，于是选择了暂停。

做试管婴儿要打催卵针，这种针剂属于激素，会伤身，会让人虚胖，失败的尝试也会对当事人的心理造成一定的影响。

妻子后来很害怕再去，但刘永胜还是决定作最后一次尝试。他说："但愿能成功，如果再失败，我真害怕她会垮掉。"

已经48岁的北京失独妈妈黄丽（化名），当她和丈夫到医院询问他们还有没有可能再生一个孩子时，医生表示，大部分妇女在50岁左右进入更年期，绝经后不再产生卵子。她现在已经48岁，卵子的数量和质量不容乐观，自然怀孕几率不大，试管婴儿的成功率也不会太高。

"只要有一线希望我们就不会放弃，花再多的钱、吃再多的苦我也不在乎。"黄丽说。这两年，她在一家民营医院总共做了三次试管婴儿、七八次人工授精，再加上各种检查和吃药，已经花费十几万元，而且，每次打针取卵都很痛苦。最后一次，为了不影响卵子质量，她听从了医生的建议没用麻药。当她泪流满面地躺在病床上时，她想，这是最后一次了，希望能心想事成。可是，最终还是失败了。

折腾了两年，原本健康的她不仅右侧卵巢严重肿大、右侧盆腔有粘连、乳房也出现肿块，而且，每次失败都伴随着莫大的精神折磨，她不知道还要承受多少痛苦才能再次当上妈妈。

丈夫实在心疼她的身体，劝她不要再做。但她还是想坚持，她说，为此付出再多也不后悔。

实际上，高龄失独母亲怀孕生子的也还是大有人在。

南京王女士，53岁，在连做五次试管婴儿后，终于在2008年8月产下一名体重达3600克的男婴。

江西萍乡郭敏，通过试管婴儿技术在56岁时产下一对龙凤胎。

安徽合肥60岁的盛海琳通过试管婴儿技术在2010年5月产下一对双胞胎女儿"智智"和"慧慧"，也因此打破了生育极限，成为中国最高龄的产妇。

……

1978年7月25日，世界首例试管婴儿在英国诞生。经过几十年医学的不断发展，其技术日臻成熟，并逐渐被广大群众所接受。

目前，全球每年平均有500万个试管婴儿出生。我国的北京、广东等城市每年申请做试管婴儿手术的逾2万人，山东、沈阳等地每年也超过8000人，南京、杭州等地每年逾6000人……这其中，很大一部分是失独父母。

他们用他们日渐老去的身体，坚韧地忍受着常人难以想象的痛苦，三番五次手术为的就是圆再生养梦，为余生弥补遗憾。

妈妈，流着泪向前走

一位失独妈妈对柳红说："我没有你坚强，每天都在哭。"

柳红告诉她："我也哭，哭并不是不坚强，而是流着泪向前走。为了离开的孩子我们也要好好地活。"

这位叫柳红的妈妈,就是著名癌症少年子尤的妈妈。

柳红,1960年出生于山西,1988年毕业于中国社会科学院工业经济系,经济学硕士。她曾担任经济学泰斗吴敬琏的助手,现为独立学者、自由撰稿人。其主要作品有《八〇年代:中国经济学人的光荣与梦想》《吴敬琏》等。但人们熟知她的更多是其在独生子子尤病逝后的坚强与隐忍,以及她坚持在子尤的博客上更新内容,传递爱心,引领和她有类似经历的伤痛者走出痛苦、走向新生的事迹。

她的儿子吴子尤,1990年4月10日出生,文学天赋甚好,被媒体誉为"天才少年作家",出版了《谁的青春有我狂》《我是翩翩美少年》《你好,男生子尤》等作品,深得李敖、郑渊洁、韩寒等知名作家好评。2004年3月24日,上初二的他被医院查出患有纵隔肿瘤,手术后又因为化疗得了白血病。两年多的艰苦治疗,被子尤乐观地概括为"一次大手术,两次胸穿,三次骨穿,四次化疗,五次转院,六次病危,七次吐血,八个月头顶空空,九死一生,十分快活"。这种对疾病和人生的乐观态度,感染着身边的每一个人。

子尤生病后,妈妈柳红比谁都痛。她常常躲在无人处流泪,但马上又用擦干泪水的手搀扶儿子与病魔抗争。子尤是一个极其需要精神食粮的人,柳红竭尽所能将病房布置得十分温馨,病房的墙上贴满电影海报和各种字画,被子尤形容为"美丽的卢浮宫"。柳红还从家里带来了刘宝瑞的相声磁带、上百本书、写作用的电脑和他最喜欢的几十张电影光盘。

柳红说:"子尤是一个不寻常的孩子,我为他感到骄傲……我将全力保护他。"

子尤也说:"我妈妈除了有别的母亲都会有的对孩子深刻的

爱以外，还有其他母亲所没有的见识。她从小就让我知道世界之广阔，并开启一道道兴趣之门，任我挑选。妈妈是一首写也写不完的诗。"

子尤最终没有战胜自己的疾病。2006年10月22日，他告别了他所深爱的人世，去了一个与妈妈完全两隔的世界。

生病住院期间，子尤开通了博客。从2006年1月17日开始，这个病中的孩子在他的博客上用干净明亮的语句，还原了少年恣意的天真和美好。

"生病以后，我渐渐认识到，人活着是为了感受人生、明白人生的意义，怎样活着比活着本身更重要。"

"我给你们看我的生、我的死、我的爱、我的痛，分享那感受，因为我的生、死、爱、痛所有人都会经历。"

……

他撑起他重病在床的躯体，用闪烁着人性光芒的灵魂，点燃了全社会的激情。很快，子尤博客的访客量高达582万。

他去了，可关心着子尤的人们依然在他的博客中流连，并留言道：

你打针吃药化疗时还在谈笑风生，而我，却常常卑微地纠缠于莫名的情绪里。

活着是他们的事业。妈妈精心照顾儿子，儿子紧赶慢赶着阅读、感知、写作，使生命活出了精彩。

子尤的母亲给我上了一堂很精彩的生命之课，她在一无所有的时候仍然保持着有尊严的微笑，显示了一位女性的高贵。

……

柳红被深深地感动了。从痛苦中走出来的她，决定替儿子将

博客更新下去，让爱在人间传递。

她一边写着自己的《八〇年代：中国经济学人的光荣与梦想》专著，一边整理子尤生前写下的还来不及出版的《画天》《英芝芬芳华蓉》等书稿，并将相同命运的妈妈们聚集到子尤博客里，互诉心声。

柳红的代表作《八〇年代：中国经济学人的光荣与梦想》于2010年出版，《画天》在子尤去世百日后付梓，《英芝芬芳华蓉》也于2012年在广西师范大学出版社出版。与此同时，她用自己的坚毅、睿智和果敢帮助了一大批失独父母，使他们从阴暗走向光明，从痛苦走向新生。

秋女就是柳红在博客里认识的一位失独母亲。

那年冬天，秋女14岁的女儿罹患癌症永远离开，一家人从此生活在不可抑制的痛苦里。2012年2月，秋女在博客里联系上了柳红，并约好到她家看看。2月9日，秋女来到柳红家，进门后看到屋子里占满三面墙的子尤照片，秋女说："你做得比我好！"柳红告诉秋女，每逢纪念日家人都来这里团聚，以此寄托哀思。

她们在一起讲孩子的故事，有伤心，有幸福。柳红劝导秋女："我们虽然遭遇了不幸，虽然生活让我们成为了悲剧的主角，但我们要学会在悲剧中演出喜剧，在黑暗里放射光明。为了亲爱的孩子，我们要好好活下去！"

这之后，秋女逐渐从痛苦中走了出来。

有一天她告诉柳红："周六周日两天，我们俩第一次为自己着想，到颐和园去散步。蓝蓝的天、暖暖的阳光是闺女送给我们的最好礼物！我记着你说的：为了亲爱的孩子，我们要好好生活！"

而远在大洋彼岸的一对中国夫妇,他们优秀的孩子忽然自杀了。夫妻俩承受不了这样的打击,辗转给柳红打来了电话。柳红真诚地对他们说:"生活中有太多理由要我们活下去,并且要活出孩子希望的样子。"

现在,柳红一边工作,一边继续与失独朋友交往。

柳红说:"实际上我得到了很多。我现在更多的是在心中感激和思考如何回报。爱是什么?爱是行动。爱不是说,是做。"

是的,爱不是说,是做。

这令我想到了2006年7月17日中央电视台"实话实说"栏目专为失独父母们作的一期特别节目。节目最后,主持人说:"孩子是我们一生中可能收到的最美丽的礼物,我们没有办法遗忘关于孩子的那些美好记忆。我们需要的是带着这些美好的记忆,带着他们给我们的生命祝福,向前走。我们对待生命的时候,真的要多一些思考,多一些尊重。我从这些失独父母的身上感受到了爱、力量、坚强,还有最最重要的,就是他们彼此的温暖。"

失独协会施放人间第一爱

2015年5月22日深夜,我接到一个电话,对方自称是湖南省怀化市失独家庭关爱互助协会会长聂和平。

她很客气地问我:"明天有空吗?我们失独协会明天在怀化迎丰公园搞活动,想邀请你参加。"

我当即答应。

聂和平,女,65岁,原怀化地区轻化建材公司副总经理。1974年12月结婚,1975年12月生下儿子。2004年9月,已经参

加工作、备好婚房、只待和女朋友结婚的 29 岁独生儿子突患重症离世。

儿子离世后，聂和平一度陷入痛苦的深渊不能自拔，不仅丧失了生活的勇气，而且基本断绝了与外界的交往，整整三年时间足不出户。白天晚上都是思念和流泪，吃不好也睡不好，身体垮了不说，还患上了各种疾病。亲朋好友看不过去，常拖她去参加一些活动，可每次回来，都会更加伤心。她说，儿子没了，活着还有什么意思？

她开始学习上网，就用儿子生前用过的 QQ 号和儿子的网名"兔乖乖"。在加入了一些 QQ 群及论坛后，她发现像她一样苦命的人都在网络上互诉衷肠。有的眼睛哭瞎了，有的因思虑过甚患上了精神病，有的伤心过度患上绝症，有的为了自救，不惜花费大量的物力、财力做试管婴儿。这一切都深深地刺痛着她。

而对她刺激最大的是，丈夫老王因患胆结石需要住院手术。当她将老王送进手术室后，自己一个人孤苦伶仃地在手术室门口守了三个小时，没有其他亲人帮忙。她顿觉十分无助，伤心地痛哭起来。如果儿子在，就不会是这样。

丈夫被推出手术室，她接过推车，白发人推着白发人，其凄凉之状直叫人心酸。到病房后，她一个人无法挪动尚在麻醉中的丈夫，直到叫来几位医生帮忙，才勉强地将他扶上床。

此时此刻，她更加意识到，失去儿子，对于日渐老去的他们是多么残忍可怕。但儿子已经走了，不可能回来，唯一的办法只有靠自己努力才能从痛苦中走出来，实现自救。

于是，她开始从网络走向现实，努力寻找身边的同命人。她通过多种途径慢慢地打听、了解，一个个同城的失独者被她找到并团结到一起。

这些过去不曾谋面的人开始相互倾诉，相互慰藉，一起聚会，一起郊游。通过一系列的活动，大家渐渐地淡忘了痛苦，开始重振精神。

在尝到抱团取暖的甜头后，大家都迫切希望成立一个自己的组织。他们向怀化市民政局申请后于2014年10月27日获得批准，怀化市失独家庭关爱互助协会就此成立。

失独家庭关爱互助协会的成立，正如他们在《章程》里所写的那样："旨在对失独家庭进行精神慰藉和经济帮扶。通过义务咨询、心理疏导、陪伴慰问、情感服务、座谈交流、互帮互助等形式，以及开展丰富多彩、寓教于乐的文体活动，及时解决生活中遇到的各种困难，合力帮助失独家庭在社会的关爱中找到心灵的慰藉、精神援助和困难帮扶，引导失独家庭走出封闭，缓解他们的孤独感和无助感，从初始的'抱团取暖'发展到融入社会，获得社会归属感，携手共渡难关。"

在这一宗旨的指引下，聂和平带领她的团队劝说了一个又一个处在悲痛中的失独者加入到协会中，并组织他们开展各种活动，使他们渐渐地从悲痛中走出来，创造了一桩又一桩抱团取暖、实现自救的奇迹。

王京（化名）是怀化市某医院一名普通职工。孩子离世后，几乎断绝了与外界的一切往来。聂和平曾主动联系她，被她委婉拒绝。一次在路上碰到，聂和平上前和她打招呼，先不提失独的事，因为对于失独者来说这是万万不能触碰的点。聂和平以一个同命人的身份，试探着问她的身体状况和生活情况，这才得到她的回应。一次两次三次，聂和平终于说服她走出阴霾，不但加入了失独关爱协会，而且积极为其他失独者服务，还被选为协会秘书长。

林松（化名），2002年3月，他海南大学毕业的28岁儿子因车祸离世。他和妻子因过度悲伤身体状况十分不好，特别是妻子患上绝症，为治病已借外债20多万元。两口子不但要饱尝失子之痛，而且要忍受病痛的折磨，还要为债务忧心。聂和平带领协会成员来到她家，对其进行安抚、劝慰，并共同设法帮他们渡过难关。

唐季（化名）夫妇，自1998年17岁的儿子病逝后，他们把房子卖了还债，租住在某居民楼地下室里。地下室条件差，一下雨化粪池的水就往上冒，居住环境的恶劣让他们更是对生活失去了信心。协会成立后，聂和平不但经常组织会员们前去探望，为他们排忧解难，而且每逢节日还派人去慰问。2015年春节，失独协会将这一情况汇报给了当地政府，有关部门给他们送去了慰问金和粮油等物，并帮他们解决了住房问题。

姜莲（化名），2007年12月，只差三个月结婚的儿子突然走了，不久，丈夫因经受不了失子的打击抛下她含恨离世。痛苦不堪的姜莲不想活了，生病不去医院，饿了不吃不喝，累了不休不眠，就在家里等死。大家知道后，跑到她家里，将她强行拖去了医院，救了她一命。从此，她顿觉得生活还有温暖，生命更有意义。

聂和平常对那些一时不能从悲痛里走出来的失独者说："有一群天使，在天堂里各自捧着一根蜡烛，玩得很开心。但有个天使手里的蜡烛总是熄灭的，别人不理解，他说，蜡烛又被爸妈的眼泪浇灭了……孩子已经去了天堂，我们过得不开心，他们也会难过的，所以我们一定要快乐起来。"

聂和平告诉我："既然选择了生，就要好好地活下去。我之所以要这样做，就是想把这种正能量传递给大家，把他们从悲痛中带出来。像我们这样的人，有别人无法理解的苦和痛，一定要有'懂'我们的人来管，而真正'懂'我们的人就是我们自己。因此，我们只有自己组织起来，化悲痛为力量，战胜苦难，这样，我们每一个家庭才有救。"

我被聂和平大姐的行为深深感动着，更被那些在同命人的关爱下一步步走出阴霾的故事所感动。采访过后，我提出想参加一下他们的活动，真正走近他们，她爽快地答应了。

如今总算等来了她的电话。

她告诉我，这次活动先是排练一个准备参加浙江卫视"梦想秀"节目的舞蹈，排练完后，再搞搞烧烤和其他娱乐活动。

第二天一大早，我如约来到了公园。公园的早晨，阳光灿烂，清风习习。跑步的、打拳的、做操的、跳舞的，不一而足，整个公园一派生机，热闹非凡。

公园的一隅，一群特殊的老人身穿彩服，手持缎带，跟着欢快的节奏跳起了动人的舞蹈。他们就是失独家庭关爱互助协会的成员。

我被那欢快的场景所吸引，默默地站在旁边细心观看，心里平添一种激动和景仰。如果不是早就知道他们的身份，根本觉察不出他们的不同。虽然舞蹈的招式与专业水平相差还远，但他们跳舞的态度是积极的、认真的。

身旁的大妈指着正在跳舞的一位大叔说："那是我老公，从来没跳过舞。如今，在聂大姐的带领下，不但学会了跳舞，还跳得十分起劲。"我顺着她指的方向望去，在舞蹈队的后排，一位头发花白的大叔正兴致勃勃地做着每一个动作，虽然动作有些生硬，甚至跟不上节拍。

在休息的间隙，聂和平大姐告诉我，这个舞蹈的名字叫《鼓

动天地》,他们就是想用这种精气神向社会传递一种正能量,让更多的人了解并理解他们。过去他们一个个待在家里,除了哭还是哭,如今全给带了出来,享受阳光,享受生活,精神风貌有所改变。

"痛苦并不是我们的专利,我们照样可以活得精彩。"她说。

参加跳舞的一位叫老邹的大哥说:"这个组织成立得太及时了,如果没有聂大姐,没有这个组织,我和我妻子怕是走不到现在。"

老肖说:"失独者太需要从家里走出来了,走出来一个,就挽救了一个;走出来两个,就挽救了一双。失独协会带给大家的无疑是人间至爱。"

姜莲说:"这几天我身体不太舒服,本来想请假,但一想到这个集体,想到要排练的舞蹈,我还是坚持来了。我们太需要这个集体了。我虽然跳起来很费劲,但我必须坚持。等跳完后,再马上回去打点滴。"

排练人员中还有一位不跳舞的老人,一直默默地守在旁边,热情地为大家录像拍照、看护衣物、准备烧烤的柴火。他就是聂和平的丈夫王大哥。

大家告诉我:"王大哥本来喜欢钓鱼、健身,更是单车俱乐部的成员,过去经常参加各种户外活动。可自从成立失独协会后,他放弃了自己的爱好,全心全意配合聂大姐工作。每次协会搞活动,都是他做后勤服务工作,把大家招呼得十分满意。从活动所需物品的采购到运输、制作,都是他在忙碌,他还兼了活动的宣传、摄像、保卫、后勤等各项工作。他极其负责,活动结束后哪怕掉在地上的一片纸,他都会打扫干净。我们能够有今天,离不开他的付出。"

舞蹈排练结束后，大家围坐在一起开始烧烤。你点火，他劈柴；你串肉，他烧菜；你敬我，我让你。仿佛一家人，令所有路过的人忍不住驻足感叹。

一边吃着烧烤，聂和平一边对我说："谁说我们只会流泪？我们完全可以积极面对生活，既然我们选择了生，就要擦干眼泪给自己一份自信，一份潇洒，珍惜当下，过好我们余下的每一天，让它充满幸福与快乐。"说完，她高声地问大家，"你们说是不是？"

大家齐声回答："是！"

洪亮的声音在公园上空回响，正如他们所跳的舞蹈——鼓动天地，叫天上的流云翻滚，让地上的树木摇曳。

"江城好妈妈"缔"连心家园"慰失独

1999年3月8日这一天，是武汉母亲李铭兰人生的分水岭。

之前，她是一位幸福的母亲。家庭和睦，儿子优秀，事业有成。之后，她成了天底下最悲伤的女人之一。时年21岁、正准备出国留学的儿子突发脑出血死亡。

她永远也不会忘记，那天是3月8日，是世界妇女组织赠予所有劳动妇女的节日。儿子如往常一样，一大早就微笑着给她送去温馨的节日祝福，并且亲自给她戴上了一朵红玫瑰胸针，轻轻地说："妈妈，我爱你！"那一刻，李铭兰觉得自己是天底下最幸福的女人。她看着儿子，双眼不禁湿润，心里默念着："儿子，妈妈也爱你！"

可是，令李铭兰万万没想到的是，儿子一去就再也没回来。在医院太平间里，李铭兰抚摸着孩子冰冷的尸体，泪如泉涌，痛

彻心扉。她不断地喊着儿子的名字，希望能唤回儿子的生命。可是一切皆成枉然。

她不肯相信儿子就这样去了，她觉得他还活着，只是出了远门。儿子房间的电脑和书桌一直保持原样，每天她都会买来菊花摆在桌上，等着儿子回来。有时白天不想去上班，就拿着孩子的照片，在小区里逢人便问："这是我的孩子，你知道他去哪里了吗？"

此外，从儿子离开的那天起，李铭兰每天都会拨一个熟悉的号码。她对传呼台小姐说："给机主留言，说妈妈把饭做好了，快回来，妈妈在家等你。"BP机和儿子的遗像放在一起，李铭兰早、中、晚都会各呼一次，然后就静静地等，从天亮等到天黑，等儿子的回音，等儿子回来。

有人偷偷地议论，再这样下去，李铭兰一定会疯掉。

以后的一年里，李铭兰每天下班回家，都会用被子蒙头大哭；每天夜里都沉浸在一种无望的幻想中，焦虑不安，辗转反侧。不久，她得了抑郁症，不得不住院治疗。三个月后，她的病情有所好转。这天夜里，她做了一个奇怪的梦。

梦中，儿子回来了。他飞奔过来，扑进她的怀里，紧紧地抱住她，对她说："妈妈，我没有离开你，我就在你身边。你看身边的那些孩子，那就是我。妈妈，你会继续爱我吗？"

李铭兰喜极而泣，忙说："妈妈爱你，永远爱你。"

从梦中醒来后，李铭兰陷入了沉思：儿子为什么要给自己送这样一个梦？他想告诉我什么？

渐渐地，她明白了，儿子是要她把对自己的爱通过另外一种方式延续下去。

从此，李铭兰变了。她从悲痛欲绝、一蹶不振的状况里挣脱出来，重新打起精神，开始新的生活。不久，她辞去了武钢研究院的工作，创办了武汉钢新冶金技术开发有限公司。经过几年艰辛的创业，公司业绩直线上升，从最初年销售额2000万元直到后来年销售额过亿。儿子生前就很崇拜她，她要把儿子的信任用在事业上，努力实现自己的社会价值。

那一刻，她顿觉得，自己又活过来了。

重获新生的她积极参与公益事业，除了对身边人和事给予力所能及的帮助，还积极参与国内、国际重大事故的捐赠。如2003年非典肆虐，她带头捐款上万元；2006年印尼海啸，她主动捐款捐物。2008年汶川地震，李铭兰捐款3万元；南方冰冻灾害，她又为福利院的孩子们捐赠了49套价值5000多元的衣物。

此外，她还积极参加亲戚朋友们组织的各种活动，把自己最美好的一面展示给大家。一次，朋友家孩子结婚，说要她帮忙迎亲，因为她有一辆比较好的私家车，她十分高兴地应邀。那天，天未亮她就去美容美发店，花了一个多小时特意做了一个喜庆且漂亮的发型。一切准备妥当后，她高高兴兴地开着车去了朋友家。可到现场一看，没一个人，没一台车。怎么回事？打电话过去问，对方说，我们早迎完了亲，就不麻烦你了……

就这么简单的一句话便打发了她。她心里明白，因为自己是死了儿子的人，去迎亲不吉利，所以没有等她。

她蹲在地上号啕大哭。

她不禁感叹，失独父母失去了孩子，经受了天底下最悲的痛，却得不到社会的理解和宽容，在很多方面甚至低人一等，受人歧视。这真是天底下最痛苦、最孤独、最无助的一群人，而这样的人在武汉、在全国不知有多少。于是，她决定建立一个失独者组织，帮助大家抱团取暖，走出阴霾。

经过几个月的艰苦努力，2007年9月，她出资3万元成立了专门接纳失独老人的武汉"连心家园"。注册成功的当天，她驾车跑到偏远的郊区，一个人哭了很久……哭过后，她仰天长号："儿子，妈妈完成了一件大事。儿子，你放心，妈妈一定会做很多很多好事，把对你的爱延续下去……"

她为连心家园确定了"相互安慰、跨越苦难、战胜自我、挑战明天"的宗旨，对来家园里参加活动的人提出了"一个中心两个基本点"的要求，即"以健康为中心，糊涂一点，快乐一点"。

她通过各种渠道将一位位失独父母请进了家园，先是十几人，再是几十人，最后发展到几百人；先是武汉本地，后发展到全国各地。这些家庭的孩子或因车祸去世，或因溺水而亡，或因疾病离世，或因自然灾害夭折。几乎每月都有这样的家庭加入家园。

李铭兰说，当他们走进家园，第一步就是要帮助他们走出阴影。可是，刚失去孩子的父母其心理状态不是常人能够理解的。一般人去安慰他们往往产生逆反心理，接受不了。因为你们有孩子，我们没有，上天不公平。这就要跟他们平等沟通，用同样的故事带他们从伤痛中走出来，避免失落感。

此外，她还带领大家努力为失独家庭开展心理危机干预，帮助他们化解心理阴霾，渐渐走出悲伤。有位母亲在失去孩子后，曾先后三次想自杀。李铭兰获知后，带着其他失独者一起找到这位母亲，对其进行劝说、开导，并坦陈自己失去儿子后的苦痛遭遇，还带着她一起外出旅游，试着缓解对方的极端情绪。

李铭兰说，类似的案例还有很多。有他们主动前往提供帮助的，也有对方打来电话求助的。她承认，连心家园的成员大多没有心理学专业的背景，在从事心理危机干预时，都是拿自己做教材，一遍遍撕开还在淌血的伤口，以求得对方的心理平衡。

除了上述抱团取暖式的帮扶，连心家园每月要召开一次全员大会，每周要组织大家唱歌、跳舞、聚餐、打球、旅游。特别是在儿女的生日、忌日等特殊的日子，大家更是紧密地团聚在一起，互诉衷肠，互相慰藉。

"'走出去'三个字说起来容易，但做起来谈何容易。"李铭兰表示，经过一段时间调整后，有的能够摆脱忧伤情绪，那他们就算"毕业"了，暂时走不出来的，就继续被帮扶。

就这样，在连心家园这个温暖的大家庭里，一个又一个的失独者慢慢地告别悲伤，开始新的生活。

家住汉阳沌口的任女士回忆说："孩子离开一个月后，我联系到了李铭兰，她和家园的几个代表当天就到我家，听我哭诉了两个多小时。短短两个月，我从恨不得跳楼自杀到现在能接受现实，重新面对生活，真的要感谢这个大家庭的温暖。"

一位姓王的失独母亲说："过去沉浸在丧子的痛苦中无法自拔，李姐成立的家园让我明白，像我这样的家庭相当多，我们应抱团取暖，相互鼓励。人死不能复生，与其自怨自艾，不如高高兴兴的，把每一分钟都活好。"

当大家的伤口渐渐愈合后，李铭兰开始引导成员们自觉关爱身边的孩子，尽己所能资助失学儿童、贫困大学生，帮助灾区重建。在她的影响下，越来越多的父母重拾生活的信心，将自己对子女的爱分享给更多的人。

2010年儿童节那天，李铭兰组织大家到福利院看望孩子，给他们送去500箱饮料和文具。"孩子们从我手中接过礼物时或开心或腼腆。但我知道，他们心里美滋滋的，因为有人在爱他们。看着他们，总有一种亲切感，总觉得这是我们这些做父母的应该

做的。"李铭兰说,"每一次献爱心活动后,大家的情感得到了释放,自信心也增强了,爱的力量得到了接续。"

失独妈妈冯桂萍遭遇了丧夫、丧子的双重打击,仍全身心地向社会奉献自己的爱心。她与贫困家庭的孩子结成对子,帮助他们完成学业。2010 年,她还签订了遗体捐献协议,将自己毫无保留地奉献给社会。去年,她又成为武汉姻缘会义务红娘的一员,为单身人士热情服务。她的愿望很朴素,"人总要为他人、为这个社会留下点儿什么。"

连心家园成员们的行动温暖了自己,也感动了五湖四海的人们,来自重庆、贵州、黑龙江、辽宁、湖南、湖北等地的近百个失独家庭纷纷加入其中。现在,连心家园已名扬全国。

2010 年 5 月,李铭兰获得武汉市首届十大"江城好妈妈"殊荣。评审委员会给她的颁奖词是这样说的:"不幸,不能分享,但可以分担!她紧握那一双双同样遭受不幸的手,把彼此的心紧紧地连在一起,相互安慰,相互拥抱,相互温暖,组成一个大家庭——连心家园,一起告别过去,迎来崭新的明天!"

捂着丧子之痛去为他人疗伤

"5·12"汶川大地震震后第 17 天。

一群有着相似经历、心中藏着同样苦痛的人来到四川,来到了地震灾区。

他们就是来自上海一个叫"星星港关爱服务中心"的民间组织的 18 位失独父母。

当他们从电视上看到汶川大地震毁了那么多学校死了那么多孩子后,他们坐不住了。他们说:"失去孩子的父母会很绝望、很孤独,需要有人扶一把,而只有相同经历的人才最懂得他们的痛。"

于是,他们来了。

他们不惜撕开好不容易藏好的伤疤,用自己的亲身经历和感受安慰那些在地震中失去了孩子的父母们,点燃他们活下去的信心。

"星星港"是一个由10对失独夫妇组成的失独者自助组织。发起人王子美多年前有一个独生儿子叫阳阳,后患病不愈离开了她。那年,王子美40岁。

阳阳走后,夫妻俩害怕触景伤情,忍痛搬到城市的另一头居住。阳阳托梦曾说,妈妈,搬家后我要一间自己的小屋。王子美和丈夫于是在卧室里布置了一个玻璃柜,里面有一幢玩具屋。屋前铺上草坪,竖起秋千;屋内一张小床,被子是王子美一针一线亲手缝的。

王子美有一头美丽的长发,长得也是眉清目秀。她说自己年轻时多愁善感,一片凋零的黄叶也能让她伤心好久。孩子去世后两个星期,她发了一封电子邮件给远在国外的朋友。邮件里这样写道:我将寻找生命中的另一个"阳阳",把对阳阳的爱更好地延续下去。

阳阳被安葬在上海福寿园墓地。墓园有自己的网站,里面有用来发表纪念文章的版块。于是,她也为儿子建立了一个"阳阳小屋"。孩子短暂一生的点滴琐事,像溪水一样在她心里流过。那段时间,她每天写纪念文章,每天上网看有多少人做客"阳阳小屋"。只有在电脑面前,她才觉得心里最平静。

"上网后我才发现,我不是一个人在痛苦。"王子美说。

彤彤爸爸、小霞妈妈……越来越多的父母们在祭奠阳阳的时

候,也留言诉说自己对孩子的思念。王子美看留言后发现,不少父母在失去孩子后出现了不同程度的心理问题,有的甚至心理失衡,嫉妒别人家孩子身体健康。更普遍的情况是人际关系、夫妻感情等受到影响,这就难免会产生很多社会隐患。

做了十几年社会工作的王子美开始为此担心。听说国外有一种"小组工作"的心理学治疗方法,即将命运相似的人们聚在一起,互相倾诉,抱团取暖。她很想试一试,希望能为其他痛苦的父母做些事。

2003年7月,王子美在墓园工作人员的帮助下,邀请了10对夫妻举行了一次聚会,并打算成立一个互助式的工作小组。

聚会是下午1时30分开始的。说起自己的孩子,所有的人都流泪了。他们边哭边讲,久久舍不得散去,一直聚到晚上11时左右。

"没想到效果很好,大家约定以后还要再见面。"王子美很高兴,每次都策划不同形式的聚会。相聚几次后,大家决定为这个工作小组起一个名字叫"星星港"。星星是孩子,天上每一颗星都是孩子明亮的眼睛;港是港湾,即告别痛苦、寻找平静的地方。

而且,星星港的名字十分富有童话色彩:湛蓝的夜空,美丽的星星璀璨夺目。那是可爱的孩子们!他们没有离开,而是去了一个更美的世界;地上有一片宁静的港湾,家长们相依相守仰望星空,他们每天都关注着自己的天使,守望着他们的成长。

星星港成立后,不断有失独者陆续加入。组织越扩越大,人员越来越多。2005年9月,又经上海市青浦区民政局注册登记,成为了以"跨越苦难、自助助人、重塑人生、奉献社会"为宗旨的全国第一家为丧子家庭或个人提供精神援助和心理危机干预的公益组织。他们不仅第一时间为遭遇不幸的家庭送去心理抚慰，还通过宣泄、倾诉、调适、放松、聚餐、旅游、家庭小聚、上心理课等一系列活动，激活大家积极的心理能量，让他们早日回归社会生活。

66岁的潘女士在儿子离世后，曾三个月没出家门。偶尔下床走路，也像"踩在棉花上一样"，身体恢复一点儿便跑到儿子的坟前哭。自从参加了"星星港"组织的聚会，她彻底改变了，不但自己走出来了，而且，每当有新人加入，潘女士还主动打电话去安慰。

赵女士夫妇双双下岗，女儿生前治病也掏空了他们的家底，但当他们得知星星港一位成员重病住院后，马上打电话去慰问。第二天一早，夫妇俩忙了一上午烧好鸽子汤、油爆虾，又转乘了两个多小时的公交车到了医院。看望后要走时，他们还塞给初识不久的对方一个慰问红包。遭到对方坚拒后，赵女士反问："你不收下，那还是兄弟姐妹吗？"

贺亚琴半夜突发胃出血，第一时间想到的是，向星星港的兄弟姐妹们求援……

"星星港让我们感到很温暖，来时都流着泪，来后就不想走了。"项先生说，"失去孩子的痛苦只有有过相同经历的人才能理解，我们不可能对着其他人一遍又一遍地诉说痛苦，但我们在这里可以彼此倾诉；也只有在这里，才能得到真正的理解。"每当女儿岚岚的生辰、忌日，或是其他一些特殊的日子，星星港的成员都会打电话、发短信给他。项先生觉得非常温暖，怎么也舍不得离开。

失独妈妈吴老师得知星星港后，请朋友帮忙，辗转才与大家联系上。之前，她每天都要吃抗焦虑的药才能睡着，参加了几次

活动后,她不再吃药了。"自从结识了这些朋友,我从他们身上汲取了力量。"她说。

发起人王子美最初的设想是,当成员们彼此扶持着走出阴影后,这个互助的工作小组就可以解散。可没想到的是,成员们心中的阴影淡了,彼此的情谊却浓了。"开始的时候,主要是提供倾诉的平台,帮助大家走出阴影。没想到会产生如此好的效果,最后,我们停不下来了。我仔细一想,孩子走了以后,我们做家长的,更应该认识生命的价值,把爱放大,于是鼓励家长们多参加社会公益活动,替孩子把自己的那份精彩活出来。"

2011年,他们成立了一支由失独父母组成的特殊志愿者队伍,下设精神救援、老年关爱、文艺活动、异地疗伤和信息宣传等小组。他们去少教所、孤儿院、儿科医院……用奉献社会的公益之举延续对孩子的挚爱。

2008年清明节,星星港成员走上街头宣传交通知识,那些因车祸失去孩子的家长,此前看到车都会触景伤情,但这一天,他们却"都愿意用血的教训来呼吁交通安全"。

那一天,整个上海都被这群伟大的父母所感动。

正如一个记者评论的那样:星星港集结了更多的泪水,但是当"泪飞顿作倾盆雨"之后,他们的心却渐渐亮了起来。它的发展壮大是以一个个家庭的不幸作为前提的,但是不幸的家庭又能在星星港里一同眺望天上的孩子。

"5·12"汶川大地震发生后,大家首先想到的是灾区父母的丧子之痛,他们的痛苦牵动着每一位星星港成员的心。

虽然星星港总共才200多户家庭成员,虽然很多家长先前为了给孩子治病已倾家荡产,但星星港救援中心还是很快收到了成员们筹集到的50多万元捐款。这笔捐款很快被汇到了四川省红十字会。

捐款并不能让大家的心平静下来,因为他们深知失去孩子的父母最需要什么,他们决定,去灾区进行精神救援。

经过挑选,星星港18名成员组成了赴灾区行动小组,他们的目的很简单:就是安慰他们、抚慰他们、鼓励他们,让他们重树生活的信心。

星星港理事吕慈还想了一句很能代表大家心声的话:"捧出我的心,抚慰你的痛。"

为了这次灾区之行,星星港专门聘请了心理辅导老师给行动小组成员上课。出行前,心理辅导老师和各级领导都很担心他们,因为他们在劝慰别人的同时免不了要一次次撕开自己的伤口,这样的话,他们的身体、精神也会受不了。但一想到那些丧子的父母们,大家什么也不顾了。

一走进灾区,他们来不及休息,马上投入工作。

如果对方愿意讲,他们就听。如果不愿意,他们就先讲自己的孩子是怎么没的,自己又是怎么走出来的。朴素倾诉,相互鼓励,看他们感同身受,灾区的父母也很受用。几乎每到一处,都是泪眼婆娑,抱头痛哭。

5月30日下午,即他们到达的第二天,在黄龙溪临时安置点,一位在地震中失去了女儿的母亲开始抑郁、绝食。星星港成员来到她的寝室,跟她讲孩子们的不幸,讲他们老年丧子的遭遇,她哭,他们也哭……这一刻,这位母亲觉得自己的心与他们的心连在了一起。

最后,她说:"他们那么大把年纪,遭遇那么大打击,还能坚持到这里来安慰我,非常了不起。他们都能站起来,我还有什么理由不活下去呢?"

在另一处安置点，一名成员在与一位失去孩子的家长交谈时，旁边的男子不信任地说："他们是来作秀的。"

但听了一会儿，这名男子又说："他们是真心来帮助我们的。"

在什邡红白镇某村，当他们向村支书表示想做一批失去孩子的家长的工作时，村支书婉拒道："不要来，越做越糟。"

但几天后，村支书专程登门道谢，说星星港帮了他们大忙。

事后，一位得到他们抚慰的妈妈说："我十分感动，他们不惜揭开自己的伤疤来为我们疗伤。"

是的，他们跨越失去子女的一己之痛，将琐碎化成细腻，让每一份绝望、痛苦都在关爱中溶解。

星星港名誉顾问、著名电影表演艺术家秦怡深有感触地说："你们本来是最不幸的人，但你们选择了一条走出不幸、走向大爱的道路。我尊敬你们。"

确实，他们理应受到全世界的尊敬。

"儿子留下的，就是我的事业"

"儿子是我原来的事业，儿子走了，儿子留下的，就是我的事业。"坐在我面前的毛爱珍说。

毛爱珍，北京尚善公益基金会理事长。儿子尚于博，中国新生代演员，从 2000 年开始共参演影视作品近 30 部，代表作有电视剧《娘家的故事》《杜拉拉升职记》《瑶山大剿匪》《迅雷急先锋》，电影《红色少年》《风雨俏冤家》《枪手》等。2011 年 10 月 25 日，患抑郁症的他在北京跳楼身亡。

一切幸福，顷刻倾覆。

从此，世界上少了一个为幸福生活而奔忙的母亲，多了一位沉郁忍痛、勇敢坚定、投身于公益慈善事业的女人。

毛爱珍籍贯湖北，早年做过话剧演员，当过电台文艺编辑。后随丈夫到深圳发展，共创事业。1983年5月31日，她生下儿子尚于博。有了儿子后，儿子便成了她此生最重要的事业。随着儿子的不断成长，她逐渐放弃工作，专事陪伴、辅导儿子。儿子也很为她争气，不论哪方面都出落得十分优秀。

儿子的表演天赋与生俱来。高二时，学校举办艺术节，儿子和同学排练莎翁名剧《罗密欧与朱丽叶》，由他饰演的罗密欧首演即获得极大成功，儿子也从此爱上表演。高考时，儿子以文化第一、专业前十的优秀成绩同时考上中央戏剧学院和北京电影学院，后选择中央戏剧学院就读，把儿子当成"事业"的毛爱珍及丈夫因此迁居北京。2005年，尚于博毕业，演艺事业稳步发展，每年都有四五部作品面世，涵盖电影、话剧、音乐剧和电视剧，其中不乏像《娘家的故事》《杜拉拉升职记》《瑶山大剿匪》等热播影视剧。事业处于不断上升期的儿子开始受到签约公司和经纪人的关注，他们有意将他打造成新一代的偶像男星。他们说："找了好多年，终于找到了这么干净的一个孩子。"

儿子对她和老伴儿也非常孝顺。出事那年的夏天，他还带着他们一起游历欧洲，且一切都规划、安排得很好，不用他们操半点儿心。毛爱珍清楚地记得，那一天，他们骑车去一个有山有海的地方，头顶一片蓝天，侧卧一汪海水，阳光明媚，海风拂面。儿子骑车带着她走在前面，丈夫骑车紧跟其后，一路飞奔，一路高歌，一路欢笑。她看着眼前这一迷人的景致，联想到儿子的优秀和孝顺，忍不住感慨：太幸福了！她对儿子说："儿子，我是世界上最幸福的母亲！"儿子故意逗她："没听清。"毛爱珍大声重复："我是世界上最幸福的母亲！"声音随着海风传得很远很

远……

儿子还极具爱心,喜做公益。2011年10月21日,也就是他离开这个世界的四天前,经纪人把帮助尘肺病人的公益活动信息转给他,他立刻和妈妈准备了两大纸箱衣服。毛爱珍本想请人拖去邮寄,尚于博却说:"不,我自己去。"他寄完衣服,同时还悄悄地给一个叫赵文海的尘肺病人寄去2000元。22日,对方回信感激他。尚于博回复:"不用谢!每个人都会有艰难时刻,帮你们其实就是在帮我自己,能为你们尽绵薄之力是我的荣幸!"接着,他告诉经纪人:"帮助赵文海我很开心,以后凡是有这样的信息,你转给我,我要帮助更多的人。"

"我要帮助更多的人。"谁也想不到,这句话成了儿子留给这个世界的最后誓言。

2011年10月26日,一个普通的日子。毛爱珍本要在这天外出,在她将要跨出家门的时候,踌躇已久的丈夫不得不告诉她瞒了一夜的噩耗:儿子尚于博永远地走了。

一瞬间,"抑郁症"三个字猛然闪现在她的脑海。这三个字埋伏在她和儿子之间已有两年多。这是母亲的直觉。2009年5月的一天,毛爱珍开车送儿子出行。"妈妈,我得了抑郁症,"尚于博告诉她,但立刻轻描淡写地说,"不过,吃了药已经好了。"

当时,在毛爱珍的理解里,抑郁症就是心情不好,过一阵子就会好的。

此后的两年多,"儿子,怎么样,你现在快乐吗""我现在非常快乐"这样的对话不断地重复,毛爱珍也就感到安心了。

两年后,儿子的突然离去让毛爱珍不解:抑郁症不是已经好了吗?怎么还会……

此时,尚于博主演的两部电视剧正在播出,陷入绝境的毛爱珍心有忧虑：作为一个公众人物，以这样的方式离世，不知会引发怎样的舆论热议？

网络上，各种猜测已起。有人认为尚于博是承受不了事业压力，太脆弱；有人猜想他为情所困；有人则猜测是因为家庭矛盾……这是毛爱珍最害怕的，她深知，儿子性格超然，这些猜测毫无根据。她发誓要弄明白儿子离世的原因，发誓要弄清楚抑郁症到底是怎么回事。

她一面捂着流血的伤口，一面走访了哈佛大学、南加州大学、北京大学等学府的多位专家，查阅了大量有关抑郁症的书籍与资料。慢慢地，她了解到，自杀是全球15至44岁人群的主要死因，其中80%的自杀是由于重型抑郁症；抑郁症存在的历史比战争、癌症和艾滋病都长；抑郁症发病诱因非常复杂，与演员的职业没有必然的关联，任何人都有可能患病；抑郁症类型很多，病症千差万别，严重时会产生幻视、幻听、幻觉。她还了解到，著名美籍女作家张纯如也患有抑郁症，在发病半年后，张纯如的父母及三位精神科医生的共同努力都没能挽留住她的生命。中国每年因严重抑郁症自杀的达20万人。

"我要帮助更多的人"，儿子留在这个世界上的最后誓言，反复提醒着陷入绝境的毛爱珍。她在痛哭后常常思索，儿子说这话是不是在暗示自己？而儿子是被抑郁症害死的，他是不是就是想用这一极端的方式来告诉我，去帮助更多的抑郁症患者，不让这样的悲剧再次发生？于是，她渐渐有了普及抑郁症知识、警醒世人防控抑郁症的念头。

但此时毛爱珍还不清楚该如何行动。

儿子走后，她一直没有梦到儿子，她多么希望能与儿子在梦里相见。她甚至问过一位大师，大师告诉他，你先学会理解你儿

子,只要你理解了他,他就自然会来你的梦中。

2011年11月18日晚上10点多,十分困顿的毛爱珍躺在沙发上就睡着了,这是儿子去世后唯一一次不服安眠药就入睡的睡眠。这一次,她第一次梦到儿子。

梦中,她很清楚儿子已经走了。她和丈夫在天上飞,去寻找儿子,下面是崇山峻岭。飞了很久,他们落到一个广场上,广场上搭了座舞台,遍地铺满鲜花,舞台的横幅上赫然写着"某某基金会"。她当时就想,这是演员在给某基金代言吧?突然,俊朗快乐的儿子出现在他和老伴儿面前,并很夸张地把手张开,紧紧地将她抱住,抱得好紧。儿子说:"妈妈,谢谢你,谢谢你理解我……"她马上对儿子说:"爸爸妈妈决定了,我们要成立尚于博慈善基金会。"儿子笑着点了点头,随即挥手,变出一束束绚丽的樱花……

毛爱珍说:"曾有人跟我说,我们都是带着使命的,只是我们还不知道。现在,像有神灵的指引,这使命似乎越来越清晰。要做什么,该怎么做,渐渐地,我知道了。"

此后,毛爱珍从头开始,整整一年"没有一天休息,没有一天不在流泪,却没有一次小病来袭,没有一点儿垮掉的痕迹,没有一刻放弃自己"。

2012年10月25日,尚于博去世一周年之际,北京尚善公益基金会成立,理事长为毛爱珍。这是目前全国唯一一家专门关注精神健康、抑郁症防治与知识普及的公益组织。

在基金会成立之初,毛爱珍便着手编撰《关注抑郁症认知手册》,既传播了精神健康知识,又迈出了公益道路上的第一步。

2013年4月1日,北京师范大学启动第一个大型公益项目——"爱的传递从你开始"关爱精神健康主题飘书活动。借助活动，数十万册的《关注抑郁症认知手册》"飘"进千家万户。

2014年4月至8月，基金会又与北京高校图工委资源管理中心共同策划并推出"关爱精神健康公益书架校园行"活动。基金会向北京地区100多所高校图书馆捐赠公益书架及多种精神健康类图书，供大学生们借阅。

而后，他们又进行了"守护心灵，西藏圣山之行""倾听一小时——关爱精神健康，从倾听开始""益心计划呵护公益人""关爱失独暖心行动""全国抑郁症援助地图上线""奔跑吧，抑郁公益跑团"等各种公益活动。

其中，"关爱失独暖心行动"是一专门为失独家庭特别设计的主题活动。自2015年2月推出后，陆续举办了"暖心年夜饭""春节团拜送温暖""新春茶话会""书画交流会""暖心植树节""暖心艺术节""花与草的乐趣""画梦培训班""草地音乐会""冥想体验班""咖啡与茶""内蒙古植树种下绿色'心'希望""无锡灵山为爱行走""2016暖心年夜饭"等各种活动，吸引了全国各地数千名失独者参加。

与此同时，由中华社会救助基金会、北京尚善公益基金会共同发起，各地公益组织联合实施的，旨在帮助失独老人改善生活状态的公益项目——"关爱失独暖心助养计划"启动。这一项目计划投入不低于50万元，在河北、福建、江苏、天津、北京等五省市资助不少于100位失独老人，帮助他们解决生活困难，缓解经济和精神压力，改善他们的生活状态，帮助他们从痛苦和孤独中逐渐走出来。同时，项目还希望推动全社会形成关爱和帮助失独老人的广泛共识，通过动员各种力量，推动建立以社会爱心力量、社区、公益组织、志愿者为纽带的失独老人帮扶网络。"关爱失独暖心助养计划"在腾讯"乐捐"线上公布筹款通知后，很

快得到各地慈善组织和爱心人士的大力支持，截至12月25日，就有26186名爱心网友参与捐赠，累计筹款58.5万元，在社会上引起了较大的反响。

更为关键的是，通过活动的开展，每一个失独者重树了生活信心，重振了生活的勇气。正如他们所说："我们同命运，我们共携手，命运多舛不认输，坚强生活乐观行。"

他们将一份份感激通过微信发到毛爱珍的手机上：

毛爱珍理事长携尚善基金会策划举办的暖心年夜饭行动，善举温暖了失独人孤独的心，抚慰了同命人无奈的情，给予绝望的家重新振作的勇气，功德无量，爱满人寰。

这次暖心活动给了我许多启发，十年了，我一直都没有真正走出来，看到大家的行动我很感动，特别是毛女士的大爱。我以后也要活得精彩，将大爱传递下去。

尚善给了我信心和力量，使我在前进的路上重又充满了希望。我也要像毛姐姐一样，把爱传给更多的同命人。

……

毛爱珍，这位曾以为幸福已远离自己的失独母亲，牢记儿子"我要帮助更多的人"的遗愿，在公益事业中体味到了生命的价值。

"生命定格，使命向前。"这是基金会的源起，也是毛爱珍的心声。儿子的生命在基金会的公益事业中得以延续，而毛爱珍的生命也在"为儿子而干"的事业里寻找到了更重要的意义。

"总有生命替你活着"

"睿哲：这么多年来，我一直觉得你就在妈妈身边，我也相信你看到了爸爸妈妈所做的一切，但我还是想写封信给你。"

2015年11月13日夜，特意从外地赶来无锡灵山参加"为爱行走"大型徒步公益活动的"大地妈妈"易解放，一想到儿子就无法入睡。

儿子名叫杨睿哲，2000年5月22日在一场车祸中丧生，至今已有15年。但她总觉得儿子没有走，每天都陪在她身边。所以，她每天都要告诉儿子自己到哪儿去、在做些什么。

这次，她是应北京尚善公益基金会的邀请，参加无锡灵山"为爱行走"助力"2016暖心年夜饭"大型公益活动的。主办者意在通过此次活动筹得善款后支持1000位失独老人在大年三十晚上一起吃顿年夜饭。易解放接受了邀请，并担任尚善基金暖心一队的队长。第二天，她就要带领队员们为爱行走了，她顿觉得有很多话要对儿子说。于是，她想用写信的形式告诉儿子。

"睿哲，妈妈想让你知道，你走之前要去沙漠种树的心愿，我和你爸爸都替你完成了。妈妈虽然奔70岁了，但始终有个信念支撑着，这个信念已经让内蒙古的沙漠长出了250万棵绿树！"

易解放生于上海市解放的第二天，所以家里给她取了这个名字。1987年易解放东渡日本留学，1991年举家随她东迁。之后，她进入日本一家知名旅游公司，丈夫杨安泰则开了一间私人中医诊所，儿子杨睿哲考入日本著名的中央大学，一家人沉浸在幸福之中。

2000年5月22日，一场突如其来的车祸，让她与儿子阴阳两隔。一家人从此跌入痛苦深渊。

开始的一段时间，易解放靠摆弄儿子遗物打发日子。一天，她看到了儿子的一个红色记事本，里面详细记录了内蒙古各地的

情况,比如哪里是草原,哪里是沙漠,哪里荒漠化最严重等等,都标得一清二楚。这令她突然想起了儿子去世前和自己的一次对话。

她问儿子:"你今年10月份就毕业了,等你一毕业,我和你爸就准备回去了,你一个人在这里行不行?"儿子说:"当然行啦。"儿子接着不无担心地问:"你们回去以后准备干些什么呢?"她说:"还不知道。"儿子马上指着电视说:"现在不是沙尘暴吗?你们去内蒙古种些树吧。"当时儿子正在看有关内蒙古沙尘暴的电视节目。她说:"种树是好,可要大批资金的。"儿子傻傻地看着她,眨巴眨巴眼睛,半晌没说话。

这次对话后不到半个月,儿子就走了。

儿子走后,她和丈夫领到了一笔生命保险金。她顿时想到,这是不是儿子特意为他们留下的?想要他们帮他完成去沙漠种树的事业?

一定是的。既然儿子有这个心愿,她一定要帮他实现。终日以泪洗面的易解放似乎一下子找到了生活的目标。她不假思索地辞去了职位很高的工作,和丈夫一起成立了一个名叫"绿色生命"的公益组织。接着,他们飞回祖国,决定用自己的实际行动来完成儿子未了的心愿。

2001年7月,迎着夏日炙热的阳光,踩着绵软的沙子,口干舌燥得简直要昏死过去的易解放,走进了内蒙古通辽市库伦旗。热浪、沙尘、口渴让她感到阵阵晕眩,就在她快要支撑不住时,看到了一户人家。

这户人家的主人巴达尔把她迎进屋。巴达尔告诉她,因为沙漠的侵袭,邻居们都迁走了,只有他还舍不得离开,一直守在这儿。巴达尔说:"以前我们家门口到处都是野山杏,杏子成熟的时候可以采一些到集市上卖，树林里还有蘑菇，也能卖钱。可因为树被砍了，草原没了，沙漠便来了，我们也就断了经济来源。"

这次考察，让易解放更加坚定了为儿子实现愿望的信心与决心。她告诉巴达尔，她是为儿子而来的，要和儿子一起在这里种树治沙，并约定来年春天再见。

第二年春天，易解放如约而至。这回，巴达尔像迎接亲人一般接待了她。一见面，他们就谋划开了种树事宜。巴达尔给她算了一笔账：种一棵树苗大概要花5元钱，一亩地要种110棵，一万亩就需要110万棵苗，这样一算，光成本就要500多万元，这还不包括其他费用。算过账后的巴达尔有些为易解放的经济实力担心。

看着疑惑的巴达尔，易解放说："别担心，我把我儿子的死亡赔偿金都带来了，如果不够我再想办法。"

她让巴达尔去寻找劳力，工钱由她付。至于树苗，她已经联系好了，马上就会有1万棵树苗送达。易解放打算，第一年先种1万棵，看看效果。

第二天一早，巴达尔就找来了几十位牧民，挖坑、打井、种树。几天下来，7000多棵野山杏树苗被种了下去，眼看种植1万棵树苗的计划就要完成，一场突如其来的沙尘暴打断了他们的工作。这场沙尘暴整整肆虐了两天两夜，等沙尘暴一停，易解放急不可待地跑到种树的地方查看，发现树苗大都被连根拔起，有些倒在地里，有些被吹出老远，7000多棵树苗，只有几十棵幸存。易解放这才意识到，在这里种树并不那么简单。但她站起身，坚定地对巴达尔说："再去找人，咱们再种。"善良的牧民听到消息后都赶来了，纷纷表示不要工钱，自愿帮忙。很快，1万棵树苗又种了下去。

这次易解放像看护孩子一样看护着这些树苗,有时候夜半风起,她都会猛然惊醒,赤脚奔向林地,看看树苗有没有被风吹倒。

几个星期后,10000 棵树苗活了大半。易解放特别高兴,她让巴达尔好好守护这片树林,等下一年开春的时候她再来。

又一年春天,易解放回来了。看着头年栽下的小树苗长得挺拔精神,她深感欣慰,在心里对儿子说:"睿哲,妈妈成功了。"

"睿哲,我的好儿子,你知道吗?当这些树苗在荒芜的沙洲里长大,慢慢变成绿荫,妈妈的心就再不孤寂。看着它们挺拔的枝干,我就像再次看到了你青春蓬勃的身影。当风吹来,那树叶沙沙的声响,就像你在妈妈耳边轻轻细语,一如你十五年前的样子……它让我看到了你的另一种存在,让我浑噩的生活重新找到了方向。"

是的,在易解放的生命里,儿子是她最大的骄傲。1978 年出生的儿子,从小聪明懂事,尤其和她关系最为亲密。有人甚至说:"解放,你和你儿子的关系既是母子关系,又是朋友关系;既是长幼关系,又是情人关系。"

最让易解放自豪的还是儿子的学习。到日本后,睿哲的成绩一直是班里的第一名。1996 年,儿子还在读高二时,就因成绩优异获得了提前参加日本高考的资格,并考取了日本一流的中央大学。在日本人眼里,这个中国青年不但聪颖好学,而且友善勤快、忠诚孝顺。看着儿子逐渐长大成熟,易解放和丈夫开始考虑回国安度晚年。但随着儿子的离去,这一切都成了泡影……

她永远记得那个令她肝肠寸断的日子——2000 年 5 月 22 日。早晨 10 点多,在公司上班的易解放突然接到儿子学校打来的电话。在电话里,她隐隐约约地听到这样的话:"你家孩子在路上出了车祸，现正在医院抢救……赶快到医院来……要做好思想准备……"

啊！很久，她都没反应过来。当她疯狂赶往医院时，儿子正在抢救室里。她焦急地在抢救室外跺着脚想，我儿子绝对不会有事，他一定还可以和我说话。最坏的情况也就是残废。

两个小时后，医生出来了，说："我们已经尽力了。"

这时，她顿觉一切都完了。她冲进去，冲到孩子的床前，只见孩子的脸蜡黄蜡黄的，眼睛还没闭上，嘴里留着一根抢救的吸管。她抱着儿子，呼天抢地。她将耳朵贴在儿子的胸膛上听，胸腔里虽然寂静无声，但儿子的身体还是热的。她觉得儿子没有死，于是对着医生吼："他还热啊，你们为什么不抢救?!"可事实终究是事实，医生也回天无力。

殡仪馆里，儿子即将火化，易解放还不放弃。她发疯般拼命地给各地医学机构打电话，问他们有没有办法把儿子的身体冷冻起来，得到的回答都是：日本没有这个制度。

想到儿子将彻底从这个世界上消失，易解放失去了活下去的勇气。等到入殓的时候，她趴在装了儿子遗体的棺木上，边哭边说："求你们把我也放进去，我要跟孩子一起去。"

丈夫紧紧地拽住了她的手，流着泪说："你要是走了，我肯定不会独活。如果我们都走了，每年到了孩子的忌日，谁为他添纸烧香？"

就这样死劝硬拽着，才把她从寻死觅活的痛苦中拽回来。

"睿哲，回想起这十几年走过的路、经过的难，妈妈总会感慨万分。虽然一路艰辛，但我知道你始终陪伴在我身边。每当妈妈去沙漠种树，'八年小旱、十年大旱'的科尔沁都会下一场及时雨。牧民们都说妈妈是会祈雨的'雨

女',可只有妈妈心里清楚,妈妈种树,你浇水,这些雨都是你带来的啊!一想到你我共同守护着这片绿荫,妈妈的心里就充满了干劲!儿子,你应该看到了从痛苦的深渊中走出来的妈妈了吧?一定为妈妈感到骄傲吧?无论多艰苦,妈妈始终都是你最坚实的支持者,妈妈坚持着你的信念,也坚持着自己的步伐。妈妈虽然遇到了无数的困难,但咬牙坚持着,从没后悔过,更未放弃过……"

  在沙漠里植树,最严峻的考验是缺水。她清晰地记得,她带领大家种下的第一批树苗,在太阳炽烈的烘烤之下,日渐枯萎。她带领大家打井,可井里抽不出水。她为此心痛不已,正当大家陷入绝望之时,似有神助,五天后,一年无雨的库伦旗竟然下了一场倾盆大雨。淋着如甘露、如乳汁的喜雨,易解放泪流满面,她觉得这是儿子冥冥之中在帮她,她仰天长叹:"儿子啊,妈妈谢谢你!"

  说来也怪,此后,只要她来沙漠种树,每来一次都会下一场大雨,当地群众都把她视作能给沙漠带来无限福音的"雨女"。

  当年,易解放与当地政府签订了用十年时间种植110万棵树的协议。第一年仅种了1万棵,离110万棵还遥遥无期。此时此刻,这个都市女人真正体会到了难处。打击接踵而来,一直以为能筹到社会捐款的她却频频碰壁,有人怀疑,有人反对。但她顾不得这些,为了最大可能地寻到赞助,她开始在中日两国间往返奔波。为了省钱,有时舍不得坐飞机,而是花两天两夜的时间坐船。但募集到的资金仍是寥寥无几,每年20多万元的运营费用又不得不支出。她继续咬牙扛着,丈夫默默地支持着她。2003年,种下了2万棵;2004年,种了4万棵;2005年,又种了4万棵。苦撑到第五年,也只种了11万棵树,但儿子的生命保险金和自己半生的积蓄都已花光。于是,她想到了卖房子,在上海他们还有两套老房子。与丈夫商量后,她将房子毫不犹豫地卖了,总算筹到了新的种树资金。

2008年,她的事迹终于从沙漠里传出,中日两国媒体均对此进行了报道,她的名字在大街小巷传颂。各路捐款也随之而来,世界各地的志愿者更是纷纷加入到她的种树行列。2010年,他们提前三年完成了110万棵树的承诺,树苗的成活率也高达90%。

当110万棵的目标实现后,早把种树、环保、治沙融入了自己生命的易解放再也停不下来了。特别是当她看到还有那么多沙漠需要治理,还有那么多树需要去栽种时,她又决定向第二个110万棵冲刺。

如果说易解放种树最初是为了"还儿子一个心愿",给自己"找一个能活下去的理由",那么现在,种树的意义已远远超出了这一切,变成了一种责任、一种担当、一种对国家对社会甚至对整个人类的担当。

于是,她又与当地政府签订了再植树110万棵的协议。

然而,长年累月的操劳与奔波,让这位当年东京大都市里衣着优雅的女人变成了沙漠里风尘仆仆的沧桑老太。不规律的生活更是在不断地侵蚀着她的健康,就在她刚刚可以松一口气的时候,一场大病突然而至。因为没有时间看病,以致一个小肿瘤变成了大问题,最后不得不做了三次大手术,切掉肠子10厘米。

"儿子,十三年就这样飞快地过去了,110万棵树苗也变成了郁郁葱葱的森林。我们的行动潜移默化地感染了许多人,特别是越来越多同样命运的叔叔阿姨也加入到我们的公益行列。比如北京的席阿姨,当她的女儿因病离世,也曾像我一样对生活失去信心,直到她在植树造林过程中

找到了生活的目标。现在，席阿姨是咱们'绿色生命'团队中优秀的一员……"

2011年农历正月刚过，易解放突然接到一个电话，是从北京打来的："是易大姐吗？"易解放回答："是。"对方得知她就是易解放，很激动："易大姐，我找你很久了。"她告诉易解放，她叫席燕玲，多年前孩子因病去世。这些年，因心灵无处寄托，她整天想着寻死。从报纸上看到易解放的故事后，决定在临死前尽自己所能做些有益的事，于是到处寻找易解放的联系方式。

易解放高兴地接待了她，并带她来到内蒙古沙漠，来到她植树的地方。看着漫山遍野的树，易解放动情地说："你看这些树，多像咱们的孩子！树比人活得长久，可以一代一代延续下去，即使哪天咱们不在了，这份送给子孙后代的礼物也永远存在。孩子走了，我们更得好好地活。"席燕玲点点头，对易解放说："我在QQ群上认识一群姐妹，她们也都失去了孩子，大家都愿意和你一起种树，以后不管多难，我们都会陪着你。"

知道易解放资金不足，QQ群上的妈妈们纷纷出力，很快筹集了数十万元。不仅如此，她们还写了一份倡议书，寻找各个公益组织帮忙。在她们的感召下，全国各地无数个"妈妈团"也加入了进来。她们四处呼吁：多一棵树就多一片绿色、多一分希望。在大家的共同努力下，成千上万个家庭参与进来，他们认捐、捐款、充当免费劳动力……

2013年春，易解放又准备在内蒙古多伦县种1000亩胡杨和松树。因资金缺口太大，走投无路之际，她找到了浙江卫视的"中国梦想秀"栏目组，想用行动告诉所有人：百万个母亲，百万棵树；百万个家庭，百万片林。

当易解放站在舞台上说出自己的心愿时，现场所有的人都哭了。梦想大使说:"一位曾经事业有成的母亲,用了10年时间去完成儿子的遗愿;光这还不够,她散尽家财,逼得自己走投无路,只为了让沙漠多些绿色,多些希望。她让我们知道,坚持就能创造奇迹。而她所做的,从来都不是为自己,而是为我、为你、为所有人,我们有什么理由不支持她,不帮助她?"

顿时,全场的嘉宾全都站了起来,用掌声向易解放致敬。多家企业代表还现场表达了捐款意愿……

"妈妈还结识了北京尚善公益基金会的理事长毛爱珍阿姨,她也为完成儿子的凤愿,投身于抗击抑郁症的公益事业中。同时,她不忘关爱跟我们一样的同命人,还发起了关爱失独人群的暖心行动。2014年底,我和你爸与毛阿姨等同命人一起共度了特殊的除夕夜……当看到他们露出的欣慰笑容时,我突然领悟到,这么多年来妈妈所做的不仅是完成你一个人的心愿,也不仅是为沙漠多种几棵树,妈妈还在给同样命运的叔叔阿姨们的心田种上一棵棵生命之树……"

易解放清楚地记得,2015年春节,北京尚善公益基金会为失独老人筹办了一场"暖心年夜饭",她和丈夫受邀参加了此次活动。

在这里,她有幸结识了活动的发起人——失独母亲、北京尚善公益基金会的理事长毛爱珍女士。毛女士的儿子因犯抑郁症离世,从悲痛中走出来的她,成立了一个专门挽救抑郁症病人的机构——北京尚善公益基金会,准备用毕生的精力去做挽救失独家庭和抑郁症病人的爱心事业。

此外,她还结识了一大批命运相似的失独老人,有些还是多年前因看了她的报道,之后经常半夜三更打电话来倾诉痛苦的人。想不到这次在毛女士组织的"暖心年夜饭"活动中相聚了。

年夜饭活动中，易解放的故事温暖和感动了所有参加活动的失独老人，他们纷纷表示要参与到她的植树活动中去。2015年5月1日，在毛女士的组织下，30多位老人来到内蒙古沙漠，与易解放一起参加了令人终身难忘的春季植树活动。其中有两对失独夫妇，在家封闭了十年，通过这次活动终于走出了失独阴影。

有了多次活动的成功举办，北京尚善公益基金会准备进一步扩大规模，筹备2016年"暖心年夜饭"活动。恰逢此时，中国灵山公益慈善促进会和灵山慈善基金会联合发起了2015年11月14日的无锡灵山"为爱行走"大型徒步公益活动，并向社会公开招募行走团队。尚善公益基金会马上报名并积极组建"尚善暖心队"，以筹集善款的方式助力2016年"暖心年夜饭"活动。

他们向易解放发出邀请，易解放当即回复："为爱行走，再忙我也去。能为更多的失独父母筹集资金、更具规模地举办好今年的'暖心年夜饭'，我十分荣幸。期待有更多的失独父母为孩子们种上再生树、希望树，让天国里孩子们的生命在绿色中延伸……"

活动很快得到广大网友的关注和支持，短短几个月时间，新浪微博"助力失独老人年夜饭"的话题阅读量突破100万，3万多名微博网友参与转发和评论。

广大失独老人更是踊跃参与，最后，来自北京、上海、天津、江苏、山东、河北、内蒙古、黑龙江、湖北等省、市、自治区的140位失独老人组成了35支尚善暖心队，易解放被选为尚善暖心队一队队长。

她于11月13日赶来灵山与其他失独老人会合。想到自己作为队长即将带领失独老人们为爱行走，她的心情难以平抑。特别是想到失去儿子后自己所付出和得到的一切，心情更加激动。于是，她在日记里欣然写道：

"睿哲,谢谢你!你的存在,妈妈已经知足,因为你是上天恩赐的天使,天使终要归去!睿哲,谢谢你!你的离去,妈妈已趋平静,因为在辽阔的内蒙古大地,总有生命替你活着!"

与青蒿素有个约会

一天深夜,我正伏案赶这部报告文学时,突然收到远在大连的失独妈妈、前文曾经提到过的"小鱼儿妈妈"崔崴发来的一条短信:"我准备再次出征非洲,再去那里推广青蒿素,以救治那些被疟疾残害的生命。"

崔崴说,曾一起在非洲共同战斗过的"中国青蒿之父"、广州中医药大学首席教授、国际抗疟专家李国桥先生向她发出邀请,去非洲进一步推广应用这一"东方神药",以挽救更多的生命。

这里所说的"东方神药",就是由获得2015年诺贝尔医学奖的屠呦呦等人发现的治疗疟疾的中药——青蒿素。

2015年10月5日11点30分,诺贝尔生理学或医学奖评委会常务秘书乌尔班·林达尔在瑞典卡罗琳斯卡医学院宣布:2015诺贝尔生理学或医学奖奖项由中国科学家屠呦呦、爱尔兰科学家威廉·坎波贝尔和日本科学家大村智获得。

消息传到中国,国人沸腾了。通过朋友圈各种刷屏,屠呦呦一下成为家喻户晓的人物。

屠呦呦是中国著名药学家,中国中医研究院终身研究员兼首席研究员,青蒿素研究开发中心主任。她多年从事中药和中西药结合研究,突出贡献是创制新型抗疟药——青蒿素和双氢青蒿

素,该研究挽救了全球特别是发展中国家的数百万人的生命。2011年9月,屠呦呦获得被誉为诺贝尔奖"风向标"的拉斯克奖。

"屠呦呦获奖的那天,很多朋友打电话给我让我看电视,当时我正在写向盖茨基金申请经费的材料。"李国桥接受记者采访时说,"屠呦呦教授获得这项大奖我感到很高兴,这是中国人的骄傲!"同时,他说,他们现在研究的方向是希望青蒿素类药物见效更快,吃一天就能杀死疟原虫,而现在需要服药三天。世界卫生组织认为,用传统方式在非洲消灭疟疾需要至少30年、500亿美元的投入。而李国桥的团队通过实验后得出结论,按照他们的方式在非洲(约10%的动乱地区除外)消灭疟疾只要少于15年的时间和不多于100亿美元的经费投入。

上世纪90年代以来,为了让中国人发明的青蒿素能尽快在全球普及推广,李国桥开始奔走于世界各地,从越南、柬埔寨到泰国、缅甸、印尼、菲律宾、印度,从东非的肯尼亚到西非的尼日利亚等数十个国家,都留下了他推介青蒿素的足印。

如今,青蒿素的作用得到了世界的认可,更有理由向最需要它的地方推广。于是他决定再赴非洲,并希望曾经一起战斗过的"战友"——崔崴能一同前往。

崔崴出身于军人家庭,女儿离去后,她无条件地执行了父母的意愿,将孩子的遗体捐献给医学事业。她明白父母的悲痛有多深,要知道,女儿小鱼儿出生后的每一餐饭、每一片儿尿布,都浸透着老人的心血。姥姥和姥爷最大的乐趣就是在孩子睡着的时候用手丈量孩子的身高,可现在,小鱼儿永远停留在姥姥姥爷的记忆深处了。

失去女儿后,崔崴也离了婚。1993年,为了躲避那一摞又一摞的伤心与痛苦，她幻想着能在最艰苦的地方用忙碌淡忘过去。她孤身一人辗转日本、新加坡等地，最后来到非洲。崔崴印象中的非洲就是一些黑白照片：一望无际的沙漠寸草不生，干涸的土地开着裂，像一张张渴望甘露的嘴巴，绝望的母亲搂着垂危的孩子……非洲干旱，非洲缺水，非洲能渴死人，所以，她下意识地选择了印度洋的岛国科摩罗。但是，虽然躲开了沙漠躲开了干旱，却躲不开贫穷，躲不开疾病。目前世界上亟待攻克的四大疾病之一的疟疾就在这里肆无忌惮地蔓延。据有关资料显示，每天死于疟疾的非洲儿童达3000人。而科摩罗现有人口60万，85%以上的人患有疟疾。

她来到一个远离城市、远离医院和药房的有102人的小村庄，第一次测得五岁以下儿童疟原虫（一种使人类感染疟疾的单细胞、寄生性的原生动物）带虫率竟然高达94%。

而在科摩罗疟疾检验中心，她亲眼看见30个镜检阳性的患者百分之百全是恶性疟。在大门口，她叫住这些接受检验的穷人，问他们："你们回家怎么办？"

答："回家找到钱再去国家药房买克罗若因。"

问："有一半的病人吃那种药不管用知道吗？"

答："知道。"

问："中国的新药青蒿素知道吗？科摩罗的药房都有卖啊！"

答："听说过。但是药房买药要处方，医生开处方要等好长时间，还得交12欧元的诊费。"

她所说的青蒿素，就是一种经中国科学家屠呦呦等人共同研究、从复合花序植物黄花蒿（即中药青蒿）中提取的最有效的抗疟特效药，曾被世界卫生组织称作是"世界上唯一有效的疟疾治疗药物"。根据世卫组织的统计数据，自2000年起，撒哈拉以南

非洲地区约 2.4 亿人口受益于青蒿素联合疗法，约 150 万人因该疗法避免了疟疾导致的死亡。因此，很多非洲民众尊称其为"东方神药"。

看到并听到这一切后，作为一名失去了心爱女儿的中国妈妈，崔崴更坚定了帮助这些儿童抗疟的决心。她自费建了一个抗疟诊所，把广州中医药大学首席教授李国桥的快速灭疟引进了科摩罗，并千方百计地说服李教授，把青蒿消灭疟疾的非洲试验田选在了科摩罗。之后，她又关闭了自己开在莫罗尼的商店和饭店，一心一意跟随李教授开展快速灭疟工作。后来，他们又成立了科摩罗快速灭疟医疗队，崔崴担任副队长和莫埃立红十字协会副会长。

然而，事情进展得并不顺利。装修完善的灭疟诊所不仅因没有许可证而不能开业，而且，给政府的报告迟迟得不到批复，还被别人偷梁换柱。气愤之余，她不得不给时任科摩罗总统穆罕默德·桑比写信。信中她这样写道：

"这几年，我自费邀请中国海洋专家、农业专家和私营企业家来莫罗尼、昂如昂、莫埃利（科摩罗几个小岛地名）实地考察；自费在中国的报纸上刊登科摩罗招商广告；自费考察中国海参养殖场；自费将科摩罗的十种海参样品送中国检验，并确定了三个经济品种；自费引进中国的抗疟药 CTX 进入私人药房；免费给周围的群众推拿按摩；无偿地给患疟疾的老人孩子发放青蒿药品，借钱租赁场地等待中国的企业家前来科摩罗建厂……但是，我等到的却是截然相反的回报……

"我认为，科摩罗资源匮乏，桑比总统就是再廉洁奉公努力工作，在几年之内让科摩罗走上非洲之强的行列也有一定的困难。但是，如果消灭了科摩罗的疟疾，送给科摩罗人民健康的身体，这将挽救多少儿童的生命！这将减轻国家的多少负担！这是科摩罗历史上千秋万代的功勋！这，还将是全非洲的骄傲、全世界疟区的曙光。科摩罗可以凭此在国际声望、经济腾飞、开发旅游方面跃上一个平台。那时候，四季常青、依山傍水的科摩罗完全有信心敞开清洁美丽的大门，袒露没有一丝污染的山海资源，展现古老深奥的塞拉杠文化……还怕没有人前来观光投资吗？

"以上肺腑之言，还望总统百忙之中给予批复，以决定青蒿公司在科摩罗的去留。"

不知是不是她的信引起了总统的重视，2007年11月5日，就在女儿的第23个忌日，科摩罗总统向全国发出了号令：11月5日，全岛正式启动李国桥快速灭疟项目。

中国抗疟专家和志愿者组成的抗疟队伍在那一天走进科摩罗的最底层——家家户户开始全民服药，中国青蒿素在这一天正式向疟疾开战！

崔崴作为李国桥教授钦点的"将帅"，自带行李和干粮，下到了莫埃利一个不足100人、带虫率高达94%的小山村，给全村的每个人都服用青蒿药物。并统计了全村的人口数字，为每家每户登记造册，免费给5岁以下的小朋友看病，免费给70岁以上的老人体检并建立健康档案，还在村子里建立基层医务室，帮助他们培养赤脚护士。除此以外，她和队友们上午给男人们搭建路边商店，下午教妇女们编织手工，晚上还要教孩子捕捉螃蟹增加营养……

在全民服药过程中，她发现，由于青蒿素奇苦无比，4岁以下的孩子喂药非常困难，所以出现带虫率反复在所难免。为此，经过苦思冥想，反复试验，她设计了一个专门喂苦药的药勺，使之能快速准确地给幼儿及吞咽困难的人喂药。

　　这期间,她还和从事中国青蒿素研究的首席专家屠呦呦积极联系,希望得到她的支持与帮助,屠呦呦也给予了她热情的回复。

　　通过大家的共同努力,中国青蒿素在莫埃利的快速灭疟战役取得重大胜利,该地疟原虫带虫率从94%降至1%以下。桑比总统不得不为自己正确的决定庆幸,世界不得不承认中国青蒿素的卓著疗效。

　　在激战疟疾的同时,崔崴虽然想在忙碌中淡忘过去,但她没有一天不在想着自己的孩子。为了更好地纪念孩子,崔崴请好友在国内给她申请了一个QQ群,取名"星星苑",也给自己取了个网名:小鱼儿妈妈。

　　崔崴在星星苑里讲述着自己的故事,讲非洲每天都有大约3000名儿童因为患上了疟疾而离世。群里很快聚集了各地因失去独生子女而同病相怜的父母。他们相互关心,"多喝水"、"该吃饭了"、"你有什么不适"、"一定要坚强"等温情的话语不需要太多,只要每天默默地泡在群里,就能好很多。

　　"QQ群是虚拟的,在现实中抱团取暖效果会更好。"2009年12月,在非洲漂泊了20多年的崔崴回到大连,但她依然没有从失去女儿的伤痛中走出来。她决定,建立一个真实的精神家园。"伤心的父母大都自闭、颓废,不愿意和别人倾诉,这是失独群体最普遍的心理问题。在家乡寻找像自己一样失去唯一子女的人群,鼓励这些人坚强活下去,让大连的伤心父母可以在一起抱团取暖。"

　　经过近半年时间的准备,2010年6月,崔崴拿出10万元积蓄,在大连市甘井子区机场前街道的某社区里租了一间60平方米的房子,配备了经络检测仪等医疗保健设备,建起了面向失独家庭的养生会馆。

崔崴写了一条"健康365，平安日月年"的大红横幅挂在会馆门楣上，然后，请大连市媒体对会馆进行了报道，并向社会公开了她的联系电话和QQ群号。崔崴让记者在报道中告诉失独父母：这个会馆就是为他们开的，来会馆做健康保健全部免费。她希望失去独生子女的人能够聚在这里，相互慰藉，走出痛苦。

没多久，会馆里就热闹起来，来这里的除了崔崴QQ群里的大连朋友，还有许多看到报道慕名而来的新朋友。崔崴为他们做理疗、检查身体，同他们聊天，每天都有不同的活动。"因为都是失去独生子女的人，大家有着共同的遭遇，因此，在一起时，相同的命运使大家相互怜惜，也有共同的话题。最让大家满意的是，在这个群体中，每个人都可以尽情地倾诉自己的痛苦，也可以当着别人的面痛哭而不用担心别人烦。"对此，崔崴很有成就感。

"大家都称我为小鱼儿妈妈，这对我来说是一种欣慰，因为可能一辈子都不会有人叫我妈妈了。我总觉得我的孩子还在，总觉得自己是在替她做一些事情。"崔崴说。

崔崴的事迹为越来越多的失独老人所知晓，他们愿意向她倾诉，遇到麻烦也愿意向她寻助。一位母亲失独后本打算结束自己的生命，崔崴知道后，在电话里花了好几个小时才打消她轻生的念头，并让她最终成为一名义工。

这位母亲说："人间有大爱，人间有真情。崔崴大姐给予我的这份大爱和真情是我这一生最珍贵的财富。我失去了自己最亲的人，而我收获了更多、更美好的友情，有了这份情和这份爱，再大的悲伤我也能走出来，再大的苦难我也能顶过去。我不再想轻生了，而要好好地活，活出样子来，以回报这个有爱、有温暖

的社会。"

2015年11月20日,我再次收到了崔崴发给我的邮件,是她自制的一份PPT课件。打开一看,一行彩色的字幕迅速映入眼帘:我与青蒿有个约会。

2016年春节后上班的第一天,我再次收到她的邮件:走进非洲。在这份邮件的最后,她引用了诺贝尔和平奖获得者、著名慈善家特蕾莎修女的话:"爱自己,爱他人,爱生命里一切需要爱的事物,不要任何理由。哪怕生命微小到只是一根细小的灯芯,燃烧了,就能照亮自己,也能照亮他人。甚至,你还可以尝试去照亮一个世界。"

看到这些邮件,我仿佛看到一位乐于奉献、坚韧不拔的母亲再次返回非洲那没有硝烟却抗疟战事趋紧的战场,她正躬身前行,奔走呼号在疟疾肆虐的热带丛林里。

换一种方式,替孩子活在人间

烈日炎炎,酷暑难耐。

夏日的热浪里,一位身穿"苏仙义工"红马夹的大妈,提着水彩笔、绘画本匆匆走进湖南省郴州市朝阳儿童康复训练中心。她,就是该市苏仙区义工协会会长首妈妈。

原本安静有序的训练教室在首妈妈踏入的瞬间立时炸开了锅:孩子们飞快地围到首妈妈身边,齐声叫着"首妈妈",还有两个孩子高兴得手舞足蹈。

这所康复训练中心是一家面向残障儿童,融康复训练、智力开发、文化教育于一体的社会公益性机构。对于这里的孩子来说,每周"首妈妈"的陪伴是她们最开心的时刻。

天真的孩子们却不知道，首妈妈本身是位失独妈妈，她的独生女儿在 2002 年因公殉职了。十多年来，她全身心投入到社区工作和社会公益事业之中，把对女儿的小爱化作对全社会的大爱，向世人展示了失独母亲的另一种活法。

首妈妈的女儿名叫侯静，大学毕业后考入郴州市苏仙区良田镇国土所。2002 年 2 月 12 日午后，侯静与同事正坐在单位草坪里聊春节发生的趣事，笑声不断。

"山里起火了，快救火！"同事急切的声音打破了笑声。原来，附近山头起了火，且火势在南风作用下迅速蔓延，马上就要威胁到周边群众。

侯静和同事们拿起工具就往火场赶。为了以最快的速度赶到，他们冒着危险抄近道走进一个铁路专用隧道，侯静冲在最前面。没想到，火车开来，侯静被火车高速运行形成的旋风带起后甩出隧道，重重地摔在地上……侯静因此壮烈牺牲，时年 20 岁。

就这样，首妈妈失去了她性格开朗、外表甜美、工作负责、讨人喜欢的独生女儿。

首妈妈曾任苏仙区南塔街道办事处扎上街社区主任兼党支部书记，为人热情，工作耐心，深受当地居民的普遍好评。

扎上街社区居民陈迎春一说起首妈妈，情绪就会激动，她回忆 1999 年的一场暴雨时说："首主任是我们家的救命恩人，如果没有她及时敲门提醒，我的老母亲怕是会没有了！"

1999 年 8 月 13 日，郴州发生特大洪灾。首妈妈所在的扎上社区因地势较低，又紧邻郴江河和燕泉河，历来是洪灾多发区。凌晨 4 时左右，由于雨势越来越强，首妈妈再也按捺不住，叫醒熟睡的丈夫便往社区赶。灾情比想象得更加严重，燕泉河东半边街已经被水淹了足有半米深。首妈妈一边打电话向所在街道汇报

灾情,一边挨家挨户敲门提醒居民们立刻转移。

陈迎春家是一栋两层楼房,老母亲住一楼,陈迎春一家住二楼。敲门声被淹没在雨声和雷声中根本听不见,首嫣嫣只得拾起地上的砖不停地砸门,这才惊动了二楼的陈迎春。打开陈母的房门,眼前的一幕令大家惊呆了:床已经浮在涌进屋里的水上,但70多岁老母亲仍躺在床上熟睡。

从发生洪灾到社区居民恢复正常生活,历时将近半个月。转移安置受灾群众、发放生活必需品、清理社区卫生、夜间巡逻……每一项工作都少不了首嫣嫣的身影,连续三天没回家、嗓子都喊哑了的她,在灾情发生的第四天,终因劳累成疾病倒了,但她还是让医生直接到安置点的临时办公室里给她进行治疗。

"那段时间确实很忙,大家都说我累得又黑又瘦,但是一想到那么多居民需要我,就浑身充满了力量。"首嫣嫣回忆当时的情景说。因在抗洪救灾中表现突出,1999年底,首嫣嫣被湖南省委、省政府荣记抗洪救灾一等功。

尽管首嫣嫣是一位十分优秀而坚强的女性,但女儿侯静的牺牲还是让她几近绝望。她不愿提及女儿的一切,默默地把女儿生前的物品封存,并搬了家。

2007年,首嫣嫣退休了。在经历了无数个不眠之夜后,她决定重新思考人生的意义。

"女儿在出事那年的春节送我一双鞋,我只穿过两次。她走后,我再也没穿过。每年女儿生辰与忌日,我都把鞋拿出来擦一擦,一边擦一边想,女儿是为了国家牺牲的,我也要沿着她的路,为社会尽一份力。"

2010年,首嫣嫣加入郴州市义工联合会。2012年,苏仙区成立义工协会,首嫣嫣被选为会长。她说:"我做义工,就是延续我女儿的生命，就是换一种方式替女儿活下去。"

城乡敬老院、福利院的老人和小孩是首妈妈关注的重点。送水果、送衣物、洗衣理发、聊天散步，包饺子、煮汤圆、送月饼……首妈妈带领义工帮助弱势群体，老人们称她"首闺女"，孩子们叫她"首妈妈"。

扎上社区孤寡老人谢万发独自一人住在公租房内，首妈妈知道后时常过去陪伴，帮他搞卫生、洗衣服。当得知谢万发想找个老伴儿时，首妈妈马上四处打听，最终给他找了个伴儿，还为他们主持了婚礼。2012年，谢万发去世前一个星期，特意托老伴儿把一封亲笔信带给首妈妈，最后说一声谢谢。

首妈妈说，每一个孩子都是天使。平时，她注意收集穷困病残儿童的信息资料，并定期去看望他们。

第一次见到病残少年李厚霖，首妈妈止不住落泪。因肌肉萎缩，心肺功能衰退，李厚霖无法站立且发声困难，只能无助地躺在床上。此后，首妈妈经常带一些慰问品上门看望，得知他喜欢美术和音乐后，首妈妈又为他带去绘画本、水彩笔和电子琴，陪他画太阳，听他弹电子琴。

"首妈妈，你是我的'天使妈妈'，病好了，我一定要报答你。"小厚霖在母亲节这天特意给首妈妈发来短信问候。

特别令人欣喜的是，苏仙区义工协会成立后不断壮大，如今已有200多名会员，并定点联系50余户失独家庭、20多位孤寡老人、3所残疾人学校和6所敬老院。在她的带动下，家里的三个妹妹、一个妹夫和一个侄女都成为了义工。

2014年5月，首妈妈荣获"郴州市苏仙区首届道德模范"称号。2015年4月，她又荣登"中国好人榜"。中宣部、中组部、中央文明办等部门联合下发通知，在全国开展宣传推选100个最

美志愿者、100个最佳志愿服务项目、100个最佳志愿服务组织、100个最美志愿服务社区等志愿服务"四个100"先进典型活动，她就是其中之一。

面对这一切荣誉，首妈妈坦诚地说："我只是把自己有限的精力用来做点儿有意义的事，而不是沉浸在悲痛之中，我相信这也是女儿愿意看到的。"

在失独群里，像首妈妈这样换一种方式替孩子活在人间的失独父母还有很多。

西安的"关公"（网名）失去女儿后，全身心投入到公益事业中。汶川地震发生后，他专程跑到震区资助了两名在地震中失去父母的孩子。他毫不隐讳地说，都是为了女儿。他供她们上学、生活，直到两个女孩一个上了卫校，一个已经工作。而后，他加入到西安宝石花志愿者公益服务中心，成为一名义工，把全部的精力投入到关爱失独人群之中。2012年5月，他创建了第一个陕西失独家庭群，带领大家抱团取暖。2013年，他借助宝石花公益平台，通过长庆实业集团、中登集团以及个人企业捐资，为陕西失独者赠阅《孝行天下》杂志300份，后又增加到700份。杂志与失独群达成共识，每期留出相应版面刊登失独故事。几年来，这本杂志已为全国失独者所知晓，从2015年起，赠阅数达1500份。此外，他还力推宝石花公益中心在每年的中秋、重阳、春节等节日为陕西失独者举行联谊活动，积极参与发起了"全国失独者自我精神救赎行动——牵手同行走出阴霾西安聚爱联谊会"，组织了陕、蒙、皖、赣四省50余位失独者"牵手同行走出阴霾西北行"活动，并多次接待全国各地来西安学习、考察、采风、联谊的失独团队，深得全国失独者的好评。

包头"绿茶缘分"（网名）失独后主动找到当地义工组织，

申请加入义工,积极参加包头义工组织的多项活动。2016年春节将至,她和义工团队看到当地务工人员为了生计还在忙碌,于是他们想在寒冷的冬日为他们免费送一碗爱心粥。2016年1月30日,她与其他义工相约来到包头市包钢医院南门,对那里的务工人员说:"天冷,喝碗粥,暖暖身子再走吧!"热腾腾的爱心粥,温暖的是一颗颗满足的心。1月31日上午9时,他们又带着情感走进迦南养老院,为老人包饺子、表演节目、理发、剪指甲……还现场为老人们捐款,令老人们非常感动。活动结束后,"绿茶缘分"感慨地说:"参加义工活动,心情一下变得轻松。"

另一位失独母亲说:"孩子已经去了天堂,天堂里的孩子们每天都在看着我们,如果我们生活得不快乐,他们会不高兴的。"

是的,我们更希望他们能尽快地从阴霾里走出来,尽情地享受生活,尽情地再现甜甜的笑脸,尽情地去感受那莺飞草长、杏花春雨、十里荷塘、瑞雪纷纷、梅林飘香……

他"做"成了今天的"太阳"

"昨天的太阳晒不干今天的衣裳。"

说这话的是江苏省常州市失独父亲朱耀先。听到这话,我顿时对他肃然起敬。再从他用真实姓名注册的 QQ 扉页上看到了"帮助别人,快乐自己"的签名,更是对他心生崇敬。

多位失独者朋友也对我说:"你应该去采访一下他,他不同于其他失独者,他用另一种方式关怀着大家,受到我们这一群体的普遍尊敬。"

于是,我决心采访他。

我先是通过短信与他联系。令人想不到的是,他并没有像其

他失独者那样封闭自己,而是很有礼节地及时给我回了短信:"谢谢关注。"并谦虚地说,"我没有做什么,只是做了一些力所能及的事。之所以要这样做,是因为当下的失独确实是社会的一大问题。这也难怪,我们唯一的孩子没有了,谁也难以跨过这道坎,但整日泡在泪水里也不是个事。日子还要过,生活还将继续,必须从悲伤中走出来,把握当下,放眼未来。"

只简单的几句交流,我心已澎湃。自从我进行失独者现象调查以来,一年多时间里,我接触了失独者数百人,还是第一次听到这种声音。

之后,我翻开了他的履历:朱耀先,江苏常州人,1952年出生,1968年上山下乡当知青,1970年参军入伍,1976年退伍。先后在常州市公路运输总公司任政工科科长、工会主席、人武部部长、党委书记、总经理等职务。2000年起,任常州龙之旅天天游国际旅行社董事长、中国旅游领军企业联合会会长。

就是这样一位立身行伍、浑身散发军人刚毅、在业界很有影响力的人物,曾几乎被失去爱女的痛苦所击倒。

女儿朱安妮,1978年出生,毕业于常州工学院。工作后任常州龙之旅天天游国际旅行社副总经理,被评为常州市十佳优秀导游。2007年1月,安妮患恶性淋巴肿瘤住进医院,治疗11个月后进行骨髓移植失败,于当年11月转至北京肿瘤医院进行第二次骨髓移植仍然失败。2008年11月25日20时16分,带着对这个世界和家人的无限眷恋,安妮离开了人世。

失去爱女后,精神和经济(女儿住院治疗期间,共花去医疗费上百万元)的双重打击击垮了这个果敢刚毅的男人,朱耀先患上了严重的精神疾病——创伤后应激障碍。后经住院治疗,身体虽有所好转,但经济压力和精神郁结仍未能缓解。

彻底改变他生活的是一次失独父母的聚会。2013年底，一位朋友邀请他参加常州市失独家庭茶话会。会上，大家都沉浸在异常悲痛的气氛里，特别是失独妈妈们，一提起孩子就哭声一片，很是凄惨。他当时就想，有什么办法能把他们从悲痛的氛围里解脱出来？为此，他陷入了深深的思索。虽然自己也是一个需要抚慰的失独者，但当他看到这些哭哭啼啼的父亲母亲时，顿时萌生了要帮助他们的念想。他问大家，最担心的问题是什么？大家都说，养老问题。他们希望政府能建一个专门的养老院，供失独父母们养老。

他将大家的愿望记在了心里，并暗暗想办法，希望帮大家实现这一愿望。不久，他找到了一块风水宝地——坐落在风光秀丽的天目湖旅游度假区里、依山傍水、有着荷兰式风情建筑特色的四星级农家乐"天淼山庄"，它不但具有宾馆所具备的功能，而且拥有垂钓基地、葡萄采摘园等设施，十分适宜养老。

2014年春节，他邀请了10名失独者代表进行实地考察。他告诉大家，如果大家认为可以，他就与老板去谈，将这里改建成失独者养老院。

起初，大家一致认为这里是建立失独者养老院的最佳场所。经过两次碰头会后，也认为此处不错。但让大家报名时，大家又犹豫了，最后没有一个人来。

朱耀先再次陷入了深思。他想，失独者目前的最大需求还不是"集中养老"，因为大多数失独者还没有到老得动不了的年龄。那么目前他们最需要的是什么呢？通过反复思考，他终于悟出了：精神上的慰藉和资金上的扶助。对于家庭条件稍好一些的，在精神慰藉上需求会高一些；而对于家庭贫困的，在资金上则需求会多一些。

  2014年3月3日下午,常州市计生委负责人特邀他参加座谈会,征求他对政府失独家庭关爱工作的意见。他首先汇报了失独家庭遇到的窘境和亟待解决的困难,同时说出了自己的建议。他说:"要解决失独家庭的困境,必须做到以下三点:一、各级政府应研究并制定相应措施保护失独者,明确政府、社会、家庭的责任、权利与义务。二、可以像残联一样成立'失联'组织,达到组织群众、宣传群众、发动群众、依靠群众开展自助互助的目的。一切脱离群众闭门造车的行为都是无济于事的。三、加快建设失独家庭专用公共服务设施,健全公共服务机构。"

  常州市计生委负责人及相关同志听了他的发言后,也谈了政府的工作打算及安排:一是近期拟建成关爱失独家庭爱心家园13个,年内努力达到20个,内设心理援助室、医疗室、图书室、旗牌室、书画创作室、茶室等,免费提供给失独家庭使用。为了让失独者早日告别寒冷,走进春天,其名字特定为"春晖家园";二是抓紧制订失独家庭关爱政策,内容含心理援助、医疗优先、公办敬老院优先进入、临终关爱服务、扩大住院护理补贴、开通失独者医疗绿色通道等;三是确定专职计生干部担任失独家庭终身志愿者,强化政府职能,建立失独者健康档案,邀请200名医务人员志愿者,对失独家庭实行结对互助跟踪服务,并首先在天宁区茶山街道选取80户试点,逐步覆盖全市;四是为强化政府职能,原拟成立的失独者援助协会纳入政府主管的市计划生育协会,由政府全力支持;五是及时召开民政、计生、人社、卫生、慈善总会等联席会议,商讨关爱失独群体优待政策;六是市计生协会与常州龙之旅天天游国际旅行社、隆力奇集团联合举行失独家庭"常州一日游"活动,全面启动关爱失独家庭工作。

  市委书记、市长还为此作出重要批示:全力以赴重点做好失独家庭关爱工作，并决定积极创造条件，争取将其列为全国特殊家庭帮抚模式探索项目。

上述这些，让失独家庭始料未及。特别是春晖家园的建设远远超出了朱耀先的构想，已建成的26座家园分布在各小区内，每座建筑面积500平方米以上，上下两层，集心理援助、医疗服务、图书阅览、棋牌娱乐、书画创作等功能于一体，成了失独家庭最理想的去处。

朱耀先在电话里高兴地告诉我："春晖家园在全国首屈一指。"

除了全力建设春晖家园外，他们还为每个失独家庭安装了"智能一键通"。所需电话由政府提供，电话机上有一个红色按键，只要按下此键，马上就能接通卫计委指定的联系人，并在最短的时间内得到所需服务。另外，他们还开通了"12349"家政服务热线。政府为每个家庭每年发放400元的家政服务券，失独者可以根据自己需要打电话寻求服务，家政公司根据所需派人上门进行陪医、陪聊、陪浴、打扫卫生、修剪指甲等方面的服务。失独者不用出钱，而只按不同内容的不同价格收券。

自2015年1月1日起，常州市政府还在部分地区实行陪护试点，给予失独老人住院每天100元的陪护费，每年最多享受三个月。

此外，他们为失独母亲免费进行"两癌"筛查，为3160户失独家庭建立健康档案。还组织"春晖爱心义诊"专家团队，由原南京医科大学附属常州二医院院长、著名心血管内科专家、博士生导师赵建中教授挂帅，担任义诊专家团首席专家，为失独老人垒起生命的绿色护堤。

2015年4月22日，常州市计划生育协会又联合江苏隆力奇生物科技股份有限公司、常州龙之旅天天游国际旅行社共同举办

"关爱失独家庭"和"常州市失独家庭一日游"活动。隆力奇公司表示,在3月8日至8月31日期间,隆力奇爱家健康生活体验馆(常州店)内所销售商品利润的5%将捐赠给常州市计划生育协会,用于援助常州市失独家庭。

2015年5月4日,他们再一次组织了失独家庭放风筝比赛,通过活动使失独者进一步融入了社会,找回了自我。

在普惠的基础上,对于个别特殊家庭他们又给予特别的关爱。在2014年花博会期间,一位叫郑惠琴的失独母亲告诉朱耀先,为了给儿子治病,她将自住的房屋变卖,还借了外债,后又遭遇离异,孤苦伶仃的她如今连住的地方都没有。朱耀先知道后,马上向计生委反映了这一情况,最终,计生委给她协调了一处住房,让这位失独妈妈的最大难题得以缓解。

还有一位叫盛亚春的失独老人,她的家原本住在六楼,因为年龄大了,上下楼很累,想调到一楼居住。朱耀先将这事反映给了计生委,市计生委立即召开会议,提出了"谁家的孩子谁家抱"的扶助规定,要求各司其职,实实在在地为失独老人解决实际问题。会议后,不但盛亚春的住房问题得到了协调解决,其他失独家庭希望得到心理抚慰、司法援助的要求也一并得到满足。

别看都是些不值一提的小事,但对于日渐老矣的失独父母们来说,却都是天大的事。他们说,这一切要感谢党和政府,感谢卫生计生部门,更应该感谢一个人,他就是朱耀先。

朱耀先不仅关心身边的失独者,还将爱广施于全国各地的失独老人。他在网上建立了中国老兵爱心家园QQ群,专门为全国军烈属及转业、退伍的失独者服务,还经常在群里发表积极向上的言论,释放令人振奋的正能量。

从他与群里失独网友们的聊天中,我找到了这样一些句子:

第五章 忍痛自救，人性的光辉如此美丽

一个人，心思变了，德行就变了；德行变了，气场就变了；气场变了，运气就变了；运气变了，命运就变了。所以，改变命运真正靠的是自己的心思，自己的正能量。要厚德载物。

你若耕耘，就储存了一次丰收；你若努力，就储存了一个希望；你若微笑，就储存了一份快乐。你能支取什么，取决于你储蓄了什么。没有储存友谊，就无法支取帮助；没有储存学识，就无法支取能力；没有储存汗水，就无法支取成功。每天储存美好和感恩，你的"人生银行"定会有取之不尽的幸福！每个人应知恩、感恩、报恩！

快乐不是天上掉下来的，是心里长出来的。把心灵当成沃土，把快乐种子播下，用微笑施肥，用宽容浇灌，用辛勤磨砺，用努力耕耘，愿你把快乐收获！

在每一丝曙光破晓之前一定是漫长黑夜；在每一次荣光到来之前一定有太多狼狈的时刻；在每一阵掌声到来之前，总有太多唏嘘太多冷眼；在每一个山顶峰巅总有贝壳；每一片浩瀚的沧海都是过去的桑田。所以，在每一个快要放弃的时刻，记得对自己说：要加油，不要哭。我们的明天靠聪明智慧与勤劳双手创造！

……

就是这些或劝慰、或告诫、或勉励的精彩语言，不知安慰了多少失独人破碎的心，提起了多少失独人的精气神，更让他们从寻死觅活的苦海里得到重生。

2015年9月，正值中秋、国庆双节来临之际，一位叫"念水"（网名）的无锡失独者在群里抱怨，说政府在"双节"来临

前夕没有像往年一样到家里慰问,心里很是不平,又看网上一政府工作人员对失独者的要求漠然置之的态度,她更是气不打一处来。于是,她在网上鼓动其他网友:"我们是被政府漠视的群体。同命人,咱们去北京讨说法吧!"

朱耀先看到后,马上在网上劝慰道:"无锡念水,你好!我大致了解了你的情况,请先消消气,听我说两句。一、无锡端午节发了购物卡,我们常州没发;常州中秋发了,国庆和重阳就不会有了,各地发放时间不同,只要心意到达,我们也要调整需求度。二、我们常州市各区发放时间也不统一。据我所知,钟楼区、天宁区、新区中秋节发,武进区重阳节发,金坛、溧阳又不相同。三、古人云:滴水相助,涌泉相报。就算有儿女的家庭,儿女们没送月饼的太多了,尤其是儿子,有谁责问儿子为何不送?我们应知恩、感恩、报恩!四、我们要主动给政府建言献策,例如,我们可建议政府春节、清明、端午、中秋等节日多开展活动,这样,民众满意度才能高。五、政府要关心我们,我们也要体谅政府,这样才能互敬互爱,双方才都有积极性。否则物极必反。"

朱耀先又说:"环境决定命运,好的生活环境能给人信心与力量,差的生活环境会使人痛苦与烦恼!"

念水回答:"感恩之心我从来都有,像我们单位的老板、领导、同事对我都很关心,所以我感激、感恩,我用认真工作回报他们。可您没看到……简直是冷酷无情!"

朱耀先继续苦口婆心地劝慰:"念水妹,我知道你有感恩之心,同时我们也要学会调整心理上的需求度和满意度,要掌握政府工作的方法与原则,要了解政府工作人员的苦衷与性情。例如,有的社区计生工作人员每月工资才一千多,而负责的工作除计生外还要协调卫生、城管、妇女权益保障等问题，咱怎能要求他只满足你一人的需求呢？另外，人的个性也不同，有些会耐心细致，有些却只会简单粗暴。我们要认识环境，适应环境，改造环境。环境决定命运！"

通过一个多小时的沟通与交流，这位原本对政府心怀不满的失独者，心里豁然开朗了。

最后，念水说："谢谢您的教诲与开导。"

朱耀先马上送上暖心的祝福："祝你开心快乐，我们和你一路前行！"

可念水却失望地回复："开心快乐已与我无缘了，我只能背负着深深的伤痛顽强生活吧。"

朱耀先觉得情况不对，念水身上带着很大的负面情绪，一时半会儿难以消除，必须把她从这种负面情绪中解救出来。朱耀先只能因势利导："念水，建议你不要被失独群里的负面情绪左右，多与正面、积极的群友交流，让开心快乐早日回到你身边！"

朱耀先的一席话，立即在群里产生共鸣。

一位叫"北辰"的网友说："希望大家认真思考耀先的建议，积极调整个人心态，开展自助互助，积极传播正能量。"

一位叫"唐山心"的网友说："我认为自助互助是必不可缺的，但它不是使失独者走出困境的必由之路，真正能帮扶我们失独者走出困境的还是政府，还是我们敬爱的党、亲爱的祖国。自加入失独群一年来，从耀先发的段段精辟入理的帖子中我受到了正能量的关怀与鼓舞，使我从痛苦的深渊中重见光明。他一面千方百计地为我们呼吁权益，一面竭尽全力地搀扶着大家走向光明，让我们对余生有了希望和信心。他是失独者的引路人，在此，我由衷地道一声：'耀先，我们感谢你！'"

更有很多失独者说:"如果中国多出几个像朱耀先这样的人,经常开导大家,经常与政府沟通,给失独者谋利益,那么,失独者与政府之间就不会存在那么多矛盾,政府放心,我们也安心。"

除了在网上鼓励同命人走出困境,朱耀先还常常替那些应该享受国家政策而未享受到的人奔走呐喊。山东聊城一位叫陈翠萍的失独母亲因消息闭塞一直不知道政府对失独人员有特殊扶助政策,朱耀先从网友那里得知这一情况后,马上反映给相关部门,不久便按政策落实了相关扶助,这位母亲感激涕零。

2015年6月5日至10日,他组织全国转业退伍军人失独者、军烈属代表和失独家庭、伤残家庭代表在辽宁瓦房店香洲旅游度假区举行"中国老兵养老研讨会"。会上,大家共同呼吁政府尽快为失独者权益立法,防止政出多门引发矛盾,并对失独家庭养老的形式与方法进行了深入探讨。会议期间,大家还参观了民营养老基地,体验了新型养老设施,考察了养老基地周边环境。活动组织得井然有序,参会者无不深受感染。

当我向朱耀先征集更多的相关事迹材料时,他却婉拒了。几天后,他发来了多段录音,表达自己对失独问题的看法与建议:

我做的这一切,只是期望自己能当好党和政府与失独者之间的桥梁,把失独者的诉求及时传导给党和政府,把党和政府的关怀、关心及时传递给失独者,做好相关宣传、服务工作,对失独家庭进行正确引导。一来是为了社会的稳定,因为在很多地方,失独者上访的事情频频发生,成了社会的一大矛盾;二也是为了解决失独者的实际困难,为他们鼓与呼,争取更多的理解和支持,使他们心灵得到安抚,生活得到保障。

对于我们失独者来说,孩子已经死了,事情已经发生了，不可逆转，一味地悲伤、一味地抱怨、一味地上访维权，不能解决根本问题。上访维权不是唯一的途径，我们只有通过正规渠道反映我们的诉求，再积极有为地配合党和政府做好各方面的工作，这才是上策。

作为各级党委、政府，要切实提高失独家庭的政治待遇和经济待遇，不要一味地把他们当成"维稳对象"。他们是自觉执行党的计生政策的模范家庭，既然是执行国家政策的模范，就应该在政治上得到认可，在经济上给予奖励和救助，而不应把他们当成自己的对立面。当前失独家庭的很多矛盾来自于部分地方官员的不作为，他们缺乏为民服务理念，对失独者的诉求漠不关心，官僚主义、享乐主义还客观存在。

当前，失独家庭的实际困难是客观存在的，他们的心灵需要安抚，生活需要照顾，就医需要通道，养老需要关怀。实际上，这些也并不难，以建立就医"绿色通道"来说，各地医院都有老干部病房，只要加贴一个条子，不用增加医生，也不用增加经费，工作量也不会增加多少，因为每个区域内的失独者也就那么几个。很多地方，一听说要建立"绿色通道"，就觉得困难重重，其实完全不是那么一回事。

总之，希望全社会都来关心、理解他们，我相信，一切困难都是暂时的。只要我们按照党的方针、路线、政策去做，只要各级政府工作人员提高素质，切实为民办事，失独问题将不再是社会问题，更不会成为社会的不稳定因素。作为失独者，大家要自尊、自爱、自重、自强，我们

失独但不失志。我们要自强不息,顽强拼搏,用勤劳双手与聪明才智创造美好的明天!昨天的太阳晒不干今天的衣裳,振作起来,向着未来出发,未来依然十分美好。我们坚信,只要我们共同努力,中国梦,失独家庭梦都会得到实现。

……

听完他的录音,我的心久久不能平静。这是一个失去爱女的父亲的话吗?这是一个曾经因经受不起强烈打击而一度崩溃的父亲的话吗?

我彻底地感动了。

面对他,面对他所做的一切,我只想说,朱耀先,你已经"做"成了今天的"太阳",正在努力晒干失独家庭的湿衣裳。

第六章　表达诉求，只为一份理解和尊重

2001年12月29日，中华人民共和国颁布了第一部计划生育法——《中华人民共和国人口与计划生育法》，在第二十七条中规定："独生子女发生意外伤残、死亡，其父母不再生育和收养子女的，地方人民政府应当给予必要的帮助。"

2007年8月31日，《国务院办公厅转发〈人口计生委、财政部关于印发全国独生子女伤残死亡家庭扶助制度试点方案〉的通知》规定："独生子女死亡后未再生育或合法收养子女的夫妻，由政府给予每人每月不低于100元的扶助金，直至亡故为止。"

国家的法律已经作出了规定，政府的文件也提出了明确要求，但在基层执行中，却不尽如人意。国家法律中的"必要的帮助"被很多地方理解为可以"帮助"，也可以"不帮助"；可以"多帮助"，也可以"少帮助"。政府文件中"每月不低于100元"也被理解为"每月只发100元"。而失独者尤其需要解决的精神、就医、养老等问题在文件中只字未提，在执行中更是无从谈起。

这，无不引起失独者的强烈不满。

于是，他们走到了一起，从乡里到县里、从县里到市里、从市里再到省里，最后来到了共和国首都北京，开始了他们漫长而艰辛的诉求之路。

获知，老板不知从哪里听说他们是一群"绝户"老人，就不干了。老板说："我是做生意的，大过年的就触霉头，你叫我这一年怎么赚钱？"

而群里一个同命兄弟的遭遇更让他们感到寒心——由于和单位同事发生口角，这个同命兄弟被骂断子绝孙，却没有一个人帮他说话。"你想想，我们失去了唯一的孩子，还要被人骂断子绝孙，这个时候谁来为我们伸张正义呢？没有啊，没有人站出来为我们说一句话。"

所以，笛妈说，失独群里的人都尽量避免接触外人，只和同命人交往。

慢慢地，笛妈和越来越多的同命人走到一起。他们时常聚在一起袒露心扉，相互慰藉，并考虑如何突破他们所面临的一系列困境。为此，笛妈和她的伙伴们开始寻求法律的帮助，希望能从中找到解决各种问题的方法。

他们首先想到的是《人口与计划生育法》，这部自2002年起开始实施的法律首次以国家法律的形式确立了计划生育基本国策的地位。她对这部法律寄予了很高的期望，待翻看之后却失望地发现，这部法律针对失独群体的条款非常简短，而且表述也很笼统。《人口与计划生育法》第四章第二十七条规定："独生子女发生意外伤残、死亡，其父母不再生育和收养子女的，地方人民政府应当给予必要的帮助。"而且，就在这一段文字中，谈得上有价值的也仅有"应当给予必要的帮助"这几个字。

后来，她又了解到，各地根据计划生育法制定的《人口与计划生育条例》也不一样，有的省、市甚至根本没有明确。以《重庆市人口与计划生育条例》为例，只有第四章第二十九条第五款有所涉及："独生子女发生意外伤残、死亡，其父母不再生育和收养子女的,当地人民政府应当通过提供必需的生产生活资料、办理社会保险、发给生活补助金等方式,给予必要的帮助。"《湖南省人口与计划生育条例》也只在第四章第二十七条第三款中提到:"对独生子女死亡、伤残的家庭和计划生育特困家庭,由人民政府按照有关规定发给救助金。"

而各地政府实际的做法和法律的规定又相去甚远,这更使他们本应享受的权益大打折扣。

此外,这些规定也因为太过笼统而成为各地政府逃避责任的借口。"何为必要,何为不必要,政府不管,说管不过来。"笛妈愤愤地说,"从上到下都是推脱,下边说上面没有具体政策,上面说由你们归属地管理。他们就会相互踢皮球,最后就得踢到总书记那儿了,可是总书记在2003年就有过指示的呀。"

笛妈找到一条新闻,这条新闻上这样写着:2003年,在中央人口资源环境工作座谈会上,胡锦涛总书记指示,目前一些实行计划生育的家庭特别是独生子女家庭,由于子女病残、死亡等原因,生活遇到困难,养老缺乏保障,这些问题要妥善解决,要抓紧建立社会救助机制。

但这个救助机制并没有能够快速并顺利地建立起来。

在经历了一连串打击之后,笛妈觉得应该向政府反映他们遇到的困难,让人口计生委知道失独者群体的想法和处境。于是,她开始向各级人口计生委陈情。

最后,她不得不来到北京,来到国家人口计生委。

在这里,她得到了如下答复:你反映的这些问题已经引起了各级领导的高度重视,但具体举措需要调研后才能出台,而这不是一朝一夕的事。

她觉得他们说得有道理。确实,一项政策的出台要建立在反

复调研、论证的基础之上，必须假以时日。于是，她安心地回家等消息。

可等了好久，政策仍没有出台。一想到自己和大多数失独者都已经是 50 多岁的人，有的年逾花甲甚至更大，而且，因失独的打击，许多人身体患有疾病，如果政策还不出台，他们真的等不及了。说不定哪一天，他们就由活生生的人变成了一张黑白相片。

于是，她再次来到北京，再次走进国家人口计生委，寻求制度的温暖。但是，得到的答复总是与她的期望相去甚远。

最终，她和群友们走上了集体诉求之路。

六上北京

2012 年至 2015 年，失独者举行的比较大的诉求活动共有六次。

第一次是 2012 年 6 月，笛妈和来自全国各地的失独者代表，带着 2431 位失独者亲笔签名的《关于要求给予失独父母国家补偿的申请》来到北京。

关于这次进京，一位来自安徽的网名叫"海琴"的参与者，详细地记下了全过程——

2012 年 6 月 3 日夜，我作为安徽省唯一的参与者，独自乘坐合肥开往北京的直快列车，踏上了进京诉求的行程。次日早 7 时许，列车准时停靠在北京火车站。

此次活动的组织者安排缜密，考虑周到，特别是受到了北京一位失独大姐的鼎力相助。她通过朋友关系将几十位失独者集中安排在青年旅社，每天房费只要 50 元。房间虽然不大,倒也干净整洁,左右两张上下双层木床,竟让人一下子找到了学生宿舍的感觉。安顿下来已近中午,而后,仍不间断有后续到来的兄弟姐妹入住。

傍晚时分,大家一起步行来到一家中档饭店用餐。在这里,我见到了圈内大名鼎鼎的人物,较熟悉的有"笛妈""渴望真诚""三明梦在天堂"(以上均为网名)等兄弟姐妹。

6月5日上午,依照信访条例的相关规定,我们选出了5名代表前去国家人口计生委递交申请,其他人自由活动。

经过代表们的陈情与交涉,6月6日下午4点,有关领导在国家计生委8楼会议室里接待了他们。代表们表达了我们的诉求:

希望国家为我们建一个养老院,我们拿出退休金的80%作为经费,剩下20%留作零花。

"常回家看看"就要被列入法律,可是,对于失独老人来说,"谁回家看看"是政府的责任,我们不能被当做空气对待。

作为公民,我们对国家问心无愧,做到了国家要求做的一切。我们之所以建议建廉租房也是替政府着想,住在一起我们可以互相照顾,少给政府添麻烦。

我们希望相关部门出台制度和法规,明确管理失独群体的机构,让我们知道出了问题该去找谁。我们已经没了孩子,不能让我们再成为没有"妈妈"的孩子……

听了大家的诉求,人口计生委领导承诺,会在三至四个月内研究出台相应制度报国务院,并且答应建立沟通机

制。随后,座谈双方互留了电话。

第二天,大家带着希望坐上了回家的火车。

一年后,在他们认为"仍然没有得到国家人口计生委的重视"后,全国500余户失独家庭再次自发组织并推举代表,先后于2013年1月和2013年5月两次进京。这就是他们自己所说的第二次和第三次诉求。

关于第二次诉求,一位来自天府之国、网名叫"游云飘飘"的失独者,写下了一篇《走在诉求路上》的日记,详细地记录了这次经过:

到达北京,我们终于长长地松了口气。

北京欢迎你!同命人欢迎你!晚上,由天津姐妹自发组成的接待组,在傍晚的寒风里,亲切、热情、不辞辛劳地接待了一批又一批同命人,真是不是亲人胜似亲人。

晚上同命人的聚会,人好多,饭馆爆满。北京的"淡定"(网名)跑上跑下为大家服务。各省市的同命人互相交流后,决定由上海的"无奈"(网名)、天津的"白化"(网名)、南京的"天一"(网名)、山东的"海韵"(网名)、辽宁的"祺祺牛牛"(网名)等组成代表,于1月7日再次去国家人口计生委陈情。

最后,"无奈"总结说:"我们是合理合法地进行诉求,我们要相信政府,依靠政府,不要有过激的行为和过激的语言。北京的天气很寒冷,大家要注意身体,注意安全,晚上好好休息。祝明天的行动马到成功。"

2013年1月7日,一个普通的日子,但对我们失独者来说是个特别的日子,是充满期盼、看到希望的日子。清晨6时,瑟瑟的寒风里,冰冻的路面上响着同命人沉重的脚步声。100多名兄弟姐妹在寒风中相互搀扶,向国家人口计生委走去。

还没到上班时间,我们只好在寒风中等待。好不容易办公大楼的闸门打开了,大家一阵欢呼,用冻僵的脚跌跌撞撞地小跑进去。进入大厅时,因为门太狭小,有的姐妹不小心摔在了地上。计生委的同志赶忙跑来搀扶,并叫来医生和救护车。经过医护人员的抢救,刚才倒地的姐妹慢慢缓过来。突然,她将心中的憋屈一股脑儿地全爆发了出来:"我过去是多么要强的女人,年年是单位里的先进,如今儿子走了,落得疾病缠身……"我们流着泪安慰她,告诉她不要太激动,计生委会帮助我们的。

果然,不久便传来好消息,国家计生委的有关领导将再次听取大家的诉求,并且,这次座谈还将邀请民政部、卫生部、人社部、财政部等相关部门一起参加。无奈、白化、天一、海韵和祺祺牛牛代表大家去楼上会议厅座谈,其他人员被安排在饭厅休息,并配备了医护人员给大家量血压,检查身体。

座谈会上,代表们根据全国失独群体反映多的问题,提出了几点诉求:一是把特扶和特别补助提高;二是在医疗方面,要求政府在医疗上给予特护,免除大病、住院的个人支付部分;三是养老问题,65岁以上的失独老人可以在自愿的基础上,进公立养老院养老,并成立专门统一协调的部门专职负责;四是对扶助年龄的要求放松,49岁以下的失独老人也应得到扶助;五是统一扶助标准。我们为

啥找计生委呢?因为计生委是计划生育的执行部门,我们希望你们能出面与各部门协调沟通。我们也是通情达理的,并不要求以上诉求一下子都能解决,但希望政府早日出台相关政策。

在座谈会的最后,国家计生委的领导发言。他说,首先感谢代表们向我们反映失独家庭的痛苦和诉求,并对我们的工作提出了很好的建议,使我们对失独群体的生活状况和现实困难有了更深的了解和认识。失独家庭积极响应国家的号召,为计划生育基本国策作出了贡献,是一个值得理解、值得关心、值得同情,应该受到尊重、应该受到关怀、应该得到帮助的群体。对你们提出的诉求、意见、建议,我们认真梳理一下,准备一个材料,再通过电子邮件或者你们再派几个代表,一起沟通、核实,然后如实上报。根据你们的诉求和建议,我们将会同相关部门共同研究制定政策。前期我们已会同其他部委拟定了一个文件,在一定程度上解决了失独家庭的一些问题,对地方政府也提出了一些要求。为什么这个文件迟迟没有下发,主要是感觉不完善,不解渴。请代表们理解,作为国家层面,不能下发一个文件后短期又作修改。国家计生委不是最高决策机关,需要和国家相关部门协商,比如失独老人养老问题,我们建议创建老年护理制度,这是一个新制度,需要相关部门进行调研、论证,需要一定的时间。

最后他说,今天听了各位代表的诉求,感同身受,不论是中国的传统文化,还是天地良心,我们计生委都应当负起责任,为失独家庭解决困难。

下午6点左右座谈结束，当代表们出现在饭厅时，饭厅里响起了热烈的掌声。无奈向大家重点阐述了座谈会的内容，并说明国家计生委和相关部门很重视，15个工作日后给予回复。大家听了很兴奋。工作人员也提来大筐的方便食品，分发给大家……

在2013年的两次诉求后，12月18日，他们终于等到了国家卫生计生委等五部门发出的《关于进一步做好计划生育特殊困难家庭扶助工作的通知》。可是，他们发现，通知中没有他们在诉求时提出来的"行政补偿"方面的内容。

2014年1月6日，几名失独者代表再次进京同卫计委沟通，希望在行政补偿方面给予明确答复。几个月后，他们接到了国家卫计委的答复意见书，上面称"对独生子女死亡家庭给予国家行政补偿没有法律依据"。

于是，2014年4月21日，他们再次来到北京。这应该是第四次。

这次进京的组织者之一笛妈在接受记者采访时明确表示："去年年底发的那个通知，只是把我们当成一般困难家庭加以对待，对于这个认定，我们不能接受。"

记者问："不能接受的原因是什么？"

笛妈答："我们不是一般困难家庭。通常而言，一个贫穷、失业、有残疾人士、有重大疾病的家庭，他们的困难是自然原因造成的，但失独群体面临的困难是国家独生子女政策造成的。实施这项政策时，我们履行了义务，所谓有义务就有权利，现在我们很需要政策保障我们的权利。而困难家庭的定位，没有体现出我们的牺牲与奉献，我们是失独家庭，不是困难家庭。扶助只能说是国家对我们这些失独家庭做的一项慈善，而不是针对我们做

的一个保障。仔细接触这个群体你会发现，这里面很多人是衣食无忧甚至家底殷实的。他们要的就是身份认定。'独生子女政策有贡献家庭'的身份对许多失独者来说意味着权利和尊严，所以相当重要。"

也就是说，此次进京，他们不再仅仅是为钱而来，更多的是想维护失独父母的自身权益。所以这次，他们还带来了由1780人签名的《全国部分失独公民关于请求修改〈计生法〉的公开信》。

他们表示："失独公民是为国家人口政策和经济发展作出了特殊贡献和巨大牺牲的群体。国家实行计划生育政策的这30多年里，少生了4亿人口，为经济腾飞争取了时间，取得了巨大的人口红利，而这个人口红利是实行计划生育公民贡献的成本。在国家繁荣富强的今天，应该考虑给予在赢得人口红利战役中作出牺牲的失独公民以经济补偿，这才是合法合情合理的。如果行政机关因为法律不健全而无法通过正常的行政程序来进行弥补，那就是法律的不公平、不完善，是法律出现了漏洞，全国人民代表大会法律委员会应尽快填补这个漏洞。"

第五次进京发生在2015年5月5日，也是规模最大的一次。

上午9时，北京知春路国家卫计委办公楼前，一曲由呼唤亲情、劝导游子的《常回家看看》改编而来的《失独者之歌》突然响起——

失独老人，命运悲惨，孩子没了，谁来家看看？日夜抱着一丝幻想，希望国家能帮我度过残年。

心中的孤独，有谁能理解？身上有病痛无钱住院，谁来家看看，来家看看？哪怕轻轻安慰几句嘘寒问问暖。只生一个孩子，为国家做多大贡献啊！孩子没有了，国家千万别视而不见……

歌声在人群里流淌，泪水在眸子里涌动，悲情在空气中弥漫。

歌者哭了，路人哭了，前来采访的记者哭了，维持秩序的警察也哭了……

白帽，旗子，标语。引来无数诧异的目光。

歌声，诉说，泪水。聚集社会各界的关注。

来自全国20多个省的1000余名失独父母代表来到国家卫计委表达诉求。这次进京，大家进行了充分的准备，在广泛征求各省失独者意见的基础上，提出了三条：一是要求政府将目前用来定义失独家庭的"计划生育特殊困难家庭"提法中的"困难"二字删除，不要把失独者视为等待国家救济的弱势群体，而应视为是对计划生育政策作出贡献和牺牲的家庭；二是要求政府部门承担失独家庭在法律上的赡养责任；三是要求各地政府在民政、卫计或其他部门系统下，逐级设立专门处理失独家庭问题的职能部门。

这次进京诉求，是历次人数最多的一次。他们制作了统一的旗子，每省一面，各省的人都在各自的旗帜下集合。大家戴上统一的帽子，打上统一的横幅，还唱起了由《常回家看看》改编而来的《失独者之歌》。

此次活动虽然参与人数最多，但秩序非常良好。一位组织者说："我们跟大家千交代万叮嘱，一定要保持冷静理性。晚上离开的时候，我们把纸屑捡干净再走。"

5月6日12时30分，国家卫计委与失独者代表的座谈会在卫计委会议室召开。

会议上，失独者代表"为了谁"（网名）向卫计委递交了由2693人签名的《致国家主席（总理）的一封信》和1753人签名

的《全国部分失独者'5·5'诉求》，并围绕诉求内容展开详尽的说明。

针对失独者的诉求，国家卫计委作出答复：

首先，代表卫计委感谢大家。计生政策取得了举世公认的成效，对缓解人口压力、提高综合国力等作出了巨大贡献。我们对失独家庭的遭遇感同身受。其次，大家所反映的主要问题我们都了解，如再生育费用由政府全负担的问题，本来是这样争取的，但各部门协调下来，却有具体的困难。对失独政策如何完善的问题，昨天上午我们还在开会研究。再次，针对以下主要问题，我们是这样考虑的。一是经济扶助。城镇多数不是经济问题，但存在。经济困难主要集中在农村，所以帮扶政策实行"低起点、广覆盖"、地方不封顶、可持续。今年开始启动动态调整机制，马上与相关部委联系。因为国家政策起点较低，有条件的地方可以做加法。失独群体中养老照料问题突出，我们还要督促地方政府，在同等情况下，要优先考虑和解决，除现有保障外，落实大病医疗保障。二是关于建立绿色通道、对失独者给予精神慰藉等问题，我们正在抓落实。三是改进工作作风和方法。责成家庭发展司把代表们反映上来的问题进行梳理、分类，贯彻好"41号文件"。7月份卫计委将开一个全国性的会议，重点是了解"41号文件"的落实情况，并进一步完善文件，改进工作作风，介绍和推广各地好的做法，将其制度化和经常化。做得差的地方，要给予通报批评。四是特扶金发放标准要城乡统一。五是对49岁以下失独群体面临的具体困难，卫计委正在考虑如何解决。

座谈会后，活动工作组向参与诉求的人员发放通知，宣布此次诉求活动现场部分告一段落。希望大家安全顺利返家，保重好身体，并继续关注此次诉求活动的后续进展及落实情况。5月7

日晚，各地失独代表陆续离开北京。

第五次进京诉求后，他们又于 2015 年 12 月 1 日进行了第六次。此次进京，从"全面两孩"政策公布后就开始酝酿。主要目的是建言修改《人口与计划生育法》，从法律上明确失独者的权益。大家普遍认为，这是一次很好的机会，因为一旦放开二孩，《人口与计划生育法》就要修订，他们想趁此修法的有利时机，推动修订失独者权益的相关内容。

12 月 1 日一早，北京的雾霾浓度严重超标，气温接近零度。在灰黄色的浑浊天空下，来自全国 20 余个省、市、自治区的 300 多名失独家长仍按原来的约定，聚集在国家卫计委门前。

上午 10 时许，国家卫计委安排诉求者代表座谈。在信访接待室，代表们表达了失独者的诉求：一是希望政府承担失独家长在法律上的赡养人责任；二是建立全国统一的失独抚慰金计算标准。同时，代表们就他们提出的诉求进行了一一说明，卫计委有关同志也就问题进行了政策上的解答。座谈在轻松平和的氛围中进行，直到中午 12 点。

12 月 2 日 10 点，国家卫计委再次召开座谈会，失独者代表重申了他们的诉求，并要求尽快给予答复。参加座谈的国家卫计委代表表示，提交的诉求已上报有关部门，中央领导也非常关注此事。希望他们继续对卫计委的工作进行批评、监督。

12 月 3 日，失独者陆续离京。第六次进京诉求活动画上句号。

先后三次参与进京诉求活动的笛妈说："对于我们大多数人来说，进京是奢侈的，是不得已而为之。进京一趟不仅是来回路费和吃住的费用，还有身体损耗的成本。"

是啊,进京不易。失独者年龄几乎都在50岁以上,有的达到了70多岁,大多身体状况不佳,这么来回折腾,怎么受得了?

每一次含泪听完失独者进京的经历后,我总陷入深深的思索之中。每当想起他们,想起他们拖着一副病弱的身体,步履蹒跚地行走在漫漫诉求路上,我的心就在痛。

愿政府和社会给予他们多一些关怀。

愿诉求路上少一些失独者的身影。

7758人的共同呼吁

2014年11月19日,居住在浙江省建德市的失独母亲"阿里"(网名)向全国人大和国务院分别寄出了由7758位失独者联名签署的《落实政府对失独家庭帮助的呼吁书》(以下简称《呼吁书》)。

《呼吁书》要求:一是以立法的方式,建立全国统一的抚慰金计算标准和抚慰机构;二是建立特别监护人和失独父母的医疗保障制度;三是建立失独父母的养老保障和失能帮助制度;四是建立失独父母日常优惠和助孕助养制度;五是建立失独父母临终关怀制度。

这份《呼吁书》是在多次诉求后,失独者发现自己的权益保护缺乏法律支撑,于是请全国著名律师、浙江碧剑律师事务所主任吴有水起草,由全国失独者代表讨论修改,并发往各QQ群广泛征求意见后完成的。应该说,它代表了绝大多数失独者的共同利益,是进京诉求以来最完善的一份《呼吁书》。

除吴有水律师外,失独母亲阿里为此也倾注了大量心血。阿里是浙江省建德市某学校教师,为人正直,富有爱心,工作认真负责,做了 25 年班主任,深得学校领导、同事和学生的普遍好评。

就是这么一位受人尊敬的人民教师,命运却不眷顾她。2004 年,她失去了这个世界上最疼爱她的先生,2009 年,又因一场车祸失去了她最心爱的儿子。

先后遭遇两次人生大难,其打击可想而知。

在家休息了四个月后,学校通知她上班,她只好强忍悲痛支撑起羸弱的身体,重新走上工作岗位。工作之余,一次偶然的机会,她在网上找到了全国第一个失独者 QQ 群。一聊,才知道,遭遇失独的不是她一人,阿里非常感谢群主"倩影如故"(网名)组织的武汉聚会,感谢一路走来为这个群体付出心血和智慧的人,是群体的努力使失独者们心有所依。作为群体的一员,她觉得自己也应该尽份力,做一些力所能及的事情。失独者分布于全国各地,十分松散,虽然建立了一些 QQ 群,但这些建立在虚拟空间里的组织说散就散,说没就没。一直富有同情心、爱心和责任感的她顿时觉得,失独群体除了靠自己,还需要社会爱心人士一起帮助呼吁,一起座谈商讨,共同研究相关事宜。

恰在此时,阿里从《浙江法制报》上看到浙江碧剑律师事务所的吴有水律师一直关注社会抚养费问题。吴有水是律师事务所主任、杭州仲裁委员会仲裁员,是一位在法律界知名度较高的爱心人士。阿里主动联系上了他,向他咨询,并两次邀请他参加浙江失独群体聚会,让吴有水律师了解失独群体,知晓群体心声。为此,富有爱心、同情心的吴有水律师心甘情愿为百万失独者免费担任法律顾问,并在网上发表《国家应依法对失独家庭予以补偿》、《落实政府对失独家庭帮助的呼吁书》等文章,由此向全国失独家庭发出号召,为以后进行相关活动做准备。

吴律师负责起草《呼吁书》，阿里则负责召集同命人座谈。她向全国各地的同命人特别是在失独QQ群中有一定威望且具代表性的失独父母发出邀请，希望大家能来杭州商议。

2014年7月19日，受到邀请的沈阳"村长"（网名）、湖南"郭老侠"（网名）、湖北"倩影如故"（网名）、河北"冰川"（网名）、河南"天心"（网名）、上海"老马"（网名）、山东"心歌"（网名）、浙江"自由飞翔"（网名）等人相聚杭州，重点讨论吴律师起草的《呼吁书》和其他相关事宜。吴有水律师和广州平等机会中心陈宏达研究员现场进行指导。

吴律师说："'41号文件'对于失独家庭的特别扶助金标准明显偏低，应该按照省、市级别人均可支配收入进行统一，就算不能统一，也要达到人均可支配收入的70%到80%。原因是，违反了计划生育的处罚就是按照人均可支配收入征收罚款的，这些家庭遵守了计划生育政策，对其补偿自然也应以此作为标准。我们律师所能做的，就是帮助失独者提高权益意识，当好你们的顾问并予以法律上的支持，切实为大家指出正确的维权方向。"

陈宏达研究员则向大家介绍了平等机会中心为救助弱势群体而受理的成功案例，并为大家指出向上申诉的方法和渠道。

大家认为两位专家讲得非常好，不但给失独者起草了相关文书，而且为他们如何申诉指明了方向。

随后，与会代表对吴律师起草的《呼吁书》进行了认真审读，提出了一些修改意见。最后，大家一致决定，将修改稿发到群里广泛征求意见后，再呈送给全国人大常委会和国务院等相关部门。

几个月后，一份凝聚了各方智慧和共识，撷取各地先进经验，对失独家庭的扶助措施进一步明确化、规范化的《呼吁书》

顺利出笼。

2014年11月19日,一个秋高气爽的午后,阿里受同命人之托,将这封由7758位失独者签名的《呼吁书》寄送给了全国人大和国务院。尽管后来没有得到有关方面的明确答复,但他们坚信,他们的心愿和诉求,已经飞到了最高权力机关和行政机关。这也是一种收获。

失独群体中不一样的声音

在失独者普遍诉求的基础上,还有来自细分人群的具体诉求。

据国家相关政策规定,计划生育特殊困难家庭扶助需要满足以下条件:女方年满49周岁、只生育一个子女或合法收养一个子女、现无存活子女或独生子女被依法鉴定为残疾(伤病残达到三级以上)。符合上述条件的对象,由政府发放独生子女伤残死亡家庭扶助金。丧偶或离婚的单亲家庭,男方或女方须年满49周岁才能领取扶助金。扶助对象再生育或合法收养子女后,中止领取扶助金。

这就说明了,年龄在49岁以下、失独后再生(抱养)的人被圈在了政策范围之外。他们说,大多数失独者失独后身心俱毁,不少人在49岁之前就失能、失业,小孩生病的更是欠下巨债,根本无法生活,把享受特扶政策的年龄规定在49岁以上,对他们是致命的打击;失独后再生养的,往往因为再生或再养欠下外债,加之年龄偏大,身体每况愈下,抚养孩子力不从心,更需要政府和社会的关爱。

还有就是失独后有第三代的,即虽然孩子死亡但给他们留下

一个谎言。我们谨言慎行,为的是把对孩子的伤害降到最低。

我们认为这些孩子和目前备受公众关注的留守儿童同样需要得到国家和社会的关爱。留守儿童除了有爷爷奶奶的关心、兄弟姐妹相拥相伴、姑舅姨叔帮助,还有外地打工父母一年一度的相聚……虽然国家计生政策放开了二胎生育,但我们这些孩子却永远失去了兄弟姐妹的缘分,是十分可怜、需要社会和国家关爱的人群。因此,我们提出以下诉求:

政策层面,对独生子女走后、留有三代的,国家更应该高看一眼和厚爱一层,在入托入学、就医就业等方面给予优惠、减免,提供更具人性化的政策和法规,让这些孩子能够健康成长。

呼吁为这些孩子建立档案,跟踪联系,建立可行的救助机构机制,给予相应待遇。待孩子长大了,上学就业方面国家应优先考虑。

协调三代随其父或母生活的探视等问题。随着儿媳女婿另组家庭,这些失独老人探视三代受到阻碍,更有甚者,因为探视孩子招致谩骂和胁迫,让他们受到双重精神折磨,希望有关部门帮助协调。

建立教育扶助和社会抚养机制。教育孩子是我们面临的严峻问题。时代不同了,教育孩子已不同以往年代,教育模式也发生了变化,我们已跟不上教育发展的脚步。另则,我们一旦有病了、失能了、离世了,谁来抚养他们?希望国家能建立社会抚养机制。

天堂和人间共同期待国家政策的完善，期盼政策和法规为我们这些老人和孩子保驾护航，让老人能安度晚年，让孩子能健康成长，圆一个温馨而踏实的中国梦！

"有三代"失独家庭

读完这些诉求，我的心久久不能平静。不论是失独后再生再养的、49岁以下的还是"有三代"的人群，他们不仅生活在失独的痛苦之中，更生活在失独后的挣扎、无奈与恐惧之中。如果我们换位思考，站到他们的角度去想一想，你定会觉得他们提出的诉求不无道理。

我们只能寄希望于国家、政府和社会给予他们更多的关注与关怀，在可能的情况下，能够实现他们的梦想。

那样，这个世界肯定会变得更加和谐、美好。

她只想"美美地做女人"

"我没有什么远大志向，我最爱做的事就是布置家和做饭，在温馨而优雅的家里，把饭菜做成艺术品，然后，慢慢地写写诗，轻轻地唱唱歌，美美地做女人。"

这是一个爱美的女人在"三八"节前接受某周刊记者采访时说的话。

然而，这个只想"美美地做女人"的人，放弃了自己的追求，于2015年12月1日与各地失独者一起，冒着浓重的雾霾参加了进京诉求。

她叫剑侠（网名），出生在水草丰美的嫩江之畔、美丽动人

的丹顶鹤故乡。碧绿的嫩江水荡涤出她白净的肌肤和灵魂,美丽的丹顶鹤为她衔来飘逸的智慧和才情。她不但天生丽质,而且有副好嗓子,更写得一手好文章。

她五岁开始登台,各种奖杯、奖状挂满了半壁墙。1994年,黑龙江省举行的全省青歌赛决赛上,她一曲《江姐》可谓感天动地、直抵心灵,全场为之欢呼。学生时代,她就开始发表文学作品,涉猎广泛且成果丰硕,多种文学选本里至今仍保存着她的佳作。她写的动漫脚本在威海电视台连续播放,她写的歌曲被青岛合唱团演唱并制成光盘……

她是上世纪60年代的独生子女,当年父母为了党的事业,把她扔在幼儿园里全托,这反而练就了她独立、自主、自信、自强的性格,对人也更宽容、更感恩。她说:"我常常感恩那些肯拿出时间来陪伴我的人,因为时间是什么?是生命。人家舍出命来陪我,哪怕不开心,哪怕有矛盾,哪怕吵架,哪怕亏欠我、伤害我,我都十分感恩,因为我知道,那有多么宝贵。"她还说:"生命的长度我们说了不算,但让生命尽可能地精彩,让生活尽可能地精致,让自己尽可能地美好,我们通过努力是可以做到的。"

然而,就是这么一位十分优秀的女人,在2014年10月5日晚7时25分,从天堂直堕地狱——与她相依为命26年、令她无比自豪和骄傲的独生子李方道因车祸身亡。

天崩地裂,万箭穿心。快乐和幸福瞬间灰飞烟灭!

她经历了离异,那时儿子才五岁。为了把儿子养大,她承受了比一般女人要多得多的困苦和磨难,同时也取得了比一般女人多得多的成就。她说:"我虽然没赚到很多钱,但我很有成就感,因为我培养了一个出类拔萃的好孩子,这是我最大的成功。"

自 1995 年，剑侠母子背井离乡，穿梭于威海、广州、深圳、北京等地，她像一只风筝，飘荡在多个城市的上空。写作、唱歌、做记者、当编辑、拍电视、干电台主持、开公司、办杂志……忙碌如机器，旋转似陀螺，生活不容她有片刻停留。她写作，成为山东省作家协会会员，以报告文学作家的身份载入《威海志》；她唱歌，夺得国际合唱比赛银奖；她做记者，受聘于时政大报《南方周末》；她做编辑，走进了全国政协主办的《人民政协报》；她拍电视剧，首次"触电"艳惊四座；她干电台主持，海天之间便刮起纯净、醇美之风……

儿子一天天长大，以优异成绩考上了北京重点大学。一米八的大高个儿，长得阳光、帅气，英俊潇洒且风华正茂，几乎继承了母亲身上所有的优点，又比妈妈多了几分幽默和干练。读大学时，就被公安局看中——2009 年 2 月，威海招录民警，儿子毅然报名并被录取。当他终于穿上向往已久的警服时，他说他是世界上最幸福的人。

干了自己最喜爱的事业，再苦再累儿子都愿意。逢年过节替别人值班成了家常便饭，一夜出警五六次更是小事一桩。"妈，半小时后叫醒我去上班。"儿子经常一大早灰着脸儿回家，说完就一头倒在床上。他总是说，他一个小孩儿，多折腾几趟累不坏，只要让他眯上五分钟，就又是一条好汉。

2014 年 5 月 29 日端午节前夕，威海某地发生大火，五天五夜没回家的儿子突然蓬头垢面地推开家门。他大口地喘着粗气，脸上和手上有一道道被树枝划伤的血痕，警服上除了被火烧出的破洞就是发白的汗渍。他说执行任务碰巧路过家，要过节了不能和姥姥姥爷一起吃饭，特地上楼看他们一眼。姥爷立刻竖起大拇指，说："好好好，好样的！古有大禹治水，今有方遒救火，救

火要紧,不要惦记我们。"儿子开玩笑地说五天五夜没脱鞋的脚威力无比,比毒气弹还要命呢,就不进屋了。姥爷还想进一步询问火灾情况,儿子只说了一句"你们看新闻吧",就一瘸一拐地下楼了。后来,在微信里她看到儿子战斗在救火现场的一组组照片,浑身是血,遍体是伤,当娘的又是骄傲,又是心疼。

儿子对业务的钻研更是到了痴迷的程度,所有的考核、考试,名列第一的永远是他。他办的案子,连老警察们都夸漂亮;他做的案卷,被视为样板,供大家学习、借鉴。

儿子是全局出了名的"小才子"。大概是遗传了母亲的基因,儿子也写得一手好文章。他的处女作发表在《威海晚报》公安专版,还配了开警车的照片,引来无数点赞。他自编自导自播的"公安频道广播节目",运用多种表现手法,把人民警察的平凡与伟大、付出与收获、忠诚与牺牲表现得淋漓尽致。

因才华横溢、成绩突出,儿子先后被评为公安局"先进工作者"、"最受人民喜爱的好民警",一时成了抢手的"香饽饽"。基层派出所拼命地争取他,局长想调他去局机关,政委要调他到刑警队,最后,儿子自己提出要到派出所参加一线战斗。当年9月,儿子被调到了古寨派出所,刚报到就主动请求值班。国庆节前还破了一个吸毒大案,把全局当年的指标都完成了。

国庆节的晚上,儿子终于按时回家了。他告诉剑侠:"我正在缉毒,太精彩了,可是我没时间写,妈妈我讲你写吧,然后拿到公安报发……"这是儿子跟她说的最后一番话。

晚饭后,儿子又要赶回所里,她目送儿子下楼。当她关上房门的一瞬间,内心充满了喜悦和骄傲。她看到了一个既英气逼人、阳刚威武,又风流倜傥、魅力四射的青年才俊,他像秋天里刚刚成熟的庄稼,饱满坚实、丰盈硕壮,看一眼就让人怦然心动，喜上眉梢。

可是，再见到儿子时，却是在太平间了。

剑侠回忆说："那一瞬间，生不如死，肝肠寸断，信仰坍塌。整个世界都毁灭了，一辈子的奋斗统统归零。所有的幸福和快乐、所有的付出与收获、所有的骄傲和自豪、所有的光荣与梦想、所有的成功和辉煌、所有的所有都化作了泡影，一切的一切都成为苦不堪言、痛不欲生的回忆！"

丧子的剧痛彻底击垮了她。她一度精神失常住进了精神病院，又突发心脏病，白天和夜里一样地浑浑噩噩。她想到了死，可就在她准备结束生命时，86岁的老父亲和80岁的老母亲出现在她面前。这时她才知道，自己连死的资格都没有。

自己是父母的独苗，儿子又是自己的独苗，家族的传承责任全在儿子身上。如果让老人知道儿子没了，岂不要了他们的命？他们本已风烛残年，怎经得起如此重创？

几天不见孙子，老人急了："我打了多少遍龙儿（儿子的小名）的电话，就是不接，怎么回事？你再打，再打！"

她咬碎牙往肚里吞，只说了声："龙儿被派到国外当卧底去了，不能接电话……"说完，转身就跑出病房。

剑侠的家庭可以说是警察世家，只要一说办案，全家人就都无条件服从，从不多问。剑侠有一个亲戚曾在国外当卧底，一去就是十七八年，断绝了与家里的一切联系。直到前几年，他完成任务回国，家人才明白一切。有了这样的先例，剑侠用儿子出国当卧底的理由来搪塞老人，老人自然相信了。

谎言可以暂时应付老人，但失独后的苦难却无法回避。先是失业，在拿了三个月的失业金后便没有了任何经济收入。除了吃饭、就医等费用，剑侠还要支付养老保险、医疗保险、房贷等，

她告诉我,她将尽可能多地为失独者做些事情。比如通过不断地呼吁,希望修正法律中定义模糊的条文,将扶助独生子女伤残、死亡的责任明晰,让失独者们不再求助无门;比如通过大家的努力,使各级政府部门都设立专门负责失独群体的机构,失独者遇到各种困难都能及时得到帮助,而不是像现在这样求助无门;比如通过协调,能够做到在公共服务方面制定更多人性化的制度规定,如医院手术签字问题、社会福利机构养老政策问题等等;比如通过自己的协调、牵线,让更多的社会组织和爱心人士参与到"暖心行动"中来;比如通过自己的影响,动员和组织更多的专业社工、心理辅导师等人员走进失独家庭,为他们疗伤。总之,她想通过自己的奔波与呼吁,在全社会营造出一种相互关爱、相互理解、相互帮助的良好风气,使每一个失独者都能走出阴霾,重塑人生。

告别苗大姐,我从她那坚毅的眼神里,读到了一种难得的从容与执著。这种从容与执著告诉我:明天会更好。

用理性的灵光为失独问题导航

2015年12月6日,一个阳光灿烂的上午,在北京大学教师宿舍楼里,我采访了关注、研究失独家庭多年的著名人口学家、北京大学人口所教授、博士生导师穆光宗先生。

先生从事人口问题研究多年,独著或与人合著的专业著作达25部之多,发表论文400多万字,先后获中国图书奖、教育部人文社科成果奖、中国人口学会优秀成果奖、中国老年学会优秀成果奖、国家人口计生委优秀成果奖等多个奖项,是国内人口学领域的顶级专家之一。

本世纪以来，他致力于失独家庭研究，用正义的声音不断为失独者鼓与呼，深得社会的普遍认同和赞颂，在业界享有极高的声望。

一部全面反映失独家庭的报告文学，如果没有他的身影和声音，是不完整的。因此，我早就想对他进行采访。趁着在北大参加一个研讨会的机会，我与他取得了联系。他二话没说，当即答应了我的采访，并嘱我马上去他家，他在家等我。

我怀着崇敬的心，叩开了他的家门。

他十分客气地迎我进门。这时我才知道，先生身体抱恙，正在家里休养。我为自己的冒昧感到不安，他却说，这是一件为国人解忧、为国家造福、给人民温暖且功德无量的大好事。他不但乐意接受我的采访，而且乐意为我提供一切帮助。

我们的话题从他最初关注这一群体开始。

他告诉我，他最早结识这个群体是在2002年6月至8月期间。当时，他参加了中国人口福利基金会组织的赴甘肃、宁夏、浙江、湖南、四川5省区12个乡镇的计划生育家庭专项调查，共调查到孩子夭亡家庭139户，其中独生子女夭折家庭58户。

他清楚地记得，在四川省蒲江县天华镇，一对夫妇的22岁独子死了。那位深爱着自己儿子的母亲在讲述时，泪一直流，手一直抖，她说："身不残心已残，儿子上山时，自己真的不想回来了。精神彻底崩溃，很想自杀，但一想到家中还有80多岁的父亲需要照顾时，才忍着痛把命留下了。"还有一位失独母亲，24岁的儿子因病死亡，从此过起了"没有奔头的日子"，不但欠着外债，年久失修的老房子也多处漏雨……临别时，这位52岁的母亲使劲拽着他的胳膊哭喊着："我要孩子！我要孩子……"那撕心裂肺的呼喊至今犹在耳畔。

调研回来后，穆光宗起草了一份很长的报告上报给国家计生委。报告中，他中肯地提出"计划生育残缺家庭"问题，希望引起各级政府的重视并予以解决。

就在这时，他强烈地感受到：独生子女家庭是高风险家庭。于是，他奋笔疾书，写下了关于失独家庭的第一篇论文《独生子女家庭本质上是风险家庭》，在中国人口学会会刊《人口研究》2004年第1期上发表。文中，他对独生子女的风险性作了详细的分析：

第一是孩子的成长风险。主要包括夭折、重病的风险。如果这样的风险发生在父母已过适龄生育的中老年，打击将是毁灭性的。

第二是孩子的成才风险。"独柴难烧、独子难教"，古有明训。一个孩子天然地缺乏同伴教育的良好环境，其成长生态堪忧！

第三是家庭的养老风险。如果前两个风险发生，养老风险必然发生；如果避免了前面的风险，养老风险依然存在。只生一个的决策实际上放大了孩子未来的养老负担，使得家庭养老缺乏最起码的回旋余地。

第四是社会的发展风险。这层风险同样逃不脱风险因果锁链的制约，前面的风险发生的话一定会波及整个社会的发展。

第五是国家的国防风险。一旦发生战事或者需要独生子女及其家庭奉献的时候，国防的风险也是多少存在的。

他认为，随着生命周期的展开（从婴儿到童年、少年、青年再到壮年和老年），风险问题可能转化成难以补救的家庭灾变，一旦遭遇了灾变，独生子女家庭极有可能马上转变为弱势家庭、残缺家庭、病态家庭。这种负向的家庭变迁遂成计划生育时代社会的巨大创痛。

上述风险的发生既有时间上的前后关系，也存在着因果上的联系性。这种风险链告诉我们，孩子的命运、父母的命运、家庭的命运和整个社会的命运都是相关的。

因此，穆光宗主张：从整个生命周期的框架出发完善生育政策，直面独子（女）生育所隐含的潜在风险，以"优化的和适度的生育"为新的理论指导，走出一条以人为本，全面、协调、持续的人口发展道路，更多而不是更少地考虑个人、夫妇和家庭的权益。

这一论文的发表，在人口研究、社会发展、计划生育等领域无异于投下了一枚重磅炸弹，其影响力和作用力不可小觑。

就在这篇论文发表半年后的2004年7月下旬，他意外收到一封来自湖南省长沙市某企业女工的来信，信中说："一年多前，我们的独子不幸患上恶性肿瘤，永远地离开了我们。这对于人到中年的我们来说，无异于天塌下来了。我们真是悲痛欲绝啊。孩子品学兼优，长得高大英俊，年仅17岁。在孩子患病的两年中，工厂效益不好，工资不能按时发放，但为救治孩子，我们四处借债，花费了16万多元仍没留住心爱的儿子。孩子走了，留给我们夫妻的是无尽的悲痛、思念和一贫如洗的家。未来生活的孤苦、凄凉，让我们不寒而栗。我时常在想，今后怎么办？这一年，我四处奔波，吃药治疗，争取再孕，可是年龄大了，再生育无望。没有了自己的亲骨肉，家庭也永远没有了快乐、幸福，人世间还有什么比这更凄惨的呢……"

读了信后，他久久不能平静，基层调研的一幕幕再次浮现在他眼前。顿时，一种使命感和责任担当在他胸中涌动。他认为，作为一个负责任的学者，除了需要科学、严谨的治学理念外，更

要有一颗敢于担当、为真理付出一切的爱民之心。

于是，他又写下了《独生子女风险论》《中国人口转变的风险前瞻》《失独家庭本质上是痛苦家庭》《失独父母的自我拯救和社会拯救》《拯救失独首先是政府责任》《失独三问》等有影响的理论文章，并分别于 2010 年对辽宁、2011 年对浙江、2012 年对江苏农村失独家庭作进一步深入调查和研究，用翔实的来自基层的一线资料证明了他观点的正确性。在此基础上，他倾尽全力向全社会呼吁：拯救失独。

他认为：首先，要从政策层面杜绝"政策性独生"和"政策性失独"现象，同时要从文化层面减少"自主性（或者选择性）独生"和"自主性（或者选择性）失独"现象，鼓励打造有两个以上孩子的"合适之家"。

其次，对失独父母要进入社会化帮扶模式，为此可以考虑成立"失独者全国联盟"，用生命来关怀生命。对再生育成功的失独家庭，要纳入"社会化抚育模式"，特别是高龄失独再生育成功的特殊家庭。对老无所依的失独父母，要纳入"社会化养老模式"。大面积、同质性的失独在中国有计划生育政策的现实背景，是一个巨大的人道主义问题，是中国推行一胎化政策以来独有的一个社会难题。失独之后就怕无人过问，所以，他们有情绪、提出非暴力的"柔性诉求"可以理解。一方面这个群体固然有不平衡的怨恨心理，另一方面也的确存在老无所养、老无所依、老无所乐的问题。养儿防老、养老送终、传宗接代的观念一直是中国人的人生信仰，当一切尽失时，他们只能期待国家有专门的组织和政策来关心、关怀、保障和服务。他们非常渴望沐浴政策的暖意和阳光，而不是冷漠和推诿。

如果说失独是第一次伤害，失去国家关爱则是第二次伤害。

现实中，失独保障和相关服务的政策制度总体是缺位的、滞后的、低标准和不完善的。那种抱团取暖的养老诉求以及对养老模式的选择偏好应该得到理解。当然，我们也要看到政策和公益与时俱进的一面，社会各界对失独问题的关注度和关怀度在提高，政府经济扶助金的标准在提高，非经济方面的措施如再生育的援助工作也在开展。

实现良好的居住生态有两个条件：一是身份心理认同，也就是同命人的自我认同，不会有社会歧视和自我歧视；二是社会交往认同，彼此谈得来，要哭一起哭，要笑一起笑。物以类聚，人以群分；抱团取暖，心理平衡。要认可这种特殊的同质性养老模式，虽然不一定鼓励但要理解这种特殊的养老诉求和养老模式。但这种养老模式容易形成某种程度的社会隔离，理想的还是回归能够融入社会的正常的养老模式。可是，这也很难，失独所造成的"心灵残缺"恐怕是要伴随余生的。

他认为，政府不要将"抱团取暖"误读为"抱团闹事"，毕竟失独养老拷问着社会的文明程度和政府的负责态度。失独家庭本质上是痛苦家庭，而不一定是经济困难家庭。失独父母也存在种种困难需要关切，但挥之不去的是痛苦和悲伤。他们最需要的是尊重、关怀和保障。经济上的困难一定程度上可以克服，但首要的和核心的困难是家庭结构不完整、孩子永远缺位所带来的深刻的痛苦。现实中，很多中国父母是为孩子而活的，孩子夭亡导致他们的生活失重、无趣无力，毕竟断子绝孙是人生不堪承受之重。因为对独生子女来说，一切都是唯一的，唯一的孩子意味着唯一的命根、唯一的希望、唯一的慰藉、唯一的依靠、唯一的唯一。这唯一性就是最大的风险，就是天生的脆弱。

政府应加快开放二胎，特别要抢救70后妈妈们的生育机会，

要抢救非独家庭的生育机会，杜绝新的政策性独生子女风险家庭的涌现和政策性失独痛苦家庭的增加。当然，这里有一些问题需要进一步讨论：比如政策的定位，是扶助还是补偿，是需要还是权利；补偿的标准和失独父母的需要相比还存在差距；补偿的起始年龄从什么时候算起，49岁以后还是从失独时候算起；再生育成功的有没有补偿；经济补偿之外，需要出台更全面、更细致的针对失独父母这一特殊群体的养老服务和保障制度。

再次，结合父母的生命历程，区分"暂时性失独"和"永久性失独"两种情况也是非常必要的。这种分类与失独的时点有关，即失独者所需要的帮助与生命历程中的"失独时点"有关。如果失独发生在父母中青年时期，失独家庭还有再生育的可能，他们需要的不仅是心理疏导和精神关怀，还有再生育的帮扶；如果失独发生在父母退出育龄期之后的准老年或者老年时期，他们需要的同样有心理疏导和精神关怀，还有就是现实的生活帮扶以及预期的养老服务和保障。换言之，失独之初不一定有养老之需。

最后，需要明确的是，失独父母需要的一系列保障、服务和关怀，不仅是失独者的"需要"，而且是失独者的"权利"。在失独父母遭遇的问题中，最普遍、最突出、最紧迫的失独问题当属养老保障和服务的缺位和匮乏，因为到了老年阶段家庭养老的亲子支持已完全丧失。

总之，贡献者奖、牺牲者补、困难者助，这是文明社会公平正义的必然要求。失独补偿的实质是"风险补偿"，是对"唯一性风险"的国家补偿。一胎政策一开始就没有规避风险和补偿风险的意识，这对独生子女家庭很不公平，唯一的风险是政策造成的，因此政策制定者难逃"绑定责任"。一旦失独，父母和家庭就会产生生养孩子的投资损失、效用损失、情感损失和面子损失，有时候情感损失和面子损失更要命，没有了亲情滋养和天伦之乐，更背上了断子绝孙的心理包袱。

失独家庭的本质是"痛苦家庭"而非"困难家庭"。政府要让失独父母不仅老有所养，而且老有所医、老有所靠、老有善终，高看一眼、厚爱一层，给予养老、照料、情感等全方位的支持帮助而不仅仅是给几个钱，这是穆光宗提出的"唯一性风险补偿"的含义。

一上午时间很快过去。告别他时，他握着我的手，真诚地说："希望你持续追踪，持续关怀，为失独家庭代好言，做失独老人的知心人。"

谨记他的嘱托，我走出北大校园，走进熙熙攘攘的人流。

据我手中现有的资料显示，学术界、理论界对失独现象的关注，最早发生于2000年7月，山东社会科学院人口研究所王秀银教授等学者在人口发展与人口科学全国学术研讨会上推出的《大龄独生子女意外伤亡——一个值得关注的社会问题》一文。这篇文章拉开了专家学者研究独生子女死亡问题的序幕。

此后，由于独生子女规模的不断扩大和新闻媒体报道的日益增多，这一问题的研究吸引了越来越多学者的参与，不但在理论上取得了丰硕的成果，而且在解决这一问题的实践中发挥了重要的指导作用。

比较重要的学者除穆光宗、王秀银外，还有北京大学教授李建新、中国人民大学社会与人口学院教授翟振武、上海社会科学院经济研究所所长左学金、中国社科院人口与劳动经济研究所研究员王广州、中国人民大学社会保障专业博士谢勇才、北京大学法学博士吴士勇、上海工程技术大学上海社会保障研究中心黄万

丁和王茂福、南京人口管理干部学院教授潘金洪和周长洪、南京大学社会学院教授陈友华、南京大学公共管理学院的周沛和周进萍、华东师范大学人口研究所所长桂世勋、山东省社会科学院副研究员李兰永、淮南师范学院教授方曙光、广州大学公共管理学院教授朱艳敏、广西科技大学（筹）社会科学学院副教授宋强玲、中央财经大学社会发展学院副教授丁志宏……

他们或从独生子女风险、或从独生子女死亡、或从独生子女死亡家庭、或从独生子女死亡父母的社会保障、或从独生子女死亡的政府责任等领域进行深入探讨和研究，为失独者群体自救、为政府顶层制度设计、为社会组织救助提供了广泛而有效的理论指导。

飘飞在失独群里的美丽天使

夜已经很深了。喧哗了一天的都市随着夜的深入渐渐地静了下来。她站在窗前，凝望万家灯火，脑海里又出现了蹒跚在全国各地的失独老人的身影。

马上又要过年了，今年他们的年怎么过？和谁过？

她陷入了深深的思索之中。

她叫张静，汉族，网名了飘，玉树的康萨活佛曾送给她一个藏语名：桑巴拉姆（意即慈悲的仙女）。她是北京中华女子学院健康管理专业的教师、中华女子学院家庭发展研究中心执行主任、关爱失独暖心联盟召集人；也是中级社工师、国家二级心理咨询师、全国优秀志愿者、"北京精神·北京榜样"最美慈善义工十大榜样人物、中直机关"五一"劳动奖章获得者、国际莫尼卡人道主义青年奖获得者。她来自湖南浏阳，上世纪90年代，在当地人民医院有一份稳定工作的她毅然辞职，只身一人到中华女子学院求学，1999年毕业后留校。通过自己的努力，短短几年时间，她成了一名优秀的社工师、心理咨询师、知名公益人士，而且在家庭社会工作、老年社会工作、青少年心理健康、性与性别研究等方面有很深的造诣。她先后参与了汶川地震、青海玉树地震、甘肃舟曲泥石流、甘肃岷县地震等大型自然灾害的一线心理救援，并长期支持灾区重建，服务失独家庭，关爱流动、留守及孤残儿童。

了飘，了然飘去，悄然而归来。她就像一个美丽的天使，了其一生不求回报地飘飞在失独者群体中，给他们带去慰藉、关怀与关爱，带去他们最需要、最珍贵的东西。

她在接受我的采访时说，她与失独家庭的第一次"亲密接触"是在2012年3月。当时，中国计划生育协会启动了"生育关怀——计生特殊家庭帮扶模式探索项目"，在14个省的15个市设立了项目点，作为专家团成员她参与了基层调研及哀伤辅导部分的培训工作。

她首先走进的是失独家庭。迎接她的除了老人们的泪水，就是伤痛和绝望。她一边做访谈，一边顺其自然地在现场做了一些危机干预和创伤治疗。一家家做下来，她被他们的痛和伤震撼了。自己做了那么多年一线的心理辅导，怎么这时候才知道有如此惨痛需要慰藉却无形中被忽略了的一个群体呢？相比地震、泥石流等灾后援助，失独家庭长年潜在的创伤治疗起来难度更大。因为他们失去的是唯一的孩子，这种唯一性，是用任何办法也无法弥补的。

那年夏天，她去甘肃为失独父母作团体心理干预。当时，接受干预的共10个人，9男1女。起初，大家对她并不认可，认为她一个小女子，单凭一张嘴，就能缓解他们的痛苦？特别是男

人,心比女人硬,要做好他们的心理干预,简直是天方夜谭。她先不考虑这些,只是用心地去做,一家家地聊着往事。说着说着,不知不觉中,一向自以为十分坚强的男人们也跟着哭起来,一哭,就一个个都忍不住将潜藏在心灵深处的痛楚全泼洒了出来。

她不但利用一切机会亲临现场救援,更运用网络开展免费咨询、辅导和治疗。有一位失独母亲,儿子被杀,痛苦不堪的她产生了严重的复仇情绪。了飘了解后,在网上对她进行了耐心细致的心理辅导,她们一聊就聊了两个多小时,从仇恨到谅解,从痛苦到告别过去,从身心压力到自我调适,了飘帮助这位失独妈妈把一个个的心结慢慢梳理开来,还远程引导她跟死去的孩子补作了哀伤告别仪式,帮她从痛苦而又复杂的哀伤情绪中解脱出来。几个月后,这位妈妈向了飘报喜说,自己怀孕了。又过了几个月,又接到她的电话,说生了。听到这一消息,了飘非常激动,既为那位母亲,更为自己所从事的工作。

人所共知,心理疗伤是一项十分复杂而繁琐的工作,大多数人不是一两次辅导就能达到效果的,而是要经过复杂的渐进过程。因此,她总是不厌其烦,综合应用"生理-心理-灵性-社会"相结合的治疗方式抚慰失独者的哀伤,而且还注重在失独的同命人里培养一些骨干。她先让他们告别思念的痛,再让他们正视现状,做到能照顾自己,最后在照顾好自己的基础上去帮助别人。作为一名大学教师、社会工作师和心理咨询师,她一直把自己当成一座桥梁,积极豁达、自始至终地在失独关爱领域里传递着"生命顽强,爱心互助"的信号。同时,她结合创伤治疗的理论及自身的实务经验,在国内首创了"哀伤辅导七阶段模式",把失独家庭的哀伤过程细化为了七个阶段:否认与隔离,愤怒与抗拒，讨价与还价，沮丧与寻找，接受与麻木，告别与整理，希望与重生。与此同时，她针对失独家庭每一个阶段的哀伤反应特点提供了如何进行心理慰藉的介入方案。

她把这一模式和方案带到了全国各地。北京、河北、上海、江苏、海南、重庆、吉林、甘肃……都留下了她奔波的身影，不论是经常光顾，还是第一次前往，每到一地都受到了失独者们的热情拥戴。有一次，她受邀前去石家庄市作团体辅导，失独老人们此前没见过她，当陪同干部介绍她就是了飘时，大家就像见到久别的亲人一般，一个个跑上来与她久久相拥、含泪相对。

有人说，从了飘老师在培训中自创的一首歌词就可以看出她在失独创伤治疗领域的与众不同。这首歌的名字叫《宝贝，你好》，其副标题为"谨以此歌词送给所有曾不幸失去孩子的父母们，你们的顽强和执著是生命永恒的写照"。

宝贝，你好，捎个信来好不好？

妈妈想要逃，带着思念逃呀逃，逃到了天涯海角把你找。

宝贝，你好，托个梦来好不好？

妈妈想要跑，跟着风儿撵你跑，跑到了天堂转角把你找。

宝贝，你好，忘了回家不太好。

爸爸还在等，看着足球等儿笑，等到那太阳落山把你抱。

宝贝，你好，忘了起床不太好。

爸爸还在说，乖乖孩子起早早，等到那太阳暖暖把儿照。

……

宝贝，你好，记得吃饱穿暖睡好好。

我们哭着笑，我们哭着跑，我们哭着看，我们哭着找。

宝贝，你好，不要惦记家里都还好。

可以笑着哭，可以笑着跑，可以笑着看，可以笑着找。

……

宝贝，你好！

再想，再痛，我们慢慢合力牵着双手一起向前跑。

宝贝，你好！

再苦，再难，我们都要努力把日子过得越来越好。

宝贝，你好！

大家，都好！

对于个体的心理疗治，她做到了尽善尽美，但是对于整个群体的伤痛救援，她总是觉得力不从心。她想，只有调动各方面的力量共同参与，方能达到更加理想的效果。于是，她通过培训骨干传帮带、建立联盟汇聚能量、自我疗愈助人自助等措施，把力量汇聚到一起，将知识无偿传授，收到了极好的效果。

2014年暑假，她应石家庄市计划生育协会邀请，为石家庄市20个区县的计生干部巡回培训了"关爱失独家庭的亲情志愿者沟通技巧"，让更多的计生干部懂得了如何有效帮扶失独家庭。2015年1月，她以召集人的身份邀请了众多专家、NGO负责人及部分公益人士，在北京成立了一个虚拟的互助分享平台——关爱失独暖心联盟。2015年暑假，她赴保定为来自六省八地的失独老人举办了为期三天的"银河岁月成长小组"培训。她期望用"银河"之寓意协助失独老人与天堂的孩子们建立起自我疗愈的对话平台，用"拥抱哀伤而生存"的信念鼓励失独老人挖掘晚年生活的力量，让生活绽放光芒。这一次小组培训，了飘用"助人自助"的理念为不同地区培养了第一批源自失独家庭自身的自助互助骨干。

对于失独老人,节日就是他们的"劫日"。每到春节,身处一派团圆喜庆氛围里的他们,无异于撕裂血淋淋的伤口。怎样才能将他们从这种伤口撕裂的痛苦中拯救出来?为此,了飘又进行了大胆的尝试。

2014年1月29日至31日,在她的发起下,来自全国23个省区市共211位失独老人汇聚海南三亚,以举行"2014首届失独家庭生活提升研讨会"的形式,过了个很不一样的春节。他们租了一家宾馆,一起包饺子,一起过除夕,俨然一个和睦的大家庭。他们还召开了研讨会,讨论了《关爱计生特殊家庭建议》,并共同点燃蜡烛,为孩子们举行了集体祭奠仪式。为搞好这次活动,她在新浪微博发起了"为失独老人筹顿爱心年夜饭"的倡议并募捐到了1万余元。也正是这一次"爱心年夜饭"的举办,激发了2015年、2016年北京和保定两地持续为失独老人举办爱心年夜饭活动。自此,失独老人的"爱心年夜饭"正式成为全国各地及相关机构关爱失独老人的传统爱心节目。

有人说,了飘为这个群体付出了太多的时间、精力和金钱,而实际上,她付出的何止这些。很多人不知道,她有一个年龄尚小并需要她看护的女儿、有一双身患癌症处于治疗阶段需要她照顾的公婆、有盼望她能在春节里回一次家过一个年的父母。可她,为了让更多的失独父母过上一个欢乐、祥和的春节,毅然放弃了这一切。因为从她接触到失独家庭开始,就已经发誓在她的后半生用三分之一的精力来抚慰这些经历了丧子之痛的老大哥老大姐们的心灵世界。

2014年海南春节聚会,大家都认为这是失去孩子后过的最充

实、最有意义的一个春节。有一位老人接受我的采访时说："自从失去孩子,春节就与我们无缘了,更有多少节日我们都是眼泪伴着心碎度过的。没想到,春节还可以这样过,了飘让我们重拾了年的味道。"

2015 年,眼看着春节又要到了,今年的春节又该怎么过呢?了飘不得不再次陷入深深的思索之中。

通过一番深思熟虑,了飘有了些头绪。她拨通了几位资深公益人士的电话:"我们不妨联合起来,发一份爱心倡议,支持失独家庭过春节。"她的提议得到了大家的一致赞同。

当夜,一份"天使来电——支持失独家庭过春节"的爱心倡议在她的精心设计下出炉,后经过反复修改上传到网络上。

倡议提出,在 2015 年春节期间举行三大活动:一、天使送红包——给对接的特困失独家庭资助爱心红包;二、天使来电——打个爱心拜年电话,每位爱心人士或志愿者对接一定数量的失独家庭,在春节期间给对接上的失独家庭打电话拜年;三、天使送祝福——送句爱心祝福语。邀请广大爱心人士积极参与,或派送红包、或打电话、或致祝福。

倡议一发出,第二天便收到了来自"新浪美女小白"的第一份捐助,之后,每天都有进账,最少的 100 元,最多的 5000 元。河北省涿州市徐淑凤女士还发起了"爱心编织队",为失独妈妈们义务编织绒线帽子。至大年三十,第一阶段活动共筹集爱心红包款 22600 元,收到"爱心编织队"编织的爱心帽子 120 顶。

为了使这些善款和慰问品尽快送到失独老人们手中,了飘通过失独者自主报名、失独群主推荐、发起人及监督人员共同审核、在网上公示等一系列程序确定了受益家庭,按照每户 1000 元标准派送给河北保定"一履清风"、辽宁"柠檬"、黑龙江"花落余香"、辽宁"思念儿"、山西吕梁"滴血的心"、黑龙江依安"桑榆"、辽宁"北票孙大哥"、四川"荣凯"、济南"泉润"、青岛胶州"周先生"、沈阳"昨夜星辰"、辽宁锦州"如云"、黑龙江"美丽的未来"、天津"有口难言"等全国各地的特困失独者。

她还利用网络向社会广泛招募"天使来电"志愿者，发动他们在春节期间为失独父母打拜年电话、送上情真意切的祝福语，使这些家庭过了一个很不一样的春节。

河北保定失独者北辰大哥在他的博客里这样写道："多年来，当一家家团聚在一起过着热情洋溢、温馨祥和的春节时，却有这么一群人，他们早早地为那永远不能回家的孩子准备好祭品，或大门紧闭，或单独出门，或远离亲友，或远走他乡，在喜庆鞭炮的轰炸声里、在观赏春晚的欢声笑语中，流淌着思念子女的痛楚之泪，呜咽着盼儿回家的悲泣之声。然而，今年，有了飘送来的'天使红包'，有大学生志愿者打来的'天使电话'，年一下子变得很不一样了。别看只是一个小小的电话，大家都按捺不住心里的激动，反复感谢远方的志愿者们，有的人甚至聊了一个多小时。"

广西的一位失独妈妈来信说："今年的春节是我过得最愉快的一次，感谢了飘，感谢一切爱心人士。一个个拜年电话就像一股股暖流温暖了我们冰冷的心，那是梦里千万次期盼的电话啊，今年真的盼来了……他就像是我的孩子，从遥远的外地打来的拜年电话，总感觉那么亲切……还有那一顶绒线帽子，那是凝结着爱心的吉祥之物，每一针每一线都充满了人间大爱，温暖着我们那颗破碎的心。有了这些，我们不再孤独；有了这些，我们仿佛又找到了家，又有了活下去的勇气。"

这次暖心活动的余温尚没有散去，又一次爱心行动在"了飘

人生热线"上悄然诞生。2015年4月2日,由她发起,在"了飘人生热线"QQ群里举办了一场"网络公祭天堂之子纪念仪式",全国近20个省区市的160多位失独父母参与了此次活动。

上午10时30分,仪式正式开始,组织者了飘发表讲话,接着所有失独父母通过网络观看《怀念天使》视频,大家边看边哭,感天动地。之后,又举行了诗歌纪念和祈福仪式,全体父母为孩子们祈福,以图片、语音和文字等方式表达哀思。

全国各地一线牵,天上人间共此时。参加活动的失独父母无不坚信,天堂有千万双眼睛正在向他们张望,有千万颗心正在聆听他们的呼唤。

辽宁"乌兰"(网名)这样对孩子说:"天堂的宝贝,今天妈妈借一缕轻柔的风,借一园盛开的花,借春天灿烂的云霞,带着妈妈的祝福和思念飞到你身边,使天上人间相伴永远。"

成都"永远的爱"(网名)这样说:"亲爱的孩子,你短暂而优秀的生命,是爸爸妈妈一生的骄傲。虽然不能与你长久相伴,但你来过,这个世界留下了你的足迹,留下了你的美好,你给予了爸爸妈妈难以忘却的快乐和幸福,你的音容笑貌永远留在爸爸妈妈心里。"

山东"海韵女"(网名)说:"我的宝贝,愿你在那边没有辛苦,没有劳累。这边没有实现的军校之梦在那边去实现吧,爸爸妈妈祝你梦想成真。"

湖北"觞逝"(网名)说:"天上人间一线牵,让我们架起友谊的桥梁,共同走好后半生。"

……

此次活动反响极大,失独父母非常感激了飘为他们提供的这一平台。他们说:"我们真的好感动,了飘让我们的心连在了一起,让我们知道我们虽然痛苦,但并不孤立。活动中,我们不但释放了悲痛,而且学会了坚强。在这一平台里,我们携手拥抱生命,拥抱健康,拥抱泪水,拥抱互爱,拥抱互信,我们的灵魂得到了升华。"

这些活动也给了了飘极大的触动。她想不到效果如此之好,决心继续做下去。于是,活动一结束,又一个"金点子"在她脑中形成:何不将每年的4月2日设立为"思独节"?

在她看来,4月2日有三个谐音的含义:失儿、思儿、是儿。失儿——因为各种意外大家失去了孩子;思儿——每年的清明节都是白发人哀思儿女的痛彻之季;是儿——不论前生今生来生,孩子虽然去了天堂,但永远是自己的孩子。为了这三种含义,她建议将黄绿蓝三色丝带绑在手上参与纪念,作为"思独节"的标志:黄色为亲人离散的标志;绿色为每年的清明节前表达哀思的标志,并希望社会关爱建立起绿色通道;蓝色为社会关爱支持失独群体的标志。同时,三色丝带寓意三生永续亲情,也期望人们能反思独生子女的生命教育、失独家庭的生活困境以及社会保障的健全、社会服务的改善等社会问题。

她甚至想,以后每年的4月2日都将举办相应的纪念活动,直至更多的人可以自然地记住这个日子,更多的失独家庭可以正常地释放内心的伤痛。

她的这一想法很快得到了全国各地失独者的积极响应。

大家都纷纷说:"响应了飘老师的倡议,设立一个纪念日,寄托我们的哀思,鼓舞我们继续生活的勇气,使整个失独群体团结起来。让我们一路同行,从自我改变开始,共同铸造新的明天。"

看到这些,这位在失独群体里不知疲倦地飘来飘去的天使,

感到了从未有过的欣慰。

像了飘老师这样不求回报、孜孜不倦地奔波于失独家庭之中的爱心人士不计其数。据民政部门统计,目前,全国有各类志愿服务组织 12.9 万多个,常年参与志愿服务活动的志愿者已达 6500 多万人。

这应该是中国失独家庭之大幸。

恒爱家园,我温暖的家

"恒爱家园我的家,给我关爱,让我日夜牵挂。是你接住我失落的心,是你安抚我的悲伤。每当我回到家园,都会迎来亲人的笑脸。啊……哈……嗨……"

2015 年 12 月上旬的一天,我受失独者"北辰"(网名)的邀请,来到河北省保定市参观专为失独家庭建立的保定市恒爱家园服务中心。刚走进家园所在的大纪家社区,还没进门,就被中心里传出的动听歌声所吸引。

北辰忙解释说:"这是家园里参加活动的失独老人们正在唱自己编的恒爱家园园歌。"

"恒爱家园也有自己的歌?"我好奇地问。

北辰告诉我:"这首歌是一对失独老人填写的。通过参加恒爱家园的活动,他们的精神面貌发生了很大的改变。一天,他们参加完活动回到家里,心情仍然十分激动,总觉得还有一种激情需要表达。于是,夫妻俩依着《美丽草原我的家》的旋律,边哼边记,写起了歌来。后来大家一唱,觉得很好,它代表了我们失独老人的心声,因此,我们就将它定为恒爱家园的园歌。"

保定市恒爱家园服务中心是河北省社工促进会"暖心续航"

工程的实务试点机构,由华北电力大学人文学院的社工专业教师团队于2013年12月创立。创立的目的,是要运用专业的社工理念和服务模式,从身体、心理、社会回归和能力发展四个层面,为失独父母提供心理支援和社会关怀,尽力抚平他们的心理创伤,并帮他们重寻情感支撑,使其重新融入社会大家庭。服务中心在华北电力大学人文学院石兵营老师和保定市大纪家社区杨永慧书记等人的领航下,通过社会组织、社工、社区"三社联动"的模式,组织社会工作者入户摸排调查,逐一敲开了一家家紧闭的大门,掌握了92户失独家庭的基本信息,并对其中32户进行了深入访谈,将他们一个一个从封闭的家里和极度痛苦的心境里解救出来。

2014年4月28日,保定市恒爱家园"暖心续航"工程正式启动,并聘请北辰担任家园顾问。

北辰夫妇是一对非常热心的失独老人。他们1976年5月结婚,1978年1月生育女儿。1980年,正当他们准备生育第二胎时,"只生一个"的政策来了,正在部队当兵的北辰给妻子写了一封家信。信中,北辰充满热情地写道:"菊芳(化名),现在国家开始推行一胎政策了,我是军人,要带头表率,响应国家的号召。"就这样,他们没有再生,而是领取了"独生子女光荣证"。

女儿很优秀,大学毕业后考上了国家公务员,并准备在2006年10月举行婚礼。然而,灾难在2006年的4月突然降临,一场车祸夺去了女儿年轻而美丽的生命。一家人的幸福时光戛然而止。

过去很少掉泪的北辰整日以泪洗面,渐渐地,他得了严重的心脏病、高血压、糖尿病等多种疾病。2006年8月,为了自救,他和妻子离开了生活几十年的老家,来到完全陌生的北京,做起

了打工仔。整整三年过去,他们感觉自己已经走出来了,于是决定回保定。

可是回来后,睹物思人,看到过去的一切都忍不住要想到女儿,一想到女儿,老两口就忍不住抱头痛哭。

这日子怎么过啊?!

如其他失独者一样,他也先后加入过几十个QQ群。在群里他坚持进行正能量宣传,与同命人一起探寻规范的、有效的诉求方式,并对失独老人居家养老保障问题进行积极的讨论。

一天,他从报纸上看到了河北省政府购买的"暖心续航"工程关爱失独家庭社工项目在保定落地。他主动找上门去,向负责此项目的石兵营老师和杨永慧书记说明自己的意图。他们向他伸出了橄榄枝,并聘请他担任恒爱家园的顾问。

很快,他和老伴儿就投入到了紧张的工作之中。与社工们一起一家一户地动员,鼓励大家参加恒爱家园活动,每到一家,或每打一个电话,他都会说:"我也是失独者。"探访中,每每听到别人的诉苦,心中的伤口就像是被再次撕裂一般。但为了能动员更多的同命人走出来,这一切他都坚持了下来。

2014年9月27日,恒爱家园举行了一场别开生面的茶话会——暖心续航金秋茶话会。30多位失独父母一起走进会场,大家以亲人般的温暖迎接他们的到来。主持茶话会的服务中心主任石兵营说:"之前,你们自称是'同命人',我认为是一种负能量的称呼。今天,我们重新找一个词来代替,那就是'有缘人'。从今天起,不仅在座的各位年逾70岁的叔叔阿姨和年近六旬的大哥大姐,还有我们的社会工作者,都是有缘才来到恒爱家园的。今天在这里就是在家里,坐在你旁边的就是你的家人,和家人一起大家尽可以畅所欲言。"

社工们的真诚得到了"家人"的信任,"家人"也逐渐被带动起来,或与社工沟通,或与周围的服务对象互诉衷肠。社工则注意聆听并记录谈话内容,了解他们的问题和需求。

一位65岁的失独老人主动倾诉自己的心声:"孩子走了好些年了,平时还好,遇上逢年过节看到别人家都团团圆圆、其乐融融,我身边却连个可以说话的人都没有,这时候最孤独了。平常也不想出门,我能和谁聊天呢?人家知道我情况的不知道和我说什么好,不知道我情况的就问我的孩子怎么样,和我说他的孩子如何优秀、孙子在哪里读书、媳妇给买了什么首饰,我听着心里难受,马上离开又不礼貌,只好强忍着听几句就走,回家后蒙上被子大哭一场。我们还能去哪儿?现在有了这个家,我高兴呀。"她边说边抹眼泪。

一位大姐说:"政府担心我们,实际上,谁愿意去给政府添堵呀。但是,我们渴望国家的关怀和照顾,现在,有了'恒爱'这个家,我们心里有盼头了。"

此次茶话会使大家感受到了家的温暖,此后,家园里的活动不断:开展健康养生讲座,聘请资深老军医和退休老医生给大家讲解健康养生知识;组织老人们去山里参加帮助残疾农民摘柿子劳动;举行冬至饺子宴活动,大家自己动手,和面擀皮包饺子,其乐融融;了飘老师专程来到恒爱家园,对失独老人进行亲切的心理辅导;为失独老人安排免费体检,对有疾病的老人进行复查和治疗;失独老人生病,家园负责人到医院探望,并安排志愿者进行护理;为失独老人解决家庭内部矛盾,提供专业的法律咨询和援助;为培养失独老人的兴趣爱好,请来职业画家、乐器老师、瑜伽老师传授相关知识;组织数字化培训,由大学生志愿者担任老师,一对一、手把手地教大家使用电脑,为筹建失独家庭

医养护理平台作准备；组织暖心春节拜年活动，打拜年电话、送智能收音机、安排除夕团圆饭；在春节、端午、重阳、冬至等节日安排庆祝活动，按兴趣爱好的不同，将失独老人分成毛线编织小组、书法小组、瑜伽小组等多个活动小组，每周组织一次活动；安排大学生100多人次开展志愿者结对帮扶活动，为失独老人打扫卫生、做饭，和他们聊天；2015年4月30日，在保定市主持召开了失独家庭社会支持体系构建研讨暨保定恒爱家园"暖心续航"工程实务交流会，参会人员有中国老年保健医学研究会领导和省市有关部门领导、北京著名大学的专家和教授、华北电力大学有关领导和专家学者、保定市有关领导及失独家庭代表，会上介绍了保定恒爱家园服务失独家庭工作的基本理念和工作模式以及服务工作的进展情况，并由失独老人参与拍摄了一部微电影，入围全国社工联合会微电影大赛……

　　通过开展这一系列活动，实现了恒爱家园的工作目标，即通过搭建平台、整合资源、专业服务、倡导改变等路径，对失独群体进行专业帮扶；探索社工、社区、社会组织的三社联动医养结合新模式，为失独老人解决日常生活困难提供力所能及的帮助；探索失独老人居家养老的方式方法，为建立失独家庭医养服务中心打好基础。

　　北辰一再告诉我，保定恒爱家园之所以能够取得这样的成绩与家园领导们的辛勤努力分不开，他们在完成本职工作的基础上，牺牲个人时间，关心关爱失独家庭，真正体现了无私的人间大爱，付出了常人难以想象的极大努力。

　　中国人口福利基金会原副会长苗霞，作为恒爱家园顾问团的总顾问，一直关心着恒爱家园的成长与进步，并亲自到保定指导工作，耐心细致地与失独老人谈心，关心着失独老人的疾苦和冷暖。顾问团成员张静（了飘）老师先后四次到保定，与失独老人进行心灵交流和辅导；她还组织授课，对"银河岁月成长小组"进行免费培训活动。顾问团成员中国人民大学隋玉杰教授、中华女子学院刘梦校长也始终关注着恒爱家园的进步与发展。

北辰深有感触地说："我们的体会是，失独老人通过参加保定恒爱家园的活动，精神面貌有明显的改变，生活质量也有所提高。诸多事实说明，失独家庭如果能够较早地得到关爱和帮助，就能够尽快地调整心态，重写生活的意义，重燃生命的活力，并且逐渐地重新融入社会。"

听着北辰如数家珍般的诉说，我走进了大纪家社区的恒爱家园服务中心，看见一大群失独老人正在开展活动。一抬头，电子屏幕上赫然写着"暖心续航·笔走龙蛇——书法小组活动"。一位白发苍苍的老人正在为大家讲书法知识。北辰告诉我，讲授书法的李老师，是河北大学退休教授，也是一位失独老人。过去，他总是关在家里不肯出来，后来，是恒爱家园的老师和社工们将他请了出来。走出家门的他，充分发挥自己的特长，义务教大家学书法。他从最基础的知识教起，怎么握笔，怎么写好一点一横一撇一捺，细致而耐心。大家也学得很有兴致，过去从没有摸过毛笔的老人们都拿起了笔，通过练习书法来调整心态。

一位失独妈妈学得特别认真。北辰告诉我："她叫'月影朦胧'（网名），家住唐山，每次我们进行重大活动她都赶来参加。"

我被又一次震撼了，唐山离保定可有数百公里之远啊，光火车就得坐四五个小时。问她为何要这样？她说，自己失独多年，早想有这么一个抱团取暖的组织，但唐山没有，听说保定做得很好，就过来了。一来是参加活动，从同命人身上得到温暖，二来也是想把他们的经验学回去，在唐山也成立这么一个组织，帮助

同命人走出痛苦,走向新生。听了她的话,我真为她感到欣慰和高兴。

老人们专心地练书法,只见一位美女正为他们烧水、倒茶,忙前忙后。我以为是中心请来的服务员,一问才知,她就是社区的书记、恒爱家园的副主任杨永惠。失独老人们告诉我:"她经常这样。一个书记经常为我们烧水、倒茶、扫地,做事认真又细致,把我们感动得不行。"她却说:"他们要搞活动,没时间。"实际上,她的时间更宝贵。她告诉我,社区管理着几条大街和十几个小区,因为没有物业公司,他们既要当领导,又要当工人;既要管社区里的基层组织、安全生产、综治维稳、计划生育、文化教育、环境卫生、基本建设,还要管几万人的吃喝拉撒,天天忙得晕头转向。但不管怎么忙,为这群特殊老人服务永远排在第一位。

北辰告诉我,杨书记和社区主任彭程都是注册社工师,也是恒爱家园的副主任。为了关爱和帮助失独家庭,他们牺牲了个人休息时间,除了完成社区的日常工作,还要加班加点去为失独老人服务,且态度和蔼可亲,工作任劳任怨,默默地干了大量工作,获得了失独老人的好评。

看到和听到这些,一股股暖流从我心底升起,温暖了我,感动了我,振奋了我。但更温暖、感动和振奋我的是,杨书记案头上摆放的那本"民情日记",里面密密麻麻地记满了失独家庭的各种情况和她调查了解到的问题及问题解决结果。我在这里抄录几段:

2015年3月12日,中午,我接到失独老人张红立的电话,获知她得肺癌住院,迅即联系石老师一同探望。了解到她被确诊肺癌,将进行第一个疗程的化疗。感叹生命的悲苦。2015年3月23日,张红立第一疗程结束出院,15天后开始第二疗程。我们正在为她办理民政部门的大病救助,嘱她保管好医院单据。本次住院共花费1.2万元,报销了55%。2015年3月30日,在恒爱家园的协调下,市计生委、县民政局为张红立送去两万元,以解燃眉之急。

2015年8月21日,11点40分,接失独老人张兰英女士电话,诉说其丈夫曹清均摔伤了腿和腰,正在市第一中心医院办理住院手续,希望安排人协助,自己一人实在无法搬动病人。听后,我赶紧联系中心医院郭淑琴院长,请求帮助他们入住病房。在与总值班室沟通后,院长表示会尽快安排护士帮忙。下午1时,病人顺利入住病房。8月22日上午,我与北辰、彭程三人前往医院看望。经诊断,曹清均跟骨骨折、第三腰椎压缩性骨折。我马上联系民政局办理"一卡通",为其减免部分医药费,又联系了市计生协、区计生协,商量救助帮扶事宜。

2015年11月12日上午10点30分,接王桂芬电话,说其丈夫汪文富因下岗失去经济来源,问能否帮助联系适合的工作。她丈夫1961年出生,学历不高,但身体好且老实肯干。我帮助联系了河北大学后勤处,后勤处了解到汪文富的情况后,很是同情,马上给他安排了学生公寓楼管理员的职位。

从这本日记里记录的内容可以看出,她事无巨细,不论是上班时间,还是到了休息时段,只要失独老人有事相求,她都尽快尽力去办。

一天的采访匆匆而过。在我结束采访准备离开时,一位老人

递给我一张歌单,上面是他们自创的另一首歌《亲亲我的家园》,歌词这样写道:"清晨我们来到家园,兄妹相聚就在今天。欢声笑语亲密无间,深深的情意温暖人间。亲爱的姐妹亲爱的兄弟,让我们找回从前的自己。让我们记住美好时光,开心快乐属于自己。让我们记住美好时光,幸福快乐属于我和你。幸福快乐我们相依。"

"让我们找回从前的自己,幸福快乐我们相依。"默念着这样的歌词,再回首看那一群老人时,我已泪眼朦胧。

据悉,像恒爱家园这样专门关爱失独老人的社会公益组织全国有上万家,它们根据自己的实际采取各不相同的措施和方法,关爱、关怀失独老人,为整个社会带来了阳光和温暖。

北京瑞普华老年救助基金会早在2012年7月就设立专项基金救助失去独生子女家庭的特困老人,帮助失独家庭满足基本生活需求和精神需求,解决经济方面的实际困难,推进社会力量参与,宣传计划生育特殊家庭与社会发展的关系、帮扶失独老人与创建和谐社会的关系,从而使公众意识到并建立起相应的社会责任,自觉地支持关爱工程,关爱失独群体。基金会举办的一系列活动反响强烈,得到了搜狐公益、雅虎公益、凤凰公益、人民网公益、喜乐乐网、《北京晚报》、《北京社区报》、《新京报》、阳光旅程心理咨询中心、阳光慧心心理咨询、北京"书画缘"书画院等公益联盟、媒体和有关机构的大力支持。

北京红枫妇女心理咨询服务中心(以下简称:红枫中心)自2013年起就直面这个庞大的弱势群体,通过心理工作坊等创新方式探索出了一条失独父母的心理救赎之路。在北京市社会建设专项资金和中国妇女发展基金会、北京市社会心理工作联合会的支持下,从2013年起,红枫中心先后在北京、四川开展失独家庭心理关爱项目,起草《关于完善法律,加强对失独家庭关心扶助的提案》(2013年3月)、《关于加强对失独家庭心理关爱的提案》(2015年3月),并通过全国政协委员在全国"两会"期间正式提交后转给相关政府部门。红枫中心失独项目组还根据实践编写了10多万字的《失独家庭心理康复实操手册》,详细介绍了工作模型的理念与各项活动的方法,并免费发放给服务失独家庭的机构和组织。2015年7月,他们的失独家庭心理关爱项目入选第四届中国公益慈善项目大赛社会创新项目百强。

重庆市北培区的真情互动联谊会于2005年8月成立,会员均为失独家庭成员。它是区计划生育协会下设的分支机构,专门为失独父母搭建互相交流、互相扶持、互帮互助的平台。会所设有恳谈室、健康咨询室、心理咨询室、健身房、书吧、棋牌室以及会所办公室、档案室、接待室。下设四个小组,负责开展活动。"信息组"负责采写报道联谊会的活动情况,激励会员积极向上,以进一步扩大联谊会的影响;发动会员们写学习心得、办墙报、发邮件、参与网上学习讨论。"帮扶组"组织会员互相帮助,为困难的会员送去关怀和爱心,使会员感受到集体的温暖;开展如农忙助耕、对生病会员轮流护理与看望等活动。"情缘组"为陷入丧子之痛不能自拔的家庭提供情感援助,开展坚持不懈的敲门活动。会员们敞开心扉,以自己的切身经历劝慰相同命运的兄弟姐妹,用真情敲开他们的心灵之门、新生之门,帮助丧子家庭的兄弟姐妹走出丧子之痛,走向和谐群体。"文艺组"认真编排文艺节目,用大家喜闻乐见的形式进行街头宣传,到企业、场镇、村(居)演出,慰问军烈属、福利院老人,开展军民共建真情牵手活动等。会员们通过联谊会这个平台大展才华,各领风骚,逐步成为宣传人口计生

工作的骨干力量,受到社会各界的好评。

长沙市阳光天使关爱中心招募 100 名具有心理学、护理学、社工专业背景的爱心志愿者,与 100 个失独家庭一对一"认亲结对",成为失独家庭的"天使儿女"。"天使儿女"将在未来的三年时间里,每周通过一种方式为失独家庭提供一次以上的关心和帮助,让他们感受社会的温暖,为他们提供包括困难救助、健康讲座、心理服务、生活服务、同伴互助等形式的关爱。

比较有影响力的民间组织还有:中华女子学院家庭发展研究中心、北京市朝阳区新希望家园及大爱之家、北京沙池失独关爱基金、耆乐融长者关爱中心、天津新津社区暖心家园、河北秦皇岛亲亲一家指导中心、江苏启东"太阳岛"工程、上海星星港、西安宝石花公益中心等。

就是这样一个个充满爱心的社会公益组织和一位位爱心人士的大爱付出,为失独者们扫去了心灵的阴霾,带来了物质与精神上的帮助与鼓励。

活在父亲的生命里,爱永不止息

在李敢随身携带的钱夹里,有一张保存了七年的照片。照片背面题上了"活在父亲的生命里,爱永不止息"两行字迹。

照片是儿子的,字是李敢写的。

2008 年 12 月 26 日,"婴儿猝死综合征"夺走了他才四个半月的儿子的生命。悲痛万分的李敢把自己反锁在房间里,妻子吓坏了,怕他想不开自杀,于是从保安那儿找来一把斧头,将门砍开。只见李敢正在房间里专注地整理着儿子的照片,对外面的一切不闻不问。

"亲爱的,我知道,儿子不在了,你也不想活了!"妻子从后面一把抱住李敢,泪流满面,"可你也是一个父亲的儿子,你要是想不开,爸还能活下去吗?"李敢的老父亲住在西安,刚从一场大病中抢救过来。

李敢抬起头,禁不住泪水横流,他拿起儿子四个月大时的一张照片,在背后写道:"活在父亲的生命里,爱永不止息。"然后,他将这张照片放在贴身的衣袋里,喃喃地说道:"儿子,让爸爸为你活一生!"

一个星期后,夫妻俩联系了社区的教堂,准备为孩子举行葬礼。因为不敢告诉父母和亲人,那天,只有他俩为孩子送别,他们无法想象那是怎样孤单、冷清、悲痛的场面。

但一进教堂,夫妻俩愣住了。教堂里坐满了人,素不相识的社区居民闻讯都来送孩子一程。看着安静地躺在棺木里的儿子,夫妻俩既悲伤又感动。

告别的时间到了,李敢来到儿子跟前。棺木所在的传送带上有一个绿色按钮,那是送儿子去天堂安息的按钮。"儿子,你是天使,你降临人间的最大使命,就是把我带到爱的面前……"

李敢按下绿色按钮,前方的火化炉门打开,看着棺木缓缓向前移动,李敢的心也似乎跟着儿子去了天堂……

在为孩子办理丧事期间,李敢发现了丧亲辅导热线,心痛万分的他第一次拨打了该热线。热线里,一位志愿者老太太安慰了他几十分钟,让他心里舒服了一些。这件事情给了李敢很大的心理支持,让他觉得每个人都有强大的力量,可以帮助自己和支持他人。

更为重要的是,在他最痛苦的岁月里,他收到了 600 多人的帮助、安慰和鼓励。有的人给他邮寄卡片、礼物,上面都是一些

安慰他走出痛苦的话语；更有人给他们夫妻俩安排旅游，让他们出门散心。帮助他的绝大多数都是素不相识的社会好心人，这让经历丧子之痛的他深受感动。这些陌生人的关爱支撑了他，让他重新又站了起来。

经过很长一段时间的调整，夫妻二人决定再要孩子。然而，高昂的费用几乎花光了家里所有的积蓄，李敢还因此卖了车和房，但巨大的心理压力让不到39岁的妻子很难受孕，多次尝试之后他们只能无奈地放弃，李敢也从这痛苦的过程中得到了经验和教训，更希望用这些经验帮助其他不幸的家庭，让他们少走些弯路，多得到些安慰。他说："只有经历过丧子之痛的人，才能更明白那种悲痛的心情。那是一种心死的感觉，是一种活着看不到希望的感觉。"他觉得，帮助失去独生子女的家庭是一件全方位的事情，经济上的补偿很难抚慰他们受伤的心灵，他们更多的是需要心理上的安慰。

于是，他创办了星聆相约公益事业发展促进中心，并开通24小时失独心理咨询热线，希冀用自己的力量去帮助更多还未从丧子之痛中走出来的家庭。李敢说，"星聆"这个名字，就是象征着星星的光亮虽然微弱，但可以给在爱的路上前行的人们指明方向，聆听他们的心声。

2009年3月5日，他发起了第一批由43名志愿者共同经营的公益心理咨询热线，并在深圳市义工联注册成为了第500号团体义工。这其中大多是他曾在海关工作的同事，他们给过他很大的支持，同时也被李敢的义举感动着、影响着。

从一个人到一个小团队，李敢依然感到做公益事业的势单力薄。之后，李敢得到了一个好消息：他所在的莲花街道愿意为他提供办公场所。2014年1月23日，星聆失独咨询中心在莲花街道景田北天然居 A 栋正式落户。中心在为社区提供心理咨询服务的同时，也向全市的失独家庭提供咨询服务。目前，星聆已开通 24 小时失独关爱热线电话，并有专人提供接线服务。李敢告诉前去采访的记者，机构目前的资金来源都是自己的积蓄，近两年已经花费了很多，由于机构注册时间较短，社会关注度还没有达到理想状态。但他相信，随着时间的推移，政府和社会会对公益组织进行更多的帮助，让更多的失独家庭在这个机构中得到他们最需要的心灵关爱。

中心成立后，他带领团队启动了数十个公益项目。如：中国失独家庭关爱热线——全国首个公益连锁机构；美丽中国·幸福天使公益巡讲团——为企业社区送课上门；行者星连心关爱火炬传递计划——建立"星聆义站"志愿者服务网；安全深圳行——关爱地铁员工、让市民出行更安全；儿童医院 Vcare 公益空间——解决医患矛盾；社区趣味运动会——促进社区居民间的融合；重组家庭成长小组计划——关爱重组家庭的和谐建设；"深圳关爱·星聆相约"大型单身公益联谊会——关注剩男剩女突出问题；益心讲堂——都市人心灵成长的课堂；星聆喜乐团——给留守儿童一个快乐的童年等。

这些项目中，又以为失独家庭服务最让他上心。针对大多数失独家庭生活缺乏照料、老无所依以及难以言说的精神痛苦的实际，李敢专门成立了一个"10℃聚乐部"。10℃与"失独"同音，10℃聚乐部意为在深圳的冬天也可以抱团取暖。这个聚乐部不仅给失独家庭以心灵抚慰，还时常和一些律师、专家们讨论失独的话题，并针对失独家庭面临的困境，结合政策现状提出一些可行性提案。

2015 年，他们为失独家庭举办专题活动 15 场。如：让爱温

暖失独家庭——长者生日会、重阳节失独家庭生态游、福田区计生特殊家庭欢庆中秋、莲花爱心帮扶培训、深圳东江纵队游、失独家庭广州雕塑参观、失独家庭庆端午、爱心帮扶活动、失独志愿者与天使宝宝畅游青青世界、海边放飞心情、莲花山踏青、福田区计生特殊家庭新年庆、星聆相约爱心帮扶中医把脉送健康等活动。

因为自己有切身经历，对失独家庭情况也了解，所以做起来更加得心应手。李敢和志愿者曾经到安徽淮化看望一位失独老妇人。老妇人自中年丧夫丧子后，20多年没有和人说过话。"那位婆婆的眼神躲闪着，不敢看人，整个人感觉都缩了起来。"李敢对此印象深刻，他说失独家庭的内心十分孤苦，很多人有着被社会抛弃的悲戚感。因此，他们的心理慰藉有时比物质捐助更重要。

从创建"星聆在线"心理热线始，短短几年时间，李敢和他的团队共救助了5000余名堕入心灵困境的人。

一个深夜，热线的铃声响起，一位市民点名要找李敢。他说："我今天不是咨询，而是为了感谢他。两年前，我十分失意，正准备爬上大厦楼顶结束生命。当时，我拨打了星聆热线，李敢对我说：'你并不是一无所有，生命是父母赠予的最珍贵的礼物，也是你最丰厚的资本与财富。'这句话瞬间点醒了我，今天，我想对他说的只有三个字：谢谢你！"

李敢说，自己做的事并不多，他只是在为儿子做点儿事情，这也是孩子赋予他的使命。

怪不得他要在儿子的照片上题上那样的话。

确实，孩子，只要你"活在父亲的生命里，爱永不止息"。

她们和亲闺女一样亲

"张阿姨,伊叔叔,新年好呀!"节后第一天上班,安徽省蚌埠市禹会区大庆社区的"暖心女儿"刘国珍便拎着水果和牛奶来到失独老人张守美夫妇的家,给他们拜年。

闲聊几句家常后,刘国珍撸起衣袖开始打扫卫生、整理床褥、清洗衣物……

"自从与'暖心女儿'结成帮扶对子,姑娘们便隔三差五上门帮忙干家务,使我们轻松了不少。"失独老人张守美动情地说。

张守美年近古稀,老伴儿伊文国双目失明,独生女早年因难产去世,留下一个患有脑瘫的孩子。这几年,照顾外孙,伺候老伴儿,家里家外全靠张守美一人操持。随着年龄增长,加上常年劳累,张守美的身体也每况愈下。

"现在手脚不灵活了,干点儿体力活总使不上劲,还真多亏了'暖心女儿'的帮扶。这帮姑娘服务细致周到,干家务麻利得很呢!"张守美不住地夸赞。

她说的"暖心女儿",就是安徽省蚌埠市禹会区大庆社区为帮助失独家庭、关爱失独老人于2012年底成立的一支志愿者服务队。服务队由社区十余名年轻女性组成,主要通过一对一、多对一等结对帮扶形式为失独家庭提供精准帮扶。因成员都是年轻女性,而且深入到帮扶家庭也都要求像女儿一样照顾老人,所以取名叫"暖心女儿"。

成立"暖心女儿"志愿者服务队,是现任大庆社区副主任吴安的主意。2012年11月,吴安被分派到该社区管理计生工作,当他了解到全社区有十多户失独家庭后,便主动上门服务,询问

这些家庭的困难。让吴安没想到的是，一次次探访都吃了闭门羹，有的失独老人甚至不愿意和自己说话。"这些家庭需要的不是物质上的帮助，他们很多人在经济上并不太困难，大家需要的是精神上的安慰。"吴安在多次碰壁后总结道。于是，吴安号召社区计生专干们动员起来，组成服务失独家庭的团队，打开失独家庭的心窗。他的提议马上得到了社区一批20多岁姑娘们的积极响应，于是，一支活泼可爱的"暖心女儿"团队诞生。

为了提高大家的服务能力，帮助失独家庭打开心门，社区还与蚌埠市心理健康咨询研究会合作，邀请心理专家对"暖心女儿"进行专业培训，同时组织失独家庭开展心理抚慰座谈会。志愿服务队也利用节假日组织开展野外拓展、公益劳动、沙龙交友等多种形式的活动，并组织失独老人们一起过节、春游、包粽子、吃元宵、办联欢，这样，大家相互之间有了更多交流。

"暖心女儿"的志愿者们耐心细致地融入到各个家庭里，把每一位老人都当成自己的亲人。经过长时间的相处，这些经历了丧子之痛、性格较为孤僻、一开始很难与陌生人亲近的老人们，开始渐渐接受了这批可爱的姑娘，不仅经常找她们聊天，有的还拉着她们逛街、请她们陪自己吃饭。

何昌美老人就是其中的代表。四年前，吴安找到她，问她："老人家，您还有什么需要吗？"当时，老人表现出极大的反感情绪，只说了句"我什么都不需要"，就把吴安狠狠地挡了回去。

后来，"暖心女儿"团队上门服务后，何昌美彻底变了。不但使她打开了心门，让她重新融入社会，而且她还积极参加社区活动，性格也渐渐开朗起来。

在蚌埠市柴油机厂小区，"暖心女儿"王毅和失独老人叶玲分享着春节期间的各种趣事，小姑娘绘声绘色的描述逗得老人乐不可支。

叶玲说:"刚开始以为社区搞上门服务是走形式,没想到工作做得这么实在。"经历了失子和离婚双重打击的她生活孤单又寂寞,每天都是数着天数过日子,现在有了"暖心女儿"嘘寒问暖,生活过得开心多了。"我和结对姑娘经常约着逛街、看电影,处得就像母女俩!"

"暖心女儿"志愿者服务队刚成立时,只有15人,服务对象也只是本社区的16户21位失独老人。在她们的带动和影响下,更多的80后、90后纷纷加入进来,队伍越来越大,最终发展到了180多人,服务的对象也逐渐扩展到整个禹会区。如今,他们与全区123个失独家庭结下了父(母)女之情。

金城社区的"暖心女儿"唐金环,几乎每隔两天就要到失独老人家里走一趟,老人们说:"比亲闺女还来得勤。"

一次,记者跟着她来到失独老人刘大爷家。一进门,唐金环就忙开了,边打扫卫生边看看厨房、客厅各种日用品该不该换,又从抽屉里拿出理发卡、家政服务卡,数数还剩几次,就像回到自己家一样。老两口也不见外,生活中的喜忧都和唐金环说。"刚开始时,他们很难接受外人介入,即使是热心帮忙。"唐金环说,"现在这么熟络也是生活中一点一滴培养出来的。"刘大爷家刚刚失去孩子时,唐金环去他家尤其走动得勤,扫地、洗衣服、陪他们看病,只要夫妇俩有需要,她都随喊随到。长期相处下来,刘大爷夫妇俩已经把唐金环视作自己的女儿,要是隔三五天没见,他们就会主动到社区看看。

老人们有什么事也总是喜欢跟唐金环说。2015年1月8日夜,唐金环的手机铃声突然响起,睡梦中的她接通电话,听到是失独老人袁大爷的声音。她立刻警觉起来,急忙问明情况。原

来，因为天太冷，袁大爷家的水管冻裂了，已经满屋子的积水。唐金环急忙唤醒爱人，穿衣、收拾、出门，五分钟时间唐金环就和爱人步入冰凉的夜色中。先修理水管，再将满屋的水清扫干净，两人在袁大爷家整整忙了一夜，待两位老人熟睡后才安心离开。

像唐金环这样的"暖心女儿"志愿者，在金城社区共有8位，她们已经与8户失独家庭结成对子，实现了一对一的帮扶。面对她们的悉心照料，老人们感动地说："贴心，这些孩子们真和亲闺女一样亲。"

"暖心年夜饭"温暖23座城市

又到除夕。

香山脚下，素有天然氧吧、养老圣地之称的北京爱暮家老年养护中心，灯火辉煌，热闹非凡。

从北京各区赶来的104位失独老人汇聚于此，欢歌笑语，推杯换盏，拉开了中国"2016暖心年夜饭"的序幕。

"2016暖心年夜饭"，由北京尚善公益基金会发起，联合中华社会救助基金会忘年交慈善基金、福建同心慈善基金会、天津善缘慈善会等机构共同主办，在全国23座城市同步举行。

众所周知，除夕、春节是失独老人最需要关爱的时候。"每逢佳节倍思亲"，每到这时，老人们更加敏感、脆弱，他们常常睹物思人，触景伤情。"躲年"几乎是每一位失独老人都曾有过的痛苦经历。"对于过年，空巢老人还有个盼头，而失独老人呢，连期盼都没有。"这句话表达了大多数失独父母的孤独、痛苦和无奈。

基于此，北京尚善公益基金会于2015年在北京市福彩公益金的支持下，第一次尝试为失独老人筹办了一场"暖心年夜饭"。这次活动共有来自北京、河北、内蒙古等省市区的近60位失独老人参加，通过联欢会和年夜饭，失独老人重新体验到了团圆、祥和的过年气氛。年夜饭后，多位老人发短信表达感激和感动，并期待着下次的相聚。

于是，北京尚善公益基金会决定在2016年春节联合全国各地的公益同行一起来办"暖心年夜饭"，让更多失独老人感受到社会的关爱，让他们的春节不再孤单，让他们的心得到温暖。

2015年9月1日，"2016暖心年夜饭"项目正式在腾讯"乐捐"公益平台和无锡灵山慈善基金会"为爱行走"活动官网两个平台同步亮相。他们意在通过网络传播和徒步行走的方式，呼吁更多社会人士一起关爱失独老人的精神健康。该项目拟按照每人100元的标准筹集10万元善款，以支持来自全国各地的1000位失独老人在2016年除夕之夜抱团取暖，一起吃年夜饭，一起联欢并互送祝福，度过一个温暖祥和的春节。

"2016暖心年夜饭"项目一经亮相，便得到了公益媒体的广泛关注和社会各界的大力支持。凤凰卫视、新华网、人民网、中国网、光明网、腾讯网、《京华时报》等数十家媒体竞相报道；在极短的时间内，新浪微博"助力失独老人2016年夜饭"的话题阅读量便突破100万，更有3万多名微博网友参与转发和评论。

11月14日，来自全国各地的140位失独老人组成35支"尚善暖心"队伍齐聚江苏无锡，参加"为爱行走"活动，将"2016暖心年夜饭"项目的筹款活动推向高潮。由社会爱心人士组织的"尚善暖心年夜饭助力队"、"向阳蝶"一二三队、"金马车"队和天津善缘慈善会组织的"善缘基金"队不仅完成了从30公里

到50公里不等的徒步挑战，也帮助"2016暖心年夜饭"筹集到了数万元善款。

截至2015年12月1日，共有929位爱心人士为"2016暖心年夜饭"项目捐款91207.07元，筹款目标已经实现91%，不足部分将由无锡灵山慈善基金会与北京尚善公益基金会以配捐方式补齐。更有幸的是，他们邀请到中华社会救助基金会忘年交慈善基金、福建同心慈善基金会、天津善缘慈善会等机构作为"2016暖心年夜饭"联合主办单位，共同统筹、协调"年夜饭"各项工作。

12月5日，他们向全国各地发出征集函，征集有爱心、有资源且具备相应执行能力的公益机构或个人为"年夜饭"的公益合作伙伴。报名非常踊跃，几天时间，就收到来自天津、沈阳、上海、厦门、南京、西安、成都、重庆、无锡等30多个城市和地区的爱心机构及个人的申办申请。

通过两周的考察、合议评审，最终确定北京市门头沟区爱暮家老年养护中心、邢台市公益服务协会、秦皇岛市海港区亲亲一家失独家庭指导中心、天津善缘慈善会、无锡灵山慈善促进会、邯郸天爱社会服务中心、西安宝石花志愿者公益服务中心、福州市一心社会工作服务中心、瑞海博康复医院等9家公益机构为"2016暖心年夜饭"承办者，他们分别在相应的城市为当地失独老人举办年夜饭。

此外，他们还根据全国各地的迫切要求，通过考察，最终确定上海市、重庆市、贵州贵阳市、辽宁沈阳市、湖北鄂州市、四川成都市、山东济南市、黑龙江哈尔滨市、黑龙江牡丹江市、黑龙江大兴安岭地区塔河县、辽宁营口市、河北石家庄市、河北衡水市、河北唐山市等14个城市或地区有亲和力的失独者牵头为同命人组织"2016暖心年夜饭"。

除夕前,北京尚善基金会将所筹款项按每人100元的标准分发给各地。除夕当夜,23座城市的近1300名失独者,变过去的"躲年"为现在的"迎年",在一派喜庆的氛围里,共享这场特殊的"年夜饭"。

在北京爱暮家养老院的主会场,2月7日中午一过,就陆续有老人提前来到。他们来后表现出了极大的热情,会厨艺的去厨房帮厨,会装饰的动手布置现场,熟悉周围环境的主动担负起为其他老人接站的任务。

下午2点30分,专为失独老人们准备的一场联欢会准时开始。老人们自己担任编导,自己担任主持人,自己担任演员,精彩纷呈的演出赢得了一片喝彩,中间穿插的游戏环节更是令大家笑得合不拢嘴。

特别让人感动的是,著名导演杨亚洲携刚刚杀青的首部反映失独问题的电视剧《嘿,孩子》的男女主角郭晓东、蒋雯丽通过视频向全国失独父母拜年,并祝参加"2016暖心年夜饭"的大哥大姐们新春快乐。

北京尚善基金会理事长毛爱珍女士也通过视频给大家拜年,祝大家新春快乐,万事如意!

拜年视频通过微信平台向全国23座举办城市同步发布,这些城市又将各地的视频、照片相互转发。

下午5点整,年夜饭开始,爱暮家的领导代表全体员工对各位前来参加活动的失独父母表示热烈欢迎并致以新春的祝福,对无私奉献的志愿者表示诚挚的感谢,并希望大家在爱暮家吃好,喝好,玩好。

最后,大家共同举杯,互致祝福。场面十分热闹,气氛非常

融洽。饭后,大家一起看春晚,在欢声笑语中辞去旧岁,在相互拜年中迎接新春。

令人想不到的是,主办方早对参加本次活动的失独父母进行了摸底,当知道有7位老人在这个月过生日时,他们还专门在正月初一上午设置了"集体过生日"环节,为老人们过了一个意义非凡的生日。当生日的王冠戴到老人们头上、《生日快乐歌》随掌声响起时,老人们再也控制不住自己的眼泪。他们激动地说:"自从孩子去世后,只有今天才又感觉到了快乐和幸福。"

时间在这种快乐和幸福中过得很快。吃过中餐,大家不得不相互告别。告别时,依依不舍,相互拥抱,讲不完的体己话,道不尽的缠绵语。特别是广大志愿者放弃与家人团聚的机会,陪他们一起过年,令他们十分感动。

其他举办城市也一样,在一片感动声里度过了一个不眠之夜。

辽宁营口市的"暖心年夜饭",在渤海之滨鲅鱼圈举行。《营口鲅鱼圈——2016暖心年夜饭活动暨春节聚会活动纪实》让我们感受到了那份久违的温暖、激情和感动。

营口鲅鱼圈——2016暖心年夜饭活动暨春节聚会活动从2016年2月3日开始,至2月14日结束。

这次活动在北京尚善公益基金会的支持下办得温暖、和睦、顺利,参加人员分别从南京、北京、天津、哈尔滨、长春、吉林、沈阳、丹东、营口来到这里。相逢是首歌,相聚是缘分,因为共同的命运让我们相识,因为爱把我们连在了一起。短短的十天相聚,不仅仅是为了躲年,更是为了我们能有这样的机会相聚,能在这样的日子里增进彼此的了解和友情。

在相聚的日子里,我们一起看冰冻的海,共同感受大海的柔情、不屈和坚强。在海边,我们大声呼喊,喊出心里的痛苦和委屈,努力让自己的心胸能够像大海一样宽广。我们面向大海,相互鼓励,期待春暖花开……

在相聚的日子里,我们一起去滑雪场,体验冰雪世界,经历寒冷考验。南方的兄弟姐妹从未见过北方的寒冷和冰雪,他们开心得像个孩子,就连从小经历过寒冷的北方人也被他们的兴奋感染着。大家尽情地戏雪、拍照,那一刻天宽地广……

在相聚的日子里,我们一起游泳。在水里,大家互相学习游泳的技巧,生手熟悉水性,老手锻炼速度,其乐融融……

在相聚的日子里,我们一起泡温泉。温泉的水洗去了旅途的风尘和一身的疲惫,温柔的水尽力地抚平我们心里的伤痛……

在相聚的日子里,我们一起读书。大家在微信上看穆光宗教授《人口生态重建》一书的推介,看黄文政、梁建章为该书写的书评,并在微店上购买这本书……

在相聚的日子里,最最难忘的是除夕的年夜饭。这是这一年最温暖、最难忘的一顿饭,因为有了北京尚善公益基金会的支持,我们49位兄弟姐妹才能在大年夜这天围坐在一起,聊亲情,聊友情;还有4位二月份出生的兄弟姐妹共同度过了难忘的生日;午夜,我们还在酒店里吃了除夕饺子。我们感谢尚善公益基金会,同时,也约定明年过年我们大家还要在一起,要扩大聚会的范围,让更多的人

参加这样的活动。我们约定，一定要积极努力地改变自己的生活态度，接受爱心，感谢爱心，发扬爱心，让爱传递！

这次相聚是圆满的，但是也有一点儿不和谐的声音，那就是我们事先预订要入住的亲和源养老中心在小年那天断然拒绝接待我们。通过这件事，我们认识到社会的文明和进步不是短时间内就可以实现的，我们要吸取教训，要学会保护自己，并且要时时提醒自己不要做祥林嫂。多亏鲅鱼圈区还有个彩虹关爱团队，团队成员江芳是营口渔港的总经理，她安排大家住进了她开的酒店，才使得这次聚会可以顺利进行。

最后，再一次感谢北京尚善公益基金会，感谢全体工作人员，为了大家，你们辛苦了！让我们有机会北京再聚！

在国家级历史文化名城河北省邯郸市，由天爱社会服务中心承办的"暖心年夜饭"上，近百名失独者在志愿者们的陪同下，享受到了一顿格外感人、异常香甜的年夜饭。

为了办好这顿年夜饭，天爱社会服务中心的志愿者们进行了详细的规划和安排。腊月二十八，他们就全力以赴地投入到工作中。用他们自己的话说："为了这一顿特殊的年夜饭，大家真是拼了。"

尚品湘粤饭店的武总放弃除夕定做团年饭的赚钱机会，全力支持"暖心年夜饭"；岚鸣世嘉广告公司的郑总和胡总则充分发挥自己广告装潢的优势，亲自动手布置会场；市人民医院王琪主任来到现场为老人们的健康保驾护航；市电视台主持人文江老亲自担任活动的主持；还有《燕赵晚报》总编王老师、老有茶楼兴总、成长车友会梅总等也都当起了志愿者；市卫计委陈主任更是代表政府主管部门为老人们送来新春的祝福。

他们说："我们或许无法躲避各种意外事故和灾难，但我们可以拥有一颗仁慈、善解人意的心。我们也知道，再多感人的话语也无法弥补、慰藉失去儿女的痛苦，我们只是希望，我们的微小付出、我们的真心关爱和温馨祝福，能够如一缕阳光，似一股春风，让这些特殊的老人感受到人间的温暖。"

就是凭着这样一种精神和境界，他们把这次活动办得红红火火，温情四溢，让整个邯郸城无不为之感动。

参加完活动的老人们也接二连三地给活动主办者发来感谢短信，语言虽然朴实，但感情十分真挚。其中一位老人无法抑制自己激动的心情，干脆直白地说："感谢你们祖宗八辈子。"

而在北京负责此次活动总协调的专员辛欣，更是每天都要接到无数道谢的短信。其情切切，其爱浓浓。

有人说："如果没有你们，我不知道自己这个年会怎么过。"

有人说："去年和今年的年我都是在泪水里过的，只是去年的泪水是苦泪，今年的泪水是甜泪。"

有人说："这么多年了，每到年关，心里的痛只有自己知道。可今年的春节，我心里感觉暖暖的，谢谢你们！"

有人说："孩子离开我八年了，这八年的春节，都是眼泪陪着我度过的，今年的春节不寻常，我心里特别感激你们这些好心人。"

……

关怀从四面八方走来

"是你给我爱，爱向我走来，爱是甘甜的露，爱是美的情怀……爱是太阳的祝福，爱是月亮的期待……是你给我爱，爱从我身边走来……"

这是彝族歌手安冬在 1989 年春节晚会上唱出的心声。时隔 27 年后，一位失独者在参加当地慈善机构为他们举办的失独者"春晚"上情不自禁地唱起了这首歌。

"爱从我身边走来。"失独家庭已引起了社会的广泛关注，全国各地的公益人士纷纷竭尽所能对他们予以关怀和关爱。

通过互联网我了解到，自 2015 年 10 月 29 日"全面两孩"政策实施后，各地对失独老人的关怀和关爱措施达数千项之多，而在媒体上公开对外宣传的就有 313 项，有些措施还很有创意。

深圳开展的"孝满全城——为失独老人送关爱活动"，温暖了 254 户深圳户籍失独家庭。这一活动由《慈善公益报》、深圳市计划生育协会和深圳市资本投资研究会共同发起，以"孝满全城、善行天下"为主题，契合孝文化的"老吾老以及人之老，幼吾幼以及人之幼"的大爱精神，立足深圳，辐射全国乃至海外，传递"孝"的火种，将小爱汇聚成大孝。为搞好这次活动，他们面向社会征集孝行志愿者 500 名，分别与失独家庭组成"我们是一家"，全年陪伴失独者"父母"度过春节、中秋等节假日，以这种方式帮助他们走出孤独，重拾欢乐。2016 年春节，他们又举办了"我们是一家——与咱爸咱妈吃年夜饭、看春晚"活动，参加活动的 273 位失独父母在 60 多位志愿者的陪伴下走进活动现场，与志愿者一道写春联、赏春联、搞联欢。联欢会上，随着主持人"大家举起双手，一，一二，一二三，一二三四……来给自己一个爱的鼓励"的号令，台下众人纷纷举起双手，现场掌声雷动。一双双眼睛，流露出神采；一张张笑脸，绽放成花朵。眼眶里的忧愁顿消，脸庞上的阴霾遁形。

北京市民政局启动特殊家庭老年人入住养老机构项目，失独老人从此有了"代理儿女"。从 2016 年 1 月 17 日起，北京户籍的失独老人等特殊家庭可委托北京市民政局指定的英硕扶老公益基金会代理老人办理入住养老机构的签字等事宜。此外，该基金会还可以接受老人的授权，代理财产管理、维权等一系列涉及老人需要帮助的管理事务。随着年龄的增长，失独等特殊家庭的老人提出了入住养老机构的需求，但是入住需要合适的担保人签字；当突发疾病需要入住医院时，需要有人为其办理入住医院的所有手续；当人身权益受到侵害需要维权时，需要有人为其主张权益；当需要呵护关心时，渴望有人来陪伴……针对这些问题，北京市民政局通过向社会公开招标，选定北京市英硕扶老公益基金会作为本市特殊家庭老年人入住养老机构的代理服务机构。该机构通过与老人协商，确定委托代理的事宜，成为特殊家庭老人们的"代理儿女"。

辽宁省沈阳市为失独老人建立了联系人制度，也就是说，每一个计划生育特殊家庭都将有一个联系人，他们或来自社区或是志愿者。联系人定期和特殊家庭沟通情况，了解需求，提供必要帮助。59 岁的车先生和老伴儿是典型的失独家庭，几年前，17 岁的女儿毫无征兆地猝死。"没有了女儿的照顾，生活上还好，就是两老中谁要有个病，就太难了。"车先生说，几年前，老伴儿在街上不小心摔伤，他在医院挂号交钱时，老伴儿就一个人躺在医院的长椅上。"这时候要是能有个人帮忙就好了。"如今，这个问题可以解决了，联系人不但可以帮助送医、挂号，而且还可以帮助解决失独老人遇到的其他困难。

河南省郑州市依托家庭发展研究会搭建"爱延续"平台，为失独家庭送温暖。河南省从 2012 年开始，组织多方爱心力量，实施了国内第一个"爱延续"项目。该项目每周开展上门服务，通过心理慰藉、家政服务等方式帮助失独家庭走出心理阴影，重新找回

"心劲儿"。为此,他们还做了很多尝试,比如,每月举办失独老人生日联谊会、郊游、健康体检等活动及逢年过节慰问探望等。

……

就在2016年春节前夕,深圳一以关爱失独家庭为主的公益组织"Daedalus团队",在互联网问卷星上发布了"大众对失独家庭的了解程度"调查问卷,调查显示:

有99.01%的受访群众认为失独家庭是特殊的弱势群体,与其他残疾人、贫困儿童等弱势群体有所不同,值得社会特殊照顾与关注;有92.12%的人认为如果自己身边有认识的失独家庭,一定会主动尽全力给予更多的关怀;有97.54%的人愿意主动陪伴并帮助失独家庭。

调查结果的数据是生硬的,但蕴藏在这些数据深处的内涵是丰富的,其折射出来的意蕴是温暖的。

它,十分坚定地告诉我们,关怀关爱失独家庭,已经成为全社会绝大多数人的共识。

第八章　国家担当，用阳光抹去阴霾

有专家说："当一代人用自己的权益乃至幸福来响应国家号召、支援国家建设时，整个社会都应该感谢他们。当政策取得辉煌成就，他们却遭遇不幸时，理应得到全国人民的尊重和支持。"

当年，中共中央发出《关于控制人口增长问题致全体共产党员共青团员的公开信》时，就预见到了今天的计生家庭养老问题："实行一对夫妇只生育一个孩子，到四十年后，一些家庭可能会出现老人身边缺人照顾的问题。这个问题许多国家都有，我们要注意想办法解决。将来生产发展了，人民生活改善了，社会福利和社会保险一定会不断增加和改善，可以逐步做到老有所养，使老年人的生活有保障。"

"我们要注意想办法解决……可以逐步做到老有所养，使老年人的生活有保障。"

这是党中央的声音，更是共和国的承诺。

为了兑现这一承诺，各级政府已经在行动。

呼声从人民大会堂传出

2010年3月，又一年"两会"在北京召开。

全国政协委员、武汉钢铁（集团）公司科技创新部副部长、高级工程师袁伟霞提交了一份"不一样"的提案，呼吁关爱因独

生子女夭亡而被人们称为"空心家庭"的群体，让他们老有所养。

袁伟霞说，据调查统计，独生子女夭亡父母中，90%的人年龄在50岁至60岁之间，大部分失去了再生育的能力。摆在他们面前一个最严酷的现实问题就是如何养老。据武汉市民政部门统计，该市各城区有3000多个独生子女夭亡家庭。放眼全国，这个数字会更大。当年，这些父母响应党和国家的号召，为国家控制人口增长作出了贡献，现在，他们却因子女的夭折失去了家庭生活的欢乐和希望。逐步进入老年阶段的他们，养、老、病、死以及由此产生的物质和精神赡养问题亟待各级党组织和各级政府高度重视。鉴于此，袁伟霞建议，国家社会保障部门、国家人口和计划生育部门应在全国范围内展开"空心家庭"状况调查，尽快拿出针对这一特殊群体的养老政策和措施。同时，政府出台相应政策，拿出一定的养老房，满足"空心家庭"集中养老、互帮互扶的要求。袁伟霞介绍，对孤寡老人的自有住房，国外的银行有"倒按揭"服务，即以房子为抵押，银行给老人提供生活费用，在老人去世后，房子归银行所有。建议我国也开始这方面的研究。

应该说，这份"不一样"的提案，是在全国"两会"上较早关注失独家庭的提案。

2011年全国"两会"上，袁伟霞再一次提出提案说："独生子女夭亡父母是国家计划生育政策的积极践行者，由于各种原因，他们的人生遇到了巨大的挫折和不幸。在构建和谐社会共建共享的今天，关注和关心这一特殊群体，研究相应的政策措施，是社会主义优越性的具体体现，是完善社会保障体系的重要方面。"

在这次"两会"上,全国政协委员车竞也提交了《实现计划生育特殊家庭"特扶"政策》的提案。车竞委员指出:实现计划生育特殊家庭"特扶"的最大化,是政府担当道义和践行"以人为本"的具体体现。为此,她提出三点建议:第一,国家应建立法律制度,对计划生育特殊家庭给予较高数额的经济补偿。目前普遍实施的每人每年1200元的特殊补偿,远远解决不了特殊家庭实际的生产、生活困难,应大幅提高补偿标准,农村的加上年人均收入要高出当地农民生活标准,城市的加上收入不低于上一年人均可支配收入标准。以此保证其具有较高的生活水平,让他们真正感觉到实行计划生育不寒心、不后悔、不生怨、不生恨,获得实行计划生育的最大化利益。第二,给予较完备的养老保障。对那些已经年老的计划生育特殊家庭夫妇,政府要制定和实施优惠、优待政策,保证其"老有所养、老有所依"。对能够享受到老年社会保障的,应补给相当于长期雇佣一个家庭保姆的费用;对于基本丧失劳动能力又没有养老保障条件的城乡居民,国家和社会应承担起含老年服务费在内的基本生活费用,其标准高于当地居民的平均水平。第三,建立计划生育特殊家庭扶助基金。一是国家财政应拿出一定数额的专项基金,二是从社会福利彩票收入中调剂一部分资金,三是在各级慈善总会中商调一分部资金,四是向社会筹措一部分资金,建立计划生育特殊家庭扶助基金,由民政和人口计划部门联手成立扶助资金组织,确实为计划生育特殊家庭办实事,解决实际困难。

由于失独问题越来越受到社会的关注,2012年全国"两会"上,为失独者们呼吁的声音也就越来越多,声调也越来越高。

全国人大代表赵超认为:失独夫妇年老以后,养老和医疗无法解决,应由政府出资,将其送到敬老院或养老院免费安度

晚年。

全国政协委员张晓梅提出提案:"完善立法,保护独生子女亡、残家庭权益。"一是国家保障。这部分人和家庭为国家发展作出了巨大贡献,应有国家财政的保障。二是内容全面。衣、食、住、行等方面的照顾和政策保障,应综合考虑。尤其在住房、养老、医疗、乘车等公共服务上体现出社会照顾。三是终生享有。终生享受就医、养老、陪护等资助或保险。四是人人平等。无论公职人员还是无业人员、农民,享受的照顾、政策、补助标准应人人平等。

全国政协委员彭志敏建议,加大对独生子女意外家庭扶助力度。他建议对国家《人口与计划生育法》中的"必要帮助"进行补充完善,研究制订可操作的具体内容。针对独生子女意外家庭的老人安装"一对一"呼叫门铃,并在全国范围内展开独生子女意外家庭状况调查研究,尽快拿出针对这一特殊群体的养老政策和措施。

马立群委员说:"对计划生育特殊家庭给予更多的关怀关爱,是党和政府的责任与义务,是贯彻落实科学发展观、坚持以人为本、促进社会和谐的内在要求。"马立群提出建议:一、政府加大投入力度,提高特别扶助标准,设立计划生育特殊家庭关怀关爱基金;二、实行政府主渠道注入资金,搭建平台,倡议社会各界力量支持,动员群众参与;三、增加城市社区计划生育公益性岗位。

这一年的"两会"上,袁伟霞委员第二次带来提案:修改《中华人民共和国人口与计划生育法》,制订计划生育特殊群体保障实施细则。支持、引导独生子女伤残、死亡的父母组成相关民间组织,以利于他们"抱团取暖,跨越苦难"。民政部门要对这些团体给予相应的关心和经费支持，肯定他们为解决社会问题、为不幸家庭排忧解难所作出的贡献，支持他们的发展，并帮助、引导他们为社会做更多的工作。独生子女夭亡家庭，达到一定年龄（可以以退休年龄为限）的，应确定相应计划生育部门为其法定监护人，提高社保医疗报销比例，提供生活护理，负责他们的养老、治病以及身后财产处理等事宜。

全国人大代表郭新志在会上呼吁：统一立法规范养老服务机构，保障失独老人入住养老机构的权利。

农工党中央、民进中央以重点提案提出建议：一、加大经济救助力度；二、给予再生育关怀；三、提供多样化养老服务；四、发挥失独者自身价值；五、动员社会各界的力量。

致公党中央则在提案中建议：政府应尽快建立和出台针对失独家庭合理的国家照顾机制。

……

2013年和2014年的全国"两会"，失独问题仍然成为代表和委员们议案、提案的热点。

全国人大代表郭新志继2012年的呼吁后，这一次的议案继续关注失独群体。他说，强化失独保障制度建设，如经济补偿、养老理念、心理救助、医疗待遇、社会关怀等，都应该存在于失独群体保障制度之中。

全国人大代表赵皖平呼吁："完善对失独家庭的社会保障，可以参照'三无'和'五保'对象，提供相应帮扶政策，帮助他们免费安置在养老机构生活。"

全国人大代表李绍霞表示，尽管失独家庭的问题已经成为社会热点，但是中国到底有多少失独家庭仍然没有确切数据，她建议政府首先应在全国范围内开展失独家庭普查工作，获得准确的

失独家庭相关基础数据,为解决失独家庭困境提供准确材料。

全国人大代表石文斌建议,社会大家庭应及时、适当地对失独家庭的心理障碍进行干预和疏导。

全国人大代表张天任建议,政府应该从经济支持、生活照料和精神慰藉三方面积极推动对失独家庭的扶助工作,让所有失独父母能老有所依。

全国人大代表谢子龙建议,国家和社会应该从人文关怀出发对失独者开展专项安抚。

曾连续三年递交提案呼吁放开二胎的全国政协委员、清华大学公共管理学院 NGO 研究所所长王名,联合全国政协委员刘大均共同递交针对失独家庭的提案。他们在提案中说:失独家庭是以"一胎化"为中心的计划生育政策的产物。因此,对失独家庭,国家有义务、有责任提供保障和政策补偿。建议:第一,高度重视失独家庭问题,立即停止"一胎化"人口政策。第二,制定并落实对失独家庭的救助政策。第三,建立救助失独家庭的国家基金,在各级政府主导下开展失独家庭现状摸底调研,掌握失独家庭问题及现状,制定标准并尽快实施对失独家庭的救助。第四,培育一批致力于失独家庭服务的社会组织。第五,改革孤儿收养制度,鼓励失独家庭优先收养孤儿。

谢朝华委员建议,尽快建立和出台合理的国家照顾机制,让大龄失独家庭有一个从日常生活到养老保险的完善可靠保障,同时完善养老保障体系建设,提高给付标准,降低失独家庭生存风险。

尚绍华委员提出,应修订法律或出台一些相关的法规或政策,明确规定失独家庭的救助标准应不低于当地的一般生活水平,并且按照当地的生活指数随时进行调整,以保障他们的基本生活需要。

杨建德委员认为，由于失独家庭补助的标准不统一、财政支持力度不强、没有相关的法律条文可依据、各地方政府补助随意性较大、缺乏制度上的保障等原因，导致失独家庭的养老困境不能得到根本性解决。

张礼慧委员建议，对于这一群体，政府要进一步出台相关规定，完善相关政策，加强保障和扶持力度。如：通过修正法律中定义模糊的条文调整完善法律和政策，解除失独父母的后顾之忧。同时，改革现有社会抚养费的支付科目，新设立精神抚慰金和社会保障金，帮助失独家庭解决生活质量的保障问题，并建立失独家庭精神抚慰基金等。

葛均波委员认为，失独困境属于制度性后遗症，必须从国家的层面建立配套制度或者以立法方式来解决失独群体面临的难题。

林方略委员建议，通过立法保障、强化养老保障等方式，确保失独家庭后续生活。

黄细花、朱国萍、朱列玉、沈志刚、贺优琳、张育彪、朱国萍、章联生、易连军、顾也力、侯露、柯锦华、郑小燕、鲍义志、王永庆、刘江龙、李冬玉等全国人大代表和政协委员也提出了相应的建议。

特别是在2014年的"两会"上，全国政协委员、诺贝尔文学奖得主莫言首开金口。过去参加会议，莫言常常是惜字如金，这次"两会"上，他不但提了提案，还在小组分组会议上作了重点发言。

他说："去年我没做提案，但网上有热心的网友帮我做了好几份提案。"他的开场白引来了一片笑声。

接着他说:"前些年我写了一部作品《蛙》,和计划生育有关,今年我的提案就是关于提高独生子女和失独家庭待遇的建议。"

莫言说,现在有很多地区的独生子女费依然是上世纪80年代初期的标准,每月补助五元钱,独生子女的父母实际上只领到了840元的补助。他提出,农村实行计划生育的要么是觉悟特别高的,要么是妇女干部或村镇干部,对这部分人应该提高他们的待遇,给予照顾。

至于失独家庭,据不完全统计,他的故乡潍坊市全市有2100户失独家庭,涉及3000多人。建议将农村失独家庭的父母全部纳入政府养老和医疗体系,给他们优先入住养老院、优先享受医疗资源、减免医疗费用的待遇。另外是提高经济待遇,比如农村的独生子女家庭,应该让他们在60岁或丧失劳动力以后,能够享受到跟国家公职人员退休后一样的待遇。

莫言在全国"两会"上呼吁提高失独家庭待遇,令失独父母无比温暖,也引起了媒体的强烈关注。

2015年"两会",代表和委员们对失独问题的关注热度仍然不减。

全国人大代表胡瑞峰在发言中,将今天的失独者与鲁迅笔下的祥林嫂进行对比,听的人无不唏嘘。她说:"他们真的就像鲁迅先生笔下的祥林嫂,因丧子打击失去了精神依靠和寄托,濒临崩溃边缘。"她在基层调研中发现:农村失独家庭的经济更拮据,面临的生存挑战更严峻,而城镇失独家庭的精神创伤更大。与此同时,失独家庭普遍存在患病率较高、生活资源缺乏、养老困难等问题,如何养老、就医成为他们面临的最现实的问题。她还说,社会公众的理解也很重要,大家应该有这样一种意识,失独家庭并不是问题家庭,媒体报道不要把他们标签化,要加强心理疏导服务,积极引导和鼓励失独家庭参加社会活动,用丰富多彩的文体生活来冲淡他们的记忆伤痛,合力帮助他们在社会的关爱中找到心灵的慰藉,安度晚年。最后,她大声疾呼:"加快推进失独群体帮扶法制化建设,明确政府的责任和义务,使帮扶政策常态化。"

全国政协委员王名、刘大钧在上年提案的基础上,根据一年的实证调研又进行了修改补充,他们在提案中说,在独生子女时代,大量存在且不断增加的独生子女家庭使得失独家庭成为突出的社会问题,丧子带来的不仅是少数家庭遭遇的不幸,而且成为所有独生子女家庭都可能背负的恐惧和不安。由此,他们提出救助失独家庭的建议:第一,重视失独家庭问题,建议总结各地已开展失独家庭救助工作的经验,加快修订和完善《人口与计划生育法》、《社会抚养费征收管理办法》,出台国家层面的救助政策,明确国家责任。要充分利用中国计生协会及其遍布全国的组织网络,可由国家卫计委委托计生协,设立统一机构,对口管理失独家庭工作,落实国家对失独家庭的各项责任。第二,建立救助失独家庭的国家基金并以之为基础设立非公募基金会。在各级政府主导下开展失独家庭现状摸底调研,掌握失独家庭存在的问题和现状,制定相应标准并尽快实施对失独家庭的救助政策。在此基础上建立救助失独家庭的国家基金,可将历年征收的社会抚养费集中起来作为原始基金,以此为基础成立接受社会捐赠的非公募基金会,其宗旨明确为救助失独家庭,按照基金会相关法规纳入依法监管和社会监督的范畴。第三,培育一批致力于失独家庭服务的社会组织,尤其是失独者自己的组织。对失独父母的心理疏导与生活援助,有赖于社会组织的工作。当前,网络上已经出现

多个失独者网络社群,在这些社群中,失独者互相支持,抱团取暖。建议在已有网络社群的基础上,根据失独者的实际特点与客观需要,出台相应的政策加以引导和扶持。可借鉴上海、深圳等地政府建立公益组织孵化基地的经验,培育、孵化和发展一批条件成熟的组织进行合法登记注册或采取备案制等形式,通过购买服务的方式推动失独社会组织的成立与发展,实现对失独家庭的心理疏导与生活援助等全方位服务。

全国人大代表汪宏坤提出:失独家庭有极大的养老风险、疾病风险、护理风险。国家应关注他们的命运,理当由国家制定法规尤其是全国人大立法,构筑失独家庭保障安全网。

全国人大代表梁凤仪说,她专门对某地2014年底的居民户口作了数据调研,发现其失独人数为万分之四点二,比例之高令人忧心。为此,她建议尽快建立起一套至少包括住房保障、养老保障、经济扶助、医疗救助、临终关怀等在内的养老保障机制,以帮助失独家庭。

全国人大代表卢馨说,想起失独父母晚年的孤苦生活,她就心痛。失独对家庭的伤害是多方面的,不能仅发点儿钱了事。现在对失独家庭的扶助,主要是经济支持,这太单一,失独家庭在养老、住房、医疗等方面均遭遇各种困难。要解决这些问题,仅靠一次性或定期发放扶助金是不够的,需要各级部门在制度建设方面有所突破,专门针对这个特殊群体设计扶助渠道。

全国人大代表黄云、郭新志、石文斌、张苹英,全国政协委员高体健、杨玉学等,也提出了强化立法为失独者提供法律保障、建立与国民经济发展水平相适应的失独群体社会救助体系、加强专项制度建设、建立专门国家基金的建议和提案。

农工党、民主促进会等党派,更是将"落实失独家庭帮扶政策"作为重要提案，提交 2015 年"两会"。

连任第十、十一、十二届全国政协委员的袁伟霞，再一次提交了关爱失独家庭的提案。至此，她已经提交了四次，内容从最开始的建议"社会各界加强对失独家庭的调查研究"到"各级政府给予政策方面的支持"再到"调整完善《中华人民共和国人口与计划生育法》，切实保障失独父母合法权益"，提案的内容随着时代的变化不断深化和提高。她说："通过多次接触失独家庭，我深切体会到这类家庭的痛苦。目前我们正在建设小康、和谐社会，每个人都有权分享改革开放的成果。所以，我感到有责任为这类群体不断提出提案。"

在地方"两会"上，失独问题也总是成为热点。

2013 年 1 月 26 日，其内容写进了湖南省人民政府的《政府工作报告》："抓好独生子女父母奖励、独生子女死亡或伤残家庭特别扶助等工作。"这令长久以来一直关注失独家庭的省人大代表薛开伍感到欣慰，他说："省长的工作报告能够明确提到扶助失独家庭，真是我没想到的。"就在这次人大会上，薛开伍向会议提交了议案，建议完善对失独家庭的扶助政策，加大财政补贴力度，大幅提高失独家庭生活补偿标准。

湖南省政协委员、湘潭市人民政府副市长苏健全说，虽然自 2007 年起国家出台了计划生育家庭特别扶持制度，但还存在一些问题，如扶持的意识在降低，随着"二胎"政策的放开，不少人认为对失独家庭可以不给予必要的帮助了；扶助项目不完善，对于生活极度贫困的家庭来说，扶助金还不能解决他们的实际困难，他们还需要"一次性补贴"、"失独基金"等项目的帮助。此外，由于只有 49 周岁以上独生子女伤残死亡的困难家庭才可以纳入计划生育家庭特别扶助，有 60% 以上的家庭享受不了扶助政

策。他建议：完善扶助金调整机制，使得扶贫标准与全省城乡居民最低生活保障水平、职工最低工资水平等挂钩；建立独生子女家庭意外保险机制、养老保障扶持机制、医疗保障救助机制、精神关爱服务体系。同时，建立帮扶联系人制度，建立档案信息平台，实行一对一的联系。

湖南政协委员刘激扬、申良方、姜新雅、张季宝也都提出建议：提高标准补助失独家庭，设立养老社区等。

浙江"两会"上，2013年人大会议收到的首份议案就是嘉兴代表团王丽萍代表领衔提交的关注失独家庭的议案。

河南"两会"上，民革河南省委提出：政府和社会应该携手帮助失独家庭走出人生低谷；省人大代表董广安呼吁：失独者曾在我国人口控制中起到模范带头作用，不能让带头执行计生政策的人晚景凄凉。

江苏"两会"上，省人大代表秦马兰提出：建立失独家庭制度性保障，从法规和制度上完善对失独家庭的保障。

上海"两会"上，朱鸣委员代表上海市妇女联合会发言：调整失独家庭的扶助金、补助金，并从完善政策保障、精神慰藉和多元服务等方面重视对本市失独家庭的政策帮扶和社会关爱。

黑龙江"两会"上，省人大代表张剑秋说：只有上升到法律高度，才能从根本上给予这些家庭永久的保障。

河北代表高士涛说：关爱失独家庭既要有力度更要有温度。

民进海南省委向海南省"两会"提交了《关于出台失独家庭关爱政策的建议》，提议关爱失独家庭，建立失独家庭养老院。

宁夏政协委员杨玉洲、原增喜建议给失独家庭更多关爱。

贵州省人大代表王朝荣建议：完善失独家庭扶助政策，出台失独家庭夫妻住院治疗费用二次报销和优先大病困难救助政策，最大限度降低个人承担的医疗费用;此外,对失独家庭下岗或在职夫妻,制定其提前二至五年退休或内退政策。

如此众多的人大代表和政协委员将失独问题带到参政议政的神圣会场,带到党和国家的决策中枢,这无疑是失独家庭之大幸,更是中国民生之大幸。

"全面两孩",让一个时代谢幕

2015年10月29日,是一个划时代的日子。

这一天,新华社全文播发了《中国共产党第十八届中央委员会第五次全体会议公报》。公报中说:"促进人口均衡发展,坚持计划生育的基本国策,完善人口发展战略,全面实施一对夫妇可生育两个孩子政策,积极开展应对人口老龄化行动。"

全面实施一对夫妇可生育两个孩子政策,多少人盼了多少年,多少人呼吁了多少年,多少人力争了多少年,终于在这一天梦想成真。

随着1980年9月25日《中共中央关于控制我国人口增长致全体共产党员、共青团员的公开信》的发表,中国独生子女新时代开启。此后,"只生一个孩子"成为中国大多数家庭及夫妇必须遵守的生育制度。

1982年9月,党的十二大在北京召开,时任中共中央总书记胡耀邦宣布:"实行计划生育,是我国的一项基本国策。"就此,确定了计划生育的国策地位。

1982年12月,第五届全国人大五次会议上,计划生育被写进《宪法》。2001年12月,《中华人民共和国人口与计划生育法》出台,这是我国计划生育的第一部法律,它以国家法律的形

式再一次明确了计划生育基本国策的法律地位。

中共中央、国务院根据各个不同时期的工作重点,先后于1982年、1991年、2000年、2006年出台了相关文件和指示,对各个时期的人口计生工作进行部署。

从1991年开始,在人大、政协"两会"期间又套开计划生育工作座谈会,一开就是15年。就是在第一次座谈会上,党中央、国务院提出了"一把手亲自抓、负总责"的总要求。

地方各级党委、政府按照中央的指示,把计划生育工作纳入重要议事日程,摆在与经济发展的同等重要位置,建立完善了一整套计划生育行政管理体系,实行责任目标管理,一年一考核,一年一兑现,严格落实"一票否决"。此外,还动员社会力量共同参与,形成了全社会协调配合、齐抓共管的强大合力。

1990年前后,计划生育工作取得显著成果。据1990年《中国计划生育年鉴》记载,这一时期,我国已婚育龄夫妇节育率达到88.11%,其中使用宫内节育器39.94%,男性绝育率11.59%,女性绝育率为36.58%。翻开湖南省怀化市当年的报表,年完成计划生育"四大手术"15万例,每年有20万以上的育龄妇女的生育可能被节制,每年有8万多新生人口的出生被遏止。

也就在这一时期,在一些地方,因工作人员工作方法的简单和粗暴,给部分育龄群众留下了难以抹去的隐痛。特别是在一些地方,出现了"动不动三分钟,再不动龙卷风"的过激行为,不但破坏了基层干部的形象,而且伤害了部分群众的感情,使党群、干群关系出现了一些裂痕。

窥一斑而见全豹。从当时的一些标语口号不难看出,当年推行计划生育的难度有多大,决心有多大,力度有多大。

好在阵痛过后是反思,风雨过后是阳光。经过暴风骤雨般的洗礼后，各地及时总结经验教训，逐步探索和建立起了经常性的工作机制，构建起了行政管理、技术服务和计生协会相结合的工作网络，从而出现了以全面夯实基层基础为标志、以优质服务为抓手、以利益导向为推力，统筹解决人口问题的局面。

30多年的人口计生工作取得了举世瞩目的成就。不仅人口过快增长的势头得到有效控制，资源、环境压力有效缓解，妇女儿童发展状况极大改善，人口素质明显提高，而且促进了经济快速发展和社会进步，有力支撑了改革开放和社会主义现代化事业，为全面建成小康社会奠定了坚实基础。但同时，也出现了一系列不得不面对的问题。比如劳动年龄人口和育龄妇女开始减少，老龄化程度不断加深；家庭规模趋向小型化，养老抚幼功能弱化；人口红利减弱，以人力资本为核心的国际竞争优势有待进一步加强。这些变化给人口安全和经济社会发展带来新的挑战。

历史终于翻过了那虽然辉煌但也沉重的一页。

2013年11月12日，党的十八届三中全会上，"启动实施一方为独生子女的夫妇可生育两个孩子的政策"，即"单独两孩"政策。但这一政策出台后，遭遇了令人想不到的"冷"状况。据调查，全国符合条件的夫妇有1100万对，截至十八届五中全会召开前的2015年8月底，提出生育二孩申请的只有169万对，仅占15.4%。而出生的更少，2014年全国出生人口1687万人，较2013年仅多出47万人。专家分析，2015年出生人口较2014年将增加100万人左右，实际的结果（国家统计局数据）是，2015年出生人口总数为1655万人，比2014年还减少了32万人。

其主要原因正如习近平总书记在《关于〈中共中央关于制定国民经济和社会发展第十三个五年规划的建议〉的说明》中提到的那样：适龄人口生育意愿明显降低，妇女总和生育率明显低于

更替水平。现在的生育主体是 80 后、90 后,他们生育观念变化了,养育孩子的成本也增加了,同时社会保障水平提高了,养儿防老的社会观念明显弱化,少生优生已成为社会生育观念的主流。

面对"老龄少子"的人口新形势,人大代表、政协委员和专家、学者等各路人士全面放开二孩的呼声此起彼伏。

2015 年 10 月 29 日,党的十八届五中全会果断决策:全面实施一对夫妇生育两个孩子的政策。

至此,实施了 35 年的独生子女政策完美谢幕。

修法,全社会瞩目北京

"全面两孩"政策通过新华社的电波向全世界宣告时,媒体喧哗了,国人兴奋了。许多人喜极而泣,许多人奔走相告,更有许多人跑出家门,举杯相庆,还有一些人顶着夜色,聚到一起,燃放烟花、爆竹,像过节一样庆祝。

但是,失独群体听到这一消息,五味杂陈。

凌晨 1 时,位于湖南省长沙市劳动东路某小区 6 楼的一扇窗户里,仍然透着光亮。一位老人正在伏案疾书。他是一位失独者,网名叫"老侠"。当他看到放开"全面两孩"的新闻后,复杂的心情怎么也不能平静,泪水忍不住流下来。

伤心、落泪后,他觉得还有太多的话想要说,但又不知对谁说,于是伏案疾书:

"全面两孩"政策终于落地了,人们担心的人口老龄化问题随着时间的推移会渐渐缓解。此刻,我的心情难以平静。我想,失独者也绝不会高兴,因为,失独者的忧虑、恐惧和苦难并没有结束。

失独者是精神痛苦者,即精神残疾人,并终生无法治愈!

我们失去了天伦之乐,失去了精神支柱,失去了生活的动力。灵魂找不到家园,躯体变成了空壳……正如特蕾莎修女所说:我们以为贫穷就是饥饿、衣不蔽体和没有房屋,然而,最大的贫穷却是不被需要、没有爱和不被关心。

在这许多人高兴欢呼的时刻,政府、社会能否体谅、洞察一下我们的感受,能否在全面放开二孩政策后,正视我们,告诉我们:病了,老了,遇到苦难了,该给谁打电话?

……

同样无法入眠的还有江苏常州市的朱耀先,他虽然自己遭受失独的痛苦,但一直致力于引领失独者走出痛苦,并积极牵线搭桥,协调政府和社会尽最大能力去关爱、关怀失独者。

看到实施"全面两孩"的新闻后,他也久久不能平静,心里免不了升起丝丝痛楚。但他想到的仍然是其他的失独者,他们肯定也与自己一样,或失落,或忧伤,或……怎么去安抚他们?如何让政府在实施"全面两孩"政策后更加重视对他们的扶助工作,让他们切实感受到党和政府的温暖?第二天一早,他就在失独群里发表感言:

"全面两孩"政策的放开,对国家和民族的繁衍生息是有利的,同时,我们也不应被遗忘。建议大家一起思考以下问题:一、如何正确有效地维护自身权益,并不受伤害;二、如何促使本地区计生工作者树立执政为民的思想;三、如何促使政府重视失独家庭,并能建立长效的优抚关爱政

策;四、如何防止放开二胎后将失独者边缘化;五、如何将政府扶持与自身互助相结合,如何将居家养老与群体性养老相结合。

由于大家年岁渐长,千万不要发火愤怒,应冷静思考对策及寻找解决问题的方法!

建议党员失独者们,继续弘扬全心全意为人民服务的精神,积极为大家排忧解难。

一石激起千层浪,大家纷纷建言献策。

最后,大家把一切希望投向《人口与计划生育法》的修订,希望全国人大常委会在修订这一法律时,关注他们这一特殊的群体;在实施"全面两孩"政策的同时,给予他们"最大的"且"应有的"扶助和支持。他们想尽一切办法,通过各种渠道,向全国人大常委会递交诉求,并于12月1日至2日聚集到国家卫计委门前,向"自己的娘家"再次反映他们的诉求。

社会各界也对《人口与计划生育法》的修订热切关注,并纷纷建言献策。

12月3日,由北大中国社会与发展研究中心、北大光华管理学院和财新智库、人口与未来网、携程旅行等联合组织的,来自人口学、法学、经济学和社会学等各领域的专家学者,卫计系统的中基层干部,媒体人和民间人士参加的"人口与未来研讨会"在北京大学召开。研讨会针对《人口与计划生育法》的修订和中国人口政策下一步的规划方向,提出了《关于人口与计划生育法当前修订和未来更新的建议》(下称《建议》),供全国人大常委会在审议《人口与计划生育法》修正案时参考。

《建议》指出:"帮扶存在特殊困难的计划生育家庭是中央关于'十三五'规划建议的明确要求,修正案应加大对失独父母的经济补助和养老扶助,并对其中愿意再生育和领养的父母提供有效帮助,失独父母的福利不应在他们领养孩子后丧失。"

寄望于修订《人口与计划生育法》相关条款的失独者们,早把目光投向2015年12月21日召开的十二届全国人大常委会第十八次会议。

上午9时,会议正式开始。委员们初次审议《人口与计划生育法修正案(草案)》。

受国务院委托,国家卫计委有关同志对《人口与计划生育法修正案(草案)》作了说明。李斌说:"实施'全面二孩'政策,需要修改《人口与计划生育法》涉及生育政策的条款以及相关配套规定,采取修正案的形式,对存在分歧、暂时形不成共识的问题以及适合在配套法规中解决的问题,暂不修改。"

在说到独生子女父母的奖励扶助及社会保障事项时,李斌表示,草案修改了与"全面二孩"政策不协调的奖励措施,删除了对晚婚晚育夫妻、独生子女父母进行奖励的规定(即法律中的第二十七条,其中包含对失独者的扶助内容),同时明确按照"老人老办法"的原则,法律修改前按照规定应当享受奖励扶助的计划生育家庭老年人、独生子女父母和独生子女发生意外伤残、死亡的父母,可继续享受奖励扶助。也就是说,"全面二孩"政策正式实施后,之前享受独生子女奖励扶助政策的三类人,仍可继续享受奖励扶助政策。

当"删除第二十七条"的消息传出后,社会哗然。专家、学者们一致质疑,失独者更是群情激愤。他们纷纷表示,要再一次进京"讨说法"。

实际上,国家卫计委对这次修法十分重视,一直在为修法进行前期准备。按照习近平总书记和李克强总理的指示和批示精

神,卫计委专门组织了专家团队和研究小组共7个,其中一个小组就是修法小组。修法小组在大量调研后提出了修订方案,并于12月2日在李克强总理主持召开的国务院常务会议上通过后提请全国人大常委会审议。

12月23日上午,常委们分组审议了《人口与计划生育法修正案(草案)》。当审议到失独家庭扶助条款时,许多委员们认为,应保持政策连续性,不应删除对失独者帮助的条款。虽然在删除上述规定的同时,草案还明确按照"老人老办法"的原则,但这也意味着一旦草案表决通过,之后因某些原因导致失独的父母,将不能再享受政府扶助。

许振超委员说,实行了几十年的计划生育政策使得独生子女家庭成为一个相当庞大的社会群体,而且不少人已近老年,没有生育能力,一旦因为某些原因造成子女死亡,法律再不去帮扶他们,这是不负责任的。

杜黎明委员说,无论从道义上还是从政策、法律层面上,对失独父母都应当继续帮扶。2004年以来,国家对农村年满60周岁的实施计划生育的父母发放奖励扶助金;2007年以来,对城乡失独父母发放特别扶助金,这些政策的出台深得群众拥护。杜黎明说,《人口与计划生育法》是各省区市制定《人口与计划生育条例》的基本依据,如果上位法没有明确表述应当帮扶,将给各省区市制定相关地方性法规带来很大困难,可能造成帮扶政策的终止,引发一些不稳定因素。因此,他建议保留对失独父母进行帮扶的条款,具体帮扶规定和制度可由各省区市结合实际决定。

蒋庄德委员认为,从独生子女政策到提倡"一对夫妇生育两个孩子",要有一个过渡,对特殊情况要有特殊方案,政策不要一出台就是断崖式的,对失独家庭照顾要体现党和政府的人文关怀。

列席会议的全国人大代表唐群容也表示，扶持失独家庭不是钱的问题，而是体现一个国家政策的温暖，给予失独家庭心理上的慰藉。

全国人大常委会副委员长陈昌智则提出，现在提倡一对夫妇可以生育两个孩子了，那么对于过去的独生子女家庭就不给予必要的帮助，是不应该的，不要以一种倾向掩盖另一种倾向。是实行了一对夫妇只生一个孩子的政策，才普遍性地产生了独生子女，这是政策后果。现在全国共有家庭4.3亿户，而独生子女家庭有1.5亿户，可见，独生子女家庭所占的比重还是很大的。对于独生子女，一户只有一个小孩，如果出现了意外伤残、死亡，政府还是应该帮助。"我建议将第二十七条第四款加以修改，修改为'独生子女发生意外伤残、死亡，地方人民政府应当给予必要的帮助'。"陈昌智说。

最后，全国人大法工委接受了各委员的意见、建议，不删除第二十七条有关内容，而是将它修改成："在国家提倡一对夫妻生育一个子女期间，自愿终身只生育一个子女的夫妻，国家发给《独生子女父母光荣证》。""获得《独生子女父母光荣证》的夫妻，按照国家和省、自治区、直辖市有关规定享受独生子女父母奖励。""法律、法规或者规章规定给予获得《独生子女父母光荣证》的夫妻奖励的措施中由其所在单位落实的，有关单位应当执行。""获得《独生子女父母光荣证》的夫妻，独生子女发生意外伤残、死亡的，按照规定获得扶助。""在国家提倡一对夫妻生育一个子女期间，按照规定应当享受计划生育家庭老年人奖励扶助的，继续享受相关奖励扶助。"

2015年12月27日，十二届全国人大常委会第十八次会议举行表决，以赞成157票、反对0票、弃权2票的绝对优势通过了

《关于修改〈人口与计划生育法〉的决定》，并确定新法于 2016 年 1 月 1 日起施行。

有专家说，这次修法对失独家庭相关条款的修订从媒体报道的"拟删除"到最终的"被保留"，是郑重选择之后的结果，它再次从法律层面确定了对失独群体的救济。"法无规定不可为"，如果没有法律的规定，真要出现了独生子女意外情况，父母该向谁求助？不遗忘那些改革阵痛的承担者，不遗忘那些因政策局限性而造成的公民境遇，进而赋予他们公共的关怀，这是二孩时代对失独家庭的最深沉致敬。失独者不应是沉默的大多数，国家与法律有必要给这个群体继续走下去的力量，他们当获得物质、精神与养老等多方面的公共眷顾。

用制度手杖撑起失独余生

"今天真是非常有意义的一天，很让人激动。"

"自从儿子走后，我还就今天感到自己是活着的，对信息还有想知道的感觉。"

"总算看到了风向标。"

"终于把'特殊困难家庭'改成了'特殊家庭'，虽只两个字的改动，却让我感到了儿子活过来般的幸福。"

……

这是 2015 年 12 月 14 日晚，全国各地的失独者给我的留言。

这天晚上 7 点，我从新闻联播中了解到，在习近平总书记主持召开的中共中央政治局会议上，审议并通过了《关于实施全面两孩政策改革完善计划生育服务管理的决定》，决定指出："要加大对计划生育家庭扶助力度，解决好计划生育特殊家庭保障等问题。"

我抑制不住激动的心情,马上将该信息转发到失独群里,群里立刻就沸腾了。看重播,拍视频,上QQ,发微信,纷纷留言。他们说,在中央最高规格的会议上看到了有如此表述的决定,让他们看到了希望。他们需要的就是顶层的制度设计,因为有了制度,就有了"拐杖",有了依靠。

关于制度,国家早在2007年就开始制订。特别是2013年12月18日,国家卫计委、民政部、财政部、人力资源和社会保障部、住房和城乡建设部等五部委出台的《关于进一步做好计划生育特殊困难家庭扶助工作的通知》更是从加大经济扶助力度、做好养老保障工作、提高医疗保障水平、开展社会关怀活动、切实加强组织领导等五方面对失独家庭扶助提出了具体要求。应该说,这是关爱失独家庭"划时代"的一份文件。这份文件参与的部门多,涉及的范围广,涵盖的内容宽。特别是,文件首次明确,自2014年起,将独生子女伤残、死亡家庭的特别扶助金标准分别提高到城镇每人每月270元和340元,农村每人每月150元和170元,并建立动态增长机制。

这份文件出台后12天,中共中央、国务院印发了《关于调整完善生育政策的意见》,就关爱失独家庭作出指示:"进一步完善计划生育家庭特别扶助等利益导向政策,实行奖励扶助标准动态调整机制。妥善解决计划生育特殊困难家庭的生活照料、养老保障、大病治疗、精神慰藉等问题。"

为了落实中央文件精神,2014年1月3日,国家卫计委、中国计生协下发了《关于开展计划生育特殊困难家庭社会关怀的通知》,要求各地全面做好开展特殊困难家庭生活关怀、养老关怀、健康关怀、精神关怀、生育关怀等各项工作。

2014年7月9日,全国计划生育特殊困难家庭扶助关怀工作座谈会在北京召开。会议再一次要求各级不断增强工作的责任感和使命感,确保计生特殊困难家庭"老有所养、病有所医、难有所帮、精神愉快"。

2015年10月29日,中共十八届五中全会在《关于制定国民经济和社会发展第十三个五年规划的建议》中特别强调:"帮扶存在特殊困难的计划生育家庭。"

12月14日,习近平总书记主持召开中共中央政治局会议,审议通过《关于实施全面两孩政策改革完善计划生育服务管理的决定》,再次特别指出:"加大对计划生育家庭的扶助力度。"

……

短短几年时间,党中央、国务院及相关部委专门就失独问题下发了这么多文件,召开了这么多会议,做出了这么多规定,而且一层一层抓落实,这不仅在中国历史上,就是在世界历史上也属罕见。

而国家卫计委有关方面的负责人也在第一时间公开表示:"这些家庭为落实计划生育基本国策作出了贡献、付出了牺牲,在生育政策调整完善的过程中,更不能忘了他们的贡献和牺牲,社会各界、各方面也都应当帮助他们解决生产、生活方面遇到的困难和问题,各级党委政府更是责无旁贷。"

作出贡献,付出牺牲,解决困难和问题,责无旁贷。这是国家主管部门的声音,这一声音与党和国家的一系列政策措施一脉相承。

各级党委、政府在党中央的引领下,在国家规定的基础上,竭尽全力,出台一项项最优惠的政策,打造出一把把坚强有力的"制度手杖",为失独父母们的余生提供了有力保障。据国家卫计委提供的相关数据,至2016年底全国有25个省区市在国家补助基础上提高了标准,后又全部实行城乡统一。

陕西省人民政府率先出台了《关于建立完善失独家庭养老扶助制度的意见》,对失独家庭提出了五条真金白银的关爱措施:一是提高失独家庭扶助标准,农村居民每人每月提高到800元,城镇居民每人每月提高到1000元,同时建立失独家庭养老补助标准动态调整机制,随着全省城乡居民年人均生活消费的增长,逐步提高失独家庭的扶助标准;二是对失独家庭给予一次性补助,农村家庭2万元,城镇家庭3万元;三是鼓励失独家庭再生育,所需经费由省级财政承担;四是完善失独家庭优先优惠的社会福利政策,由户籍所在地县、区人民政府按照就地就近和自愿的原则,安置在敬老院生活;五是积极开展关爱关怀失独家庭活动,组织志愿者队伍,开展对失独家庭的心理咨询、精神慰藉、生产帮扶、生活照料等关爱活动。为了满足失独老人的养老需要,陕西省各级政府共投资11.64亿元,新建、改扩建养老机构151个,总建筑面积达89.82万平方米;连续3年投入1.1亿元,建成城乡社区居家养老服务设施1317个。省卫计委、计生协还在全省开展计划生育特殊家庭关怀关爱活动。其中,为计生特殊家庭父母和伤残家庭父母,按照人均50元的标准购买商业保险,保险内容涉及意外身故、疾病身故、残疾、意外住院护理、疾病住院护理等,解决因人身意外或疾病住院无人看护等突出问题。

北京市人民政府出台了《关于深化公办养老机构管理体制改革的意见》,并首次明确:"公办养老机构可根据计划生育特殊困难家庭中失能或70周岁及以上老年人的实际需求,参照困境家庭保障对象或优待服务保障对象为其提供政府基本养老服务。"为了使文件规定落到实处,市政府根据失独老人们提出的"希望

建立专供失独老人养老的福利机构"的要求,决定将坐落于环境优美的亚运村地区,毗邻北京市老年病医院,交通便利,设施齐全,集老年人颐养、健身、休闲、娱乐和医疗保健为一体的市第五福利院改造为专门接收失独老人的示范性养老机构。

上海市出台了《关于进一步加强计划生育特别扶助对象医疗服务工作的通知》(沪卫计家庭〔2015〕016号)。《通知》要求,优先落实计划生育特别扶助对象的家庭医生签约服务:各镇(乡)、街道负责将本辖区内全部计划生育特别扶助对象的花名册提供给社区卫生服务中心,并通知每个计划生育特别扶助对象,按照自愿原则进行家庭医生签约,签约率达到90%以上;家庭医生应为签约的计划生育特别扶助对象建立规范化电子健康档案,建档率达到100%;落实计划生育特别扶助对象的优先就诊和转诊等服务,建立签约的计划生育特别扶助对象预约优先就诊的机制,让签约对象享受优先就诊的便捷;行动不便的计划生育特别扶助对象在各医疗机构普通门诊就诊时,凭"计划生育特别扶助证"享受优先挂号、就诊、化验、检查、取药"五优先"便利措施。

贵州省卫计委、民政厅、财政厅、人社厅、住建厅、教育厅、司法厅、扶贫办、妇联、残联、计生协等11部门联合出台《关于进一步做好计划生育特殊家庭扶助工作的实施意见》。按照"少生育,多保障"的基本原则,着力解决计生特殊家庭最关心、最直接、最现实的问题,不断提高计生特殊家庭的生活质量、保障水平、幸福指数。建立"政府主导、部门协同、社会参与、多方关怀"的工作模式,从经济支持、养老保障、医疗健康、社会关怀等四个方面,逐步建立完善与经济社会发展水平相适应的计生特殊家庭扶助政策体系。每一项工作都确定了牵头单位和责任单位，并实行严格的考核问责，确保各个环节的工作落到了实处。

浙江省卫计委、民政厅等六部门出台了《关于进一步完善计划生育特殊家庭扶助关怀政策的意见》，规定：独生子女死亡家庭依法收养子女的，按户给予一次性 5 万元补助；其特别扶助金标准提高到每人每月 700 元；由县（市、区）民政部门指定公办养老机构予以安排和接收；各级医疗机构开通"绿色通道"，为独生子女死亡的父母住院就医、转诊提供便利条件，基层医疗卫生机构优先为其提供责任医生签约服务，并免除个人承担的签约服务费用，服务费用由当地财政承担；独生子女死亡的父母亡故后，由民政部门根据有关殡葬管理规定为其办理丧葬事宜；独生子女死亡家庭中无监护人的孤寡独居对象，经本人同意，由村委会（社区居委会）作为监护人，主要履行该对象入住养老院、医疗手术等监护人职责。

黑龙江省专门为失独父母住院护理出台了《关于开展计划生育家庭失去子女父母住院护理补助等保险试点工作的通知》。通知要求，由县区级卫生计生局报请同级财政局，为计划生育家庭失去独生子女的父母分别缴纳最低保险费 200 元，即住院护理保险 130 元、重大疾病保险 70 元。失独者因疾病住院每天由保险公司补助 100 元，累计最多 180 天，同一原因住院最多补助 90 天；被保险人患重大疾病，保险公司一次性给付 5000 元的保险补助金额。

甘肃省从 2015 年起将扶助失独家庭纳入省委、政府为民办实事重点项目，省财政列支 6194 万元，将标准提高到每人每月 500 元，并一次性发放 2 万元补助金。

广东省将对失独家庭的补助提高到每人每月不低于 800 元，各级医疗机构建立"绿色通道"，社区对失独家庭提供"家庭医

生"服务,建立"家庭医生"档案,定期上门诊疗、护理。

江西省对采取辅助生殖技术的失独家庭最高补助8万元。

……

在这些制度的规范下,失独家庭得到了更多的实惠。通过百度搜索可以看到,全国绝大多数省区市失独家庭扶助金提高到了每人每月500元以上,远远高出国家规定的标准。

一些地方政府更是根据各自的实际,出台了一系列力度更大、优惠更多、反响更好的制度与措施。

广东增城市制定了《增城市失独家庭养老扶助制度实施方案》,其中规定,在广东省和广州市现行扶助制度基础上,每人每月增发1500元扶助金,使城镇失独家庭每月可获补助金1950元,农村失独家庭每月1650元,为目前全国最高。

内蒙古包头市出台规定,按照上一年度城镇居民可支配收入的3倍标准发放失独家庭一次性扶助金,目前已经为全市565户失独家庭落实一次性扶助金5912万元,最多的一个家庭拿到11万多元。在此基础上,全面开展计划生育家庭养老照护工作,为辖区计划生育家庭老年人提供预防、保健、康复、医疗、健康教育、心理咨询等"六位一体"的服务。建立居民电子健康档案并进行分类,动态掌握辖区老年人基本信息,并对其需求变化进行动态跟踪,提高养老服务供给方的服务效率;在社区建立"老年之家",为老年人开展娱乐活动提供固定场所;依托"老年之家"日间照料中心,以集中或分散的形式委托社会机构承担日间照料中心业务,为老年人特别是计划生育家庭老年人提供优质的服务,并吸纳志愿服务群体,招募一部分下岗女工进行培训,建立起一支居家养老服务队伍,开展有针对性的生活照料、家庭保健、照顾护理、精神慰藉、紧急救援等活动。

湖南省怀化市出台了失独家庭的特扶政策，建立关爱失独家庭的长效机制，将失独家庭的扶助标准在国家规定的基础上提高到每人每月800元，而且城乡统一。2015年6月27日，市人民政府第24次常务会议研究这一制度时，我作为文件的起草者和关怀失独老人的推动者列席了会议。当市卫计委负责人作完汇报，并告诉与会者，此标准为目前全省最高时，全场讶然了。因为怀化地处欠发达地区，经济水平在全省排名靠后，如此靠后的经济水平，在扶助失独家庭上却要居"全省最高"，这多少有点儿说不过去。这时，主持会议的市长说话了："响应计划生育政策的这些失独家庭，唯一的孩子死了，对于这些家庭来说，无异于灭顶之灾，这放在谁身上都一样。因此，给予他们更多的关怀是应该的。我们提出每人每月800元的标准，比省内的其他地方都高。按我们在全省的经济水平，是有些不合常理。"他停顿了一会儿，接着提高声音说，"经济工作我们当不了先进，在这方面我们就当一次先进。我认为，当这样的先进光荣。"声音干脆而洪亮，在会场上空久久回响。

……

社会组织也各尽所能，积极搭建平台，为失独家庭提供便捷、贴心、有效的关爱。

广州市妇联启动了"玫瑰计划"，专门为失独母亲开展活动，关爱失独母亲的心理状况。目前，已经建立起了多个"玫瑰服务站"，吸引了近200名失独母亲及其家人参与，定期为妈妈们开展活动。

中国妇女发展基金会发起了"失独母亲关爱计划"，2015年在北京建立"失独母亲社区帮扶站"15所，2016年达到36所，由专业人员为失独母亲提供音乐理疗、心理咨询等服务，失独母

亲们在服务站还可享受免费午餐，并进行技能展示等各种交流。

中国妇基会还将为每个服务站配备一辆健康巡诊车，为失独母亲和家庭提供义诊服务。

中国计划生育协会发起了"生育关怀"、"幸福工程"等活动。特别是"幸福工程"在全国29个省、市、自治区设立了669个项目点，累计投入资金近12亿元，帮助近30万位母亲脱贫，其中有很大一部分就是失独母亲，惠及人数近130万人，成为中国最具影响力的公益慈善项目之一。

……

一项项制度在中国大地上诞生，一个个喜讯从四面八方传来。这些制度和喜讯都凝结成一句话——对国家有过贡献的人，最终将得到人民的尊敬，得到社会的回报。

但愿"全面两孩"的美丽世界不留遗憾

面对这一切，作为一直致力于为失独老人们鼓与呼的我，心里有说不出的激动。那颗在失独父母的泪水中浸泡了多日的心，似乎得到了平复。

我下载了相关文件，带着各级政府新近出台的一系列制度和措施，在一个晴朗之日，走进了那些我曾采访过的失独老人家中。我只想把这一切惊喜传达给他们。

然而，他们却说，一切都已经从新闻中知晓。

他们告诉我，面对这一切，他们没有理由不高兴，现在各级政府对失独问题确实在一日日重视，也确实出台了一系列措施，解决了一些问题。但是，他们对自己的未来仍然心存余悸，因为很多根本性的问题还没有得到很好的解决。

比如，在资金扶助上，国家规定城市"不低于"340元、农村"不低于"170元的标准，而不少地区在执行中就变成了城市"不超过"340元，农村"不超过"170元。在养老、医疗和心理慰藉等各方面似乎也在执行"最低标准"，使得他们至今仍然过着养老无人依靠、痛苦无人倾诉、看病无人陪伴、住院无人照料、手术无人签字、死亡无人送终、尸体无人掩埋的痛苦日子。

社会也没有认同他们，在很多地方，失独者的悲痛根本不被正视。比如，失独者在除夕夜去餐馆吃年夜饭，却因为"太晦气"被老板赶走。他们自发成立了互助组织，但因为都是行动迟缓的中老年人，整个团队毫无生机，而且因为缺少政府长效机制的支持和专业社工的介入，很多自救组织都面临没有场地、没有资金、没有人员、随时都可能停办的尴尬境地，互助组织开展的每周一次集体织毛衣、练书法活动一直处在"说没就没"的风险中。而这样的自救组织又很少，有些人要坐几个小时的汽车赶到另外一个城市去参加活动。尤其在小城市和农村，那些沉默的失独父母们只能独自忍受伤痛。

还有国家规定享受扶助的年龄必须女方达到49岁，很大一批失独者还没有达到这种年龄却已经病体沉疴无法正常工作，失独之后再失业几无收入来源，而他们上面往往又还有七八十岁的老父母需要赡养，政策却把他们排斥在扶助之外，令他们叫天天不应，叫地地不灵。他们说："我们该有多难！"

即使在失独者内部，一些特殊的群体也受到排斥。一些带着孙子参加失独者郊游活动的老人，被告知"孙子不能在集体照中入镜"，而在虚拟空间，大部分失独聊天群，也不欢迎"有三代"的失独老人加入。"看到他们孙子在一旁就受不了。"其他老人们抱怨说。他们看起来已经是幸运者了——因为"好歹有个后代"，

但实际上，这些带着孙辈的失独老人，不仅面临着同样的养老困境，还要承担隔代抚养的压力。他们中大多年过花甲，却不得不再次充当起父母的角色。开家长会时，其他同学都是年轻的爸爸妈妈，自己的家长却是头发花白的爷爷奶奶，这样的无奈和尴尬，对老人，对孩子，都是一种伤害。

还有，几乎所有失独者都不愿住进普通的养老院，因为失去独生子女是个永远无法愈合的伤口，他们很难跟其他老人交流，更受不了别人的子女隔三差五来看望自己父母时的刺激。而现在国内专业失独养老机构很少，广州一家养老院已经设立失独养老专区，北京市第五福利院也正在改造为失独养老院，可面对成千上万名正在老去的失独者，这两家养老院加一起也只有200张左右的床位。

诸如此类，叫他们怎么释怀？

特别是"全面两孩"后，更让他们有一种被"抛弃"的感觉。因为他们真正成了前无古人、后无来者的唯一失独者。

但，他们也说："上帝在关闭了我们的一扇门时，定会为我们再打开一扇窗。我们坚信，有党和政府的重视，有社会各界的关怀，有我们自身的努力，总有一天会走出阴影，重塑幸福。"

我突然想到了某位哲人的话："死亡不足畏惧，生活才值得珍惜。"

我又想到了一位失独者给我的留言："曾经有人问泰戈尔三个问题，第一，世界上什么最容易？第二，世界上什么最难？第三，世界上什么最伟大？泰戈尔回答：指责别人最容易；认识自己最难；爱最伟大！我们需要做的是：感恩给我们机会的人，感恩给我们智慧的人，感恩一路上陪伴我们的人！保持一颗感恩的心！感恩有你。"

但愿此后的每一个日子里，党和政府的政策不留遗憾；但愿在"全面两孩"后的美丽世界里，开出更多更美更艳的花朵，到处充满爱的芳香；但愿每一位失独老人，都能忘却死亡，珍惜生活，感恩陪伴。

只有悲伤、泪水和怨恨,可是我错了,我看到了在家庭遭遇重创后的废墟里重新站起来的顽强生命,看到了在痛苦和泪水的瓦砾中升腾出的亮丽人生。他们超越自我,在痛苦里涅槃,在泪水中升华,抱团取暖,疗伤自救,忍痛助人,公益为民。它宣示了一种坚强之美、凛然之美、豁达之美、高尚之美。我永远也不会忘记他们的名字,他们是:曾因失独患上精神病,如今满身都是正能量的"朱总"朱耀先;失独后几乎垮掉,如今在沙漠里造林数百万亩的"大地妈妈"易解放;曾经贴着女儿冰冷的脸心都碎了,后来远赴非洲推广中国青蒿素,奔波在抗疟第一线的"中国妈妈"崔崴;曾经想随儿子而去,后倾其所有家财,建立公益基金,关爱精神健康,促进抑郁症防治的毛爱珍大姐……这一个个温暖的名字,让我分享到一种生命的教诲,接受到一种人性的洗礼。他们才是失独者的脊梁,看着这些在灾难面前越挺越直的脊梁,我能不为之所动吗?

让我收获感动的,还有国内诸多顶级的专家、学者的鼓励,作家协会的扶持,《啄木鸟》杂志社的厚待,各大媒体的关注,《新华文摘》的青睐,中国报告文学学会的肯定。

北京大学的穆光宗教授身体抱恙,在家休息养病,我试探性打去电话想对他进行采访,谁知他二话没说,把我迎进他在北大校园的家中。我们促膝长谈达一个上午,他从理论的高度,为我耐心而细致地讲解了失独的过去、现在和未来,并嘱我一定要把这部作品写好,写出厚重感,写出历史感,为失独者立言、立史、立典。著名人口学家梁中堂、法学教授湛中乐等都对我的调查给予了肯定和赞扬。

湖南省作家协会在我一确定好这一选题后,就将它作为2015年度重点作品予以扶持。《啄木鸟》杂志社的谢昕丹老师在网络上看到重点作品扶持公示，就辗转找到我，向我抛出橄榄枝，经请求社里领导同意，愿提供重要版面给我发表。主编杨桂峰老师，更是在我出差北京时约见我，耐心听取我的创作汇报，并当面给我面授机宜，提出很多宝贵的创作经验及修改意见。当作品的部分内容出来后，便在封面头条的位置隆重推出，让我感受到了国家名刊的责任与担当，收获了人世间又一份别样的温暖。

作品在《啄木鸟》2015年第11期上推出后，立即引起反响。首先是澎湃新闻记者赵孟对我进行了专访，专访文章登出后，包括网易、腾讯、新浪、搜狐等知名网站在内的全国上百家网站相继转登，点击量一路飙升。紧接着，《潇湘晨报》《三湘都市报》《中国新闻周刊》《中国青年报》等各大报刊也相继派出记者对我进行专访。《新民晚报》《北京日报》等进行了连载或转载，《新华文摘》摘要选登。特别是《新华文摘》能够选登我一个名不见经传的普通作者的作品，而且发在文艺类头条，计4万余字，令我意想不到。

失独圈内更是转得沸沸扬扬，他们在群内将我的作品以及专访文章广泛转发，瞬间就传遍了大江南北，并纷纷发来感激的短信："真的谢谢你为失独家庭付出的一切，你真好。""你写出了我们的现状和心声，太感谢你了，能为我们说话。""作者做了大量采访，所报道的事件真实可靠，没有虚构，没有不实浮夸，英模人物可信可敬，大事件和小细节都真实可靠！""你是失独家庭的天使！向你致敬！"……每一条短信都是那么温暖，那么贴心。要知道，这可是一群受过伤的人，他们的伤口还结着痂，他们灵魂深处还渗着血，我就做了一点点一个计划生育干部、一个报告文学作者本应该做的工作，他们就如此感激，我还有什么理由不认真写好它呢？